먼곳의 불빛

먼 곳의 불빛

허정 평론집

창작과비평사

책머리에

등단 후 처음으로 원고청탁을 받았을 때 눈앞이 깜깜했다. 평론가가 되었다는 감격 아래 거드름을 피우던 것도 잠시, 자유주제로 아무것이나 써보라는 우리 지역 비평전문지의 청탁 앞에 무엇을 어떻게 적어야 할지 막막했다. 원고청탁을 살인지령에 빗댄 장정일의 「개인기록」의 한 구절이 자꾸 떠올랐다. 등단 후 첫 원고에서는 대박을 터뜨려야 한다는 주위의 권고 속에 2개월여 동안 끙끙 앓았다. 그러다가 묘안이랍시고 생각해낸 것이 기존에 끄적거려둔 습작 한 편을 엄숙한 주제로 그럴듯하게 보강해보자는 것이었다. 그러나 많은 노력에도 불구하고 그 글은 일관된 논리로 묶이지 않고, 낱낱의 편린으로 조각나버렸다. 그때부터 평론 생각만 해도 머리가 아팠고, 탈모증과 목 디스크 같은 이상증세가 뒤따랐다. 결국 어떻게 풀어야 할지 모를 정도로 엉켜버린 글을 마감일께 급조하여 보냈고, 그것이 활자화되었을 때는 쥐구멍이라도 찾고 싶었다. 나는 그 글이 읽혀지지 않기를 원했다. 당시 학부 3학년으로 공부가 턱없이 부족했던 아마추어에게 평론가라는 직함은 기쁨보다는 억압과 부담감으로 다가왔다.

그뒤 내게는 간혹 서평이나 작품론 청탁이 들어왔다. 잡지 변죽에 구색을 맞추기 위해 끼워놓았다는 뉘앙스가 강한 이런 글들을 다른 평론가들은 꺼리는 듯했다. 하지만 그것은 나에게 평론의 ABC를 체득할 수 있는 좋은 기회였다. '남들이 등한시하는 서평 하나라도 공력을 기울이는 과정에서 비평적 개안이 서서히 뒤따를 것이다. 이를 통해 평론가라는 걸맞지 않는 옷과 그 시늉에 급급한 실제 나 사이에 난 간격을 메워보자'는 생각으로 남들이 하루 저녁에도 해치운다는 그 간단한 글을 두고 오랜 시간 씨름했다. 나는 그 시간을 이미 다른 평론가들이 거쳐냈을 고통의 시간을 향해 거꾸로 달려가는 계기로 삼기로 했다.

이런 생각으로 글을 써온 지 만 6년의 시간이 흘렀다. 이 과정에서 평론집을 일관하는 나름의 논리를 세울 수 있었고, 쥐어짜지 않고도 논리를 구체화할 수 있다는 사실에 재미까지 느낄 수 있었다. 나의 '꼼꼼하게 읽기'는 주제를 이끌어갈 논리와 자의식을 확보하지 못하고, 기댈 것이라고는 작품밖에 없던 무능력에서 비롯된 것일 수도 있다. 그래서 이를 두고 남들이 그게 무슨 방법론이냐, 꼼꼼하게 읽는다고 호들갑 떠는 것에 비해 결과가 너무 엉성하지 않느냐 하고 비웃을지 모른다. 하지만 나는 이 독법이 다음 세 가지 측면에서 의의가 있다고 생각한다.

먼저, 이 읽기의 자세는 요즘과 같이 급박하게 전개되는 현실에서 필요한 독법이다. 경쟁적인 속도를 체제 유지의 방법으로 삼는 이 속도전의 현실에서 이러한 읽기는 천천히 깊이 있게 음미해야 하는 시의 독법과 관련하여 특히 권장해야 할 자세라고 생각한다. 이론적 잣대로 작품을 서둘러 재단하기에 앞서 오래 우회하면서 작품의 가능성을 여러모로

탐색해보는 이러한 분석은 갑갑하고 어눌해 보일 수도 있다. 하지만 뒤
처지는 듯 보이는 이 독법은 브레이크가 파열된 상태로 파국을 향해 치
닫는 듯한 이 속도전의 현실과는 반대방향을 응시하며 그에 제동을 거
는 것이며, 그 속도에 편승한 독자들의 작품 감식속도를 조금이나마 더
디게 조율하는 것이라고 생각한다. 그리고 이런 자세는 한번 읽고 버리
는 일과성의 인쇄물과 그에 영합하여 선정적 호기심을 자극하며 글을
급조하려는 경향이 만연한 이 출판물의 홍수사태에 맞서는 문제의식을
제기하는 것이라고 생각한다.

　다음으로, 여기에는 현실과의 만남이 전제되어 있다. 흔히 이 독법은
작품이라는 폐쇄회로 속에 고립되는 것이 아닌가, 꼼꼼하게 읽기가 작
품 내부를 둥지삼아 그 미적 형식 속에 안주하기 위한 명분이 아닌가 하
고 우려할 수 있다. 하지만 그 우회의 과정이 조금 길 뿐, 이 독법을 밀
어올리는 과정 속에 현실과의 만남은 불가피하다. 성마르게 살피면 요
즘의 문학작품에는 현실의 모순이, 축적된 물화(物化)에 짓눌려 사라진
듯 보인다. 하지만 그 모순은 징후의 모습으로 변형되어 텍스트에 지속
적으로 각인되고 있다고 보아진다. 즉 상징의 층위에 은폐되어 있지만
텍스트에 여전히 영향력을 행사하는 현실의 실상을 해석하기 위해서는
꼼꼼한 독해가 필요하다. 이때 꼼꼼하게 읽기는 침묵의 형태로 억압된
현실의 모순을 텍스트의 표면으로 복원하는 방법이자, 많은 작품에서

놓쳐읽기 쉬운 사회성을 적극적으로 포착해나가는 방법이 된다.

마지막으로 이 독법에는 작품의 실질적인 복합성을 복원하기 위해 약간의 방향 수정을 가한 최근의 반성 역시 포함된다. 솔직히 나는 이전의 많은 글에서 '상실에서의 회복'이라는 순진한 목적론으로서의 단일 서사를 상정하고 작품을 거기에 맞추어 재단해왔다. 예정된 목표를 따라 뻗어가는 회복의 노력을 두둔했으며 작품 전체를 흔들어놓는 심각한 좌절 역시 최종적인 회복으로 가는 길목에 있어 삽화적인 요소로 종속시키곤 했다. 그러나 그것은 작품의 실질적인 복합성을 단일성으로 봉합하는 환원적 해석이라는 반성에 이르렀다. 그 좌절의 지점에 성급하게 틈입하려는 종결의 의도를 배제해야만 작품의 복합성과 밀도를 훼손하지 않고 풍부한 생명감을 끌어낼 수 있을 거라고 생각되었다. 그래서 최근의 글에서는 그 회복의 의도가 좌절되는 지점을 좀더 정치하게 살피려고 노력중이다. 더불어 목적을 향한 맹목으로 치닫지 않으면서 회복을 지향해나갈 방법 역시 고민한다. 이런 이유 때문에 예전의 글과 최근의 글 사이에는 상충되는 부분과 거기서 유발되는 잡음들이 제법 있을 것으로 안다. 하지만 비평적 자의식을 갖기 위한 6년 동안의 습작 과정을 솔직하게 내보이고 싶었다. 그래서 몇번의 첨삭과정에서 예전의 글 속에 내재하던 애초의 의도와 전체 골격이 손상되지 않도록 애를 썼다.

이러한 생각으로 쓴 글 중 작가론을 제1부에, 작품론은 제2부에, 주제론은 제3부에 배치했다. 엉성해 보일 수도 있지만 나에게는 사연 많은 이 원고들이 책으로 엮어진다고 생각하니, 버리지 못하고 싸들고 다니던 보따리를 제 집 찾아 끌러놓는 기분이다. 그동안 깨우쳐주신 선생님들과 도움을 주신 분들, 여전히 지도해주시는 신진(辛進) 선생님, 그리고 모자라는 원고를 책으로 엮어준 창작과비평사에 고마움을 남긴다. 힘든 시간을 잘 견뎌주고 있는 가족들과 원고를 읽어주며 힘을 실어준 아내 회록(回綠)이, 그리고 시를 아끼는 이들에게 이 책을 드리고 싶다.

2002년 12월

허 정

차 례

제3부　주제론

제 1 부

작 가 론

먼곳의 불빛

변죽에서 길 찾기

기억과 길 가기, 그 둘은 어떻게 만나는가

권환 시의 변모와 연속성

먼곳의 불빛

나희덕론

1

나희덕(羅喜德)의 두번째 시집 『그 말이 잎을 물들였다』(창작과비평사 1994)에는 대상에 대한 따뜻한 응시와 교감이 이전 시집 『뿌리에게』(창작과비평사 1991)서보다 한층 더 부드럽게 형상화되어 있다. 하지만 나희덕의 첫 시집 경향을 염두에 두고 이번 시집을 읽은 독자는 당혹스러웠을 것이다. 첫 시집에서 고민의 파편이 서려 있던 전교조 이야기나 그 후일담은 이번 시집에 잘 드러나지 않는다. 그녀가 사회모순을 질타하는 출구로 삼았던 학생들 이야기 대신 덤덤한 어조로 개인의 일상사를 형상화한 이번 시집은 얼핏 밍밍하기조차 하다. 첫 시집에서 모성적 인식에 다양하게 기여했던 학생들 대신 그 관심이 화자의 아이에게 집중되는 점은 첫 시집의 풍부한 사회적 서사를 가족 로맨스로 축소시켜 의미의 궁핍화를 초래한 퇴행이 아닌가 하는 의아심마저 들게 한다. 두 시집의 발행시기 사이에 걸쳐진 국면의 외형적 변화를 인정한다 하더라도 이번 시집의 구도는 시인이 그동안 여러 글에서 자기 시의 미덕으로 간주한

'모성본능'을 너무 의식하여, 그 말에 너무 쉽게 안주하려 한 것은 아닌가 하는 우려마저 들게 한다. 이렇게 첫 시집의 예민한 촉수가 잘린 모습은 전대와의 단절 논의가 무성한 최근의 세태와 연관지어볼 때, 읽는 이의 마음을 착잡하게 할 수도 있다.

분명 첫 시집과 이번 시집의 표면에 드러난 형질변화는 앞서 이야기한 우려를 낳기에 충분하다. 하지만 그런 변화에서 단절을 이끌어내기에 앞서 필자는 세심한 텍스트 읽기부터 선행되어야 한다고 생각한다. 어쩌면 우리는 해석의 실마리를 지나치게 현실 전개방향 쪽으로 열어두고 있는 것이 아닌지 모르겠다. 그것도 시대사의 단층으로 이야기되는 요 몇년간의 시대적 조류에 국한해서. 최근 많은 작품에서 노출되는 지난 시대를 무화(無化)하려는 움직임, 그것에 반발할 수 있는 건 분명 건강한 독자의 자질일 것이다. 그러나 그 부박한 움직임에 길항(拮抗)하는 독자의 안목이 단절이 논의되는 최근의 흐름을 너무 의식한 나머지, 작품 속에 내재된 사회적 대응력이 지표 위로 뚜렷이 분출되지 않거나 함량 미달이라는 이유로 깡그리 폄하하는 현상 역시 우려스런 일이다. 즉 그 대응력이 이전보다 약하거나 문학적 의장을 껴입고 징후적으로 제시되는 것을, 전대를 무화한 단절로 섣부르게 재단하는 시각은, 애초의 의도와 상관없이, 우리 사회에 만연한 패배주의와 시대사적 단층논의를 한결 더 공고하게 양산하는 원인으로 작용할 수도 있다는 말이다. 그 편향적 사고는 작품에 내재한 미약하지만 치열한 현실 응전력을 억압해버릴 위험이 있을 뿐만 아니라, 그것이 어떤 맹목에 사로잡혀 과장되게 뚫어보는 한 부분에 대한 지나친 부각은 우리 사회에 대한 총체적 인식마저 놓치게 만들 우려가 있다. 한쪽으로 지나치게 민감하다는 것, 그것은 독자의 건강한 길항작용이라고 할 수 없다.

이 글은 이런 독해의 반성에서 출발하여, 나희덕의 두 시집에 나타난 표면적인 단절감을 관통하는 통일적인 흐름을 밝히는 데 그 목적이 있

다. 이런 연속성 아래 국면의 변화에 따른 시인의 응전력이 어떤 양상으
로 드러나는지, 그리고 이를 토대로 향후 시인의 궤도를 어떻게 기대해
볼 것인지를 살펴볼 것이다. 아울러 우리 사회에 부각되고 있는 전대와
의 단절 논의 뒤에 면면하게 흐르고 있는 요소와 지하화되어 눈에 잘 드
러나지 않는 이 지점을 복원하기 위해 어떤 자세가 필요한지를 살펴보
기로 한다.

2

> 네 물줄기 마르는 날까지
> 폭포여, 나를 내리쳐라
> 너의 매를 종일 맞겠다
> (⋯)
>
> 네 몸은 얼마나 또 아플 것이냐
> —「풀포기의 노래」 부분(『그 말이 잎을 물들였다』)*

　나희덕의 시는 이타적이다. 이타성의 극치를 보여주는 인용시에서
피울음을 터뜨려야 하는 화자(풀포기)는 울음 대신 노래를 부른다. 화
자는 폭력을 가한 외부존재(폭포)에게 자신의 아픔을 투사하는데, 그
과정에서 현상적인 아픔은 소멸된다. 가해하는 상대의 아픔이 곧 자신
의 아픔이고 그 몸이 더 아플 수도 있다는 인식의 전환 아래, 화자의 아
픔은 극소화되고 대상의 아픔은 극대화된다. 여기에 화자는 연민의 시
각을 덧보태어, 이 역전의 구도가 냉소적으로 치닫는 것을 저지하고 있

---

* 이후 이 시집에 수록된 작품은 따로 책제목을 밝히지 않겠다.

다. 이 구도 아래 대립·갈등하던 외계의 산물은 마치 어머니와 아이의
관계처럼 화자의 품속에 고스란히 수용된다. 외부의 공세를 자신의 품
안으로 부드럽게 수용하는 이 이타적인 양상을 사람들은 흔히 모성이라
고 일컫는다. 이는 첫 시집 『뿌리에게』에서 "나를 뚫고 오르렴"(「뿌리에
게」)과 같은 헌신적인 모습으로 간간이 드러나다가 이번 시집에서 본격
화되어 이제 그녀의 어투로 굳어가고 있다.

그러나 모성이라는 공통 특질에도 불구하고, 두 시집은 그 대상의 측
면에서 단절되어 보인다. 첫 시집에서 모성의 품이 포용하는 대상은 학
생들이었다. 그 시집에서 그녀는 모성적 포용력으로 끌어안은 학생들을
창(窓)으로 하여 다양한 시대인식을 했고 현실의 모순을 격렬하게 질타
했다. 공책검사를 통해 본 우리 사회의 검열(「공책검사」), 꼬리잡기 놀이
를 통한 남북분단의 형상화(「꼬리잡기는 더 이상 놀이가 아니다」), 교육의 현
장까지 파고든 빈부의 격차(「어떤 아이들」), 국어사전 찾기를 통해 통일의
지를 형상화해낸 상상력(「국어사전을 찾으며」) 등 사회모순에 맞서 의욕적
인 교사생활을 형상화한 시는 『뿌리에게』의 절반 가까운 분량을 차지하
면서 첫 시집의 주된 골격을 이루고 있었다. 그러나 이번 시집에는 학생
이야기가 한 편도 등장하지 않는다. 대신 그 사랑은 자신의 아이에게 집
중되고 있다. 이는 이번 시집에서 다음과 같이 한바탕 전쟁을 치르는 양
상으로 전개되는 아침 대신 비웠던 모성의 자리를 채울 저녁을 기다리
는 화자의 행위로 구체화된다.

마음이 급한 내 팔에 끌려올 때마다
아이의 팔이 조금씩 늘어난다.
아이를 키우기 위해
아이를 남에게 맡겨야 하고

—「저녁을 위하여」 부분

아침은 아이와 이별하는 시간이다. 해뜸과 동시에 인간의 노동행위
는 시작된다. 이 시간을 맞이하면서 화자는 지난밤부터 이어져온 강렬
한 모성애와 출근을 해야 하는 직장여성으로서의 갈림길에서 갈등한다.
어머니에서 직장여성으로 변신하는 시간, 바로 그 아침에 아이는 눈물
을 흘리고 화자는 주저한다. 이때 발동하는 모성애는 눈부신 햇살(직장
생활)에 대한 도피심리를 유발한다. 이렇게 매일 되풀이되는 아침은 하
루하루 "아이의 팔이 조금씩 늘어"나는 심리적인 기형현상과 "아이를
키우기 위해/아이를 남에게 맡겨야" 한다는 아이러니컬한 어조로 변용
된다. 여성의 고용이 촉진되면서 이런 현상이 직업을 가진 이 시대 여성
의 일반적인 풍속도가 되어버렸다 해도 어머니로서의 여성에게는 그때
마다 생경한 아픔일 수밖에 없다. 아침나절에 불안하게 발동하는 모성
은 다음 시에서처럼 일종의 강박관념을 형성한다.

이제 나 종일 밭을 갈다가
집에 돌아오면서 문득 몰매기인 나를 보네.
젖무덤 아래 울고 있는 아기를 보네.

—「몰매기를 기억함」 부분

인용시에는 영국시인 예이츠(W. B. Yeats)가 더블린 지방에서 들은
몰매기 여인의 일화가 인용되어 있다. 몰매기는 소금창고에서 지치도록
일한 뒤 아기에게 젖을 물리고 잠드는데, 그사이 자신의 젖무덤이 아기
를 질식사시키는 진짜 무덤이 되고 만 비극적인 여인이다. 이 여인과 화
자는 동류의식을 느낀다. 즉 아침부터 저녁까지 집을 비워야 하는 모성
과 피곤에 절어 졸면서 아이에게 젖을 먹일 수밖에 없는 자신의 일과가
몰매기의 그것과 닮아 있다. 여기서 그녀는 어쩌면 자신 역시 그러한 비

극적 결과를 초래하지나 않을지 초조해하고 있다.

> 해종일 잘 견디어야 저녁이 온다고,
> 사랑하는 것들은 어두워져서야
> 이부자리에 팔과 다리를 섞을 수 있다고
>
> —「저녁을 위하여」 부분

아침에 겪는 이러한 분열증은 그대로 저녁을 선호하는 양상으로 드러난다. 저녁은 낮 동안의 이별을 끝내고 사랑하는 대상을 만나 화합하고, 어머니로서의 역할을 가능케 하는 시간이다. 보금자리로부터 자신을 잘라내는 아침의 날선 칼에 찔린 상처는, 어둠이 내려 외부와 차단되는 저녁의 포근한 품에 어루만져진다. 이렇게 이번 시집에는 이전 시집에서 학생들과 교감하던 해가 뜬 시간에 대한 도피심리가 뚜렷하게 직조되어 있다. 학생들과 하나 되었던 그 시간대는 "눈부신 햇살을 버리고 싶다"(같은 시)처럼 회피의 시간이자, 그 저녁 "사랑하는 것들"과 "팔과 다리를 섞"기 위해 그저 잘 견뎌내야 하는 시간에 불과하다. 서둘러 가정으로 귀환할 그 시간을 고대하며 그녀는 다람쥐 눈망울에서 자신의 젖을 그리워할 아이의 모습(「어린 것」)을 발견하고, "따뜻한 김이 나는 두부를" "으깨어 아기 입에"(「두부」) 넣어줄 생각에 여념이 없다.

3

그렇다면 왜 학생 이야기가 등장하지 않는 것일까? 이번 시집에서 그녀는 자신에 대한 모종의 억압을 행사하고 있는 듯 보인다. 요행히도 첫 시집의 고백적 정조 뒤에 깔린 뚜렷한 갈등구조는 그 이유에 대한 어떤 해명을 제시하고 있다.

> 한 그릇의 밥을 푸면서
> 한 알도 흘리지 말아야 하는 것이 교사,
> 더러는 발밑에 떨어진 것도 주워담아
> 제 입에 넣고 맛있게 씹을 일이다
>
> —「한 그릇의 밥」(『뿌리에게』) 부분

> 아기의 울음소리가 눈길을 밟고 따라와
> 교실문을 가로막는데
> 나는 차마 종이에 옮겨적을 수가 없다.
>
> —「辭表」(『뿌리에게』) 부분

「한 그릇의 밥」에서 교사란 떨어진 밥알(문제아)마저 주워먹을 수 있는 넓은 품을 가져야 한다고 화자는 인식한다. 이 인식은 궁극적으로 문제아 이면에 도사리고 있는 사회적 모순에 가닿는다. 화자는 그에 분노했으며, 이는 자연스럽게 전교조운동과 연계되었다. 즉 『뿌리에게』에서 학생들에 대한 사랑은 어떤 식으로든 시대와 결부될 수밖에 없었다. 그랬기 때문에 시대로부터 끊임없는 "회유와 압력"(「태교」『뿌리에게』)을 받아야 했다. 그 오랜 외압 끝에 결국 그녀는 전교조 탈퇴서약서를 작성하고 만다. 첫 시집에서 갈등이 최고조에 이른 것은 바로 그 사랑이 좌절되는 서약서 작성의 시점이었다. 아기의 울음소리가 "교실문" 밖으로 나가려는 그녀의 행위를 매번 저지시키던 끝에, 그녀는 사표 대신 서약서를 작성하고 만다. 이렇게 『뿌리에게』에는 학교 이야기와, 전교조 탈퇴파동을 둘러싼 화자의 갈등이 양각으로 돌출되어 있었다.

서약 이후 그녀는 그 행위로 인한 죄의식 때문에 깊은 양심적 고뇌

속에 빠진다. 아기 울음소리에 끌려 한순간 작성하고 만 서약서 사건, 그것을 무마하기에는 생생하게 살아 있던 시대인식. 눈앞의 좌절을 그대로 수용할 수 없다는 팽팽한 긴장 속에 빈번하게 등장하는 "용서"(「용서」「그믐」「봄길에서」)라는 어휘는, 자신의 행위에 대한 주위의 용서를 용서로서 받아들이지 못하는 화자의 죄의식이 강하게 드러나는 부분이다. "매달 월급봉투를 헐어 전교조 후원금을 내고/해직교사 복직을 위한 서명도 하지만/끝내 걸어가지 못한 마지막 한 길"(「손톱」『뿌리에게』)에 대한 부끄러움은 끊임없이 자신을 괴롭힌다. 그 "형벌"은 "깎아도 깎아도 가벼워지지 않는"(「같은 시」)다. 전술한 "눈부신 햇살을 버리고 싶다"(「저녁을 위하여」)는 도피적 발언은 이 죄의식과 연관하여 표출된 솔직한 고백으로 보인다.

그 용서마저도 죄의식을 더욱 고조시키는 불편함으로 받아들일 수밖에 없는 억눌린 감정의 회로 속에서 학생 이야기는 서서히 자취를 감추게 된 것이 아닐까? 즉 그것은 관심이 다른 곳으로 옮아가 자연스럽게 사라진 것이 아니라, 서약서 사건으로 인해 의도적으로 삭제됐을 가능성이 크다. 그리고 그 가능성은 이미 첫 시집의 갈등과 좌절에서 예견된 것이었다.

4

이렇게 이번 시집의 표면에 드러난 것은 나희덕 첫 시집에 나타난 그 넓은 품의 의욕적인 표출이 좌절되는 서사이다. 이런 점을 반영하듯 이번 시집에는 소강국면과 연계된 저녁을 형상화한 시가 꽤 있다.

발자국조차 남길 수 없는 자갈밭 같은 시대

거기 메아리를 얻지 못한 소리들만 갈앉아

뜨겁게 자갈을 달구는 시대

—「떨기나무 덤불 있다면」 부분

　인용시에는 낮의 열망을 겪고 난 시점에서 지난 시간을 회상하면서 쓴 '저녁의 언어'가 직조되어 있다. 한여름 맨발로 자갈돌 위에 서본 사람은 알 것이다. 그 돌멩이가 뿜어내는 맹렬한 열기를. 발바닥이 델까 싶어 앙감질을 치다가 자갈밭에 풀썩 주저앉았던 기억이 한번쯤은 있을 것이다. 나희덕은 자신이 청춘을 보낸 지난 시대를 이 자갈밭의 형상을 통해 드러낸다. 강렬한 햇빛이 내리쬐면 자갈돌처럼 뜨겁게 달구어지는 시대, 그때 사람들은 그들을 묶어주는 공통된 열망 아래 자갈돌처럼 쉽게 달아올랐다. 그러나 낮의 폭염이 지나 차가운 바람이 불어오자 달아올랐던 체온은 하강한다. 이런 전환은 광장에서 함께 어깨동무하며 뜨겁게 구호를 외치던 구성원들을 주변부로 해산시켜버렸다. 생경하게 변한 이 자갈밭 풍경은 낮과 밤의 시간이 단절된 것이 아닌가 하는 의아심과, 지나온 시간과 어둠 속에 노출된 이 시간은 근본적으로 다른 것이 아닌가 하는 당혹감마저 심어주었다.

　이런 변모된 상황을 반영하듯 '편지' 연작 4편에 등장하는 '당신'은 냉(冷)감각의 이미지로 차갑게 제시된다. 이때 '당신'은 20대에 1980년대를 보낸 많은 시인들의 작품에서처럼, 사적인 사랑의 대상보다는 당대 많은 사람들의 마음을 들끓게 하며 혁명적 열정을 심어준 이념적 지주의 의미로 읽힌다. 변한 국면을 반영하듯 '당신'은 이번 시집에서 냉혹한 이미지에 휩싸여 있다. '당신'을 환기하는 대상물인 "찬비"(「찬비 내리고」)와 "잔설"(「殘雪」)은 푸근함보다는 차가움을 풍기고, "당신은 그렇게 먼 곳에 있습니다"(「젖지 않는 마음」)처럼 당신은 가깝기보다는 먼 거리에, 이별이라는 장벽에 가려져 있다.

이렇게 소강상태로 돌변한 시간 앞에 다수가 눈앞의 지표를 잃고 상실을 운위했고, 그것은 지난 낮의 시간을 지워버리려는 의식으로 확대되어 자신의 몸 안에 있던 미열마저 부정하게 되었다. 화자에게 역시 눈앞의 어둠이 믿기지 않고, 많은 것을 껴안을 수 있으리라 생각했던 이전의 열망은 "허기"(「떨기나무 덤불 있다면」)처럼 엄습해온다. 그에 좌절하던 화자는 어느덧 "땅의 끝"(「땅끝」)에 선 듯한 절애(絶崖)의 단절감에 절망하다가 어느덧 "어렵게 멀어져간 것들이/다시 돌아올까봐/나는 등을 돌리고 걷는다/추억의 속도보다는 빨리 걸어야 한다"(「기억의 자리」)처럼 기억으로부터 벗어나기 위해 몸부림친다.

이 저녁 그는 "삶의 막바지에서/바위 뒤에 숨듯"(「이 골방은」) 그렇게 골방 속에 자신의 몸을 쓸쓸하게 눕힌다. 첫 시집에서 보인 사회적 열망과 이를 좌절시키던 현실 사이의 모순이 봉쇄된 채, 그 저녁 폐쇄된 골방에서 자기 아이에게 사랑을 쏟지 못하면 어떡하나 하고 조바심내는 것을 읽는 마음은 착잡하다. 이전 시집의 주요한 지수(指數)를 살려내지 못한 이러한 점은 분명 작품의 상승된 면모를 바라며 나희덕에게 쏠리는 기대지평을 무너뜨리는 행위로 이해될 수 있다. 다부진 사회적 열망과 사적인 사랑을 지키기 위해 햇빛마저도 외면하고 싶다는 그 심정의 토로 사이의 간극을 어떻게 받아들여야 할 것인가? 표면적으로 본다면 거기에는 단절 이외의 적합한 말이 없어 보인다.

하지만 표면에 드러난 대상의 차이를 두고 단절을 부각시키는 것은 이번 시집뿐만 아니라 이전 시집의 이해에 있어서도 진정한 의미를 놓치는 것이 되고 만다. 이 현상을 단절로 판단하기에 앞서 우리는 그 저녁 골방에서 아이에게 쏟는 모성 뒤에 분산되어 깔려 있는, 상실을 회복으로 전환하기 위해 치러내는 암중모색을 눈여겨볼 필요가 있다.

이번 시집을 조금 더 세심하게 살피면, 그 저녁에는 아침나절의 호들갑과는 달리 정작 아이와의 사랑이 형상화된 시가 별로 없는 반면 다음과 같은 징후(symptom)들로 채워져 있음을 발견하게 된다. 징후란 충동과 억압의 타협에 의해 형성되는 것으로, 이 경우 원충동은 억압에 짓눌려 변형되어 나타난다. '용서' '나뭇잎' '자신의 학생시절' '철거민의 삶'은 사회적 관심을 지키고자 하는 열망과 이를 저지하는 죄의식 사이의 갈등이 일순간 타협하여 형성된 상징들로서, 읽는 이의 적극적인 해석이 필요한 부분이다.

그녀는 첫 시집에서 고민하던 그 죄의식을 한층 치열하게 치러내고 있다. 그녀는 첫 시집의 「서약서 2」에서 "이렇게 오래도록 마음속에 남아 있을 줄 몰랐습니다"라고 서약 후의 고통스러움을 호소한 바 있었다. 이는 이번 시집에서 고도로 상징화되어 드러난다.

덩굴을 거두어낸 수박밭에
남은 수박들이 몇개 뒹굴고 있다

거두어가지 않은 게 있다는 것
보잘것없기에 남겨진다는 것

수박의 형상으로
더이상 수박이 아닐 때까지
밭의 고요와 싸우며
흐르는 진물은 하늘에 대고 닦는다

용서는 가장 혹독한 형벌,
기억 속에서는 수박들이 물씬 썩어간다

—「용서」 전문

밭에 버려져 진물이 날 정도로 썩어가는 수박에서 화자는 엉뚱하게
도 용서를 읊조린다. 이 엉뚱한 진술을 푸는 열쇠는 "기억"이라는 시어
에 있다. 즉 처참하게 진물러져가는 그 수박은 화자의 기억 속에 각인된
서약서 사건 이후 피폐해져가는 자신에 대한 비유이고, "용서는 가장
혹독한 형벌"이라는 구절은 첫 시집의 「손톱」에서 "깎아도 깎아도 가벼
워지지 않는 형벌"이라던 그 죄의식의 후일담으로 읽힌다. "입술을 열
어 용서라고 발음해주지 않"(「봄길에서」)는 주위의 냉담한 반응에 그는
"나를 살아 있게 했던/모든 티끌과 진액이 흘러내리도록/속수무책 기
다렸다고 하면 될까/물 한모금 입에 대지 않고/참으로 긴 목마름 보냈
다고 하면/용서가 될까"(「그믐」)라고 그 죄의식으로 인한 고통을 토로한
다. 면죄부를 부여받지 못한 자신은 트럭을 타고 벗들이 모두 떠나버린
수박밭 같은 외지에 홀로 남겨져 썩어가는 고통의 시간을 견뎌내야만
한다고 생각한 듯하다.

그런데 그렇게 고대하던 용서라는 말은 역설적이게도 축복이나 자유
가 아니라 "가장 혹독한 형벌"(「용서」)이 되어 그녀에게 다가온다. 이는
그 용서가 외부로부터가 아니라, 내적 필연성이 뒷받침되어 참회의 밑
바닥에 이르렀을 때 비로소 부여받을 수 있는 것임을 암시한다. 시혜처
럼 주어지는 용서는 그 치열한 과정을 간과하는 것이기에 현재의 그녀
가 용납할 수 없는 형벌이 된다. 즉 이 진술은 그 죄의식이 더이상 회피
해야 할 것이 아니라 극복해야 할 것으로 내면화되었음을 암시한다. 이
렇게 이번 시집에는 첫 시집에서 화인자국으로 찍힌 서약서 사건을 스
스로 극복해내려는 인간적 고뇌가 지속적으로 드러난다. 자신의 부끄러
운 선택과 대조되는 삶의 상징으로 읽히는 나뭇잎에 대한 시편 역시 그
삶에 어떤 방향성을 제시한다는 점에서 놓칠 수 없는 부분이다.

사라짐으로 하여

남겨진 말들은 아름다울 수 있었다.

(…)

낙엽이 내 젖은 신발창에 따라와
문턱을 넘는다, 아직도 여름인데.
　　　　　　　　　　　　　　　　—「그 말이 잎을 물들였다」 부분

　여기서 나뭇잎은 소나기라는 외적 폭력에 의해 철이른 떨어짐을 당
한다. 이는 외부의 부조리에 항거하다가 투신을 결행한 열사의 때이른
죽음, 가령 첫 시집의 「그대를 어디에 묻으랴——故 이한열 열사를 추모
하며」가 우의적으로 드러난 대목으로 해석된다. "모든 것이 떨어져내리
는 시절" "단 한 순간 타오르다 사라지는 이"라며 그 아름다운 희생을
나뭇잎으로 형상화한 「살아 있어야 할 이유」에서도 이와 비슷한 연상작
용이 펼쳐지고 있다. 인용시에는 이런 죽음과 삶이 그 차이에도 불구하
고 서로 넘나드는 관계로 드러난다. "낙엽이 내 젖은 신발창에 따라와/
문턱을 넘는다"에서처럼, 그 낙엽은 화자의 신발에 찍혀 삶의 경계인
"문턱"을 넘어오고, 화자 역시 그 이파리에 마음이 훌쩍 쏠린다. 그것은
화자가 죽음으로 끌려들어가는 현실 축소와 패배의 구도가 아니라, 그
사라짐의 의의를 현실에 끌어들여 현실의 영역을 좀더 넉넉하게 만드는
상승의 구도를 취하고 있다. 그 구도 아래서 죽음은 삶에 내재한 추함을
자극·공격하여 그것을 제거하는 적극적이고 아름다운 죽음이 된다. 그
래서 "사라짐으로 하여/남겨진 말들은 아름다울 수 있"게 된다. 이렇게
그녀는 자신의 선택과 극명하게 대비된 열사의 삶을 통해 부끄러움을
되새기고 있다. 나뭇잎으로 상징화된 그들의 가치로운 희생을 생각하며
그는 지독한 갈등을 치러냈을 것으로 보인다.

저물고 싶지를 않습니다
모든 것이 떨어져내리는 시절이라 하지만
푸르죽죽한 빛으로 오그라들면서
이렇게 떨면서라도
내 안의 물기 내어줄 수 없습니다

눅눅한 유월의 독기를 견디며 피어나던
그 여름 때늦은 진달래처럼

—「살아 있어야 할 이유」 부분

그러나 이번 시집에는 또한 열사의 삶만이 꼭 의미 있는 투쟁인가, 다른 삶도 의미 있는 삶일 수 있지 않은가를 고민했던 시간들이 보인다. 인용시에서 그녀는 열사의 삶처럼 일순간에 떨어져내리고 싶지 않다고 솔직하게 고백한다. 흘낏 보면 이는 그 희생적 삶을 결행하지 못하는 자신의 비겁함을 서술한 표현으로 읽힌다. 하지만 "눅눅한 유월의 독기를 견디며 피어나던"이라는 구절이 암시하듯이, 회피로 오인될 법한 그 발언에는 두려움을 넘어선 견딤의 의의가 부여되고 있다. "단 한 순간 타오르다 사라지는"(같은 시) 그 희생적 아름다움마저 곧 망각되고 마는 현세태에서, 한순간 두드러지게 각인되다가 사라지는 강렬한 삶보다는 어쩌면 이 어둠 속을 끝까지 버텨내는 삶이야말로 더더욱 필요한 자세인지도 모른다. 이번 시집에서 보이는바 그것이 나희덕이 그 죄의식의 밑바닥에 오래 머물면서 발견하게 된 삶의 의미라고 생각된다. 쉽게 극복되지 않는 그 부끄러움이 자신이 다른 길로 빠지는 것을 막고 그 삶에 가치와 방향성을 서서히 부여하게 된다. 이러한 죄의식을 통과해오며 절치부심(切齒腐心)하던 그녀는 자신의 내면에서 "환한 솥바닥"에 눌어

붙은 "한덩이의 누룽지"(「요즘의 발견」)처럼 무엇인가 생성되고 있음을
느끼게 된다.

> 아아 사랑하는 나의 님은 갔다고
> 아나운서는 목청을 돋우어 시를 읽는데,
> 나를 막막하게 한 것은
> 흰 칼라를 가방 깊숙이 쑤셔박게 한 것은
> 한 독재자와 님과의 그 까마득한 거리와
> 참을 수 없는 슬픔의 향연,
> 들러리 선 어린 까마귀들의 울음 같은 것이었다
>
> —「어느날 아침」 부분

어느 독재자의 시해사건을 두고 우리 교육이 행한 해프닝을 기술한
인용시에는 그녀 자신이 학생의 입장이 되어 교실에서의 반응을 살피고
있다. 인용시에는 지배이데올로기의 주입 통로로 자리하던 당대 학교의
훈육행위가 "흰 칼라를 가방 깊숙이 쑤셔"넣으라는 강요와, 라디오를
통해 교실에 흘러나오는 장송곡 「님의 침묵」의 시구 낭송을 통해 드러
난다. "독재자와 님과의 그 까마득한 거리"에도 불구하고 이데올로기적
국가기구로서의 학교는 그 독재의 실상을 은폐하고 그를 님으로 미화시
키고 있다. 그러나 그보다 그녀를 더욱 "막막하게 한 것은" 급우들로 하
여금 그 독재자를 추모하는, 울음을 터뜨리게 만든 훈육행위의 위력이
었다. 이데올로기 구조에 종속된 그들의 반응은 그 호출행위에 너무나
즉각적이었다. 이번 시집에는 이렇게 자신의 과거를 우회하여 첫 시집
의 근본서사를 변형시킨 시가 있는가 하면, 후반부에는 그 근본서사의
또다른 변형으로 보이는 이웃의 가난한 민중들의 삶을 다룬 연작(「신정
6-1 지구」「여기에 평화가 있어」「학교다녀오겠습니다아」「걸음을 멈추고」)이 있다.

끝나는 대로 돌아와야 한다—
그새 집이 없어지면, 없어지면—
아이는 울음을 터뜨리고
간신히 달래 보내는 엄마의 등뒤로
민들레 홀씨 어지럽게 날린다

—「학교다녀오겠습니다아」 부분

　그녀는 끊임없이 무엇인가를 세워야만 하는 "폐허에 사는 일보다, 더 고통"(「신정 6-1 지구」)스러운 현실에 직면한 철거민들의 삶을 기웃거린다. 그녀는 학교를 다녀오는 사이 집이 무너지면 어떡하나를 걱정하는 한 학생을 주목하고 있다. 그 아이는 직접 가르치는 학생은 아니지만, 여기에는 첫 시집에서 놓쳤던 학생들의 물적 기반을 아프게 드러내 보이고 있다. 여기서 특징적인 것은 그 파괴와 불안 이면에 존재하는 평화에 초점이 가 있는 점이다. 그녀는 "내일 포크레인이 밀고들어올지 모르는" 그곳에서 "찢기고 잘린 평화가/조각이불 위에서 빛나"(「여기에 평화가 있어」)는 모습을 보고, "천막 사이로/불쑥 비어져나와 있는 사내의 맨발" 속에 "평화가 잠시 그림자를 드리운 그 순간"(「걸음을 멈추고」)을 모성의 안타까운 시선으로 그윽하게 응시하며, 이 체제가 다 앗아가지 못한 그 평화만큼은 지켜내야 한다고 본다.
　이런 다양한 징후 읽기를 통해 이번 시집에 억압되어 있는 사회적 열망을 서서히 복원할 수 있게 된다. 즉 첫 시집에서 원재료의 형태에 가깝게 가공되었던 그녀의 신념이 이번 시집에서는 그 죄의식의 검열을 통과할 수 있게끔 좀더 복잡화된 형태로 변형되어 나타난다.

　불타도 사라지지 않는 떨기나무 덤불 있다면

그 앞에 신이라도 벗어야겠다
마른 나뭇가지처럼 그리로 그리로 기울고 싶다.

―「떨기나무 덤불 있다면」 부분

    이렇게 볼 때, 눈에 잘 띄지 않지만 이번 시집에는 첫 시집에서 고민하던 '아름다운 미래'에 대한 믿음이 여전하다. 한때 그녀는 그 믿음으로 인해 상처입고 망연해하기도 했지만, 그 믿음은 지금도 따뜻하게 그녀를 감싸며 앞길을 인도해주고 있다. 그녀는 "길을 잃"은 "사람"의 내면을 따뜻하게 안아주는 "멀리서 밝혀져오는 불빛"(「산속에서」)을 여전히 응시하고 있다. 먼 거리에 냉랭하게 위치한 '당신'은 여전히 화자에게 "세상 속에 살고 싶"다는 열망을 불러일으키며, 지금도 새 한 마리의 형상을 하고 날아와 "내 마음 한 물결 일으켜놓고"(「나뭇가지가 오래 흔들릴 때」) 간다. 잠시 길을 잃었지만, 그녀는 "예전의 그 자리로 돌아"(「기억의 자리」)와 "아직도 길 위에서 서성거리고 있"(「길 위에서」)다. 그래서 단절로 보인 그 자갈밭 풍경에 곧이어 "불타도 사라지지 않는 떨기덤불"이라는 목표를 재설정하고 그쪽으로 기울고 싶다는 열망을 표출한다. "사는 일"이 원래 등이 "시린 일"(「등이 시린 일」)이고 "너무 맑게만 살아온 삶은/흐린 날 속을 오래오래 걸어야 한다"(「흐린 날에는」)는 생각 아래, "예전의 그 길, 이제는 끊어져 무성해진 수풀더미 앞에 하냥 서 있"(「그런 저녁이 있다」)다. 이렇게 이번 시집에서 나희덕이 문제삼는 저녁은 새로운 출발점이 된다.

5

    다음과 같은 '반성'과 '기다림'의 자세는 징후로 변형되어 어렵게 표

출된 그 신념에 뒷심을 실어준다. 그 저녁은 반성이 본격화되는 시간이
다. 어둠이 내리는 그 시간 화자는 시선을 내면으로 옮겨 자신의 지난
이력을 굽어본다.

> 내 필생의 조개껍데기 다 주울 수 없어
> 그 부스러기들에게 온몸을 긁히며
> 이 끝에서 저 끝으로 무릎을 끌며 기어도
> 다 주울 수 없어
>
> —「낙조」 부분

　조개를 다 주우려 했던 이전의 열망을 반성하고 있는 이 시는 열정은
과도했지만 결정적인 순간에 팔이 안으로 굽어버린 이전의 사랑을 조개
줍기와 그 시도의 좌절을 통해 드러내고 있다. 물론 이 대목에서 그 열
정이 표나게 사그라든 점은 비판받을지도 모르겠다. 그러나 여기에는
"한 알도 흘리지 말"고 "발밑에 떨어진 것도 주워담"(「한 그릇의 밥」『뿌리
에게』)겠다는 그 의욕적인 열정이 욕심이었다는 깨달음이 뚜렷하게 나
타나 있다. 의욕적으로 불타올랐던 그 "마음의 군불"은 오히려 "무성한
연기"(「序詩」)만 지필 뿐이었다. 그 좌절은 자신에게는 한계인식으로 종
결될지 모르지만, 그것이 그러한 자기 아픔을 넘어 학생들을 "길을 잃
게"(「길 위에서」) 만들었다는 점에서 사태의 심각성은 점층된다. 낙조가
깔릴 무렵 인정할 수밖에 없어진 이 좌절은 "조각난 슬픔"(「낙조」)이 되
어 그녀의 가슴에 아프게 물결친다.
　이 시점에서 화자의 모성이 아이에게 집중된 이유를 짐작할 수 있다.
그것은 서약서 파동으로 인해 학생들에게 길을 잃게 만든 그 행동을 다
시는 누군가에게 되풀이 않겠다는 강한 책임감에서 연유한 것이다. 즉
여기에는 앞으로의 사랑이 한때 의욕적으로 불끈 쏟아붓다가 거두어들

여 대상을 난감하게 만드는 일과성이 아니라, 끝까지 책임지는 것이어
야 한다는 반성이 자리하고 있다. 그래서 아이에게 모성이 집중된 점은
이전의 사랑법에 대한 반성의 문맥에서 이해할 수 있다. 여기서 그 아이
는 많은 부분 학생의 모습과 겹쳐 읽을 수 있다. 공사(公私) 양 영역으
로 분리되어 양자택일해야 할 것으로 대립하던 '학생'과 '아이'는 반성
행위에 추동되어 대립이 무화된다.

때로는 타고 가는 기차의 앞머리가 보인다
속도를 조금씩 늦추고
포물선을 그리며 철로를 지날 때
그 휘어짐 속에서는 보인다
어떤 대열 속에 몸을 싣고 있는지
대열이 더듬이를 어디로 옮겨가는지
질주할 때는 보이지 않던 게
언뜻 보인다

—「허」 부분

주저하고 있는 현재 삶에 대한 자기변호처럼 읽히는 「허」 역시 반성
이 잘 드러난다. 굽어 돌아가는 길에서 기차는 속도를 늦춘다. "타고 가
는 기차의 앞머리가 보"일 정도의 갑갑함 속에서, 화자는 "질주할 때는
보이지 않"았던 자신의 위치와 몸담은 대열이 그간 고수해온 경직성을
새삼스레 발견하게 된다. 목적에 이르는 지름길이라고 생각했던 그 속
도가 각각의 난관에서 쉽게 무릎꿇을 수밖에 없는 맹목이었음을, 화자
는 그 기차의 속도가 주춤하는 순간을 통해 성찰해낸다. 인용시는 성급
하게 목적지에 닿겠다는 맹목으로는 그 도정의 중간중간에 있는 난관을
통과할 수 없다는 사실과, 난관을 만나면 우회하겠다는 유연한 정신이,

맹목성에 시든 이전의 자세를 교정하여 현 위기국면 너머에 있는 목적에 이르는 출구를 제시해준다는 사실을 암시하고 있다. 이는 소강국면으로 치닫는 상황에 적합한 대응책 모색이라는 측면에서, 자기변호의 의미를 넘어서 위기에 대응하는 적극적인 방법 모색으로 볼 수 있다. 이런 자기성찰은 다음과 같은 유연성 강화의 의지로 이어진다.

> 그런데 이상하기도 하지
> 위태로움 속에 아름다움이 스며 있다는 것이
> 땅끝은 늘 젖어 있다는 것이
>
> ―「땅끝」 부분

이 시에서 땅이 끝난 듯한 단절감은 모든 것이 소거된 무의 상태로 귀결되지 않고 아름다움으로 변모되고 있다. 화자는 땅끝의 "위태로움 속에" 스며드는 "아름다움"을 살피고 있다. 여기에는 본성(고체로서의 성격)을 유지하면서도 그와 이질적인 것(액체)과 교접해나가는 '유연성'이 그 아름다움의 근거로 제시된다. 이 유연성이야말로 새로운 조건에 맞서 더듬이를 움직여가며 위기를 또다른 가능성으로 전환해내는 상황 대응력이자, 고유한 모습으로 현실을 버티며 자신의 미래를 향해 나아가게 만드는 추동력이 된다. 그래서인지 이번 시집에는 도처에 축축하게 젖은 이미지를 환기하는 시어가 사용되고 있다. 주로 '젖다' '울다' '물들이다'라는 동사로 표현되는 유연함은 단조로운 어조 같지만, 축축한 발원지에서 시작하여 풍부함이라는 하구까지 흘러가는 물처럼 단절되어 보이는 매단계를 우회하여 그 목적을 줄기차게 지향해나가고 있다.

다음과 같은 끈질긴 기다림의 자세는 이 반성의 진면목을 더욱 견고하게 떠받치고 있다. 서둘러 과거를 부정하거나 환각 속으로 도피하려는 조급증에 애타하는 이 전환기에, 그녀는 끈기 있는 참을성을 내보인다. 부박한 세태를 견디는 그 모습은 "나는 우두커니 서 있습니다/물결을 거스르며 견디는 돌멩이처럼"(「십년 후」)과 같은 구절에서 쉽게 발견된다. 이 기다림은 낯선 이별의 아침, 아이에게 저녁까지의 "기다림"과 인내를 강요하면서(「저녁을 위하여」) 자신이 내뱉은 그 어휘에 공허해했을 그녀에게 있어 결코 무책임하게 뱉어지는 것은 아니다. 다음 시는 그 기다림을 잘 형상화하고 있다. 짙은 어둠 속에 갑자기 들어섰을 때 기능을 상실한 시각이 차츰 주위 사물을 식별해가듯이, 어둠 속에서 분별력을 잃었던 시각은 서서히 개안하여 화자의 몸 속까지 꿰뚫는 적극적인 시선을 가능케 한다.

> 검고 붉은 것이 흐르고 흘러
> 무엇을 대신 갚을 수 있는 것일까
> 기다림의 어떤 징표인 듯
> 옷을 적시고 땅을 다 적시도록
> (…)
> 이 충만한 寒氣는
> 세상의 경계 속으로 나를 다시 불러들인다
>
> —「그믐」 부분

  인용시에는 기다림의 행위를 통해 존재의 전환을 도모하는 모습이 형상화되어 있다. 시인은 달의 주기와 엇비슷한 까닭에 달거리라고 부르는 멘스의 검붉은색(하혈)을 흰색(화자의 얼굴)과의 대비를 통해 드러낸다. 여성의 신체는 검붉은색(죽음과 생명)이라는 비친화적 이질성을 혼합한다. 역설적이게도 이런 검붉은 핏덩어리를 매달 만들어내는 여성이 건강한 여성이다. 시에서 핏기 없는 흰 얼굴과 완전체가 되지 못한 멘스의 불완전함은 온전함을 향하여 운동하는데, 그것은 "기다림"의 행위로 나타난다. 하혈의 배경인 인용시 속의 그믐은 이 기다림의 출발점이 된다. 그믐은 하강운동의 과정 속에 곧이어 소멸되고 말 접경의 시간이지만, 달의 모습이 나날이 변신하는 순환운동임을 염두에 둘 때 그것은 다시 보름을 준비하는 시간으로 이어진다.

그러나 이 기다림은 쉽게 보름으로 치닫지 못한다. 여기서 고통의 시간을 생략하고 그 시간대로 경사되는 성급함은 불경시된다. "내 울음 아직은 노래 아니다"(「귀뚜라미」)처럼, 여기에는 '아직은 아니다'라는 인식이 성급한 기대를 저지하고 있기 때문이다. 그 목표 실현을 위해서는 그와는 사뭇 이질적으로 보이는 현재를 우회로 삼은 고통의 시간이 불가피하다. "충만한 한기"와 같은 역설적인 경험은 형극과도 같은 그 우회로의 밑바닥을 에둘러 가는 인고의 기다림 끝에서야 성취 가능하다. 이렇게 인용시는 건강한 소통을 바라는 여성의 아픈 몸이 겪는 긴 고통의 순간을 그 치유에 대한 끈기 있는 기다림으로 대면해나가는 자세를 형상화하고 있다.

> 이를테면, 고드름 달고
> 빳빳하게 벌서고 있는 겨울 빨래라든가
> 달무리진 밤하늘에 희미한 별들,
> 그것이 어느 세월에 마를 것이냐고
> 또 언제나 반짝일 수 있는 것이냐고 묻는다면
> 나는 대답하겠습니다.
> 빨래는 얼면서 마르고 있다고,
> 희미하지만 끝내 꺼지지 않는 게
> 세상엔 얼마나 많으냐고 말입니다
>
> ―「빨래는 얼면서 마르고 있다」 부분

인용시는 그런 기다림의 과정 속에 그녀가 어떻게 목적에 대한 믿음을 견지하고 버텨내는가 하는 점을 보여준다. 이 겨울 빳빳하게 얼어 있는 빨래는 영영 마르지 않을 듯 보인다. 그러나 지금 당장은 아니지만 줄에 매달려 벌받는 듯한 그 고통스런 견딤 끝에 빨래는 천천히, 언젠가는 마르게 될 것이다. 여기서 중요한 것은 지금 이 순간의 빨래가 이전보다는 조금 더 말랐다는 점이다. 그 우회로가 목적지에 조금씩 가까워진다는 확신이 있기에 현재의 고통은 즐겁게 향유될 수 있다. 이렇게 소강국면을 통과하기 위해 그녀는 성급한 열망을 억제하며 꾸준한 인내로서 기다림의 희생을 치러내고 있다. 이러한 암중모색의 과정을 거치며 "세상의 숨죽인 골방들, 그 끊어진 길이" "하늘의 별자리로 만나 빛나"(「이 골방은」)는 소통 체험 아래 그녀는 다시 세상과 소통하게 된다.

6

첫 시집과 이번 시집 사이에는, 모성의 대상 차이라는 표면적인 단절에도 불구하고, 분명 자기장(磁氣場)과 같은 질서가 존재한다. 배제된 듯 보이는 사회적 고민은 징후의 모습으로 숨겨져 있지만, '그 저녁'의 암중모색을 통해 중단되지 않고 지속적으로 상징화되고 있다. 앞에서 우리는 몇 가지 징후를 통해 첫 시집 표면에 드러난 사회적 서사의 흔적을 읽어낼 수 있었으며, 반성과 기다림의 자세를 통해 그 회복의 고투가 더욱 고양되고 있음을 읽을 수 있다. 첫 시집에 나타난 나희덕의 근본서사(사회적 관심과 연관되어 외부를 포용하는 이타적인 모성 구현)는 이번 시집에도 면면히 이어지고 있었다. 한낮의 격정을 보낸 뒤 맞이하는 저녁과 밤, 그런 하루의 시간이 프라이(N. Frye)가 제시한 사계의 원형과 인간의 일생 등과 관련지어져 이해될 때, 단절되어 보이는 하강의 지점은 인간적 성숙을 다지는 시간으로 상승하게 된다. 낮에 겪은 열망의 좌절을 딛고서 대면한 시간이라는 점에서 그 저녁은, 표면적인 대상의 축소에도 불구하고 이전의 사회적 관심이 내실을 다지는, 한층 성숙된 모성이 펼쳐지는 시간대였다. 나희덕 시는 그러한 자연의 질서를 모방하고 있다.

그래서 이번 시집은 집단적 경험을 개인적 차원으로 축소시킨 퇴행이 아니라, 외부의 충격에 맞선 내면의 아름다운 응전력의 한 양상을 보여준 것으로 읽어야 한다. 그 열망이 함량 미달이라는 표면적인 잣대로 그 사랑법을 시효가 지난 것으로 결론짓고 싶어하는 강한 유혹 속에 휘말릴 것이 아니라 이번 시집의 폐쇄된 이미지는 당대의 소강국면에 상응하는 것으로, 두 시집의 소재 차원의 단절 역시 첫 시집에서의 열망이 소강국면의 지표를 뚫고 표출될 때 변형되어 만들어진 징후로 읽을 필요가 있다.

이러한 궤적은 우리 사회의 국면 변화를 읽어내는 해석적 코드로 확대될 수 있다. 즉 개별 텍스트를 대상으로 삼은 제임슨(F. Jameson)의 해석 1지평이 더 큰 동심원을 그리며 사회적 지평(해석 2지평)과 역사적 지평(해석 3지평)으로 뻗어가듯이, 이 글의 독해가 나희덕 작품에 국한되지 않고 그 이해를 매개삼아 당대의 모순과 고투하고 있는 우리 사회의 진보운동과 유토피아를 열망하는 목적론적인 역사와 같은 더 넓은 층위로 풍요롭게 확대될 여지가 있다는 말이다. 이때 나희덕의 시는 전대로부터 지속되어온 우리 사회 진보진영의 고투가 보다 고도화된 자본의 속성에 부딪혀 좌절하게 된 양상을 상징적으로 해결하고 있는 무수한 텍스트 중의 하나가 된다. 그리고 최종적인 단계에서 나희덕의 시는 무성한 단절논의 속에서도 자유의 영역을 쟁취하는 아름다운 미래를 열망하는 목적론으로서의 '역사'를 복원하기 위한 우리 사회의 암중모색을 보여주는 텍스트로 읽히게 된다.

기반은 상황에 따라 변모해 표출된다. 그것이 형상화될 때 문학 자체의 미적 형식에 의해 변형되는 것은 당연한 이치이다(이런 측면에서 1980년대의 많은 시가 그 신념을 육화되지 않은 생경한 관념으로 노출해 시의 형해화를 초래한 부분은 문학의 미적 형식을 간과했다는 측면에서 반성할 부분이다). 그런데 이를 무시하고 상황대응책을 모색하려는 유연성을 기반과 무관한 단절로 규정하는 시각은 단절론을 더욱 공고히 할 수도 있다. 그리고 그것은 우리를 맥풀리게 했던 이 사회의 전반적인 기류(시대사적 단층에 대한 인정)에 읽는 이 스스로가 병들어 있음에 대한 반증이 된다. 그래서 그 변용양상은 작품을 총체적으로 조망하는 정확한 읽기를 통해서 간파해내야 한다. 즉 꼼꼼한 독해를 통해 단절되어 보이는 그 결락의 지점에 억압되어 있는 근본서사를 제 위치로 복원할 필요가 있다. 이때 징후적 독해는 지하화된 근본서사를 복원해낼 뿐만 아니라, 단절로 오해되는 것들 사이의 연속성을 포착하는 적극적인 방법이 된다.

7

그녀의 가슴에 상처로 남아 있던 죄의식은 이제 서서히 극복되어가고 있다. 하지만 하루 일과의 이중성은 저녁의 안정성에 비해서 아직까지 아침의 불안을 떨치지 못하고 있다. 그런 면에서 이제 새롭게 맞이할 아침이 기대된다. 이 아침을 맞기 위해서는 아직까지 치유하지 못한 "용서는 가장 혹독한 형벌"(「용서」)과 같은 죄의식의 찌꺼기를 떨쳐낼 필요가 있다. 지난 시간을 부끄러워하는 것은 나희덕의 미덕이다. 하지만 상처입은 내면마저도 감상적인 상품으로 흡입해버릴 정도로 물화가 축적된 이 현실에서 그 부끄러움 역시 지나치면 본연의 아름다움(아픈 노력을 통한 정화의지)을 잃고 작품을 장식하는 정체된 틀로 굳어버리거나 동정심에 호소하는 값싼 상품으로 추하게 일그러질 수도 있다. 그래서 한번 안으로 굽었던 손을 힘차게 밖으로 뻗치는 일, 깊이 있는 사랑을 도모하기 위해 자기중심의 성채 속에 의도적으로 국한해온 그 사랑이 다시 포용적 열림이 될 수 있도록 횡적인 길트기 작업이 뒤따라야 할 것이다. 그 무게가 부담스럽더라도 "어둠과 취기에 감았던 눈을／밝아오는 빛 속에 떠야 한다는 것이" "나는 두렵다"(「나 서른이 되면」)와 같은 회피나 지나친 겸손은 이제 지양되어야 한다.

> 먼 곳의 불빛은
> 나그네를 쉬게 하는 것이 아니라
> 계속 걸어갈 수 있게 해준다는 것을
>
> ―「산속에서」 부분

휴식을 주기에 불빛의 위치는 아직 멀다. 나희덕이 추구하는 모성은 아직까지는 지향점이지 도착점은 아니다. 여전히 길 위의 삶일 수밖에 없는 그 존재에게서 막막함이나 여독 같은 것이 느껴질 법도 하다. 그러나 길 위에 선 나그네의 삶은 불빛을 지향점으로 삼은 목적론적인 행보를 멈추지 않고 있다. 그리고 그 행보를 따라 좌절을 뚫고 오르려는 상승운동은 차츰 고양되고 있다. 그런 면에서 나희덕이 대면했던 비극적 하강 체험은 그 목적론적인 상승운동 속에 삽화적인 것으로 종속되어 있을 뿐이다. 이 저녁, 그녀가 직면했던 좌절 체험은 많은 가슴들이 기댈 수 있는 드넓은 모성을 향해 뻗어나가는 도정 속에 새로운 출발점으로 편입되고 있다. 그 저녁을 지나 이른 새벽, 그녀는 한 청소부의 몸에 영산홍 꽃물이 드는 풍경을 마치 미래에 대한 환영처럼 보고 있다(「어느

봄날」). 아직까지 '영산홍 꽃물 드는 광경'은 주지(主旨)가 뚜렷하지 않은 메타포로서 존재하고 있다. 하지만 그 황홀감은 이제까지 논의해온 모성을 통해 만들어가야 할 미래의 모습 중 하나라는 사실을 쉽게 예상할 수 있다. 지금까지와 비슷해 보이면서도 매순간 낯선 풍경으로 그녀를 주저하게 만들 그 미답의 영역을 향해 걸어갈 쉼없는 행보가 마침내 먼곳의 불빛에 도달할 날을 기다리자. 그것은 가슴 설레는 일이다.

—『창작과비평』 1996년 겨울호(개고)

변죽에서 길 찾기
이정록론

1

한국 시단에서 실험정신은 획기적인 성과를 일궈왔다. 한국 시사를 돌이켜볼 때 만나는 거장들은 치열한 자기준열의 과정을 거쳐 나름대로 실험의 시학을 육화해낸 시인들이었다. 한국 시단은 실험의식에 의해 시의 영역 밖이라고 생각되던 부분까지 시 속에 수용하여 그 영토를 확대해왔으며, 실험정신은 경직된 문단의 풍토에 충격과 활력을 불어넣고 그 흐름을 더욱 역동적으로 만들어왔다. 답보상태를 새롭게 변모시키려는 그 시도는 일단 긍정적으로 평가된다. 타 매체의 위협 속에서 시의 위기에 대한 우려의 목소리가 드높은 지금이야말로 실험정신이 더욱 강하게 요청되는 시기일는지 모른다.

그러나 새로운 영토를 개척하려는 이런 실험은 편견으로 인하여 적지 않은 위험성에 노출되어 있다. 그 위험은 실험을 '새것'과 등치시키는 오해에서 비롯되는 듯하다. 가령 새로운 시적 논리나 사회 · 문화적 맥락의 고려 없이 형태 파괴와 같은 형식적인 새로움을 실험의 가면을 쓰고 내놓는가 하면, 이 스피디한 현실을 빌미삼아 마치 소비상품처럼 일회적으로 소모하고 버릴 새로운 소재를 찾아 방만하게 나서거나, 외국이론이 한번씩 소개될 때마다 정신의 들뜬 경사면을 보여주며 그에 편승하는 것을 실험으로 오해하는 일도 벌어진다. 이 유행병에 너나없이 발을 담가보지만, 그뒤 당연히 뒤따라야 할 현실 적용이나 꾸준한 변용의 자세에는 인색하며, 언제 그랬냐는 듯이 슬그머니 발 빼는 현상 역시 많이 목도된다. 특히 외래사상의 수입을 실험인 양 오해하는 이 경향은 이전에 있어온 전통적인 것을 싸잡아 적대시하는 편향까지 낳고 있다.

새로운 영토를 찾아 행해지는 무원칙적인 이런 실험은 수맥지도 없이 막무가내로 지표를 뚫는 천공작업에 빗댈 수 있다. 거기에는 이곳저곳 흉하게 뚫린 구멍이 물 한 방울 나오지 않는 폐공이 되고, 오히려 그 구멍을 타고 지상의 오물이 내려가 땅속마저 오염시킬 위험이 엄존해 있다. 즉 거기서 유발되는 글쓰기의 하향평준화는 현재의 위기에 무릎 꿇은 채 위기를 더욱 가중시키는 역효과를 초래할 수도 있다. 이 글은 이러한 사이비 실험정신을 경계하며 실험정신의 기본자세가 무엇인가를 알아보는 데 그 목적이 있다. 이 글의 대상인 이정록(李楨錄)의 시는 이에 대해 많은 시사점을 던져준다.

이정록의 두번째 시집 『풋사과의 주름살』(문학과지성사 1996)에는, 첫 시집 『벌레의 집은 아늑하다』(문학동네 1994)에서 형상화했던 농촌사회와 외곽지역의 풍경이 주류를 이루고 있다. 간혹 첫 시집과는 다른 목소리(여행체험에서 얻어진 듯한 바다를 배경으로 한 「노래의 끝」 「오징어 덕장에서」 등)도 들리지만, 그의 시집 전반을 관통하는 줄기는 여전히 '앞산 잡목이 우거진 숲'과 '늙은 농게들이 계분을 뿌리는 고추밭'이다. 그 속에서 이정록은 취락사회의 끈끈한 유대감이 깃든 토착어를 연발하며, 그가 발 디딘 외곽지역의 모습을 차분하게 그러나 끈질기게 시화해낸다. 이처럼 그가 다루는 대상물은 우리 시단에서 끊임없이 다뤄온 것들로 얼핏 보기에 진부하기조차 하다. 우리 사회에 강도 높게 되풀이되는 세계화의 구호 속에서, 그는 이런 추세에서 영 덜떨어진 촌놈 같다. 30대 초반의 동년배 시인들이 한번쯤 발 디뎠던 '유행'에 곁눈 돌리지 않는 뚝심. 그가 시를 상자하기 시작한 1990년대에 무비판적으로 수용된 이론과 '실험'의 이름으로 무차별 포화가 가해진 시류에 그는 휩쓸리지 않는다. 시류에 대한 그 끈질긴 불화를 '가난했던 시절로 돌아가자'는 철 지난 복고 정도로 오해할 수 있다. 또 그 소린가 싶기도 하다. 하지만 촌티 나는 그의 시가 도리어 새롭게 보였다면, 그의 시 속에서 전통적인 것이 낯설게 된다는 역설을 경험했다면, 그것은 지나친 억측만은 아닐 것이다. 새로움이 강박관념을 형성한 이 현실에서 새것과 유행에 길항하며 변죽에 매달린 대상물을 살리려는 그의 대응방식은 일견 소박해 보이지만, 황폐한 농촌사회를 '당위적 현실'로 갱생시키고 소멸 직전의 대상물을 붙들고 버텨내는 그 힘은 지금 우리에게 절대적으로 부족한 부분이기 때문이다. 즉 전통적인 것을 향한 그 안간힘은 이 시대 우리가 놓치고 있는 아킬레스건을 붙드는 적극적인 대응책으로 그 의미가 격상되기 때문에 낯설어 보이는 것이다. 나는 두 권의 시집에 지수로 등장하는 두 가지 제재(집과 이웃)를 중심으로 그의 창작자세에 대한 이야기를 풀어볼까 싶다. 이것들은 이정록 시의 궤적과 그가 형상화하고자 한 이 시대 농촌과 외곽지역의 지형도를 그리는 데 꽤 유용하게 기여한다.

2

이정록의 시에는 집에 관련된 시편이 많다. '집은 육체이며 영혼이자 인간존재의 최초의 세계이며 또한 그것은 정녕 하나의 우주'라는 바슐

라르(G. Bachelard)의 말처럼, 집은 인간의 안식처이자 보호막 역할을 한다. 그런데 요즘은 이러한 본질적 기능이 점점 퇴화되고, 집은 상품적 기능의 측면에서 종종 평가받고 있다. 이정록의 시집에는 상반된 양상의 집이 나타난다. 황새울과 화자가 사는 곳의 집이 바로 그러하다. 먼저 황새울의 집부터 살펴보자.

황새울(이 연작에는 번호 구분이 없지만, 해석의 편의상 순서를 매기도록 한다)은 "차령산맥 끄트머리"(첫 시집 「自序」)의 마을이다. 마을의 세목은 알 수 없지만, 시를 통해 짐작해본 그 형세는 이 시대 쇠락해가는 전형적인 농촌의 모습을 하고 있다. 여기서 우리는 폐허와 소멸에 직면한 세 개의 계열체, 노인·무덤·폐가와 만난다.

갑각질의 운명을 등에 진 늙은 농게들 썰물의 들판을 걸어 나온다. 그 중 젊다는 마흔 살이 지게를 건네받는다. 상여집 양철지붕이 잠시 뜨끈뜨끈하다.

—「황새울 23」 부분(『벌레의 집은 아늑하다』)*

황새울의 주된 구성원은 늙은이이다. 마을을 둘러봐도 "폐계끼리 마주치는 쓸쓸한 눈길"(「닭발」『풋사과의 주름살』)밖에 없다. 부실한 그들의 이빨만큼, 대처로 빠져나간 젊은이의 공백을 메우기 위해 늙은 농게들은 분주하게 노동을 한다. 썰물의 들판을 걸어나오는 늙은이의 지게를 건네받는, 개중에 젊다는 마흔살. 그 광경을 순식간에 상여집과 연결하는 솜씨는 '외나무다리를 건너는 만도 부자(父子)를 용머리재가 응시하는' 하근찬의 「수난이대」 마지막 장면처럼 절묘하다. 그렇게라도 남은 40대, "장가 못 간" 그들은 저들끼리 "찰떡궁합"(「황새울 20」)이라고 위로하며 산다. 이런 중간층의 부재는 다음 세대인 아이들에게까지 이어진

---

* 이하 따로 출전을 밝히지 않은 작품은 이 시집의 것이다.

다. 같이 놀아줄 이가 없는 농촌현실에서 "이제 불알친구들의 나이 차이는/열 살도 넘"(「황새울 22」)지만, 그 터울은 친교의 상대로 하등의 문제가 되지 않는다. 이렇게 사람이 그리운 현실은 풋사과에게마저 주름살을 지우는 가혹한 조로(早老)의 현실이다. 그런데 이 겉늙음의 강도는 그곳에 즐비한 무덤과 폐가로 인해 한층 더해진다.

> 1) 종산마저 없으면
>   밭머리를 자르거나
>   둑을 넓혀 무덤을 쓴다
>
> —「황새울 7」 부분

> 2) 사람이 살지 않는 집 한 채
>   언덕을 이루기까지
>   아무도 다치지 않았다
>
> —「황새울 21」 부분

떠난 사람들의 공백을 메우고 황새울의 중심부를 향해 산에서 내려오는 것이 있다. 천년집이라고도 불리는 무덤은 이전에는 산중턱 너머에서나 구경할 수 있었지만, 이제 밭을 잘라먹고 마을을 향해 무서운 속도로 내려온다. 1960년대 이후 급속도로 진행된 이촌향도(移村向都)의 물결 속에 농촌을 떠날 때 젊은이였던 이들은 차가운 주검이 되어 고향을 찾아온다. 게다가 도시의 낯선 주검까지 황새울 문을 두드린다. 문을 열고 보면 바로 앞에 죽음이 와 보인다. 아니, "그 집 男子는/황토 무덤에 들어가본 것이다"(「고구마」『풋사과의 주름살』)처럼 그들이 사는 집마저 무덤이 되며, 무덤은 황새울의 문 안쪽까지 성큼 들어온다. 이렇게 죽은 자들의 집이 늘어가는 반면, 그곳에는 멀쩡한 집이 폐가로 버려진 채 2)

처럼 와락 무너져내린다. "주인 잃은 가풍의 멱살을 흔들고"(「황새울 21」)
무너져내린 그 집은 일제말 간도나 러시아로 떠난 유이민이 버려둔 "흉
집"(이용악 「낡은집」)의 모습과 흡사하다.
　그러나 황새울을 약간만 벗어나도 그곳과는 사뭇 대조적인 풍경이
펼쳐진다. 소읍 정도로 보이는 그곳에서 이 시대 물신성을 대표하는 위
치로까지 격상한 또다른 양상의 집을 볼 수 있다.

　　1) 연탄가스 심한 월세방에서
　　　드디어 전세로 옮긴 아내는
　　　보일러 작동법을 배우며 목련꽃처럼 웃는다
—「집」 부분

　　2) 보이지 않게 걸어 준 부모의 의도와는 무관하게
　　　헐렁한 런닝구 밖으로 세상을 엿보고 있다
—「열쇠 목걸이」 부분

　그 현실은 무주택자들로 득실거린다. 대개의 소시민이 그러하듯 1)
의 화자 역시 월세방에서 전세방으로, 연탄 아궁이에서 기름 보일러 집
으로 이사를 가는 무주택자이다. 그의 아내는 한 단계 격상된 처지에 만
족해하며 활짝 웃어보지만, 그들은 아직까지 번듯한 집 한 채를 소유하
기 위해 평생 노동을 해야 할 처지에 놓여 있다. 이렇게 남의 집에 덧방
신세진 젊은 부부는 대개 맞벌이가 되어 집을 비운다. 그들은 되도록 오
래 집을 비워야만 그만큼 제 집을 빨리 갖게 되는 처지에 직면해 있다.
2)에서 아이의 헐렁한 러닝셔츠 밖으로 세상을 엿보는 열쇠의 모습은
대가족의 보호가 미칠 수 없는 곳에, 그 부모마저 집 마련을 위해 자본
의 길바닥에 나앉은 보살핌의 공백상태를 위태롭게 보여주고 있다. 여

기서 집이 구성원들에게 아늑한 휴식을 주는 거주지로서의 기능 대신 대개의 소시민들이 그 획득을 위하여 평생 노동을 바쳐야 하는 덩치 큰 상품으로 변질되었음을 알 수 있다. 이렇게 집의 기능이 전도된 양상을 그는 다음과 같은 언어유희를 통해 통찰해낸다.

> 1) 아가미와 올가미를
>   나란히 써놓고 오래 바라보면
>   올가미는 커다란 아가미가 되고
>   아가미는 큰 올가미 아래 모인
>   수많은 사람이 된다
>
> —「사슬」 전문

> 2) 처음부터 자기집이었으므로
>   대물림의 필연을 증명이라도 하듯
>   잘 어울리는 옷으로 갈아입으며
>   집 한 채씩 갖고 산다
>   벌레들의 방은 참 아늑하다
>
> —「穴居時代」 부분

숨을 쉬기 위해서 산 자에게는 아가미가 필요하지만 그것은 다시 산 자의 숨통을 죄어오는 올가미가 된다. 그 올가미 속에서 숨을 쉬기 위해서 아가미를 벌려야 하는 관계가 마치 사슬처럼 얽혀 있다는 시인의 발견은 이 시대 우리 삶의 양상을 꽤 적절한 언어유추를 통해서 표현해내고 있다. 씨니피앙이 확정되지 않고 그 의미가 사슬처럼 연기되는 이 양상을 집의 의미와 연계시켜 해석할 수 있다. 즉 아가미는 인간에게 없어서는 안 되는 집으로, 올가미는 그 집의 확보에 평생 노동을 종용당해야 하는 소시민의 처지로 파악된다. 복잡다난한 현실은 아가미를 위해서 올가미 선택을 기피할 수 없게 한다. 이 상황에서 시인은 내시경적 탐색을 통하여 2)에서와 같이 벌레의 방을 발견하고는 아가미를 위해서 올가미를 선택하지 않아도 되는 벌레들을 향한 부러움의 시선을 던진다. 시멘트 구조물 속에는 번식력이 강한 벌레들이 집을 꾸리고 살아간다. 올가미의 폭력이 거세되거나 닿을 수 없는 지점인 벽 속에서 벌레는 대물림을 하고 집단장도 하면서 걱정 없이 새끼를 친다. 주거 외적인 의미가 끼여들 수 없는 벌레의 방(집)은 전세값·월세값에 떠밀려 이사를 강요당하는 인간의 살림살이에 비해 아늑하다. 그래서 "이삿짐을 싸는 날/먼지 켜켜한 장롱 뒤에"(「오래된 풍선」)서 발견된 바람 빠진 풍선처럼, 그 삶이 제집 마련의 무게에 눌려 자신을 제대로 손질할 여유마저 없었던 것임을 발견하고 그는 그간의 삶에 대해 절레절레 고개를 흔들게 된다.

상품적 기능이 우선시되는 그 집은 이 시대 우리 삶의 맹목을 보여준다. 우리는 이 도시에서 덧방 신세 지면서까지 그 상품을 제것으로 만들기 위해 아득바득 살아간다. 그런데 상품성의 논리로 집의 의미를 추구할 때, 그 의미가 결코 충족되지 않는 데서 문제가 발생한다. 깔끔한 외관과 더 큰 평수 마련으로 치닫는 욕망은 배가 터질 때까지 만족되지 않고 상층을 향하여 무한질주를 한다. 그 논리하에 사람들은 집의 본질적 기능을 향유하지 못하고, 텅 빈 공허 혹은 부재의 허방에 빠지게 된다. 집이 주는 본질적 의미는 오히려 외곬으로 주거의 기능만으로 버텨선 황새울의 폐가에서 채워질 수 있을 것이다. 그 폐가는 상품적 가치가 영점화되어 주거의 기능마저 박탈당했지만, 무너질 때까지 본질적 기능을 다하며 이 시대에 맞서왔다. 그런데도 우리는 충족되지 않는 물신성의 미망에 경도되어 본질 훼손을 가속화시키며 자본의 길바닥에 차례로 나앉고 있다.

그 훼손을 저지하려는 시인의 안간힘은 죽음의 의장들로 가득하던 황새울을 새롭게 인식하려는 시각으로 뻗어간다. 황새울의 외관은 조로의 현실 또는 폐가와 무덤이 끓어넘치는 죽음의 현실이었다. 그러나 시인은 폭삭 내려앉은 집의 잔해를 뚫고 아직 무너지지 않은 것을 끈질기게 추적하며, 그곳을 소멸과 죽음의 땅으로 규정하는 시각을 성마른 편견으로 폭로할 반전을 준비한다. 그 안간힘은 때로 "썩어 문드러질 녀석들/다시 거름이 되거라"(「무우」)처럼, 순환의 생명성이 건강하게 살아 있는 그곳 자연의 힘에 호소하기도 하고, 때로는 다음과 같은 의도성 짙은 비유를 통해 드러나기도 한다. 내 눈에 다음 시는 공동체적 전통이 온존하는 그 현실이 직면한 상실의 기류를 무화하고, 그곳을 당위적 현실로 갱생해내려는 의도가 깊이 내재된 작품으로 보인다.

봉분에 몸 기대고 쉬어본 사람은
안다, 죽은 자의 불룩한 배가
산 자의 등허리와 얼마나 찰떡궁합인가를,
　　　　—「무덤은 낯을 가리지 않아요」 부분(『풋사과의 주름살』)

그는 산 자가 무덤에 등을 기대어 휴식을 취하는 모습을 보고 그것이 "찰떡궁합"이라고 말한다. 죽음과 삶이 머리를 맞대고 끈끈한 유대를 이룩한 모습에서 우리는 그 죽음의 외관이 소생 가망성 없는 죽음이 아니라, 여전히 삶을 고양시키는 역동적인 죽음임을 유추해낼 수 있다. 거기서 서서히 고양되는 삶의 실체는 다음과 같이 구체화된다.

어머니는 묵은 간장이다 간장을 참 좋아하는 파리, 밭고랑에 고갤 처박고 있어도 다 들켜버린다 파리에게도 나는 너무 싱겁다
　　　　—「간장」 부분(『풋사과의 주름살』)

일좀 거든답시고
공휴일이나 연휴 때에는
간혹 자가용이 들어온다
덩치는 장정이지만 손발이 서툴러
노인네 반품밖에 되지 않는데
신경통도 잊은 채 한나절 넘게 머위를 다듬고
햇마늘을 캐고 고춧가루며 된장까지
반찬 될 만한 것을 봉다리에 묶는다
품은 메도 이런 게 사는 재미라며
온 정성을 담아 트렁크에 쟁인다
차 막힐라 서둘러 보내놓고
일손도 잡지 못하는 마음,
아홉시 뉴스도 끝나가는데
뒷박마저 꺼낸 빈 자루처럼
전화기 옆에 한숨으로 앉아 있다

—「황새울 6」 전문

농촌현실을 등지고 있던 젊음의 실체는 탄로난다. 고개를 처박고 숨어 있으려 하지만, 파리에게마저 그 실체는 쉽게 간파당한다. 나는 너무 싱겁고, 어머니(황새울)는 묵은 간장이다. "콩 한 소쿠리 토방에" 너는 "팔순의 속살"(「황새울 2」) 앞에 그 젊음은 너무나 허약하다. 어쩌면 조로와 불임의 현실은 "노인네 반품밖에 되지 않"는 도시의 덩치 큰 장정들의 세계에 있는 것이 아닌가? 이 드라마틱한 반전 아래, 그 외관만으로 황새울을 죽음의 땅으로 폄하하는 선입견은 설자리를 잃어버린다. 그 현실엔 폐가와 무덤 같은 '죽음의 의장'이 널려 있지만, 황새울은 자신을 더욱 죽음이게끔 했을지 모를 대상에게마저 여전히 '방' 한 칸을 뚝 잘라내 그들의 죽음을 받아들인다. 뿐만 아니라 외지의 자식들 손에 "반찬 될 만한 것을 봉다리에 묶"어 쥐여준 뒤 "빈 자루"가 되어 젊음의 안위를 걱정한다. 그렇게 다른 것들을 가치롭게 살찌운 뒤 스스로는 죽음을 향해 걸어가는 황새울은 아직 무너지지 않은 우리의 집이다. 공동체의 아늑한 품이 따숩게 남아 있는 황새울은 집의 본질적 기능을 수행해내는 동시에 딴곳에 눈 팔린 우리에게 독한 교훈을 준다. "봉분"의 "불룩한 배"(「무덤은 낮을 가리지 않아요」)처럼 바깥을 향해 튀어나와 자꾸 눈에 밟히는 그 넉넉한 인심은 우리에게 '진정한 휴식'을 주고 있다. 더불어 그곳은 상품적 가치에 몰두하여 본질적 삶을 지워가는 이 시대 우리 삶의 공허한 형식 속에 묵은 간장처럼 짜디짠 반동으로 남아서 우리 삶의 맹점을 공격하고 있다.

3

더불어 이정록의 시집에는 이웃의 삶을 시화한 작품 역시 많다. 죽음의 땅으로 치부된 황새울에서 고양되는 생명력을 엮어냈듯이, 그는 소외된 이웃의 삶에서도 부박한 세태를 역류하는 힘을 찾아낸다. 그의 이웃은 현실 속에서 '소박한 공존'을 원하지만, 그 바람은 수용되지 않고 이웃 역시 소멸의 위기에 처한다.

쟁기를 끈 적도, 길마를 얹어본 적도 없는 소
살집을 채우기 위해 종일 새김질만 하는, 일없는 소
(…)
벌컥벌컥 호스를 빨며 부풀어오르는 소

죽어, 살집 가득 수돗물 얼어붙은 고깃덩어리.
—「失職」 부분(『풋사과의 주름살』)

  그의 시에 등장하는 털보(「헌책방 털보氏」)나 대장간 주인(「대장네」), 이발사(「長꾸이발소」 같은 시집), 고물상 주인(「고물상」), 거지(「근하신년」), 탄광촌 막부(「요강」) 들은 한결같이 소멸 직전의 남루한 모습으로 등장한다. 이들은 그 남루한 모습 이상으로, 현실에서 생활능력을 상실하고 있다. 장평이발소 주인은 20년째 해오던 이발소를 폐쇄해야 할 지경이고, 대장네는 아예 대장간 문을 닫아버렸다. 농부만큼이나 전통사회의 상징성을 지닌 동물을 표면에 내세운 인용시의 소 역시 그의 이웃으로 읽힌다. 전통사회가 해체되면서 농사일에서 자기 역할을 상실한 소는 고스란히 농부의 실직으로 치환된다. 기르는 주인을 닮은 이 동물은 물로 살집을 불리며 죽음을 기다리는 고깃덩어리로 전락한다. 농부 역시 같은 운명이다. 아니, 고깃덩어리도 될 수 없는 농부의 운명은 더욱 가혹하다. 이정록은 두 가지 방향에서 이러한 결락감에 맞대응하고 있다.

  세상은 늘 새것처럼 정가표가 붙어 있어 苦海의 목선에서 그가, 굳은살 두툼한 손사래를 보낸다. (…) 이곳에 오면 대문을 지키는 연탄재도 연탄재 구멍을 맴돌다 나온 바람마저도 털보가 된다.
—「헌책방 털보氏」 부분

  문닫은 대장간에서 사람이라는 연장을 빚어낸 것이다. 곡괭이 같은 사내와 호미 같은 계집애들, 모두 품을 떠난 적막한 집에 의용소방대장까지 지낸 칠순의 화덕이 웅크리고 있다.
—「대장네」 부분

　먼저, 그는 우리의 현실적인 척도로는 상실로밖에 보이지 않는 것들 뒤에 숨은 '온기와 힘'을 찾으려 한다. 그의 시 속에서 두껍게 덮인 먼지를 털어낸 다음 만나는 대상은 새롭다. "늘 새것처럼 정가표가 붙어 있는" 세상을 향하여 헌책방 털보가 보내는 손사래, 그것은 비록 새것에 밀려났지만 그 물건의 소용이 아직 다하지 않았음을 역설하는 항변이다. 그 두툼한 굳은살에서 느껴지는 보존의 자세는 결구에서 그 골목의 풍경마저 털보의 옹고집이 느껴지는 곳으로 만들어버리는 확장의 투사력을 발휘한다. 또한 "사람이라는 연장을 빚어"내고, 그 연장마저도 자식들처럼 길러낸 칠순의 장인정신은 딴곳에 눈 팔려 일회적인 유행에 경사되는 현재 우리의 삶에 결정적으로 부족한 부분이 무엇인지를 부각시킨다. 다만 그 미덕이 은폐된 채 그들은 사라져야 할 낡은 것이라는 오명을 쓰고 있을 뿐이다. 시인의 성찰은 사라져가는 것들을 붙들고 벌이는 한바탕 '줄다리기'로 행동화된다. 이 시대의 경계 너머로 빠져나가는 이웃과 그들을 붙잡는 시인의 자세가 상충하는 그 변죽의 지점에서 뗄 수 없는 힘과 진폭이 발생하는데, 가끔 그는 끌어당기는 뒷심 부족으로 유년시절을 보낸 6,70년대로 끌려가는 것처럼 보이기도 한다. 먹으면 항문이 막힌다고 하여 보릿고개 시절 구황식품으로나 먹던 쑥을 생각하며, "똥구멍이 찢어지게 가난"(「쑥」)하던 그 시절에 가슴 저려 하는 그의 자세가 가난했던 시절에 대한 그리움에 사로잡힌 것이나 아닐지 의심스럽기도 하다. 하지만 그는 과거에 이끌리는 것 이상으로 그 시대를 현재의 시점으로 끌어오기도 한다. 하여 새것에 광적인 속도로 끌려가는 이 현실에 맞선다. 올곧게 자리 지켜온 것을 낡고 무용한 것으로 폄하하려는 인식과 급격한 유행의 파고 속에, 숨막히는 순발력의 경쟁 속에 이 땅의 깊은 뿌리는 청산하고 폐기해야 할 것이 되고 있다.

　이 폭력적인 질주를 뒤집는 '줄다리기꾼의 옹골찬 뒷심'이 우리 삶의 구조적 모순에 대한 통찰로 이어질 때, 그의 두번째 극복이 시작된다.

그는 여기서 현실과 공존하려는 시적 대상물의 상실을 종용하는 우리의
자세와 사회의 구조적 모순을 강하게 질타한다.

> 실한 감자를 캐며
> 전날 처음 맛본 삼립빵을 생각했지
> (…)
> 빈틈 햇살로 퍼렇게 독이 오른 감자가
> 마루 밑에서 날 노려보고 있었지
>
> —「감자꽃이 피기 전에 북을 돋워주세요」 부분

잔뜩 분노한 모습의 감자는 삼립빵과 대조된다. 그 빵은 우리 민중이
땅에서 직접 캐먹던 감자를 뒷전으로 물러나게끔 했다. 그런데 독이 오
른 감자가 노려보는 것은 '삼립빵'이 아니라 '나'의 돌변이다. 이정록은
'삼립빵(새것)'에 대해 알레르기 반응부터 보이는 꽉 막힌 '촌놈'만은
아니다. 그는 문제의 '새것'을 전경에 내세우지만, 그 너머의 줏대 없는
행위자를 문제시한다. 1960년대 밀가루·설탕 등의 원조경제하에 육성
된 삼립빵의 단맛처럼 새것에 너무 쉽게 경사되는 우리의 자세에 대해,
나아가 지금 무한경쟁과 세계화의 명분으로 이 땅에 올곧게 뿌리박은
것들을 서둘러 청산하는 것이 당연하다는 논리를 유포하는 지배담론의
공허한 수사와 그에 쉽사리 편승하는 우리의 자세에 대해 그의 분노는
울컥 터져나오는 것이다. 우리의 부주의로 인해 치닫고 있을지도 모를
경사면. 그 속에 눈뜬 그의 성찰은 그 줏대 없는 자세를 우리의 정체성
을 부정하는 "역사의 눈가림"으로 직시하며, "호미로 흙을 끼얹"으라고
외친다.

$$4$$

　이정록은 이용악과 백석 같은 우리 시의 전통을 변용하고 있다. 이용악이 본, 일제강점하 유이민이 두고 떠난 고향의 정경(「낡은집」)과 이촌향도로 폐가와 무덤이 가득한 황새울의 형세는 많이 닮았다. 그 속에서 백석이 "민족의 주체적 가치를 옹호하고 고수하는 마지막 방법으로"(이동순 『민족시의 정신사』 창작과비평사 1996) 함경도 토착방언 같은 모국어를 사용했듯이, 실험적이지만 진정성이 없는 시들이 난무하는 이 시대에 이정록은 충청방언 같은 토착어로 삶터의 주체성을 고양시키고 있다. 백석이 쓸모없던 것을 모아서 모닥불을 피워올렸듯이(「모닥불」) 이정록 역시 낡고 무용해 보이는 것들을 모아 잉걸불을 지펴낸다. 그래서 흘낏 보면 그의 시적 대상물은 몇십년 전으로의 퇴보가 아닌가 할 정도로 진부하기조차 하고, 때로 '우직한 뚝심' 하나로 몰아붙이는 그의 투박한 태도는 세련된 수사 앞에 구식으로 폄하될 수도 있다.

　하지만 그것이 우리 시단에서 부단하게 캐온 것임에도 불구하고 그의 시는 새롭다. 그 새로움은 그의 '옹골찬 뒷심'에서 발생한다. 그는 흘끗 보고 지나치기 쉬운 대상물에 낮은 자세로 포복해 들어가, 그것의 숨겨진 이면과 지층처럼 축적된 의미를 밝혀낸다. 이러한 장인의 기질에 의해 그동안 쟁여진 대상물은 쨍쨍하게 빛을 찾고 밍밍해 보이던 대상물조차 새롭게 비상한다. 태작 없이 매편마다 정성을 쏟아부으며 평균율을 유지하는 그의 이러한 창작태도에 힘입어 그동안 "심한 구박에 설움 많았을 돌피"들이 "신나게 연애"(첫 시집 「自序」)를 하고, 그 대상들은 때로 그것을 놓치고 사는 우리를 나무라기도 한다. 일체의 유행을 배반하는 뚜렷한 자기중심을 통하여 획득한 이 새로움과 활력 속에서 우리는 진정한 실험이 전통과 선병질적으로 등 돌린 것이 아님을 알 수 있다.

최근 잡지들은 특집으로 '시의 위기와 몰락'을 다룬다. 이정록 시의 대상물처럼, 시도 이 시대의 변죽에서 소멸과 진입의 아슬아슬한 곡예를 벌이는 것인가? 그러나 변죽은 생성의 자리이다. 시는 이 자리에서, 문화산업의 교환가치로 평가받는 중심의 경박한 논리와 중심이 결한 반성능력으로부터의 거리를 유지한다. 전지구를 재편하고 있는 보편주의에 편입되지 않는 그 특이성 때문에, 변죽은 자신을 되돌아보며 그 진면목을 꽃피울 수 있는 축복의 자리가 된다. 그래서 시의 위기는 역설적으로 중심의 허구성을 꿰뚫어보는 축복으로 변전될 수 있다. 문제는 변죽에까지 강한 영향력을 행사하려는 중심의 전횡과 길항하는 능력이다. 시는 중심에 편입되지 않으면서도 완전히 소멸되지 않으려는 소외와 진입의 변증법을 통해 그 압박 속의 길찾기를 해나가야만 한다.

여기에 이정록이 대상물에 쏟는 태도는 그 길찾기에 대한 명확하고도 어려운 실마리를 제공해준다고 생각한다. 지나치게 가지런하고 제자리에 붙박였던 것들을 온전히 지켜내려는 그의 글쓰기는 혹시 보수적인 권위의 승인과 거기서 파생되는 권력을 승계하려는 욕망으로 이어지는 게 아닌가 의심할 수도 있다. 하지만 그 전통적인 글쓰기가 그런 중심에 대한 향수에 혹해 진행되는 것은 아니었다. 그것은 문화산업의 회로에 휘말려 작가정신을 투항하고 얼치기 실험정신에 쉽게 경사되는 당대에 맞서는 장인정신의 발현이므로, 지금의 현실에서 낯설게 수용되어 재문맥화된 전통으로 볼 수 있다. 즉 그것은 장인정신의 부족으로 인하여 빚어진 오해된 실험정신에 제동을 거는, 의미 있는 전통이라고 할 수 있다. 그렇다면 그가 보인 견고한 뒷심과 애정을 '다시 한번' 화두로 삼아야 하지 않을까?

—『오늘의 문예비평』 1997년 봄호

기억과 길 가기, 그 둘은 어떻게 만나는가

이상국론

> 높은 비탈길에서, 나는 아련한 음악에, 조용
> 한 웅얼거림 속에서 튕겨나오는 어떤 외침소
> 리에, 귀를 기울이고 서 있었다. 그리고 그때
> 나는 알았다. 가망없이 가슴 아픈 것은 내 곁
> 에 롤리타가 없어서가 아니라, 저 소리들의
> 어울림 속에 그녀의 음성이 더이상 들리지 않
> 기 때문임을.
>
> ―나보코프(V. Nabokov), 『롤리타』
> (권택영 역, 민음사 1999) 중에서

1. 삶터에 충실한 시인

이상국(李相國)이 상자한 네 권의 시집들에는 시인의 뚜렷한 중심점
과, 그 시집 전반을 관통하는 연속적인 흐름이 강하게 나타난다. 그것은

다름아닌 삶터에 대한 중심이자 삶터 형상화의 연속성이다. 텃새처럼 강원도를 떠나지 않고 살아온 그는 강원도 북부의 장소와 그가 맺어온 관계를, 삶터에서 익은 구체어와 그 특유의 단정한 문체로 끈질기게 시화한다. 강원도 지형도가 축적하고 있는 장소의 특질은 이상국 시의 형질을 결정하고 있다고 해도 좋을 듯싶다. 여기서 그가 형상화한 삶터는 주로 농촌공동체와 분단문제 두 축으로 양분할 수 있다. 이 두 가지는 강원도 북부의 지형도를 그리다 보면 필연적으로 만나게 되는 것들이다. 산지가 많아 경지면적이 남한의 다른 도에 비해 적지만, 관광지와 탄광촌 등을 제외하면 그곳은 여전히 논밭이 즐비한 외곽지역의 모습이 주류를 이룬다. 또 그곳은 남한의 최전방으로 한반도에서 분단모순이 가장 첨예화된 곳이기도 하다. 이 두 가지는 민족 삶의 지형을 조명할 때 피해갈 수 없는 부분이다. 우리 삶의 원형에 해당하는 '농촌공동체의 삶'과 민족정체성 회복에 현재 큰 걸림돌이 되고 있는 '분단'에 대한 조명 없이 민족 삶을 제대로 성찰할 수 없기 때문이다. 이 지점에서 삶터와 같은 구체적인 장소에서 출발한 그의 시는 민족 삶의 형상화로 확대되어 보편성을 획득한다. 그래서 그는 강원도지역 형상화를 통해 민족문학의 지평을 넓히고 있는 시인이라 할 수 있다.

유감스럽게도 그가 형상화한 이 두 가지는 현재 심각한 위기에 봉착해 있다. 그 절실함에도 불구하고 남루한 것으로 폄하되거나, 우리의 무관심 속에 잊혀져가고 있다. 그런 면에서 그가 이 두 부분을 시화하는 것 자체가 이미 그것을 폐기처분하려는 이 시대에 길항하는 문제적인 작업이라고 할 수 있다. 그의 시는 망각이 일반화된 세태를 역행하여 과거의 기억을 향해 있다. 붕괴된 농촌현장에서 전통이 온존한 공동체정서에 시선이 향해 있고, 남북이 하나라는 사실을 잊어가는 분단현실에서 하나였던 과거의 삶에 기억이 닿아 있다. 그러나 그의 시는 그 과거를 미래 삶의 형식으로 복원하려는 '기억과 길 가기의 부단한 변증법'을 방법론으로 삼고 있으므로 단순한 복고의 차원을 넘어선다. 언뜻 보기에 기억과 길 가기의 지향점은 과거와 미래로 서로 배치되는 듯 보이지만, 그의 시에서 이 둘은 예사롭지 않은 모습으로 서로 만난다. 어떻게 만나는 것일까? 만난 뒤의 모습은 어떠하며, 또 그것들은 어떻게 조화를 이루며 그 역할을 수행하는 것일까? 그 접점과 역할 수행의 구체적인 모습을 그의 시의 행보를 따라가며 살피기로 하자.

2. 농촌공동체의 몰락

IMF 이후 자본의 철퇴를 맞은 이들이 안식처를 찾아 농촌으로 귀향의 행렬을 이었다. 그들은 농촌을 비정한 이 현실의 마지막 보루쯤으로 여겼을지 모른다. 여기에 귀농으로 자족적인 유기체를 꾸려갈 수 있으리라는 전원에 대한 높은 기대까지 가세했을지도 모른다. 과연 그 기대가 옳았을까? 총체적인 죽음의 현실로 농촌을 그리는 이상국의 시가 그에 대한 적절한 해명을 해준다.

  1) 두렁콩이 누렇게 익어
     꼬투리가 될 것 같다

     하늘 깊이 숙인 벼 고개에
     햇살들이 올라타고
     자꾸 누르는데
     누가 커다란 꿀짐 그늘에 앉아 담배를 피우고 있다

     맑은 피를 태우고 있다

논섶 바투 깎은 말기 위로
산그림자 지나간다

낮날보다 푸른 이런 가을이 몇천년

—IV-「가을」 부분

2) 아버지와 나는 여물을 썰었다.

아버지는 마른 볏집과 콩깍지를 밀어 넣으셨지만
작두날에 잘리는 것은 늘 아버지의 손가락이었다

—I-「작두」 부분

1)에는 추곡수매가로 애태우는 듯한 "누가" 담배를 피우며, 그의 "맑은 피를 태우고 있다". 그 이유는 "두렁콩"과 "벼" 같은 논 안에서의 풍요가 논 밖에서의 상실로 급변하는 데 있다. 가을은 풍성한 수확에도 불구하고 쓰린 결락감과 실의를 맛봐야 하는 모순의 계절이다. 지난 여름까지의 부푼 기대가 있었기에 그 쓰라림은 더욱 크다. 결구인 "낮날보다 푸른/이런 가을이 몇천년"은 그 모순의 오랜 기원을 암시한다. "오늘이나 200년 전 그때나 마을은 피폐"하기 마찬가지다(III-28)[1]. 아니, 그나마 중농주의를 표방했던 과거가 지금의 사정보다 나았을 것이다. 이런 현실에서 농사란 2)처럼 제살이나 잘라먹는, 지어봐야 뻔한 것일

---

1) 여기서 로마자는 시집 순서를 나타낸다. 가령 『東海別曲』(민족문화사 1985)은 I로, 『내일로 가는 소』(동광출판사 1989)는 II로, 『우리는 읍으로 간다』(창작과비평사 1992)는 III으로, 『집은 아직 따뜻하다』(창작과비평사 1998)는 IV로 표기한다. 그뒤의 아라비아 숫자는 시집 면수를 표기한 것이다.

뿐, "새 농자금 내어 묵은 농자금 갚"(III-28)는 미봉책으로 호구하는 부실시공된 것일 뿐이다.

생계를 삶터 현지에서 해결 못하는 농민은 농토로부터 분리된다. "소 키울 힘이면 안팎이 노가다 나서는 게 낫다고/형님은 아예 쇠꼬리를 놓아버렸다"(III-43). "젊은 사람들" 역시 "모이면 술을 마시고/돈 떨어지면 공사판 간다"(III-56). 이것은 사내들에 그치지 않고, "공장 품팔고 오는 아낙들"(IV-69)처럼, 아녀자까지 외지의 공장으로 출근하게 한다. 이렇게 삶터와 일터는 분리된다. 그러다가 그들은 최소한의 생계를 위해서 "덫"이 되어버린 "농토"(II-72)를 버리고 봇짐을 싼다. "그렇게 힘센 아버지들이 아버지를 낳고/따뜻한 땅이 씨앗을 품었음에도/빈손 들고"(III-22) 이농의 행렬에 가담하게 된다. 그들이 버리고 간 집, 그 삶이 오래 뿌리내렸던 집은 폐가로 버려진다. 한때 왁자하던 국숫집, "한겨울에도 설설 끓던 아랫목에서/지금은 고양이가 자식을 기른다"(IV-46). "우리들 몇대의 밥을 지었"고 "그 많던 제사를" 지내던 대가족의 삶터는, 지금 "돌쩌귀에 겨우 매달린 문들이 누군가를 기다리"(IV-47)며 벽이 삭아내리는 풍장을 치르고 있다. 이 몰락은 한 집안의 몰락을 넘어 농촌에서 안식처의 부재를 표상한다.

그 현실에서 대처로 떠나간 사람들에 대한 그리움은 높아간다. 이웃 공동체와 더불어 유대감을 공유하며, 왁자한 활기를 띠던 장터 역시 지금은 "울퉁불퉁한"(IV-36) 늙은이들이 지킨다. 양로원을 연상시키는 그 현실에는 "죽어 넘어지면 상여 멜 사람 없"을 정도로 중장년의 "씨가" 마른다(III-26). 이 부재는 아래 대로 내려오면 더욱 심해진다. "방아다리 이장" "딸"은 그 이름만큼이나 소규모인 "적은 국민학교 하나뿐인 내년 신입생 후보라서/교장 선생님도 가끔 들러 인사하는 아이"(III-10)다. 그 인근의 학교는 "아이 낳는 사람들 없자" 아예 "문을 닫"(III-58)는다. 이런 세대분포는 그곳의 미래가 어떠한지를 여실히 보여준다. 소외에서

말살의 점입가경으로 치닫는 그 희망 없는 땅은 "우리 사는 세상 우리
[栅]를 부수고 떠난다"(III-22)처럼 감옥의 이미지로 그려지다가, 이윽고
무덤으로까지 표현된다.

> 어머니는 우물 속으로 들어가셨다
> (…)
> 그해 겨울
> 빈집들과 쓸쓸한 길 모두 우물 속에 잠기고
> 키 큰 밤나무들 꼭대기만 보였네
>
> ─III-「우물 무덤」 부분

당대 평균치 이하의 삶을 살아야 하는 현실에서, 좌절한 자들은 주로
우물 속에 들어가거나 그에 인접해 있다. "우물집 아저씨"는 "정미소 피
대에 한쪽 다리 버"(III-41)렸고, 그 현실에서 절실하게 벗어나려 했던
"돈복이 아버지"는 "미나리 파릇파릇한 우물터"(IV-52)에서 "자신의 뿌
리를 뽑고" 드러눕는다. 급기야 인용시처럼 마을 전체가 통째로 우물
속에 잠긴다. 그 모습은 우물 속에 비친 마을의 그림자를 보는 듯하고,
또 수몰지구를 연상시키기도 한다. 이렇게 우물은 생명을 채워주는 신
성한 생명수 역할 대신, 죽음의 구멍으로 드러난다. 우물이 농촌 삶의
상징물임을 감안할 때, 이것은 그 공동체의 죽음으로 확대된다.

이 인식은 그의 시에 자주 등장하는 소 이미지에 의해 더욱 본격화된
다. 생구(生口)라 하여 집안 가족처럼 소중하게 취급되던 그 소는, 농경
을 바탕으로 한 취락사회와 끈끈하게 결합된 가축이다. 그런데 그의 시
에는 이 소가 송아지를 핥아주는 모습이나 소를 타고 유유자적하는 전
원적 풍경은 눈 씻고 봐도 없다. 그 소는 비극적인 농민상을 연상시키는
의사물로 등장한다. "소를 만나면/멀리는 조상님의 후생이거나/가까이

는 늙은 형님을 보는 것 같다"(I-42) 혹은 "아버지는" "저물면 늙은 소의 형상을 하고 돌아왔다"(II-69)처럼, 형님과 아버지로 지칭된 농민은 소와 친밀감의 수준을 넘어 아예 동일시된다. 이것은 타지에서 시집왔다가 3년 만에 가출한 홍종이 처의 발언을 통해 더욱 쓰라리게 확인된다. 소처럼 일만 할 수 없다며 "내가 소냐고/걸핏하면 대"(IV-56)들던 그녀의 항변 아래 농촌 사람은 꾸역꾸역 일만 하는 소로 강등된다. 그 현실의 구조적인 모순 아래 그 착하고 순한 소는 "늘 울고 있다"(II-62). 그러다가 급기야 아래와 같이 도살장으로 끌려가거나, 비극적이게도 농민 자신의 손에 도살당한다.

비를 맞으며 우리는 소를 잡았다
경월소주 댓병을 까놓고
퍼들쩍거리는 생간을 소금 찍어 먹으며
우리는 서로의 피 묻은 입을 끔찍하게 바라보았다
(…)
그렇게 서로의 고기를 먹었다

—II-「그해 가을」 부분

"가는구나./반추의 슬픈 식욕을 씹으며 떠나가는/그대 발굽의 아우성."(I-39)처럼 그 소는 어디론가 떠난다. 길로 나선 그 모습은 현실에서 선택의 여지 없이 내몰린 이농의 모습과 겹쳐진다. 그런데 그 소가 팔려가는 곳은 다름아닌 도살장이다. 그곳에서 소가 "백정"의 "커다란 動作"(I-98)에 맞아죽는 것은, 백정과 같은 천민자본주의의 폭력 아래 농민이 도살당하는 모습을 연상시킨다. 설상가상으로 인용시에서는 농민 자신의 손에 소가 도살당하는 서늘한 비극이 그려진다. 한 농가의 가장 큰 재산인 소를 잡는 이 비애어린 행동의 근저에는 소값 폭락이라는 어두운 현실이 드리워져 있다. 선혈 낭자한 그 고기를 먹는 것은 인육을 먹는 듯한 섬뜩한 전율을 불러일으킨다. 농촌의 이러한 몰락 뒤에는 다음과 같이 권력과 자본의 전횡(專橫)이 뚜렷하게 구조화되어 있다.

그 현실은 너무 "춥다"(III-56). 그는 '춥다'는 말을 유별나게 연발하는데, 이 한기는 실제 추위보다는 결핍의 현실과 대면할 때 그가 습관적으로 표출하는 심리적 추위에 해당한다. 그런데 이 추위는 권력과 자본으로 말미암은 바가 크다. 전술한 소에서는, "내 祖上 뼈를 팔아 얼굴 허연 주인"(I-60), 혹은 "늙은 소의 형상을 하고 돌아온" "아버지 등에 고삐를 얹고 따라온"(II-68) 적과 같은 존재가 뚜렷하게 각인되고 있다. 그 주인과 적은 "권력과 간음하는 자본가들이여/자본가들의 기둥서방인 권력이여"(II-26)와 같은 투박한 목소리에서 극명하게 드러나듯, 정치권력과 자본으로 폭로된다. "천만석꾼"과 "벼슬아치"(III-27)가 유착되어 뻗친 그 마수 아래 농촌공동체는 "자꾸 지구에서 지워져 간다"(III-34).

1) 데몬지 노존지 한다고 생때같은 아이들도 죽여 내다버린다는데
   말 못하는 짐승새끼 한 배 내다버린 게 무슨 놈의 천벌이냐고
   봉희 아범은 모탕이 뻐개져라고 도끼를 휘둘렀다

—III-「봉희 아범」 부분

2) 강선리 사람치고
   은직이 아저씨네 돌배 안 따 먹고 큰 사람 있으면 나와봐라
   (…)
   그 큰 돌배나무 작년에 없어졌다
   칠성이 어머니가 그러는데
   '면장질 하던 눔'이 우물 파준다며

즈이 집 치장하려고 뿌리채 캐갔단다

참 더러운 면장이다

—IV-「돌배나무와 면장」 부분

사료값도 나오지 않는, 배보다 배꼽이 더 큰 돼지농사. 전술한 소 도살과 마찬가지로 1)에서 봉희아범은 자기가 키우던 돼지를 도살한다. 그런데 이 장면은 권력의 잔인한 학살만행과 겹쳐지면서, 자신의 살점을 도끼로 찍어내리는 그 절망적인 행위가 권력의 폭정에서 비롯되었음을 알 수 있다. 2)의 돌배나무에는 강선리 사람들의 삶의 자취가 스며 있었다. 그런데 면장이라는 권력자에 의해 그 친밀 대상은 사라진다. 면장은 더러운 조건을 제시하고, 자기 집 단장을 위해 강선리 마을 사람들의 기억과 꿈이 서린 배나무를 앗아간다. 그런데 그 조건이 하필이면 우물이다. 그 표면은 별을 비추어보던 "거울"(IV-8)이었고, 웅숭깊은 구멍은 과거 공동체와 통할 수 있는 신비의 통로이기도 했던 그 신성한 생명수는 이미 죽음의 형태로 나타난 바 있다. 그것이 2)의 배나무가 상실된 자리에 권력의 조건에 침윤되어 변질된 형태로 부활한다. 그 더러운 조건을 제시하던 권력의 목소리는 농민집회에 나선 농민을 해산시키려고 궤변을 쏟아붓는다. "총체적"이라는 위기를 들먹이며, 농민들에게 "같은 하늘 아래 머리 두고 사는 것만 해도 고맙게 알아야지"(III-46) "그따위 비싼 농사 지으면서 대들긴 어딜 대들어!"(III-47)라고 윽박지른다. 화자 역시 지난날 권력의 폭력에 유린된 바 있다. "화진포 삼불사로/어머니 사십구재 모시러 가던 그해 겨울/수염 거칠고 주민등록증마저 없어 수상하다"는 이유로 봉변을 당했다. 그 통제장치로부터 약간만 벗어나도 "뭔가 불어야 할 게 있는 것 같"은 죄인으로 만드는 권력의 횡포 아래, 어머니 사십구재의 슬픔은 "사정 없이 정강이를 걷어차"(III-82)이는 참혹한 형태로 일그러져버린다.

농촌은 자본으로부터도 버림받은 곳이다. 그런데 그곳에는 지금 경치가 상품화되고 있다. "내 집 앞바다"가 "돈"(Ⅲ-11)으로 거래되는가 하면, 폐가로 버림받던 집들이 "빌라"와 "별장"(Ⅲ-58) 같은 욕망창출의 대상으로 변신하고 있다. 사용가치에 대한 기억 자체가 지워질 정도로 교환가치가 보편화된 세태의 급류 속에 그곳 역시 휘말리고 있다.

젊은 패들이 눈길에 미끄러지며 戶當 세되씩 이장의 料布를 걷고
나자 한나절이 훨씬 지난다. 장작난로 위의 찌개 솥에서 김이 오르고
뒤켠에서 여자들은 국밥 준비를 하는데
—Ⅳ-「상복리 年終會」 부분

아직 남아 있는 과거의 흔적은 있다. 인용시처럼 공동체의 모임과 풍속은 재현되기도 한다. 그러나 이제 내남없이 소통되고 신명이 올라야 할 모임은 흥성한 축제가 아니라, "빌라 짓겠다던 작자들 다시 나서면" "당산도 팔아치우자며"(Ⅲ-53) 이농의 대열에 가담하는 대세로 엉뚱하게 치닫는다. 남은 이들도 그 인적 유대 속을 파고든 자본의 유혹을 거스르지 못하고 삶터 망각의 행렬에 동참하려 한다. 그곳 나름의 특수성은 이제 "빌라"와 같이 자본주의하의 표준화된 모습으로 동질화될 위기에 처한다. 이렇게 공동체 풍속은 일부 재현되지만, 그곳을 새롭게 재편하고 있는 자본의 예속력하에 그 죽음을 확인하는 쓰린 형식으로 끝날 뿐이다.

이처럼 그곳에는 권력과 자본이 유착되어 가공할 폭력을 행사하고 있다. 그러나 그의 시는 그 현실에 대한 조문(弔文)으로 끝나지는 않는다. 초지역적 파워를 자랑하며 그 공간을 지배하는 체제의 예속력을 버텨나갈 방법으로 그는 기억과 길 가기를 제시한다.

3. 기억과 길 가기

그는 자신의 발성법의 "대부분은/그 흙 묻은 어머니의 소릿가락에 닿아 있"(IV-34)다고 고백한다. 그의 시는 다음과 같이 어머니의 소리로 대표된 전대 공동체 삶을 기억으로 재현하고 있다.

> 흐르는 물이 무얼 알랴
> (…)
>
> 저 만리 물길 따라
> 해마다 연어들 돌아오는데
> 흐르는 물에 혼은 실어보내고 몸만 남아
> 사진액자 속 일가붙이들 데리고
> 아직 따뜻한 집
>
> —IV-「집은 아직 따뜻하다」 부분

새끼 때 고향을 떠난 연어가 기억을 좇아 "만리 물길"을 거슬러 모천 회귀하듯, 1)에서 화자 역시 숱한 기억의 중심지였던 옛집을 찾는다. 집을 기웃거리는 이 행위는 정체성 찾기의 한 표현으로 볼 수 있다. 이때 "흐르는 물"은 폐허와 다름없는 지형을 기웃거리며 기억과 같은 '삶의 역류'를 감행하는 화자의 행위를 이해 못하는 세파를 지칭한다. 하지만 화자는 망각을 일반화한 그 흐름에 맞서 쓰러져가는 빈집에서 예전 대가족의 살가운 기억을 더듬고 "아직 따뜻한" 온기를 발견한다. 이것은 농촌으로 시집온 "홍종이 처"(IV-56) 등이 집 나가 더욱 서럽게 각인되는 '저녁의 시간'에서도 반복된다. 그는 그 시간 "환하게 불이 켜"진 그

집에서 "숟가락 부딪치며"(IV-15) 내면을 충만하게 했던 저녁식사의 기억을 떠올린다. 하여 "그 머나먼 집 마당에서/나는 아직 저녁을 먹고 있다"(IV-49)처럼 심층에 간직된 기억을 현재화하며, 시간상의 정위(正位)를 판별할 수 없을 정도로 융화된 서정적 회감(Erinnerung)상태를 경험하게 된다.

> 별을 닦으면 캄캄한 그리움이 묻어난다
> 별을 쳐다보면 눈물이 떨어진다
>
> —IV-「별」 부분

그런데 과거는 행복의 기억으로만 채워진 것이 아니다. 이것은 그가 "가슴이 시리도록"(IV-12) 쳐다보는 별이 "그리움"과 "눈물"을 동시에 불러일으키는 데서 잘 나타난다. 그것은 공동체의 행복한 기억에서 유발된 "그리움"과 "눈물" 같은 당시의 비애와 결합되어, 이율배반적이게도 "캄캄한 그리움"이 된다. 이것은 전술한 집에서도 마찬가지다. 집에서 그가 느낀 진정한 동일성과 따뜻함 이면에는 "긴 울음소리 하나"(IV-45), "어둠을 입은 사람들"(IV-64), "어느 시절엔들 슬픔이 없으랴"(IV-65) 같은 고통의 기억이 뚜렷하게 새겨져 있다. 이렇게 그 과거에도 역시 우리 삶의 훼손이 진행되고 있었고, 그 기억은 제의적인 장벽처럼 드리워진 고통과의 대면이 불가피하다.

그렇다면 그가 고통의 기억까지 끌어안으면서 기억으로 쏠리는 이유는 어디에 있는가? 여기에는 강제된 보편성에 얽매인 현체제가 우리의 정체성을 지우고 있다는 위기인식이 전제되어 있다. 기억은 망각이 일반화되어 우리 아닌 다른 삶을 살고 있는 세태에 함몰되지 않으려는 내면적 의지의 발현으로 볼 수 있다. 기억이 있을 때에만 "우리가 서로 누구인지 훤히 보여요"(I-57)처럼, 정체성을 확인하며 그것을 지켜갈 수 있다. 그래서 그 기억은 과거의 본질적인 삶 속에서 형성했던 정체성 회복의 의지로 볼 수 있다.

그러나 이 기억이 존재 내면에 돌이킬 수 없는 과거의 기억으로만 존재하는 것은 공허하다. 그때 기억은 현실의 물적 토대를 무시하고 복고의 망령으로 주체를 유폐시킬 위험이 있기 때문이다. 이상국은 다음과 같은 '길 가기'의 의지로 기억이 공허해지는 지점에 힘을 실어가며 그 위험에서 빠져나온다.

1) 경포에서 화진포 만큼 쓸쓸함으로도
   그리움은 길에 이르지 못하여
   저물도록 물빛에 어리는 때

—I-「가을의 片紙」 부분

2) 밤나무 꼭대기에서 내려다보는 별은
   나 떨궈놓고 소금장사 떠날까봐
   손목에 감고 자던 어머니 옷고름으로
   아직 칭칭 동여매져 있다

—III-「큰집 마당에 뜨는 별」 부분

권력과 자본이 총천연색의 길을 닦은 것에 비해, 공동체에 이르는 길은 훼손되어 있다. 그것은 소통로를 잃고 막연한 그리움의 형태로 제시된다. 그것은 1)처럼 현실의 길에 이르지 못하고, 물빛에 어리는 상태로 언뜻언뜻 엿보일 뿐이다. 그러나 "남설악이 다 들어가고 남는 그리움"(IV-27)처럼, 그것은 막연한 형태이지만 우리의 내면에 강렬하고도 크나큰 형체로 살아 있다. 2)처럼 "캄캄한 그리움"을 불러일으키던 별에게로 가는 길 역시 눈에 선연하게 드러나지 않지만, 어머니와 나를 하나로 묶어주는 그 끈처럼 간절한 믿음의 형태로 "아직 칭칭 동여매져 있다". 이렇게 공동체적 삶은 구체적인 실감은 아니지만, 내면의 강렬한 그리움과 사라지지 않고 지속되리라는 믿음의 형태로 남아 있다. "세상 어디로도 이어"(I-14)진 그 삶의 중심을 향해 그는 먼길을 간다.

이때 먼길은 잃어버린 과거 공동체의 삶에 대한 표현이지만, 그것을 먼 미래 삶의 형태로 옮겨놓은 것이기도 하다. 그 본질적인 삶에 대한 그리움은 먼길 가는 과정을 통해 만들어갈 미래 삶의 모습으로 시간 역전을 이루게 된다. 그래서 그 기억은 향수 차원에서 끝나지 않고 낙관적 전망과 결합하게 된다. 이렇게 그의 길 가기 여정은 과거를 향해 눈을 돌리고, 그것을 되짚어봄으로써 앞으로 나아가는 것이다.

> 오래된 나라
> 낡은 집 속의 식구들
> 따뜻한 밥상머리 둘러앉기 위하여
>
> 먼 길 가네
>
> ─III-「쌀 속의 길」 부분

애정을 지닌 대상들에 둘러싸여 전생을 보내며 함께 했던 "따뜻한 밥상"과 "따뜻했던 등"(IV-60)은 지금 자취를 감추고 있다. 그 본질적인 삶에 이를 길은 너무 멀다. 길이 멀기 때문에 이 현실은 춥다. "길은 멀다"(IV-60)는 표현은 고향이 고향답지 못한 실향의식 아래, 아직 정착하지 못하고 떠도는 심리의 외화에 해당한다. 그러나 이것은 비록 멀지만, 그 끝에 안주할 집이 존재한다는 정향점에 대한 질긴 믿음의 표현이기도 하다. 그가 먼길에도 불구하고 따뜻함을 여전히 느낄 수 있는 것은 그 믿음이 피워올리는 열도에 휩싸여 있기 때문이다. 그래서 "먼 길 가네"

처럼 춥고 고달픈 길을 주눅들지 않고 가겠다는 강한 의지를 견지하게 된다. 이때 그가 체화하고 있는 고통은, 그 믿음 때문에 기쁨을 동반한 고통으로 변전된다.

이 먼길 가기에서 상황과 주체 내면의 분리는 주목을 요한다. 이 추운 현실에서 목적지에 이르는 길은 말 그대로 '먼길'이다. 그곳에 단박에 도달할 수 있다는 믿음은 순진한 이상일 뿐이다. 이때 주체가 목적지의 삶과 대조적인 먼길 속에 던져진 것은 상황에 의해 강요된 것이다. 그러나 그는 그 먼길 가기를 목적지에 이르기 위하여 현재 취할 수 있는 최대의 자유로 삼고 자발적 의지로 충실하게 걸어간다. 행복의 기억에 이르기 위해 그 사이에 매개된 고통의 기억을 통과했듯이, 그 목적지 역시 우선은 그 사이에 매개된 우회로를 충실하게 통과해야 한다. "노래로는 노래에 이르지 못하"(I-95)는 그 내면과 현 상황의 분리를 나타낸 표현으로 볼 수 있다. 지금 이원화되어 있는 그 모순과 부조화는 궁극에는 상반된 것의 통합으로 이어지게 될 것이다.

4. 길 가기의 유혹과 시련

그러나 현 상황은 숱한 유혹과 시련으로, 길 가는 주체의 강단진 의지를 무력화한다. 먼길 가기에는 적지 않은 유혹과 시련이 있다. 그 중에서 다음 네 가지, 체제 편입·신비주의·지름길 가기·허무주의가 대표적인데, 그는 기억과 먼길 가기 정신을 동력삼아 그것을 극복하고 끝까지 가려고 한다. '기억'으로는 체제편입과 신비주의에 기댄 망각의 유혹을 이겨낸다. 그리고 '먼길 가기 정신'으로 지름길 가려 하던 조급증과 그로 인해 겪게 된 허무주의의 시련을 이겨낸다.

4-1. 먼저 체제편입의 유혹이 있다. 이것은 체제가 구성원을 이 체제의 획일적인 대중으로 바꾸기 위해, 길 위에 노출된 구성원에게 '이 체제를 집 삼으라'는 유혹을 강요하는 방식으로 전개된다. 그 유혹은 다름 아니라 삶의 뿌리를 지우라는 망각의 유혹이다. 이 역시 권력과 자본으로 나누어 살필 필요가 있다.

> 읍에서 오라면 우리는 간다
> 걸핏하면 프래카드 앞세우고 가
> 그렇게 손 흔들어 주었음에도
> 세상 뒤숭숭하고
> 서울이 위험하면
> 오늘도 우리는 읍으로 간다.
>
> ——Ⅲ-「우리는 읍으로 간다」 부분

인용시에는 중앙의 폭력에 짓눌린 한 지역의 모습이 나타난다. 서울만 중앙이 아니다. 읍은 서울에 봉사하는 지역이지만, '리'의 관점에서 본다면 그곳 역시 중앙의 위치를 점한다. 서울과 '리'의 중간위치에 있는 그곳은 서울에 착취당하는 장소인 동시에 '리'를 착취하는 지리적 위치를 점하고 있다. 그곳은 자신들이 당한 억압을 자기보다 하위지역에 대한 지배로 되풀이하고 있다. 그래서 읍행은 결구에서 서울행으로 확대된다. 그런데 그 길은 자발적으로 나선 길이 아니라, 소처럼 끌려간 강제된 길이다. 타지역과 동등한 '지역'으로 대접받지 못한 이민(里民)들은, 그 위에 군림하는 중앙의 안위를 위해 오늘도 일방적으로 동원된다. 중앙의 꼭두각시가 되어 삶터를 파괴시킨 그 길에 치욕스럽게 동참해야 하는 것이다.[2) 시국이 뒤숭숭할 때마다 동원되었던 이 읍행은, 이제 직감적으로 어지러운 시국을 예감케 한다. 이처럼 중앙과 그에 봉사하는 지방의 관계는 지배와 종속으로 이루어진 숱한 서열화가 꼬리에 꼬리를 물고 있다. 이는 권력구조에서도 마찬가지다. 권력사슬의 정점에 위치하여 "서로 해먹겠다고" 야단인 "대통령"이 서울에 위치했다면, 그 사슬의 맨 하단에 위치한 "이 오래된 마을에는 이제 이장 할 사람이 없다"(IV-67).

중요한 것은 이 길에서, 화자가 그에 편승할 수 없는 굴욕감을 느낀다는 점이다. 그 굴욕감은 권력의 정책에 동조할 수 없는 거부의 표출이며, 지역적 정체성의 다른 모습이라고 할 수 있다. 이것은 통일 이후를 가정하여 북한의 문우에게 쓴 듯한 편지에서 "우리가 너무 평양이나 서울 사람들에게 매달릴 게 아니라/우선 원산 통천 고성 속초 사람들로만 동인지를 묶고 싶습니다"(II-22)로 뚜렷하게 표출되며, 다음과 같이 서울과 지역의 뒤집기구도로 나타난다.

　서울에선 나라가 잘 보이는지
　들리는 말로는 딸아이처럼 아름다운 서울말에 길들지 못하는 너의
증세를
　큰 병원에선 불온이라 했다지만

---

2) 줏대없이 서울을 향해 머리 숙이고 간 그 길을 확대해보면, 필연적으로 전지구적 자본주의의 열풍을 일으키며 세계를 새롭게 재편하고 있는 세계화와 만나게 된다. 과거 서울이 중국의 변방이었듯이, 자본주의가 전일적으로 지구화된 이 마당에서 일국의 수도인 서울 역시 세계의 중심인 미국에 복속된 지방쯤으로 볼 수 있다. 이 세계의 중심을 목표삼아 우리들은 내부의 정체성을 몰각한 이 체제의 뿌리없는 시민으로, 나아가 유학과 이민 등에 의해 세계시민으로 너무 조급하게 태어난다. 이 세계화는 우리 현실 구석구석까지 강도 높게 재편하고 있다. 그것을 시인이 오래도록 기웃거리는 농촌에서 본다면 이렇다. "토종개 다 어디 가고 발바리 몇 마리 기를 쓰고 짖어"(III-24」)대고, 토종소가 아니라, 사육을 목적으로 하는 외국산 "젖소를 기른다"(III-58). 이렇게 세계화시대의 가장 구석자리인 텅 빈 농촌에까지 세계적 품종이 이식되어, 국적불명의 농촌이 되어가고 있다. 세계화의 위력 앞에 모든 지역이 그 정체성을 상실하고 단일색으로 동질화되어가고 있는 것이다.

그런 증후에도 불구하고 생활은 보장받고 있는지
—Ⅱ-「서울 사는 형렬(炯烈)에게」부분

흔히 망각은 고통스러운 현실에 적응해 살아갈 방도로 생각된다. 체제적응은 망각 체득을 그 담보로 강요한다. 서울에서 생활을 보장받기 위해서는, 이전 삶터에 대한 망각이 필요하다. 1)에서 딸아이가 아름다운 서울말에 길들여지는 반면, 속초에서 서울로 이사간 "형렬"은 자신의 정체성과 그에 대한 그리움을 잊지 못한다. 그 도시에 식민화되지 않는 그 증세를, 서울은 "불온"한 병증으로 낙인찍는다. 이렇게 망각을 체제통합의 논리로 삼은 서울은 노쇠한 농촌을 수하에 놓고 필요할 때마다 동원했지만, 사실 그 관계는 역전된 것인지도 모른다. 그래서 시인은 서울에 베푸는 "이빨이 누우런 농부의 사랑"에 힘입어 서울은 "아름답고", 그곳의 "굶주림"(Ⅱ-80)이 사라지는 것이 아닌가 하고 반문한다.

그대 다시는 땅을 가질 수 없으리
설악 앞자락에 젖먹이처럼 안겨 있는 마을들과
바닷길 따라 올망졸망 모여앉은
고향 팔아 푼돈 들고 세상 헤매리
숨쉬는 농토에 뼈뿌리처럼 엉켜붙은 희망과 분노까지 팔아넘기고
이제 그대 부자들 별장을 지키거나 머슴을 살게 되리
—Ⅲ-「미시령 꼭대기에서」부분

시인은 자본이 선심 쓰듯 던져준 "푼돈"의 미망에 사로잡혀 삶터를 청산한 "그대"에게 경고한다. 공동체의 순수성을 오염시키고 온 그 길에 편승한 망각은 이 시대 만연한 것으로, 고통스러운 현실 삶에 적응하

기 위해서 우리가 택하기 쉬운 방법이다. 그러나 그들이 팔아넘긴 것에
는 땅뿐만이 아니라, 농토의 주인이었던 자신의 정체성과 그곳에 얽힌
"희망"과 "분노" 등의 '기억'마저 포함된다. 전사(前史)를 내동댕이친
그 기회주의적인 선택으로 인하여 "푼돈"은 챙길 수 있었지만, 그 삶은
주인의 삶에서 "머슴"의 굴욕적인 신세로 전락한 삶이다. 그들은 고향
으로부터 영원히 추방되어 자본의 길바닥에 물신을 섬기는 머슴으로 주
저앉게 되는 것이다. 그들이 팔아넘긴 삶터는 관광상품으로 재장소화된
다. 삶터를 빈집으로 비우고 별장으로 승격시키는 이 엄청난 변화는 자
본의 선택만이 아님을, 지키면 주인이고 팔면 노예임을 인용시는 경고
하고 있다. 이렇게 그는 권력과 자본에 의해 유포되는 망각의 유혹을 이
겨내려 한다.

4-2. 다음 유혹은 지름길 가기와 신비주의의 유혹이다. 길 가는 자에
게 극심한 피로감을 주는 그 먼길은, 먼길을 '지름길 가기'로 대체하고
픈 조급함을 심어준다. 또한 그 피로감은 길 가기의 포기와 다를 바 없
는 신비주의의 탈속충동을 안겨주기도 한다. 이것을 IV시집까지 꾸준하
게 나타나는 소를 통해서 살펴보자.

그의 시에는 지름길 가려는 욕구가 뚜렷하지 않다. 대체로 먼길이라
는 상황에 충실한 편이다. 그러나 굳이 따지자면 II시집의 소에서 그런
성급함이 있지 않았나 생각된다. III시집까지의 소는 농촌의 결핍과 농
민의 비극적 운명을 표출하는 매개물이었다. I시집에서 "백정"의 "커다
란 動作"에 "고기와 뼈를"(I-39) 남기고 쓰러진 그 소는, 비극적인 현실
과 "캄캄한 미래"(I-59)를 환기시키는 매개물이었다. II시집에는 농민의
손에 직접 도살당하는 소가 등장하고(II-70), III시집의 소 역시 죽음의
구멍으로 뚫려진 우물 속에 들어가 있었다(III-16). 그런데 II시집에는 이
런 비극적 인식과 더불어 그 운명을 거부하는 소가 나타난다. 가령 그

소는 진보적 목적의식과 결합하여 '내일로 가는 소'가 되고, 세상을 바꾸겠다는 의지와 결합하여 "산 넘어 가시덤불 / 어둠 밟고 가는"(II-65) 불굴의 소가 되었다. 그러다가 "소가 날아간다. / 소떼들이 굽을 차며 날아간다"(II-67)처럼, 그 소는 자유와 해방감을 획득한 모습으로까지 나타난다. 여기서 그 소와 결합된 진보와 불굴의 경직성, 해방감 등의 의미가 성글게 노출되는데, 이것은 그 비극 속에서 해방을 조급하게 선취하려는 태도, 먼길을 지름길로 대체하려던 성급함의 표출로 볼 수 있다. 여기에는 더 험한 우회로로 빠져가는 정세를 무시하고 상황이 막연하게 호전되리라고 본 낙관적 착시현상이 작용하고 있다. IV시집에서는 이제 그 소에게 신비주의의 위험이 들어선다.

> 좋다야, 이 아름다운 물감 같은 가을에
> 어지러운 나라와 마음 하나 나뭇가지에 걸어놓고
> 소처럼 선림에 눕다
>
> ──IV-「禪林院址에 가서」 부분

현실을 견디며 길 가던 그 삶은 "때로 그렇게 / 세상 밖으로 나가고 싶다"(IV-18)며 번번이 탈속충동에 휩싸인다. 그것은 인용시에서 "어지러운 나라와 마음 하나 나뭇가지에 걸어놓고 / 소처럼 선림에 눕다"로 구체화된다. 여기서 전술한 소의 또다른 의미가 드러난다. 불교에서 소는 영험한 동물로서, 인간이 궁극적으로 찾아야 할 참마음을 나타낸다. 소를 찾고 얻는 순서와 회향을 그린 십우도(十牛圖)가 선을 닦아 마음을 수련하는 순서로 해석되듯, "소처럼 선림에 눕다"는 구절에서 그 소는 불교의 경지에 닿아 있다. 그러나 "좋다야"라는 상승적 감탄사 연발도 잠시, "선림은 등을 떼밀며 문을 닫"(IV-26)고, "눈 덮인 설악이 / 길을 막고 돌아가라"(IV-82) 한다. 그는 절 문턱을 수차 서성이지만, 불교에 쉬

입문하지 못하고 세간으로 내려오게 된다. 여기에는 산적한 현실문제를 "나뭇가지에 걸어놓고, 소처럼 선림에 눕는" 것이, 이 현실을 비실재로 돌리고 삶터를 비껴가려는 망각이라는 깨달음이 전제되어 있다. 그래서 현실로의 귀환은 사실상 기억의 의지가 발현한 것으로 보인다. 이 막막한 삶은 신비주의의 유혹을 드리우고 있지만, 그는 '불교의 길〔佛道〕'에 오르지 않고 여전히 현실에 남아 있으려 한다. 그 양상은 다음 시에서 더욱 세밀하게 나타난다.

> 털을 있는 대로 곧추세운 소가 콧김을 내뿜으며
> 애써 박씨와 눈을 맞추려 한다
> "요즘 소들은 기계에게 일을 뺏기고 눈칫밥을 먹는다"
> 호박이 미처 무를 때를 기다리다 못해
> 마구간 빈자에 삐닥질해대는 소에게 그가
> 가래를 돋우며 망할 놈의 소새끼니 뭐니 욕세를 퍼대자
> 소도 혀를 빼물고 뭐라고 뿔질을 한다
>
> ——IV-「동면 화암리 박씨집 가을 아침」 부분

농가의 보배이던 그 소는 "기계"에 노동력을 상실한 채 농토로부터 분리되어 눈칫밥 먹고 있다. 그렇게 천덕꾸러기의 신세로 내몰린 채 고깃덩어리로 팔릴 날을 기다리는 이 소는 농민의 신세와 동일시하여 읽을 수 있다. 그러나 그 사이에는 이전에 없던 갈등이 내재되어 있다. '덕석〔牛衣〕'이라도 바라며 "눈을 맞추려"는 소에게 박씨는 욕을 퍼붓고, 그에 반응하여 소도 "뭐라고 뿔질을 한다". 여기에는 소를 애지중지하다가도 현실을 생각하면 괜히 열불이 나는, 애증이 교차되는 농민의 심정이 한층 객관적으로 드러나 있다.

이렇게 그는 소에 관련된 두 가지 유혹을 이겨낸다. 지름길 가려 했

던 조급함과 불립문자의 경지에 오르려 했던 신비주의의 유혹을 먼길 가는 데 처진 샛길 정도의 유혹으로 인식하고, 이 우회로의 현실에 여전히 위치해 있다. 이렇게 여러 의미망을 경유하면서 진부한 동어반복이 될 위험이 있는 그 소재의 깊이를 더하고 있다.

4-3. 마지막으로 허무주의의 시련을 살펴보자. 먼길 끝에 기억이 현실로 발현되리라는 믿음은 어떻게 되었는가? 그것은 여전히 변함없는가, 아니면 희망의 가혹함 끝에 사라지고 마는가?

어둠의 거울이었던
고향집 우물은 메워지고
이제 내 사는 곳에서는
별에게로 가는 길이 없어

오래 전부터
내가 소를 잊고 살 듯
별쯤 잊고 살아도

밤마다 별은
머나먼 마음의 어둠 지고 떠올라

기우는 집들의 굴뚝과
속삭이는 개울을 지나와
아직 나를 내려다보고 있다

—IV-「별에게로 가는 길」 부분

별은 그 반짝임으로 먼길 가는 고독한 영혼에게 삶의 방향을 가늠해 주고, 지상의 결핍된 삶을 이겨낼 수 있다는 믿음을 심어준다. 그래서 별은 흔히 도달하고 싶은 희망의 의미로 해석된다. 그런데 1)에서 그는 "별쯤 잊고 살아도"라든가 "별에게로 가는 길이 없어"라는 충격적인 말을 던진다. 권력과 자본의 극심한 탄압 아래, 별은 "피 뿌리며/떨어"(Ⅲ-69)져 죽는다. 이상을 배반하고 극도로 악화되는 현실 전개 아래 희망을 담아내던 그 내면은 상처입는다. 거기서 느꼈을 희망의 가혹함과 그로 인한 회의 때문에, 그는 별을 망각하고 그에 이르는 길마저 지워버린 듯 보인다. 그러나 사라진 줄 알았던 그 별은 "아직 나를 내려다보고 있다". 그 현실에 심정이 위축되고 무력감을 느낀 화자가 별을 저버렸을 뿐, 여전히 "세상의 모든 어두움은/너(별-인용자)에게로 가는 길이다"(Ⅳ-14). 지상의 고독한 내면들은 아직도 천상의 반짝임을 담아내며, 그 결핍을 치유하고 있다. 그리고 "별쯤 잊고 살아도"라고 말한 화자가 자신을 내려다보는 별을 느낄 수 있는 것 역시 닫힌 줄로만 알았던 그 내면이 여전히 별을 향해 열려 있음을 반증한다. 여기서 희망으로 가지 않으려 했던 부정의 편력마저 결국에는 희망으로 가는 우회로였음을 느꼈음직하지 않은가? 그래서 없다고 한 그 길은 '멀어서 없는 것처럼 보였다'로 고쳐 읽는 것이 합당할 것이다. 길 위에서 죽다가 살아나는 희망을 발견한 다음 시는 이 믿음에 더욱 힘을 실어준다.

지난 가을
우체국 돌계단에
은행나무 이파리 모아놓고
히죽히죽 살림 살 때 벌써 허리가 절구통 같더니
모진 겨울 어디 가 몸풀고
거뜬하게 나왔느냐

(…)
머리 풀어헤치고 빗질하는 네가 고마워서
사람들은 가다가 보고
또 돌아보는구나

—IV-「어느 미친 여인에게」 부분

지난 가을 미친 여인은 만삭의 몸으로 길바닥에 나앉는다. 차디찬 길바닥에서 몸을 풀어야 하는 그 여인이 직면한 처지는 길 위에서 맞이할 수 있는 결핍된 삶의 절정을 보여준다. 그러나 그 "간나"는 거뜬하게 몸을 푼다. 이때 그 여인은 길 가는 고독한 영혼이 직면한 시련과 희망의 알레고리로 볼 수 있다. 그 여인에게서 상처입었지만 생살 돋는 희망, 죽다가도 살아나는 희망의 갱생력을 배울 수 있었기에 고맙다. "네가 고마워서" "가다 보고/또 돌아보는" 것이다. 이런 성찰 때문에 한때 희망의 가혹함에 절망하다가도, "아무리 어려워도/희망을 다 써버린 때는 없었다"(IV-76)고 말할 수 있다. "돌과 모래" 천지인 극한 사막을 "낙타"도 없이 외롭게 걸어가면서도, 그 상황이 주체를 더욱 강하게 만드는 "아름다운 사막"(IV-23)이라고 말하게 되는 것이다.

5. 자연과의 만남

여로는 계속되고 목적지에 도달하지 못한 영혼의 방랑도 계속된다. 길 가기의 유혹과 맞서온 그는 어느 순간 비만한 "삼겹살 같은 세상을 두고" "미천골 물푸레나무 숲"(IV-10)에서 하룻밤 노숙하게 된다.

나는 아직 설악 상상봉에 가보지 못했네

이 산 밑에 나서 마흔을 넘기고도
한 해에도 수천 명씩 올라가는 그곳을
나는 여태 가보지 못했네
그곳에서는 세상이 훨씬 잘 보인다지만
일생을 걸어도 오르지 못할 산 하나는 있어야겠기에
마음속 깊은 곳 대청봉 묻어놓고

나는 날마다 귀때기 청봉쯤만 바라보네

—Ⅲ-「귀때기 청봉」 전문

그 자연 역시 권력과 자본에 의해서 심하게 훼손되어 있다. 삶터인 설악산은 자본에 의해 관광상품화되어, "한 해에도 수천 명씩 올라가는" 사람들의 소비를 유도하기 위한 위락장소로 변모해 있다. 그리고 그곳은 "백담계곡"(Ⅲ-92)에 나타난 설악산적 같은 은퇴한 권력자의 은둔지로도 훼손된다. 여기서 산을 아끼는 그는 산 정상 끝까지 가지 않고, "설악 상상봉"과 같은 은밀한 곳 한 군데쯤은 남겨두려 한다. 그 아름다움을 끝까지 들추어보려는 욕심이 삶터를 훼손한 폭력들과 무관하지 않음을 잘 알기 때문이다. 그곳마저 무너지면 우리가 기댈 마지막 공간마저 사라지고 말 것이라는 생각 때문에, 자신이라도 그곳을 탐하지 않겠다는 무욕의 마음을 가진다. 이런 장소 사랑의 정신을 가진 그는, 「설악산신」 연작에서 그 큰 산을 산신이 거처하는 신성한 장소로 생각한다. 물론 그 모습은 예전 그대로가 아니다. 산신은 "인간의 동티 피해 /백두대간 타고 금강산이나 백두산쯤 가시고/설악은 이미 비어 있"(Ⅲ-86)다. 그러나 어느 순간 "안개 소나기 폭설군단 앞세우고/백두대간 쿵

쿵 울리며"(Ⅲ-91) 귀환한다. 침해받고 사라진 듯하지만, 분노한 형태로
나마 그 신성은 여전히 현현한다. 최근 시집에서 특히 두드러진 이 자연
은 공동체 삶과 묘한 연관을 가지며, 그와 관련된 다음 두 가지 의미를
강화시킨다.

> 동해 어염 지고
> 인제 원통 바꿈이 다니던 사람들의
> 길은 지워지고
> 고래등처럼 푸른 영만 남았는데
> 이렇게 험한 곳에서도
> 나무들은 문중을 이뤘구나
>
> 북설악 한여름에 무슨 잔치가 있었는지
> 골짝 물마다 얼굴이 벌건 가재들이 어슬렁거리고
> 벙치매미도 제 이름을 부르며 운다
>
> ──Ⅳ-「샛령을 넘으며」 부분

　　먼저, 이 자연은 공동체의 기억을 '부분적'으로 재현해낸다. 사람들
이 오래 비워두어서 나무들이 무성하게 "문중"을 이룬 자연 속에서 사
람들이 내놓았던 "길은 지워"진다. 또한 분노한 겨울산 역시 자신을 침
해한 "사람"을 "제물"로 받고 "눈으로" "길을 / 파묻어버"(Ⅲ-98)린다. 그
동안 거침없이 그어져 좀처럼 사라지지 않던 이 체제의 폭력적인 구획
화가 이 자연 속에서 서서히 지워진다. 한때 훼손되었지만 이 체제의 손
길이 뜸한 곳에서 되살아난 이 자연의 위용은, 상실된 공동체 삶과 연관
된 모습으로 그를 긴장시킨다. 가령 인용시 후반부에 술이 잔뜩 오른
"얼굴이 벌건 가재"와, 벙치매미가 흥에 겨워 노래하는 "북설악 한여

름"의 "잔치"는 신명이 빠져버린 마을 모임과는 달리, 그 옛날 공동체의 흥겨운 어울림을 연상시킨다. 전술한 「설악산신」 역시 공동체 삶의 한 양태인 신성에 대한 믿음과 맞닿아 있다. 이렇게 자연은 그 기억과 대치되지 않고, 그것을 더욱 돋구어낸다. 먼길 가던 그 편력은 자연 속에서 생명의 진경(眞景)으로 펼쳐지는 공동체의 흔적을 만나게 된다.

다음으로, 이 자연은 무너지는 공동체현실을 안간힘으로 버텨선 농민의 삶과 결합된다. 뿌린 대로 거두지 못하여 "맑은 피를 태우"던 농민들의 그늘진 삶을 잠시나마 "산그림자"(IV-61)가 가리며 지나간다. "물안개를 개고 올라온 햇살이/그의 굽은 어깨를 감싸안는다"(IV-62). 자연은 소외된 그 고독한 영혼을 어루만지고 위로해주는 벗이다. 뿐만 아니라 농민 역시 자연의 넉넉함을 거스르지 않는다. 자연과 계절의 순환 원리를 생활의 시간으로 삼은 그들은, 자연을 닮은 넉넉한 포용력으로 타자를 아끼면서 이 시대의 타락한 가치를 역행한다. 가령 그들은 자신의 방을 손님에게 내주고 "고구마 가마니와 함께 밤을" 새고도, 오히려 "구들이 춥지 않았느냐"(IV-68)고 손님을 걱정한다. 없는 살림에 "늘 문 열어 놓고"(III-40) 살면서 집 한칸 뚝 떼어 새에게 주고, 동제 지낸 뒤 남은 "소머리"를 "짐승이나 먹으라고 숲속에 던져놓"(III-53)는다.

이러한 농민의 삶은 농민 자신의 주체를 확인하면서 공동체 회복에 한 발 다가서는 희망의 토대로 발전할 수 있다. 물론 여기에는 농사일을 가치롭게 내면화하는 의지가 필요하다. 가령 자연과 생배 맞댄 농사일을 "세상 괜찮은 자리"를 "배운 사람들"에게 다 빼앗기고 할 수 없이 짓는 것이 아니라, "우리나라에서 가장 크고 아름다운 직장의 평생사원"(IV-58)으로 그 가치를 내면화하는 것. 그 결실을 추곡수매가로 받은 푼돈의 교환가치로 평가하는 게 아니라, 그 일을 통하여 이 시대가 외면한 공동체의 생활방식을 지켜낸다는 최소한의 신념을 내면화하는 것 등이 그 예에 속하지 않을까 생각한다.

이 땅

꽃과 나무들의 사랑이 그러하듯

우리들 사랑 또한

무엇의 허락을 받는 게 아니고

그리운 눈빛과 부푼 젖가슴으로

우리들의 절반과 몸을 섞는 일이야

날짐승 들짐승의 사랑이 그러하듯

우리들의 짝짓기는

우리 땅 햇빛 아래

화염병처럼 타오르는 피와

따뜻한 자궁으로

깨끗한 새끼들을 퍼뜨리는 일이야

—Ⅲ-「날짐승 들짐승의 사랑이 그러하듯」 전문

　　인용시에는 몸 섞는 주체로 제시된 "우리"가 누구인지 뚜렷하지 않다. 그것은 넉넉한 인심의 소유자인 농민들끼리의 몸 섞기일 수도 있고, 나아가 그 농민과 자연의 몸 섞기일 수도 있다. 분명한 것은 그들이 이 체제의 중심에서 비껴난 '낯선 존재'라는 사실이다. 길들여지지 않은 그 깨끗한 마음들은 "무엇의 허락을 받는 게 아니"라, 그리움과 부푼 가슴에 충동되어 서로를 끌어안고 깨끗한 새끼를 친다. 한 가지 더 주목할 것은, 이 현실을 비껴난 자신들의 모습이 절반이라는 사실과, 그들이 가진 따뜻한 자궁으로 인해 수천 수만의 새끼를 칠 수 있다는 점이다. 절반과 몸섞는 사랑. 물론 여기에는 이 깨끗한 마음이 지금 철저하게 배제되고 있다는 난감함이 내재해 있다. 그러나 그것은 기생상태로나마 이 체제에 편승하면서 그 압박을 견디고 있다. 그들은 체제의 억압이 손대지 못하는 틈새를 지속적으로 살아내고 있다. 인용시의 결합 열망은 아직까지 미약한 그 존재를 현실을 뒤집어엎을 강력한 반동형성으로 키우고 싶은 소망을 표현하고 있다.

6. 분단현실에서의 기억과 길 가기

분단모순 역시 이상국 시를 강하게 받치고 있는 또 하나의 축이다. 여기에는 우리의 공동체에 작용했던 것과 비슷한 형태의 장력이 작용하고 있다.

> 당신이 어느 날 저녁 아직 처녀처럼 빛나는 동해 바다를 지나다가
> 푸르고 투명한 물에 손이라도 한번 담가보고 싶어 다가서면
> 녹슨 철조망이 당신과 바다 사이를 완강하게 가로막아 설 것이다
> (…)
> 그리하여 철조망이 밖에서 들어오지 못하게 하는 힘을 가진 것처럼
> 안에서도 나갈 수 없게 하는 것이라는 데 생각이 미치면
> 당신은 얼핏 거대한 수용소를 떠올릴지도 모른다
>
> ──Ⅲ-「철조망」 부분

분단현실의 상징물인 "철조망"은 권력과 자본에 의해 그어진 폭력적인 길의 또다른 양상에 해당한다. 앞서 그 길이 우리의 공동체에서 농민을 분리했듯이, 인용시에서 그것은 우리를 자연으로부터 강제로 추방한다. 썩은 우물 속에 갇혀 피폐해진 앞서의 마을처럼, 우리가 거대한 "수용소" 안에 갇혀 통제되고 있음을 시인은 거시적 시각으로 통찰한다.

하여 그것이 우리를 보호해주는 것이 아니라, "적을 / 철조망으로 막을
수 있다고 믿는 우리가 / 우리를 보이게 가"(II-96)둔 것이라는 인식전환
에 이른다. 이런 시각은 "좌회전이 금지"(IV-88)된 도로에서 우리의 일
상을 구조화하는 반공이데올로기를 발견해낸 뒤, 다음 시편에서 더욱
예각화된다.

> 1) 북쪽이나 남쪽이나
>   통일해서 손해 보는 패가 있고
>   통일을 개 끌고 다니듯 끌고 다니며
>   이득 보는 무리들 있는 한
>   살아서 단천 못 간다
>
> —III-「단천집 할아버지」 부분

> 2) 그대가 속초 거진 대진 명파 지나
>   동해 통일 전망대 이르러 두려움에 가슴 조이며
>   망원경 구멍에 500원 주화를 넣어보면 알게 되리
>   빨려들어갈 듯 북쪽을 바라보다가 화면이 끊기면
>   결국 북조선이 500원짜리 상품에 불과하다는 것을 알게 되리
>   (…)
>   단돈 500원에 볼 수 있다니
>   그대는 자본가들의 고마움에 눈물짓게 되리
>
> —III-「분단장사」 부분

'단천집 할아버지'는 오래 경험한 자의 연륜으로 "이제는 안 속는다"
고 말한다. 실향민들의 아픔마저도 권력이 위기 모면책이나 자기 잇속
챙기기로 이용해왔음을 직시하고 있기 때문이다. 2)에는 분단의 아픈

상처까지도 상품화한 자본의 거대한 잠식력이 나타난다. 자본은 "돈이 되는 것이라면 에미 속곳까지" 못 팔아먹는 것이 없다. 이북을 접하려는 열망마저도 주화를 꿀꺽 삼키는 타락한 자본의 상품회로에 의해서 매개된다. 여기서 같은 민족을 그리워하는 당연한 열망마저도 타락한 가치에 얽매는 체제 폭력의 강도를 엿볼 수 있다. 이렇게 현 체제는 기억의 의지마저도 자신을 살찌우는 것으로 흡수한다.

> 1) 해금강이 마주 보이는 통일 전망대에서
> 북녘땅을 처음 본 딸아이가 물었습니다
> 북한땅이 왜 빨갛지 않아요?
> (…)
> 명파 거진 대진 화진포로 이어지는 남녘땅 바라보며
> 북녘 아이들은 무슨 생각을 하는지요
> 왜 양갈보와 거지떼가 안 보이느냐고 묻지는 않는지요
>   —Ⅱ-「그러면 북의 아버지들은 뭐라고 대답하는지요」 부분

> 2) 북으로 가는 길은 멀다
>
> 군데군데 검문소와 탱크저지선 지났는데도
> 호숫가 솔숲에서 앳된 군인이
> 자동소총 거머쥐고
> 다시 길을 막는다.
>
> 춥다
> 그래도 물은
> 떠도는 새들 때문에 얼지 못하고

산그림자로 겨우 제 몸을 덮었을 뿐,

추위 속에 잠들면 죽는다고
물결이 갈대들의 종아리를 친다

—Ⅳ-「겨울 화진포」 부분

이렇게 강도 높은 흡입력을 가진 이 체제에 함몰된 모습을, 시인은 흔히 뒷세대에게서 본다. 전술한 「서울 사는 형렬(炯烈)에게」에서 형렬과는 달리 뒷세대인 딸아이는 서울말에 쉽게 길들여졌다. 그렇게 길들여진 뒷세대는 1)에서 충격적이게도 "북한땅이 왜 빨갛지 않아요?"라는 질문을 던진다. 이 질문에 즉하여 북녘 아이들 역시 남한땅을 보고 "왜 양갈보와 거지떼가 안 보이느냐고" 북녘 아버지들에게 물을 것이 아닌가 하고 시인은 상상한다. 하나였다는 기억 대신 이데올로기의 세뇌를 받고 산 이 아이들에게 망각은 일반화되어 있다. 그 망각을 정체성으로 오인하고 산 뒷세대들에게 통일을 기대할 수는 없는 이유가 여기에 있다. 2)의 겨울 화진포, 그 북방한계선에는 앞서와 동일하게 "길은 멀다"는 인식과 "춥다"는 정서가 표출된다. 이것은 인간다운 삶을 포기하게 만드는 현실에 대한 시인의 한결같은 반응이다. 이 먼길 "추위 속에/잠들면 죽는다". 이 체제에 길들여져 분단현실을 망각하는 것은 죽음이다. 그 망각을 이기려고 흐르는 "물결이 갈대들의 종아리를 친다". 아직 추위를 느낄 수 있다면, 그 상황은 정말로 추운 것이 아니다. 정말로 추운 것은 그 추위마저도 느낄 수 없는 마비, 우리 아닌 다른 것의 삶을 사는 망각이다. 이처럼 그가 기억으로 쏠리는 이유는 분단현실 인식에서 좀더 선명해진다.

여기서 벗어날 길은 없는가? 그는 Ⅱ시집에서부터 꾸준히 기웃거리던 청호동을 통해 그 극복방법을 발견한다. 강원도 속초시의 소외된 지역인 청호동은 함경도 실향민들의 집단 거주지이다.

　1) 지워져야 한다고, 아픈 청호동은 지워져야 한다고
　　 안개는 속삭인다.
　　 (…)
　　 지워지지 않으려고 우는 청호동.

——II-「청호동 안개」 부분

　2) 한두 달이면 떠나야 할 객지, 청호동에 나무를 심고 뿌리를 키
　　 운다는 건
　　 단천 나무를 욕하는 일이다.
　　 (…)
　　 아직 청호동 모랫바닥에 나무를 심는 일은
　　 뱃길 사흘 단천을 아주 버리는 일이다

——II-「청호동에 나무를 심는 일은」 부분

　3) 청호동은 청호동 사람들의 땅이 아니고
　　 그저 남한의 공유수면일 뿐,
　　 이곳에선 물이 흐를 때마다
　　 자꾸 발목이 빠진다.
　　 잊혀지지 않으려고
　　 잠들지 않으려고
　　 서로 모래 뿌리는 저녁,
　　 (…)
　　 끝끝내 떠도는 섬,

——II-「떠도는 청호동」 부분

청호동 주민들은 이 체제를 집 삼으라는 유혹에 그 뿌리를 찾아 부유하는 행동으로 맞선다. 1)에서 "안개"로 표상된 이 체제는 '고통의 기억' 형태로 각인된 청호동과 같은 분단의 현장을 이 역사로부터 지워버리라고 속삭인다. 그 공세에 맞서 청호동은 지워지지 않으려고 오늘도 울고 있다. 그 유혹에 순응하여 편안한 망각으로 빠지지 못하는 이유는 2)에서 잘 나타난다. 생존을 명분으로 강원도 청호동에 뿌리내리는 것은, 함경도 "단천"에서 익은 정체성을 부정하고 치욕스런 이 체제에 함몰되는 것이기 때문이다. 청호동을 "한두 달이면 떠나야 할 객지"로 인식하고, 단천을 기억하려는 의지는 3)에서처럼 고통스러운 부유로 나타난다. 고향에 이르지도 못하고, 그렇다고 이질적인 이 현실에 뿌리내리지도 못한 그 삶은 "자꾸 발목이 빠"지며 "끝끝내 떠도는 섬"으로 '부유'한다. 하지만 "잊혀지지 않으려고 / 잠들지 않으려고" 몸부림치는 그 부유의 의지 때문에 "우리는 강원도가 아니야 / 우리는 속초가 아니야"(II-90)처럼, 부정의 형식으로나마 정체성을 유지하게 된다. 이 부유는 전술한 길 가기의 의지에 대응한다.

> 1) 청호동 방파제 너머 떠다니는 섬이 있다는 걸
> 사람들은 믿지 않는다.
> 장화를 신은 채 청호동 사람들마저 잠들고
> 흥남이나 청진 물이 속초 물과 쓰린 속으로
> 새 섬 근처에서 캄캄한 소주를 까다가 쓰러지면
> 북쪽으로 날아가는 새 섬을 사람들은 보지 못한다.
> (…)
> 청호동 방파제 너머 이남 물과 이북 물이
> 야 이 간나이 새끼 마이 늙었구만 하며

공개적으로 억세게 무너지면

—Ⅱ-「청호동 새 섬」 부분

2) 그전에
아주 그전에
울산바위가 뱃길로 금강산 가다가
느닷없이 바다가 산이 되는 바람에
설악산 중턱에 걸터앉게 되었는데요

지금도 바람이 몸을 두드릴 때마다
파도소리가 나는 건 다 그 때문이지요

사람들아 모여라

꽃단풍 물단풍 곱게 들고
동해 미치도록 푸른 날
울산바위 내려 타고
가다 만 금강산 가자

—Ⅳ-「울산바위」 전문

이 체제에 발 디뎠으나 뿌리내리지 못한 그 의식은, 아직 지우지 못한 내면의 기억으로 인해 잠잘 때에도 다리 뻗고 자는 대신, "장화를 신은 채"(Ⅱ-88) 자야 하는 고통스러운 처지에 직면한다. 그러나 그것은 도리어 이 체제를 벗어날 강력한 희망으로 변전된다. 떠도는 섬이었기에, 1)의 "북쪽으로 날아가는 새 섬"처럼 상상 속에서나마 이 체제를 탈출할 수 있다. 1)의 후반부에 제시된 물의 조우 역시 그 물이 고인 것이 아

니라 흐르는 것이었기에 가능했다. 2)의 울산바위 또한 1)의 "새 섬"과
동일 계열체에 속한다. 전설 속의 그 바위는 금강산을 지향점 삼아 움직
이는 유동성을 지닌 바위였다. 지금 그 바위는 '바다가 아니라' 고통스
럽게도 산중턱에 걸터앉게 되었다. 하지만 그 내면에 여전히 "파도소
리"를 간직하며 과거의 기억을 떠올린다. 시인은 그 바위의 내면에 잠
재된 기억을 물활론적 시각으로 전면화하며, 분단극복의지를 표출한다.
열거한 세 가지 부유는 철조망으로 대표된 분단체제의 폭력에서 유발된
것이었지만, 길들여지지 않으려는 그 의지는 목적지에 이르는 길 트기
의 동력으로 전환된다.

    1) 물꼬를 따고 하늘을 보자.
       웃배미에서 아랫배미로 물꼬가 벗는 동안
       그렇게 아랫마을은 웃마을을 만날 것이다

—I-「물꼬」 부분

    2) 아래윗논 물꼬를 트자
       아래윗몸 핏줄을 트자

—II-「팔 걷어붙이고」 부분

   농촌공동체와 분단 인식은 많은 부분에서 만난다. 인용시처럼 논 안
의 물꼬 트기가 분단 극복의 이미지로 치환되는가 하면, 두 현실은 고향
상실의 아픔과 길이 멀기 때문에 춥다는 인식까지 공유했다. 그러나 차
이 역시 만만찮다. 농촌의 경우 그 현실을 안간힘으로 버틴 자의 목소리
를 들을 수 있었지만, 분단의 경우 파행적인 근대사에 의해 삶터에서 강
제추방당한 자의 목소리를 들을 수밖에 없었다. 그리고 농촌은 귀향을
통해 그 허물어진 삶터를 확인하고 자연 속에 잔존한 공동체의 흔적을

느낄 수도 있었지만, 분단의 경우 이 체제의 생존에 위협을 가하는 '눈앞의 적'이라는 이유 때문에 이산가족에 대한 그리움마저도 피붙이가 아니라 "적이 적을 그리워하는"(II-84) 불온한 것으로 통제될 수밖에 없다. 그래서 분단상황이 농촌보다 더 혹독한 피로감을 주는 현실이라고 할 수 있다. 하지만 두 현실의 차이는 그나마 기억에 의해서 변별된다. 기억이 없는 한 두 현실은 망각 속에 파묻힌 마찬가지의 현실일 뿐이다.

공동체 삶과 분단 이전의 하나였던 삶. 그는 그것이 우리의 본질적인 삶이었다고 말한다. 만약 그것이 생경하고 시답잖은 소리로만 들린다면, 유감스럽게도 당신은 편안한 망각 속에 파묻혀 있을 공산이 크다. 이렇게 그의 시는 우리가 집 떠나 길 위에 처해 있다는 사실을, 그 사실마저 망각하고 있음을 고통스럽게도 상기시켜주고 있다.

7. 놓칠 수 없는 우리의 희망

현재 우리는 과거의 친밀한 영역을 잃고 이 체제의 길바닥에 쫓겨나와 있다. 여기에 다양하고도 편차 큰 삶의 형태가 존재한다. 그것은 기억과 길 가기를 분류삼아 다음 네 가지 상반된 태도로 분류할 수 있다. 먼저 이 체제를 집 삼은 망각과 거기에 함몰되지 않는 기억이 있다. 그리고 과거에 빠져 헤어날 줄 모르는 복고의 기억과, 그것을 먼 미래 우리의 삶으로 실현하려는 적극적인 기억이 있다. 또한 그 길을 끝이 없는 것으로 생각하여 길 위에 노출된 것을 자신의 비극적 운명으로 삼는 태도와, 먼길로 상정하여 길 가기의 의지를 포기하지 않는 태도가 있었다. 마지막으로 길 가기 도중에 포기하는 태도와 끝까지 걸어가려는 태도가 있다. 이상은 이상국의 시를 읽으며 확인했던 바로, 그의 시는 끝까지 가려는 의지를 보이고 있다. 이렇게 그는 기억과 길 가기에 충실한 시인이다.

그러나 그의 시에는 공동체 삶의 모순에 의도적으로 눈감고 있는 부분도 있다. 가난으로 점철된 당대의 결핍에는 솔직하지만, 그 현실의 은폐된 모순을 부분적으로 외면하고 있다. 가령 「홍종이처」에는 처가 떠난 뒤의 홍종이 모습을 연민어린 시선으로 바라볼 뿐, 그 처가 "내가 소 냐고 걸핏하면 대"들기까지 그 현실에 심각하게 드리워졌던 가부장제의 억압에 대해서는 애써 회피하고 있다. 그의 시가 좀더 견고해지기 위해서는 공동체 내부의 모순에 대해서도 솔직해져야 한다. 그런 반성능력이 증진될 때 그 길 가기는 이 현실을 한층 당당하게 가로질러갈 수 있을 것이다.

이제 글머리에서 제기했던 질문을 정리해보자. 기억과 길 가기의 운동방향은 과거와 미래로 사뭇 달라 보인다. 그러나 그 둘은 현 체제에 동조하지 않는 주체의 내면 속에서, 그 과거가 미래로 시간 역전을 벌이는 지점에서 만난다. 이때 길 가기는 기억의 연장형태로, 기억을 이 현실의 장력 속에 보다 능동적인 운동의 형태로 옮겨놓은 것에 해당한다. 그것은 구체적인 실천방법을 가진, 강화된 기억의 응전력(기억의 완성태)이라고 할 수 있다. 즉 내면적 의지가 발현되는 강약에 따라 두 얼굴로 표출되지만, 그 둘은 기억의 이름으로 총칭할 수 있다. 과거를 엮어서 미래의 삶으로 투사된 기억은 지금 예감하기 힘든 먼길 끝의 아름다운 미래를 예견케 하며, 지금의 험로를 헤쳐 그곳에 이르게 하는 길 가기의 의지를 심어준다. 그리고 이상의 네 단계마다 목 빼고 있는 허무주의를 거스르며 끝까지 가는 힘을 불어넣어준다.

에피그라프는 『롤리타』의 마지막 장면이다. 그 장면에서 주인공 험버트를 정말로 절망시킨 것은 롤리타가 곁에 없다는 사실이 아니었다. 그것은 다름아니라 그의 귀에 들리는 무수한 외침소리 속에서 롤리타의 음성이 '더이상 들리지 않는 것' (더이상 기억나지 않는다는 것)이었다.

우리를 정말로 절망시키는 것 역시 그 아름다운 가상을 잃어버렸다는 것이 아니라, 기억을 담아내던 내면마저 상실해버린 것이지 않을까? 체제에 통합되는 길 외에는 그 어떤 선택의 여지가 없다는 판단 끝에, 기억에 이르려는 안간힘마저 스스로 배반하며 동참하게 되는 망각의 행렬. 그 망각이 정말로 절망스러운 것이다. 아직 기억이 남아 있는 것은 행복한 일이다. 그것은 이 현실에 노출되어 망각될 공산이 크지만, 아직 그 기억만이 놓칠 수 없는 우리의 희망이다.

—『시와생명』 1999년 가을호

권환 시의 변모와 연속성

1. 들어가며

남한 문학사에서 오랫동안 잊혀져 있다가[1] 1988년 뒤늦게 해금조치된 문학인 권환(權煥, 1903~54), 그는 김기진(金基鎭)과 박영희(朴英熙) 등의 프로문학론을 비판하면서 등장한 소장파의 한 사람이다. 시인이면서 평론가인 그는 1929년 5월 『무산자』에 시 「이 꼴이 되다니」로 활동을 시작한 이래, 1947년까지의 공식적인 문학활동 기간 동안 『자화상』(1943) 『윤리』(1944) 『동결』(1946) 세 권의 시집을 상자하고, 『카프시인

---

[1] 남한 단독정부 수립 후 문학사의 미아로 잊혀졌던 임화 등의 여타 카프계 문학인들과는 달리, 북한 문학사는 권환 시를 긍정적으로 평가한다. 가령 『조선문학통사』(조선민주주의 인민공화국, 언어문학연구소, 과학원 1959 / 인동 1988, 162면)는 권환 시가 "인민대중의 혁명기세를 돋구며 그들을 새로운 사회제도를 위한 투쟁에로 궐기시키는 데 이바지하였다"라고 평가한다. 그리고 『조선문학사 9』(류만, 과학백과사전종합출판사 1995, 77면)는 그를 "무산대중의 지향과 요구를 구현하여 프롤레타리아 시문학에 뚜렷한 흔적을 남긴 시인의 한 사람"으로 평가한다.

집』(1931)과 『햇불』(1946)에 공동참여했다. 20여년에 이르는 창작기간 동안, 그의 시에는 외형상 두 번의 큰 변모가 드러난다. 이를 기준삼아 그의 시를 아래와 같이 3기로 구분할 수 있다.

1기 카프의 볼셰비끼적 대중화를 이끌며 쓴 선전·선동의 관념시(1929~35)
2기 카프 해체 이후 내면과 일상세계에 천착해 쓴 시(1935~45)
3기 광복 후 시대적 과제에 대응한 급진적인 시(1945~47)

이러한 변모를 보인 권환 시는 다양하게 연구되었다. 이를 범박하게 일반화한다면 다음 세 관점으로 분류 가능하다. 먼저 1기에 초점이 가 있는 글로서, 정재찬·김재홍·오성호 등의 연구가 있다. 이 연구들은 대부분 해금 직후에 발표된 글로서, 그의 시를 볼셰비즘을 충실하게 형상화한 볼셰비끼시로 평가한다. 그런데 이 입장들 속에는 1기시의 위상을 강조한 나머지, 2기시를 "연약한 서정시인으로 완전히 전향"[2]했다는 식으로 폄하하는 시각이 제법 있다. 다음은 2기에 초점이 가 있는 글로서, 고형진·조동민·채수영·박덕은 등의 글이 있다. 이 글들은 급진적인 현실주의자로 권환을 보는 첫번째 관점과는 아예 다른 각도의 해석을 시도한다. 이 글들은 권환 시의 대부분이 시기적으로 길었던 2기에 창작되었고, 여기에 권환 시정신의 본령이 나타난다고 본다. 순수 경향과 미적 특질 위주로 논의된 이 글들은 대체로 "권환의 시세계"를 "다분히 향토적이며, 향수적이며, 평화적"[3]이라고 평가한다. 이처럼 이 두 가지 관점은 극과 극의 상반된 평가를 내린다. 2기시를 1기와 단절된

---

2) 김재홍 「볼셰비끼 프로시인, 권환」, 『카프시인비평』, 서울대학교출판부 1990, 220~24면.
3) 조동민 「소박한 서정과 향수의 세계」, 『시문학』 1989년 7월, 77면.

순수시로 폄하하여 2기에 창작된 양질의 문학사적 자산을 부정하거나, 또는 1기 위주의 해석에 대한 반발 때문에 그 출발점을 부정하는 오류에 빠져 있다. 어느 한 시기에 치우친 편향된 연구로 인해 그 변모의 각 단계를 단절로 보기 때문에, 권환 시를 전체적인 맥락에서 편견 없이 평가하지 못하고 있다. 마지막 관점은 3기까지 전체를 균형 있게 아우르는 글이다. 권환 연구가 어느정도 축적되면서 씌어진 권은경·목진숙·이호정·김종호·곽은희의 석사논문이 여기에 해당한다. 이 글들에는 권환 시를 연속적으로 보자는 합의가 어느정도 이뤄지고 있다. 그러나 이 역시 그 연속성을 설득력 있게 밝히지는 못한다.[4]

　　이렇게 앞선 연구들은 아직까지 우리에게 낯선 이 시인을 문학사의 제자리에 위치시키는 작업을 다하지 못하고 있다. 그래서 이 글은 권환 시의 변모를 인정하면서도, 전체를 아우를 수 있는 수긍할 만한 연속성 찾기를 논지로 삼는다. 그 작업이 이 시인의 위치 규명에 일조할 것으로 생각한다. 전술했듯이 권환 시를 연속적으로 규명하지 못하는 것은, 2기시를 전체적인 맥락에서 충분히 살피지 못한 한계에서 기인한다. 2기시가 전대의 입장을 어떠한 방법으로 유지했는가를 설득력 있게 밝힌다면, 그 연속성은 자연스럽게 획득될 것이다. 물론 여기에는 마땅히 시인

---

4) 가령 권은경(「권환 시 연구」, 경남대 1990)은 2기시가 "초기시의 이념지향성을 포기하고 새로운 서정양식에 골몰"(53면)했다는 단절의 입장을 보이고, 김호정(「권환시의 변모양상 연구」, 부산대 1993)은 2기시가 "일제에 함몰"되어 "황민문학으로 변질"(48면)된 부정적 측면을 극대화하여 그 시력의 연속성을 포착하지 못하고 있다. 목진숙(「권환 연구」, 창원대 1993) 김종호(「권환 시의 변모 양상 연구」, 상지대 1994) 곽은희(「권환 시 연구」, 영남대 1997)의 글들은 대체로 권환의 2기시가 현실도피나 전향이 아니라 전체 시와 일관되게 이어진다는 점을 보여주려 한다. 특히 김종호의 글에는 그 문제의식이 한층 두드러지게 나타난다. 그러나 이 글 역시 '자아갈등'과 '무산계급의 정열 대변' '해방조국 염원' 같은 단편적인 사실을 그저 나열했을 뿐, 그것이 어떻게 전체와 유기적으로 묶이는지에 대한 세심한 분석이 결여되어 있다. 정치한 분석이 없는 심정적인 연속성 역시 단절만큼이나 심각한 오해를 불러일으킨다고 생각된다.

의 전기연구가 뒷받침되어야 할 것이다. 그러나 그 연구는 부족한 실정
이며, 그 부족분마저도 2기의 전기는 거의 알려져 있지 않다.[5] 이 한계
를 무릅쓰고, 이 글은 2기 시작품만으로도 각 단계의 변모 사이에 내재
된 성긴 틈을 메울 수 있다는 판단 아래 출발한다.

2. 1기시

일단 그 출발지점부터 짚고 넘어가자. 권환 문학의 출발점이 되는
1930년대 초반은 현실이 급박하게 전개되던 시기로, 문학의 현실대응
력이 특히 요구되던 시기였다. 이런 요구에 부응하여 당시 프로시의 주
류는 팔봉 김기진의 대중화론과 연결된 단편서사시와, 볼셰비끼적 대중
화론에 따른 아지프로(Agi-Pro) 서술시라는 두 개의 창작방법이 존재
했다.[6] 권환 역시 대중화를 고민했다. 그런데 이 시기 국제공산당 노선
에 따라 계급문학운동에 천착하던 권환이 선택한 것은, 당의 이념 전달
에 의의를 둔 후자의 대중화론이었다. 이때 그의 대중화는 노동자와 농
민을 당의 이념으로 무장한 전위로 이끄는 것이라는 점에서, 감상과 흥
미에 힘입어 대중야합적인 것으로까지 보였던 전자의 대중화와는 구별
된다. 하여 이 시기 그의 시에는 계급성과 투쟁성이 전면에 드러난 관념
일변도의 강경한 시가 주류를 이룬다. 이는 다음 두 측면으로 나누어 살
필 수 있다.

---

5) 시기적으로 가장 길었음에도 불구하고, 2기의 연보는 "『중외일보』『조선일보』 기자, 조
  선여자의학강습소 강사를 지냈음"(이동순·황선열 『깜박 잊어버린 그 이름──권환 시전
  집』, 솔 1998, 230면) 정도로, 다른 시기에 비해 소략하게 알려져 있다.
6) 정재찬 「시와 정치의 긴장관계」, 『한국문학의 리얼리즘과 모더니즘』(김윤식·정호웅 편,
  민음사 1989, 273~77면).

1) 기계가 쉰다

　괴물 같은 기계가 숨죽은 것같이 쉰다

　우리 손이 팔짱을 끼니

　돌아가던 수천 기계도 명령대로 일제히 쉰다

　위대도 하다 우리의 ××대

　왜 너희들은 못 돌리나

　낡은 명주같이 풀죽은

　백랍(白臘)같이 하얀

　고기 기름이 떨어지는 그 손으로는

　돌리지 못하겠니

—「정지한 기계」(1930) 부분[7]

2) 가거라 가 가 어서

　적은 새앙쥐 같은 소부르주아지들아

　늙은 여우 같은 소부르주아지들아

---

7) 최근에 이동순·황선열에 의해 권환의 시전집 『깜박 잊어버린 그 이름』이 엮어졌다. 이장렬이 지적했듯이, 이 시전집은 그 수고스러운 작업에도 불구하고 권환시의 출발점인 「이꼴이 되다니」와 1946년에 발표된 「병상독음」「김서방, 박첨지두 이생원두 잘사는 주의」「그대를 어떻게 맞을까」「토지」「번식할 아느냐」「춘몽」 등이 빠져 있다(이장렬 「다시 불러 보는 그 시인」, 『지역문학연구』 제4호, 1999년 봄호, 190면). 그외에도 여기에는 「아버지 김첨지 어서 갑시다! 쇠돌아 간난아 어서가자!」(『문학건설』 1932년 12월호) 「향락의 봄동산」(『조선일보』 1933년 9월호) 「비오는 봄밤」(『문예창조』 1934년 6월호) 「거리」(『신세기』 1939년 9월호) 「送君詞」(『윤리』 1944년 12월호) 「부셔라, 파쇼를」(『자유신문』 1946년 12월호) 등이 빠져 있다. 필자는 권환 시 원문의 많은 부분을 직접 확인하지 못한 한계를 자인하며, 그 시의 표기는 이동순·황선열 편의 시전집을 따랐다. 단 이 시전집에서 빠진 시를 인용할 때에는 원문을 인용했다.

너의 가면 너의 야욕 너의 모든 지식의 껍질을 짊어지고
　　—「가려거든 가거라——우리 진영 안에 있는 소부르주아지에게 주는

노래」(1930) 부분

　　먼저 그 내용에서 이분법적 계급인식에 바탕된 단호한 배제가 드러
난다. 공장의 노동파업을 다룬 시 1)에는 노동자와 부르주아 두 계급의
차이가 선명하게 대비되고 있다. 노동자는 장시간 노동에도 불구하고
저임금에 혹사당하는 반면, 부르주아는 호사스럽고 탐욕스러운 생활을
하고 있다. 그러나 그 핍박 속에서도 기계를 돌리는 노동의 주인이라는
측면에서, 노동계급은 강건하고 자긍심 있는 모습으로 그려진다. 반면
자본계급은 "명주같이 풀죽"고 "백랍(白臘)같이 하얀" "손" 등의 무력
한 모습으로 나타난다. 2)에서 1)의 이분법은 좀더 엄정해진다. 이 시는
소제목에 명시된 것처럼, 카프진영 내의 소부르주아를 주 타깃으로 삼
고 있다. 그는 그들의 기회주의적인 속성을 "새앙쥐" "여우" 등의 부정
적인 모습으로 묘사하며, 그들에게 "가거라 가"라고 단호하게 외친다.
'ㄱ' 음운의 반복을 통해 격하게 터져나오는 이 단호한 배제의 근저에
는 "신간회 상부조직의 개량주의화와 방향전환 이래 조직을 확대한 카
프 내에서 발호하고 있던 소부르주아적·개량주의적 경향"[8]에 대한 견
제의식이 깔려 있다. 또한 여기에는 계급운동의 독자성과 순수성 강조
의 의도 역시 깔려 있다. 소부르주아를 내부의 적으로 규정한 이러한 비
타협적인 강경함에서 권환의 계급적 엄정함과 급진적인 입장을 읽을 수
있다.

---

8) 오성호「권환 시의 변모와 그 의미」, 『1930년대 민족문학의 인식』(이선영 편, 한길사
　1990, 81면).

1) 마른 ×를 ×한테를 ×이기만 하는 동무들

　이리 가나 저리 가나 ×을× ……들을 위해서 ××자 응 ×우자"

　　　　　　　　　　—「소년공(少年工)의 노래」(1931) 부분

2) 열 번을 지면 열 번을

　백 번을 지면 백 번을

　일어나고 일어나서

　이길 때까지 싸워보자

　××× 머리를 땅까지 숙일 때까지

　　　　　　　　—「머리를 땅까지 숙일 때까지」(1930) 부분

3) 아무래도 ××는 우리는

　×을 때까지 항×하리라 ×우리라.

　　　—「우리를 가난한 집 여자라고―이 노래를 공장에서 일하는

　　　　　　수만 명 우리 자매에게 보냅니다」(1930) 부분

　다음으로 화법의 측면에서 청자 지향의 지령(指令)적 기능이 강하게 나타난다. "(싸우)자 응 (싸)우자" "이길 때까지 싸워보자" 혹은 "(죽)을 때까지 항(거)하리라 (싸)우리라"[9]라는 구절처럼, 인용시들에는 노동계급의 승리를 선취하기 위하여 백전불굴의 의지로 끝까지 싸우겠다는 계급투쟁의 결의가 강하게 드러난다. 인용시에는 이 의지가 소년공·노동자·여공으로 설정된 화자를 통해 드러낸다. 그런데 여기서 선전·선동을 종용하는 목소리는 개성적이라기보다는 작중현실을 노동대중들에게 선전하여 그들을 현실변혁의 주체로 이끌어내려 했던 시인의

---

9) 괄호 안의 해석은 김재홍, 앞의 책 205~207면을 참조한 것임.

이념을 그대로 대변하고 있다. 브레히트(B. Brecht)는 불규칙적인 리듬을 통해서 사상은 그것에 상응하는 고유한 정서적 형식들을 얻게 된다고[10] 했는데, 인용시 역시 율격의 통제 안에 구속될 수 없는 고압적인 선전·선동의 목소리가 청자를 지향한 불규칙적인 리듬으로 표출된다. 이런 진술은 그가 쓴 평문의 메시지와 그대로 일치한다. 가령 "우리의 시는" "××대중에게 ××주의를 아지프로하는 외에 아무 의의와 역할이 없다"[11]라는 평문은 인용시들의 진술과 그대로 일치한다. 이처럼 1기시에는 강경한 정치적 신념과 선전·선동에 바탕한 무기로서의 문학관이 그대로 드러난다. 이에 대한 평가는 상반되어 나타났지만,[12] 임화의 자기비판에서 확인할 수 있듯이 당시 카프 내의 평가는 권환의 강경함 쪽으로 기운다. 이는 시대적 과업과 그 실천을 강조했던 당시 카프 내의 분위기를 잘 반영한 것으로 보인다. 조직의 논리에 충실했던 이 강경한 입장 때문에 그의 시는 일제의 검열에 의해 많은 부분 삭제되지만, 카프 내에서 적지 않은 입지를 굳히게 된다.[13]

급진적인 정치적 입장을 관철시킨 그의 시는 임화류의 단편서사시에 나타난 주관적 감상성을 나름대로 극복하여, 카프 내 문예운동의 과제를 성실히 수행한 의의를 갖는다. 하지만 그 대가 또한 큰 것이었다. 이때 문제가 되는 것은 역시 미적 완성도의 측면이다. 관념의 생경한 노출로 인해 그의 시는 정치적 격문으로 전락한다. 시의 육체를 다지는 형상

---

10) 람핑(D. Lamping) 『서정시: 이론과 역사』, 문학과지성사 1994, 78면.

11) 권환 「시론과 시평」, 『대조』 1930년 6월호.

12) 박영희는 "프로시의 한 계단"을 보여주는 것으로 상찬(「1931년판 캅푸시인집을 읽고」, 『중앙일보』 1931년 12월 15일)했는가 하면, 백철은 프로문학 초기 이데올로기시에서나 있는 것(「문예시평」, 『신동아』 1932년 11월호)이라며 그 관념성을 꼬집는다.

13) 1930년 4월 카프 내 문학부 책임자로 임명된 사실과, 『카프시인집』에 동참한 5명의 시인 중 최다수에 해당하는 일곱 편의 시를 발표한 점 등은 이러한 그의 입지를 잘 대변해준다.

화과정을 소홀히 했기에, 시의 형해화를 초래하고 만 것이다.[14]

3. 그 변모와 연속성

카프 1·2차 검거를 겪으면서 그 강경하던 목소리는 서서히 누그러진다.[15] 그 변모의 시초로 1차 검거 이후 일시적으로 쓴 풍자시를 들 수 있다. 그는 「책을 사르면서」(1933)와 「향락의 봄동산」(1933)에서 일제 파시즘과 유사한 독일과 중국의 상황을 빌려, 히틀러와 장개석의 파시즘을 풍자한다.[16]

그 두번째 변모로 「비오는 봄밤」(1934)을 들 수 있다. 이 시에서 그는 "이런 때엔 엇전지 쎈치멘탈하게 되는구나"라며, 그동안 경계·극복하려 했던 감상적인 정조에 잠기는 화자의 모습을 드러낸다. 그러던 중 그는 2기에 이르러 다음과 같이 본격적인 변모를 하게 된다.[17]

   1) 박꽃같이 아름답게 살련다
      흰 눈같이 깨끗하게 살련다

---

14) 정노풍은 이런 경향을 두고, "개념적이며 한 편의 시로서 대중적 존재를 유지하기 위해서는 좀더 예술적 지표에 충실해 그 구상적 조직에 힘쓰지 안어서는 안된다"(정노풍 「3월 시단의 개평」, 『대조』 1930년 6월호 41면)라고 평했다. 그리고 「시인이여 일보전진하자」(『조선지광』 1930년 6월호)에서 자기비판을 하던 임화 역시 입장을 바꾸어 "말라빠진 목편과 같은 일은바 뼈다귀 시가 횔행"했다며 권환의 1기시를 비난하게 된다(임인식 「33년을 통해본 현대조선의 시문학(9)」, 『조선중앙일보』 1934년 1월 11일).

15) 김용직 『한국현대시사 1』, 한국문연 1996, 500면.

16) 풍자시에 대해서는 정재찬, 앞의 글 297~98면과 오성호, 앞의 글 88~92면 참조.

17) 2기시의 분석대상으로 『자화상』 『윤리』 『동결』 세 시집을 삼는다. 『동결』은 1946년에 발간되었지만, 대부분의 시가 해방 이전에 씌어졌기 때문에 2기시의 범주에 포함시킨다.

가을 호수같이 맑게 살련다

손톱 발톱 밑에 검은 때 하나 없이
갓 탕건에 먼지 훨훨 털어버리고
축대 뜰에 티끌 살살 쓸어버리고
살련다 박꽃같이 가을 호수같이

(…)

검은 땅 위에 꿋꿋이 서
푸른 하늘 쳐다보며
웃으련다 별과 함께
별과 함께

—「윤리」(1944) 부분

2) 부엌에 드나드는 아내의 얼굴
　　오늘은 유달리 혼자 좋았다
　　빙글빙글 오래간만에

　　늘 아침 나누어둔 두부채
　　그 중에서 조금 제일 크더란다

—「두부」(1944) 부분

　먼저 그 내용에서 뚜렷한 이분법으로 외압에 맞서 싸우던 카프 조직가의 모습은 사라진다. 1)에서 그는 그동안 간과하던 내면에 천착하고, 2)에서는 미시적 시선으로 하찮다 싶을 정도로 사사로운 일상사를 포착하고 있다. 다음으로 작중 화자를 통해 시인의 이데올로기를 직접적으로 표출하며 노동대중을 아지프로하던 모습과는 달리, 2기에는 내면의 개성적이고 독백적 목소리가 주류를 이루게 된다. 그리고 1)과 같이 운율과 비유 등의 미적 기법 역시 상당부분 수용하게 된다. 이렇게 전대와 사뭇 대조적인 모습들이 2기시를 구성한다. 그럼에도 불구하고 2기시는 전대와 무관하지 않다. 2기시는 초기의 신념이 배제된 순응주의가 아니라, 오히려 전망 획득과 행동적 대응이 어려워진 난폭한 시대에 맞서는 시의 능동적인 대응모습을 보여준다고 생각된다. 이제부터 카프 내에서 가장 강경한 입장에 서 있던 '뼈다귀 프로 시인'이 그 강한 신념을 어떠한 방법으로 유지했는지를 해명하겠다. 그 첫 단계로 1기의 강한 신념은 어디로 사라졌으며, 그것은 어떤 양상으로 유지되는 것인지, 생활세계 탐닉의 의의는 무엇이며, 미적 기법은 이들과 어떤 연관을 맺는지를 유기적인 맥락하에 살펴보겠다.

1) 내면에 간직된 신념

이 변모를 두고 순문학으로 전향했다고 서둘러 평가하기 전에 그 변모 이유에 대해 한번 고민해보자. 발생론적인 맥락에서 이 변모를 바라본다면 여기에는 상황의 악화가 불가피하게 전제되어 있다. 당시 조선의 현실은 1931년 만주침략을 기점으로, 35년에는 카프가 해산될 뿐만 아니라 민족진영의 브나로드운동까지 중단될 정도로 악화된다. 그 상황을 권환은 "검은 땅"(「윤리」)과 "묘지"(「여군 대작(與君對酌) 2」)와 같은 죽음의 상황 혹은 날선 겨울(「한역(寒驛)」)로 묘사했다. 그 체제하에서의 삶이란 내밀한 친밀공간을 상실하고, "무덤같이 고요한 대합실/벤치 위에 혼자 앉아/조을고 있"(「한역」)어야 하는 비참한 삶이었고, "푸른 꿈도 다 깨어버리고" "검은 전신주"(「전신주」)처럼 꼼짝없이 서 있어야 하는 고달픈 삶이었다. 미래마저도 "새까만 안개"(「여군 대작(與君對酌) 2」)에 가려져 불투명한 시국은, "'조심해라잇'"(「어머니」)이라며 끝이 급박하게 갈무리되는 어머니의 단호한 당부처럼, 한시도 긴장을 늦출 수 없었다.

1) 이 시들은 모두 일제가 바야흐로 태평양전쟁을 일으키고 갖은 포악(暴惡)을 다할 때, 말하자면 가장 불리한 조건 밑에 발표된 것이므로 그 내용에 있어 많은 제약을 받은 것은 더 말할 것도 없다

—『동결』의 「서문」(1946) 부분

2) 오 귀뚜라미만큼 정열 많은 시인을
　이 땅에선 영원히 볼 수 없을까

—「귀뚜라미」(1943) 부분

3) 고전주의인가요 낭만주의인가요 혹은 또 초현실주의란 말이오 그렇든저렇든 당신 노래는 단 한 사람인 당신 애인도 울리지 못한 노래 아니어요

—「까마귀」(1944) 부분

현실과 맞대결하는 무기로서의 시를 써나가기에는 상황이 뒷받침되지 않았다. 많은 작가들이 몸을 사리던 이 시기, 권환에게 역시 카프와 관련된 두 차례의 검거가 잇따른다.[18] 1)은 신변의 위협을 받고 움츠러들 수밖에 없었던 그 상황을 잘 암시해준다. 2)처럼 끓어오르던 "정열"을 표출하기에는 당시의 시국이 너무나 험악했다. 물론 이런 상황에 그는 많이 답답해한 것으로 보인다. 그것은 자신의 시작행위를 반영한 것으로 보이는 3)에서 잘 드러난다. 3)에서는 그의 시가 까마귀 노래보다

---

18) 김용직, 앞의 책 500면.

못하고, 그 누구의 가슴도 녹이지 못한다는 모멸감까지 드러나 있다. 그 모멸감은 전대의 효용성을 거세당했다는 판단에서 유발된 듯 보인다. 열거된 여러 주의처럼 기교 수준에 머무는 당시의 시가 그 신념에는 여전히 함량미달일 수밖에 없었다. 쓰고 싶은 시를 쓰지 못하는 억눌린 상태에서, 그는 "나는 지금 괴롭습니다"(「윤리」『동결』) 같은 고통의 토로에서부터 「자화상」에서와 같은 자아분열의 증세까지 내보인다. 그래서 그는 "황금도 싫소/명예도/사랑도 나는 싫소/오직 한 가지 나의 원망은/가지고 있는 나의 피리를/마음대로 부는 그것뿐이오"(「원망(願望)」)라며, 권력·자본·사랑 등등을 부차적인 것으로 돌리고 오로지 그 신념이 마음껏 표출된 시를 쓰고 싶다고 말한다. "새까만 안개 속을/끝없이 달아나고 싶어/미친 말처럼 뛰고 싶어"(「여군 대작 2」)처럼 그 침체된 상황을 벗어나려고 발버둥친다. 그러나 그는 검열제도라는 현실적 제약조건을 의식할 수밖에 없었다. 이처럼 당대 상황이 창작방법론의 변모를 이끌었다. 시대여건만 허락되었더라면, 그의 목소리는 2기에도 여전히 고압적이었을 것으로 추측된다.

> 내 심장은
> 새까만 석탄 덩어리
> 내 혈액을 봐도 알 것이다
>
> 새까만 석탄
> 그렇지만 불에 탈 때엔
> 새빨개지는 석탄
>
> ―「석탄」(1943) 전문

그렇다면 그 신념은 어디로 사라졌는가? 인용시는 그에 대한 어떤 해명을 해준다. 지금 석탄의 표면은 불씨가 꺼진 듯 보인다. "그렇지만 불에 탈 때엔／새빨개지는 석탄"처럼, 그 신념의 불씨는 그의 내면에 여전히 간직되어 있다. 그것은 언제라도 잉걸불이 되어 활활 타오를 준비가 되어 있다. 인용시는 타오르고 싶지만, 그것이 내면에 잠재될 수밖에 없었던 당시의 억눌린 심경을 암시적으로 드러내고 있다. 이처럼 신념의 직접적인 표출이 불가능하고, 그렇다고 포기할 수도 없는 딜레마 상황에서 그가 찾아간 곳이 바로 내면이었다. 1기시가 외부에서 받은 고통과 충격을 정치적 신념으로 직접 드러냈다면, 2기시는 상황의 악화에 의해 일단 그 신념을 안으로 새기고 있다. 1930년대 문학의 내면화가 강도를 더해가는 일제의 공세 아래 택해진 강요된 변신술이자 위장의 메타포라는 김기림의 회고[19]처럼 내면 천착은 일제 파시즘의 강화에 따라 사상전환에 직면한 그가 검열을 빠져나가기 위해 선택한 일종의 호신책이었다. 이렇게 신념을 포기할 수도 없고, 현실적 조건 때문에 그것을 변형하여 표출해야 한다는 갈등 상황에서 유발된 모순이, 2기의 대표작인 「윤리」의 시행과 같은 병렬의 형식을 만들어냈을 것으로 보인다.[20]

그런데 이것은 현실의 모순에 대한 행동적 저항이 아니라는 점에서 종종 현실도피의 자세로 폄하된다. 가령 그가 추구하는 "검은 때 하나 없"고 "흰눈(雪)같이 깨끗"(「윤리」)한 세계는 일제에 강점된 조선의 실정과 뚜렷이 대비된다. 그것은 황폐화된 현실에 등 돌린 채 그 절연된 세계에 탐닉하는 자세로 오해될 수도 있다. 하지만 중요한 것은 화자가 그 순수세계에 포함되어 그 세계를 즐기는 것이 아니라, 그것을 '지향'한

---

19) 김기림 「서문」, 『시론』, 백양당 1947.

20) 병렬문 속에 잠재화된 모순에 대해서는 이스톱(A. Easthope)의 『시와 담론』(지식산업사 1994), 137~38면을 참조할 것.

다는 점이다. 화자는 아직까지 "검은 땅"에 "꿋꿋이 서" 있을 뿐이다. 여기서 느껴지는 현실과의 거리감은 그 검은 땅과 순수를 지향하는 내면 사이의 거리이다. 여기서 그 몸은 속악한 현실에 발 디뎠지만 내면만큼은 거기에 물들지 않고 낯선 존재가 되겠다는 의지를 읽을 수 있다. 시인이 순수지향을 굳이 「윤리」라고 이름지었던 이유는 여기에 있을 것이다. 이 지향 속에는 적어도 당대의 타락한 현실을 부정하고 내면을 도덕적으로 지켜내는 차선책만큼은 유지되고 있다. 그래서 내면 천착은 현실을 회피한 자세가 아니라, 그 숨막히는 틈새를 사는 한 방법이라고 생각된다.

　이렇게 그는 신념을 간직한 내면만큼은 놓치지 않았다. 당시 표현할 수 없었던 신념을 시를 매개삼아 지속적으로 표현하게 된다. 그래서 내면 천착은 신념의 폐기가 아니라, 오히려 그것을 상황에 맞게끔 교정하여 더욱 악착같이 붙드는 적극적이고 유연한 방법이라고 할 수 있다.

2) 신념 유지방법

　그렇다면 그 신념은 어떻게 유지되는가? 두 가지 방법을 살필 수 있겠는데, 그는 우선 자연물과의 합일 경험에 힘입어 그것을 유지하고자 했다. 「윤리」에 나타나듯이, 그가 추구한 삶은 박꽃·눈·별과 같은 자연물에 의해 뒷받침된다.

　1) 높고 푸른 하늘 쳐다보니
　　우리는 다 한 마리의 심해어

　　구루마꾼도 생선 장수도 색시도 할머니도
　　노새도 고양이도 도마뱀도 복덕방 노인도

해조(海藻) 같은 포플러 숲을 헤치고
오르고 또 오르면
반짝이는 흰 별 사이로

머리 위에 둥둥 뜰 게다
산호해(珊瑚海)의 군도(群島) 같은
푸른섬 그림자들이

—「심해어(深海魚)」(1944) 전문

2) 나는 너를 사랑한다 참으로 사랑한다
　　그것은 (…) 또 아무런 에고이스틱한 인색도 없이
　　온 세계를 골고루 골고루 덮어주기 때문이다

—「달」(1943) 부분

　별이 나타나는 작품이 "약 스무 편"에 달한다는 지적[21]처럼, 별은 권환 시의 뚜렷한 지수이다. 별에 대한 천착은 "별처럼 반짝이고 싶어"(「무제」)라든가 "어여쁜 별을 / 한입에 삼키려고"(「청당(淸塘)」)처럼, 그 별을 품으려는 내면화의 의지로 나타난다. 그 의지는 급기야 인용시처럼 추락만 거듭하던 당시의 중력을 뒤집어엎고, 현실을 부력이 지배하는 바다로 이전시킨다. 하늘과 바다의 수직축을 전도한 이 발상의 전환을 통하여, 그는 인용시에서 일제와는 질적으로 다른 공간을 만들어낸다. 그 물구나무선 현실에서 사람과 동물은 모두 평등하게 떠올라 결국 별에 닿게 된다. 그가 이렇게 줄기차게 별에 천착하는 이유는 별 속에 원

---

21) 조동민 「소박한 서정과 향수의 세계」, 『시문학』 1987년 7월호, 82면 참조.

형적으로 간직된 희망의 의미와 관련된다. 그는 그 "검은 땅"에서 갈등과 분열을 경험했지만, 빛나는 "별"을 우러르는 서정적 통합 경험을 통하여 신념을 실현할 수 있다는 희망을 새기고 삶의 방향을 가늠하게 된다. 한편 2)처럼 달은 1기에서 실현하려 했던 신념의 하나인 평등 역시 매개해준다. 그 달은 "온 세계를 골고루 골고루 덮어"주는 평등의 미덕을 가졌다. "아름다운 평등"(「설경(雪景)」)의 세계를 보여주는 눈이 쌓인 풍경이나 모든 사물들 속에 골고루 찾아와 해빙의 기쁨을 맛보게 해줄 뿐만 아니라 "내 낡은 책상 위에도 빼지 않고"(「봄」) 찾아온 봄 역시 이러한 평등의 세계를 보여준다. 이렇게 가끔씩 경험하는 자연체험은 분열된 현실 삶을 치유하고 그 신념을 유지시키는 동력이 된다. 자기도 모르는 사이에 별과 달 등이 비추어주는 그 현실의 일부가 되어 갖게 되는 내면이 꽉 차오르고 숨이 막힐 듯한 합일체험에 의해 억눌린 내면은 풀어지고 현실을 견디는 힘을 얻게 되는 것이다. 하여 그는 당대에 만연한 허무의식과 패배감 속에서 신념을 유지하게 된다.

다음으로 권환은 그 신념을 상황에 맞게끔 교정하는 유연한 태도로써 그것을 유지하게 된다. 때로 그는 신념이 실현될 것이라는 희망을 과도하게 표출하기도 했다. 「시평과 시론」에서 임화의 단편서사시를 "막연한 명일의 동경"으로 비판했던 그가 "명일은 있다 멀지 않어 명일이 온다"(「明日」)를 반복하며 근거없는 낙관론에 도취되기도 한다. 그러나 곧이어 그는 시각을 교정하여 상황을 더욱더 객관적으로 인식하려 한다.

당대가 암울했던만큼 어둠을 밝힐 만한 객관물이 선호될 수밖에 없었다. 그러나 권환은 "눈부신 태양은 보기 싫고/푸르고 작은 별이 그리워"(「동경(憧憬)」) 혹은 "황금같이 반짝이는 태양이 보기 싫어"(「박쥐」)라는 비정상적인 심리를 토로한다. 여기에는 식민지현실이 그렇게 밝을 리 없다는 인식이 전제되어 있다. 여기서 그는 일장기의 표상으로도 보이는 그 태양이 밤의 현실을 낮으로 교묘하게 변장시킨 고도화된 통치

수단임을 직감하고 있다. 그 태양 아래의 삶을 수용한다는 것은 그에 혹
하여 식민지의 어둠을 외면하는 것이 된다. 그래서 그는 차라리 별이 있
는 밤을 선택한다. 그 끝에 밤의 틈을 헤집고 도래할 "새벽"(「환희」), 그
희미한 빛을 기다린다.

  1) 흰 칼날에 깜짝 놀랜 것이다

     (…)

  별들은 낭만주의를 포기 안 할 수 없었다.

  　　　　　　　　　　　　　　　　　　　　　—「화경(火鏡)」(1943) 부분

  2) 별은 창백한 그의 얼굴과 마찬가지로 약하디약한 심장의 소유
자였다 (…)

  그의 심장의 건강은 은사(銀絲)처럼 유지해 나갔다 그러나 그리함
으로써 그의 심장은 더욱 약하디약해지고 그의 얼굴은 갈수록 더 창
백해진다 말하자면 일종의 독선주의자이다

  　　　　　　　　　　　　　　　　　　　　　　—「별의 심장」(1943) 부분

이는 앞서 희망의 표지였던 별에 대한 태도에서도 잘 드러난다. 인용
시의 별들은 앞서와는 달리 그 어두운 시대를 살아가는 시인의 모습으
로 의인화되어 사용된다. 1)에는 예사롭지 않은 느낌의 "흰 칼날"이 나
타난다. 그 칼날은 그렇지 않아도 새까만 하늘을 이쪽 저쪽으로 베고 다
니며 별의 심장까지 쿡쿡 찌른다. 그 상황은 별마저도 낭만적으로 인식
할 수 없을 정도의 악화일로로 치닫고 있었다. "낭만주의를 포기 안 할

수 없었다"는 구절은 그 외압을 객관적으로 반영한 것으로, 별에 의해 갖기 쉬운 근거없는 낙관주의를 경계한 표현으로 읽힌다. 그 경계의식은 볼록렌즈로 상황을 미시적으로 들여다본다는 의미를 환기시키는 제목에서부터 잘 암시된다. 2) 역시 마찬가지다. "그의 심장의 건강은 은사(銀絲)처럼 유지해나갔다"는 구절처럼, 당시 그 신념을 유지하기란 가느다란 실 한 가닥으로 버티는 것만큼이나 위태로운 것이었다. 하지만 권환은 신념을 폐기처분하는 당대의 대세에 타협하지 않는다. 안간힘으로 신념을 간직하는 그 강단진 의지는 "독선주의자"의 모습으로까지 비춰진다. 그 과정에서 그는 창백한 병자의 얼굴로 지쳐간다. 이 힘겨운 싸움은 이 시기 "눈보라"와 "뿌연 안개 속에서"(「가등(街燈)」) 꺼질 듯 위태로운 등불의 이미지로 이어지고, 혹은 "내 목구멍은 벌써/마르고 쉬었다"(「뻐꾹새」)처럼 지친 내면의 토로 등으로 반복되기도 한다. 그런데 특이한 것은 그 대응방법이다. 그는 그럴수록 더욱 악착같은 의지를 만들어낸다. 가령 「목내이(木乃伊)」에서 미라의 냉혹함을 아름답게 예찬하다가, 「대리석」에서는 아예 "차디찬 조각" "영원히 동결된/하얀 대리석"이 되기를 염원한다. 이 결빙의 의지는 신념 유지마저도 힘겨운 극도의 상황에서 내면의 정염을 더욱 견고하게 고쳐잡으려는 엄정함으로 읽힌다.

이렇게 그는 자연물과의 순간적인 교감에 힘입어 신념을 다질 뿐만 아니라, 때로는 상황에 맞추어 근거없는 낙관적 관측을 교정하기도 한다. 신념을 포기하지 않되 그것을 현 상황에 맞게 끊임없이 교정할 줄 아는 유연한 태도, 여기에 권환 2기시의 비밀이 있다고 생각된다.

3) 생활세계의 천착

아내의 작은 기쁨을 세밀한 시선으로 포착한 「두부」처럼, 2기시의 밑바닥에는 1기에서는 사사로운 것들로 버려졌을 법한 일상사들이 뒷받침되고 있다. 여기에는 그 의의와 위험이 공존한다. 우선 그 위험부터 살펴보자.

일상을 규제하는 것이 여전히 일제의 타락한 정치였기에, 일상에 발 딛는 데에는 함몰의 위험이 뒤따른다. 이때 권환은 "학교 소사"를 하던 장서방이 "근속 표창창"을 받은 사실을 「금상첨화(錦上添花)」로, "팔 년 동안 면 급사로 있던" 아우가 "서기로 승급한" 사실을 「행복」으로 규정한 시를 발표한다. 여기에 드러난 성취감은 억압체제하에서 사고능력이 저하되어 체제를 암묵적으로 인정하며 그에 편승하려는 욕망을 표출한 것으로도 읽힌다. "누구나 한 번은 죽고 마는 것이니 / 나라 위해 죽는 게 얼마나 신성하냐고"(「그대」) "뉘가 부질없이 기다리오릿가 / 나라 爲해 가시는 임을"(「送君詞」)처럼, 그 "나라"의 애매성 때문에 일제의 침략전쟁을 합리화하는 황민시로 오해될 소지가 농후한 시[22]까지 발표한다.

그러나 이런 결점을 인정한다 할지라도, 생활세계를 성찰한 그 의의를 가볍게 넘길 수는 없다. 다음 두 가지 측면에서 그 의의를 살필 수 있다.

> 1) 내 손엔 금 장식한 굵은 단장도 없다
> 커다란 악어 가죽 손가방도 없다
> 그리고 수달피 털 붙인 폭신한 외투도 없다
> 그러나 내 코와 입으로 드나드는 굵은 호흡은
> 몇배나 억세고 힘차지 않나
>
> —「아침의 출발」(1943) 부분

---

[22] 그가 1933년에 발표한 풍자시 「책을 사르면서」에는 "사랑하는 우리 님들의 이익을 위해 용감하게 싸울 뿐"이라는 구절이 나온다. 이때 우리 님은 파시즘 체제의 군주를 지칭한, 명백한 반어로 보인다. 그래서 "나라"의 실체가 애매한 「그대」(1944)와 「送君詞」(1944) 역시 반어로 사용되었을 가능성을 배제할 수 없다.

2) 금년 보리는 오래간만에 필 만치 되었다

　　(…)

　　땅 정기를 한껏 마음대로 빨아당겨서

　　보리싹이 송곳같이 꼿꼿하고 쪽같이 검푸르다

　　날씨만이 앞으로 잘해주기만 하면

　　금년은 몇 해 만에 처음 보리 흉년은 면하련만

　　나는 대로 우리 입에 들어가는 것은 이것뿐이니

　　아무쪼록 하늘서 잘 보살펴주었으면

—「보리」(1939) 부분

3) 오늘도 두 할머니

　　홰나무 밑에 나와 앉았다

　　청파 다섯 단 뭉크러진 홍시 일곱 개

　　아직도 남았다 흙먼지 뿌옇게

　　(…)

　　오 두 할머니에게 복이 있으옵소서

—「두 할머니」(1944) 부분

　　먼저, 이 시기에 천착했던 생활세계가 전대의 현실주의와 무관하지 않다는 점이다. 1)에는 "안개"를 뚫고 나가려는 노동자의 힘찬 삶이, 2)에는 보리 풍년을 바라는 농민의 일상이, 3)에는 행상의 할머니와 같은 약자의 삶이 잘 나타난다. 이런 소재적인 측면뿐만 아니라, 그 내용에 있어서도 그는 구조적인 모순을 놓치지 않는다. 가령 1)에는 1기의 「정지한 기계」(1930)처럼 부르주아와 강하게 대비된 노동계급의 헐벗은 모습이 드러난다. 그리고 "서 마지기 논 둔덕 위에서 / 혼자 잡초 연기를 피우면서"(「가을」)라든가, "곰방대를 뻐끔뻐끔 피우고서"(「곽첨지」)처럼, 일제의 구조적 수탈에 의해 꿈이 좌절된 농민의 갈등 역시 포착하고 있다. 특이한 것은 그 모순 해결법이다. 2)와 3)에는 "아무쪼록 하늘서 잘 보살펴주었으면"이라든가 "복이 있으옵소서" 같은 간절한 기원이 드러난다. 당파성에 입각한 쟁의 등의 행위로 모순을 해결하려 했던 1기의 모습과는 대조적으로, 2기의 그는 그 어디에서도 신의 손길을 느낄 수 없는 현실에서 막연한 기원을 통해 그 모순을 극복하려고 한다. 하지만 그 방법의 저류를 여전히 관통하는 것은 1기의 현실주의에서 견지했던 약자 사랑의 정신이다.

그 다음 의의로 현실을 구체적이고 다양하게 파악한 점을 들 수 있다. 1기의 현실은 주로 노동자의 삶으로 제한되었지만, 2기에는 인용시처럼 노동자·농민·약자 등의 삶으로 그 범위가 확대된다. 1기의 입장은 신념구현의 중심인 노동자를 축으로 강경하고 급진적으로 전개되다 보니, 종종 그 기반이 되는 현실의 세세하고 다양한 지형을 비껴가곤 했다. 그 급진적인 입장이 관념적인 이유는 여기에 있다. 하지만 그 급진성이 강제로 억압된 2기에 이르러 한켠 물러나 바라보니, 몸담은 현실이 노동자의 생활뿐만 아니라 구체적이고 다양한 일상사로 이루어져 있음을 발견하고 그는 이를 수용하게 된다. 이렇게 생활세계 천착은 1기의 현실주의와 무관하지 않으며, 오히려 그것을 더욱 구체적이고 생생하게 끌어안는 의의를 가진다.

4) 미적 기법 수용

이 시기 그는 미적 기교를 수용하여, 전대 시가 초래한 형해화에서 벗어나 시의 육체성을 획득한다. 이 역시 그 변모의 일면을 보여준다. 그것을 이미지 사용에 한정하여 살펴보면 다음과 같다. 색채 이미지의 경우, 『카프시인집』에서 단 2회 사용되었던 것이 『자화상』『윤리』에 오면 60회로 두드러지게 증가한다.[23] 그리고 「정야(靜夜)」처럼 시 전체가 청각으로 직조된 시가 있는가 하면, 「심자한(心自閑)」처럼 여러 개의 복합감각이 동원된 시도 있다. 이처럼 그는 이미지를 통해 생활세계를 구체적으로 드러내며 그 깊이를 더하고 있다. 그런데 이 이미지는 그 세계의 재현과 정서환기 기능뿐만 아니라 아래와 같이 새로운 의미를 역동적으로 지향한다.

> 1) 비단 같은 구름이
>   흩어졌다 뭉쳤다
>   뭉쳤다 흩어졌다
>   그들은 고향을 찾는 것이란다
>
>   (…)
>
>   섬 위에 흰 갈매기
>   갈매기 위에 흰구름이 날다
>
>   어머니
>   저 흰 새들의
>   심정을 아십니까
>
> —「구름」(1943) 부분

> 2) 나는 그러나 안단다 그 소리를
>   '아름다운 고향이여

---

23) 권은경, 앞의 논문 36면 각주의 도표 참조.

　　까욱까욱’
　’아름다운 고향이여
　　까욱까욱’

—「까마귀」(1943) 부분

3) 남색 하늘에 수놓은 흰구름을
　　바라보는 내 귀에는 그러나
　　발음도 정확하게 이렇게 들렸다
　’고향이 그리워
　　바다가 보고 싶어’

—「접동새」(1943) 부분

　1)에는 흰 갈매기와 흰 구름 같은 시각적 표현이 많이 사용된다. 그런데 "그들은 고향을 찾는 것이란다"라는 구절처럼, 시인은 그 유동적인 움직임을 고향 찾기의 몸부림으로 해석한다. 2)에서 무수한 의미로 해석될 수 있는 까마귀 울음소리를 "아름다운 고향이여"로, 3)의 접동새 울음을 "고향이 그리워"로 해석하듯이, 시각과 청각은 유별나게 고향에 대한 동경으로 뻗어간다. 그렇다면 이 고향의 의미가 궁금해진다. "고향에 고향에 돌아와도 그리던 고향이 아니더뇨"(「고향」)라는 정지용의 시구처럼, 식민치하에서 그 구성원들은 진정한 고향과의 거리감을 느낄 수밖에 없었다. 고향에서 고향의 부재를 토로해야 했던 그들은 이러한 물리적인 고향을 넘어서 현재의 방황을 종식해줄 진정한 고향(본향)을 꿈꾸었을 것이다. 권환 역시 고향에 선뜻 다가서지 못하는 거리감을 표출하면서도 짙은 향수에 시달렸다(「고향」「집」「뒷산」). 여기서 이런 추측이 가능하다. 신념을 그대로 표출할 수 없는 상황에서, 그 신념을 낭만적인 동경으로 변색하여 표출한 것이 바로 고향이 아니었을까 하는. 그

곳은 1기의 신념이 쟁의 등의 행위로 쟁취하고자 했던 것과 본질적으로 다르지 않다고 보아진다. 그렇다면 그 이미지를 통해 고향을 지향하는 것 역시 결국 신념 표출 쪽으로 귀결되는 셈이다.

이렇게 앞서의 '별'과 '밤' 등의 비유적 이미지뿐만 아니라, 이런 감각적 이미지 역시 장식적인 수준을 넘어선다. 그것들은 억압 속에서 표현할 수 없었던 주제의식을 지속적으로 표현하기 위한 방편으로 사용된, 꼭 필요한 기능적 이미지인 것이다. "창조적인 심상도 결국 현실의 반영이다"[24]라는 그의 말처럼, 그것은 현실을 구체적으로 반영하는 창의 역할뿐만 아니라 앞서의 고향처럼 그 신념의 계열체를 지향하는 의미까지 지니고 있다. 그래서 이 기법 수용을 두고 비현실적인 스타일리스트로 변모했다는 평가는 섣부른 것이 된다. 안으로 새길 수밖에 없었던 신념과 구체적인 생활세계를 좀더 효과적으로 표현하려다 보니, 2기시에는 이미지 활용 같은 섬세한 기법이 필요했던 것이다. 그리고 그것은 때로 그 신념과 현실을 더욱 구체적이고 호소력 있는 형태로 형상화하는 효과까지 동반하는 것이다.

시대에 부박하게 노출되어 있던 그는, 이렇게 네 가지 측면을 경유하면서 그 신념을 유지하고 설익은 관념성을 덜어내게 된다. 그래서 2기는 1기 당시 20대였던 청년 시인의 인간적인 면모를 성숙시키는 시간이 되었던 것으로 보인다.[25]

---

24) 권환 「藝術에 對한 이메지의 役割」, 『朝光』 1941년 6월호, 239면.

25) 2기시의 의의를 '노예언어'를 예로 들어 좀더 부연하기로 한다. 1933~45년까지 독일에서 반나치 신념을 가진 작가들이 동시대 독자들에게 도달하는 데에는 엄밀히 말해 두 가지 방법밖에 없었다. 먼저 독일 국내에서든 국외에서든 불법적인 방법, 즉 필사본 등으로 당국의 눈에 띄지 않게 작품을 지하로 유포시키는 방법이 있었다. 다음으로 노예언어를 이용, 작품이 공개적으로 독자들의 수중에 들어가게 하는 방법이 있었다. 이중에서 노예언어란 나치시대 지배계층에 순응·동조할 수 없던 문인·언론인들이, 지배자들에게 어떤 공격 가능성도 제시하지 않으면서 동시에 독자들에게 그들의 참뜻을 전달하기 위해 사용

5) 3기시

3기에 이르러 상황은 해제된다. 이 시기 그의 시는 그동안 억눌렸던 신념을 표출하며, 1기의 목소리로 복귀한다. 1기의 「가려거든 가거라」(1930)에서 소부르주아를 단호하게 배척하던 목소리는 「어서 가거라」(1945)에서 민족 반역자인 친일분자들을 배척하는 목소리로 이어지고, 1기의 급진적인 선동 역시 "한 잔은 남기자" "한 곡조는 남기자"(「쇠사슬」)와 같은 선동적인 목소리로 그대로 반복된다. 다만 1기시가 주로 계급모순에 천착한 반면 이 시기는 민족모순에까지 그 시각이 닿은 점과, 1기의 급진성을 상황이 뒷받침해주지 못한 반면, 3기의 목소리를 해방된 현실이 어느정도 뒷받침한 점 등은 그 차이로 들 수 있다. 이 시기 그의 시는 세 양상으로 분류된다. 먼저 잃었던 조국을 되찾은 해방의 감격을 노래한 시가 있다. 그는 이 기쁨을 "유달리 맑고 푸른/자유조선의 가을 하늘"(「고향」)로 표현하는가 하면, 별로 이어진 수직공간을 향해 초월을 꿈꿀 수밖에 없었던 공간적 제약성을 허물고 그 해방감을 흐르고 흘러 마침내 바다에 이르는 노들강의 장도(長途)에 비겨 표현하기도 한다(「노들강」). 한편, 열사를 추도한 시가 있는가 하면(「그대」「조(弔) 학병(學

한 커뮤니케이션 수단이었다. 공식적으로 무엇인가를 말하고자 하는 사람은 노예언어를 이용할 수밖에 없었다. 이것은 무엇보다도 작가의 예리한 통찰과 예속된 자들의 밝은 귀가 서로 맞아떨어져야 함을 전제로 하는 것이었다(김숙희 「노예언어와 지배언어」, 『오늘의 책』 1984년 가을호, 218~21면). 이런 측면에서 당대상황을 핑계삼아 절필 등으로 침묵하기보다는 시 발표를 통하여 내적 진실을 독자들에게 유포시키는 방법이 더 적극적인 저항이 될 수도 있다. 이 논리는 일제 파시즘의 강화에 직면했던 당시 우리의 현실에도 적용 가능하다. 이미 윤영천은 이 노예언어를 이용악 시에 적용하여, 친일 시비가 무성한 시구를 반어로 바라볼 실마리를 제시한 바 있다(윤영천 「민족시의 전진과 좌절」, 『이용악 시전집』, 창작과비평사 1995, 213~17면). 그런데 이것은 '독문학 전공자' 였던 권환의 2기시에 보다 폭넓게 적용될 수 있다고 보인다. 권환은 미적 기교와 상징화작업 같은 시적 책략을 통하여 내면에 간직할 수밖에 없었던 신념을 시로서 끊임없이 표출했던 것으로 보인다.

兵)」), 다음과 같이 그 기쁨을 잠시 유보하고 미완의 과제 수행을 역설한 시도 있다.

> 1) 한 잔은 남기자
> 　　내일을 위하여
> 　　한 곡조는 남기자
> 　　내일을 위하여
> 　　또 한 가닥 아직도 남은
> 　　토착의 쇠사슬을
> 　　마저 끊어버릴 그날을 위하여
> 　　썩은 새끼처럼 산산이 마디마디
>
> 　　오늘엔 취하지 말어라
> 　　내일에 한껏 취하련다
>
> 　　　　　　　　　　　　　　　　　　　—「쇠사슬」(1946) 부분

2) 잔혹무비한 일본 제국주의의 쇠사슬이 한번 산산이 끊어질 때에 우리 삼천만 민족은 일부 민족반역자를 제외하고는 다같이 환희를 부르짖고 축배를 들었다. 그러나 그 축배는 다 같지 않았다. 한편에서 일본 제국주의의 착취기구까지 상속받아 살이 더 찌겠다고 축배를 거듭거듭 들고, 다른 한편에선 민족적 쇠사슬은 끊어졌으나 또 한가닥의 계급적 쇠사슬은 아직 그냥 있고 치열한 계급적투쟁이 다시 남아 있어 내일에 들 축배는 한잔 남겨두었다.

　　　　　—「현정세와 예술운동」(『예술운동』, 1945년 12월호) 부분

1기에서 그러했듯이, 1)의 시는 마치 2)의 평문을 그대로 옮겨놓은

듯하다. 이 인용문들에서는 그 해방이 아직까지 진정한 해방이 아님을 역설하고 있다. 끊어야 할 마지막 쇠사슬이 남아 있기 때문이다. 2)에 나타난 일제 잔재 척결과 계급해방의 과제가 그 쇠사슬에 해당한다. 그래서 그는 그 모순이 완전히 해결될 내일을 위하여, 1)에서 "한 잔은 남기자" "오늘엔 취하지 말어라"라고 말한다. 그러나 쇠사슬을 끊겠다는 강한 의지는 해방공간에서 몸담은 조직(동맹)의 배제와 오랜 숙환으로 인하여 좌절되고 만다.[26]

이렇게 전대의 목소리로 복귀한 3기시를 어떻게 볼 것인가? 필자는 2기에도 신념을 지속적으로 유지하고 있었기에, 정치적 신념을 자연스럽게 표출할 수 있었을 것이라고 생각한다. 2기시를 1기와의 단절로 볼 경우, 급진적인 현실주의로 복귀한 3기의 행적은 이해되지 않는다. 만약 그가 신념을 잃은 상태에서 이런 모습으로 돌변했다면, 그는 시류에 따라 부화뇌동한 기회주의자로 부각될 뿐이다. 또한 이것은 그를 성실하게 산 것으로 평가하는 기존 논의들과도 정면으로 배치된다. 그래서 3기시의 존재 역시 연속성의 근거가 된다.

4. 나오며

이상의 논의는 이렇게 요약 가능하다. 권환 시의 도정은 아지프로에

---

26) 1954년 별세 당시 그의 나이 49세였다. 그가 그나마 "은사(銀絲)처럼"(「별의 심장」) 힘겹게 건강을 유지했을 때 상황은 너무나 악화되어 있었고, 그 상황이 완화되자 그의 건강은 회복 불능으로 일그러지고 말았다. 즉 억눌린 내면을 풀어낼 수 있었던 유화된 시대 분위기와는 대조적으로, 3기 당시 권환은 임박한 죽음의 병고와 처절하게 맞서 싸우고 있었다. 그 어디에서도 패배감과 회의를 찾을 수 없었던 3기는 육체적으로 가장 고통스러운 시기였던 것이다. 하지만 고통 속에서도 강한 신념을 표출할 수 있었기에 그는 행복했을 것이다.

바탕한 급진적 관념시에서 시작하여 내면과 일상세계에서 오래 머무른 다음, 다시 급진적인 시로 변모했다. 이 폭넓은 변모를 관통하는 연속성을 한마디로 요약하면, 그것은 정치적 신념이다. 그 신념은 1·3기에 그대로 드러났고, 2기에는 내면화의 방법으로 면면하게 유지되었다. 지금껏 서술한 다섯 가지 측면이 그 연속성의 근거가 된다. 이 글은 이를 확인하기 위하여 당시 대내망명객이었던 권환이 2기에 취했던 방법에 적극적인 의미를 부여했다. 그 작업을 통하여 기존 논의의 성긴 틈새를 어느정도 메우고자 했다.

권환 시의 변모를 단절로 보는 논리 속에는 신념 표출과 내면 천착을 서로 뒤섞일 수 없는 관계로 양립하는 이분법이 깊이 자리잡고 있는 것 같다. 그러나 그 둘은 양자택일되는 것이 아니라 서로 뒤섞일 수 있다. 신념을 직접적으로 표출하지 않는 것과 내면 천착을 신념 포기로 보는 것은 일면적인 사고방식이다. 그 둘의 관계는 모순관계가 아니라, 상호 침투 가능한 것으로 보아야 할 것이다.

그런데 여기서 간과할 수 없는 것은 권환 역시 이런 모순구도에 사로잡혀 있었다는 점이다. 가령 1기의 강경한 이분법은 소부르주아의 의의와 입지를 배제하는 편향[27]을 보였고, 급기야 다음 인용문에서는 내면속에 신념을 드러내기 위해 고투했던 2기시의 의의를 그 스스로 애써 축소하고 있다.

나의 시작(詩作)에 있어 해방 이전의 본격적 활동 시대는 1932~33년 전후의 프로예술운동 전성시대였다. 그러나 그때 신문

---

27) 그는 노동계급을 혁명의 대열로 견인해낼 임무를 지닌 소부르주아 계급 일반을 부정했다(오성호, 앞의 글 81면). 이것은 소부르주아를 벗어날 수 없었던 자신의 입지를 부정하는 것이기도 했다.

잡지에 발표된 나의 시고(詩稿)는 그후 거익우심(去益尤甚)했던 일
제의 탄압으로 일편(一篇)도 시집에 발표되지 못하고, 또 대부분 보
존되지도 못하였다. 이것이 나의 가장 통분(痛憤)히 여기는 바이다.
나는 금후(今後) 가능한 한 민몰(泯沒)된 그것들을 찾아내어 자유로
운 이 세상에 내놓으려 한다.

—『동결』의 「서문」(1946) 부분

카프 전성기 때의 시를 본격적인 활동시대로 규정한 인용문에는 해
방을 맞이하여 되찾은 정치적 신념이 뚜렷하게 나타나 있다. 그러나 여
기에는 권환 스스로의 억압이 행사되고 있다. 이전 시의 논리로 복귀하
는 3기에 이르러 그는 2기에 고육지책으로 유지해온 신념을 함량 미달
인 것으로 깡그리 폄하하고 있다. 즉 이 시기 권환은 장시간 검열의 호
신책으로 미적 변형을 가했던 시작 행위를 부정하며 다시 이전의 이분
법으로 넘어가게 된다. 그리고 많은 논자들이 이 진술에 매여서 2기시
의 의의를 덩달아 부정했던 것으로 보인다. 그것은 아마도 그의 미약한
전기에서 근거를 얻으려다 보니 부득이하게 일어난 현상으로 보인다.

그래서 권환 시를 보다 객관적으로 평가하기 위해서는 이러한 시인
의 진술의 표면적 의미를 뛰어넘을 필요가 있다. 시인의 진술을 소중히
여기되 궁극에 가서는 그것을 넘어 진정한 의미를 새기는 태도, 그것이
정치적 신념이 강했던 권환의 '시' 연구에서 선결되어야 할 태도라고
생각한다. 이러한 부분을 복원할 때 권환 시의 변모에 내재된 연속성을
포착할 수 있다. 더불어 정치적 관점이 아니라 미학적 관점에서 볼 때
그의 시적 도정에서 가장 빛나는 2기시의 의의 역시 객관적으로 평가할
수 있을 것이다.

—『신생』 1999년 겨울호

제 2 부

작 품 론

고향 찾기, 고향 만들기

김수영 『로빈슨 크루소를 생각하며, 술을』(창작과비평사 1996)

1

'길 위에 서 있다' 는 말 속에는 불화의 정신이 내포되어 있다. 그 속에는 현실과의 섣부른 타협을 거부하는 주체의 자존심과 안간힘이 들어 있다. 그 주체는 화해와 통합을 강요하는 현실을 떠남으로써, 현실을 추문화시키고 자신을 버팅겨낸다. 김수영(金秀映)은 길 위에 선 시인이다. 그 모색의 어려움에도 불구하고, 첫 시집에서 길에 대한 시인의 천착은 놀랄 만큼 집요하다. 시인은 로빈슨 크루소와 탄광촌 막부 같은 남성배역을 자처하고 때로는 소·낙타·고래 같은 동물의 가면까지 써가며 끊임없이 길 위에 선다. 그 여정의 출발이 되는 현실은 다음과 같이 폭력과 외로움으로 구성원을 옥죄어오는 끔찍한 모습으로 드러난다.

어제 신문의 포연 속을 걸어다니는 소년병들의
죽음을 모르는 얼굴이 떠오릅니다
밤공기는 차가운 탄약 상자처럼 입을 벌립니다

붉은 녹에 덮인 총이라도 있어 이 침묵을 깨뜨려주기를
대낮의 포성만큼 붐비는 고요
침묵은 거대한 감옥이 되어
본 적도 들은 적도 없는 또다른 내가 보입니다

—「어느 샐러리맨의 죽음」 부분

원래 도시는 그 구성원인 인간을 위해 건설되었다. 도시는 야생의 상태로 흩어져 있던 구성원들을 외부의 위협으로부터 지켜주던 보호막이었다. 이는 도시의 도상이 흔히 모성의 모습과 결합되는 것에서도 쉽게 알 수 있다. 도시를 만든 애초의 기획은 인간 삶의 유토피아적 형성과 크게 무관하지 않을 것이다. 하지만 지금의 도시는 엉뚱하게도 구성원을 압살하는 거대한 디스토피아로 전락하고 말았다. 인용시에서 도시는 총탄이 난사되는 전쟁터이자 먼저 방아쇠를 당기지 않으면 삶의 뿌리가 뽑혀버리는 비정한 속도전의 세계로 묘사된다. 그 타락한 세계에서의 생존법칙은 타자의 살해이다. 겁없는 "소년병들의" 얼굴과 "본 적도 들은 적도 없는 또다른" 나의 가면을 쓰고 죄책감 없이 살육을 자행해야만 한다. 하지만 그 낯선 자아를 본다는 것은 견딜 수 없는 모멸감을 준다.

취해도 쉽게 제 마음을 드러내지 못하는 우리는
오랜만이라며 서로 눈빛을 던지지만
어느새 슬그머니 비어버린 자리들을 세며
서로들 식어가는 것이 보인다

—「로빈슨 크루소를 생각하며, 술을」 부분

비정한 속도전, 그 이상으로 화자를 절망시키는 것은 외로움이다. 타락한 가치라는 미망에 사로잡힌 구성원에게 있어 타자는 어느순간 자신

에게 총부리를 겨눌지 모르는 적이다. 그래서 취한 상태에서조차 타자
와의 교감은 좌절되고, 구성원들은 고독한 개체아로 남을 수밖에 없다.
"외로움보다 더 가파른 절벽은"(같은 시) 없다. 유일한 의사소통의 출구
로 제시된 당신(그) 역시 "이미 멸종된 흑고래가 되어 있을 당신의 영
혼"(「흑고래 1」)처럼 현실엔 부재중이다. 정상적인 인간관계에서 낯설어
야 할 외로움이 이 도시에는 로빈슨 크루소가 절해고도에서 28년 동안
겪은 것보다 심각한 양상으로 드리워져 있다.

2

　이 시집에서 도시라는 비극적 세계에 대항하는 방법으로, 김수영은
고향을 찾아 떠나는 여행을 제시하고 있다. 진정한 자아를 포기해야만
생존할 수 있는 타락한 사회에 동조할 수 없는 화자는 그만 "탈영하듯
사직서를"(「어느 샐러리맨의 죽음」) 써버린다. 그러나 파르티잔처럼 싸우지
못하고 배낭을 꾸린 화자의 결단을 현실도피로 폄하해서는 안될 것이
다. 자신이 먼저 총을 난사할 수밖에 없는 현실에 부동의 자세로 서 있
는 것만이 능사는 아니다. 그 여행은 비정한 속도전과 개체화로 구성원
들에게 폭력을 일삼는 도시의 질주에 정면으로 대치되는 것으로, 도시
생활에 대한 패배라기보다는 반항의 의미로 읽힐 필요가 있다.

　왜 여량에 오면 마음이 편안해지는 걸까?
　여량(餘糧). 양식이 남는 마을, 양식이 남는 마을에 오니 먹지 않아도
배가 부르고, 배가 부르니 밥벌이 걱정에서 놓여나서?
—「여량을 떠나며」 부분

화자는 '여량'이라는 기표에서 편안함을 느낀다. 그 이유는 우연찮게
도 여량이라는 이정표가 "양식이 남는 마을"을 연상시키는 데 있다. 밥
벌이 신세를 벗어나려 했던 화자는 강원도 어느 마을이름에서 운 좋게
여량이라는 기표와 대면하게 된다. 이렇게 여량은 도시 삶에 염증을 느
낀 시인의 상상력에 의해 여유로운 곳으로 재구성된다.

그러나 기표에 기댄 이 상상력은 지명이 거론되는 다른 시편들(「고한
행」 「구절리」 「사북일기」 등)에서 상반된 양상으로 작용한다. 자의적인 해석
이 가능하다면, 나는 그 지명을 이렇게 해석하고 싶다. '고한(苦恨)'은
고통과 한을, '사북(死北)'은 북쪽에 있는 죽음의 땅을, '구절'은 구절양
장(九折羊腸)의 험난한 인생길로. 여량이라는 이름이 길을 떠도는 그
영혼이 잠시 쉬어갈 수 있는 심리적인 편안함을 주는 데 반해, 이 지명
들은 한결같이 부정적인 어감을 내포하고 있다. 그래서일까? 그 속의
삶은 도시 못지않게 비극적으로 드러난다. "석탄더미를 떠메고 낭떠러
지 위를 치달"(「고한행」)리는 그곳은 아슬아슬한 모습을 보이는가 하면,
"죽음의 그늘이 캄캄하게 내"(「사북일기 1」)리며, "세상 모든 것이 그늘로
가득 차 있다"(「구절리」). 특히 사북의 막다른 갱(坑) 속에서는 석탄처럼
다시 한번 "불꽃으로 터"(「사북일기 2」)질 삶[生]을 기원해보지만, 그 외
길에서마저 '갱생(更生)'은 좌절된다. 이 지점에서 그녀의 반(反)도시성
은 반현실성으로 확대된다. 세상 어디를 가도 벗어날 수 없는 폭력. 그
것에 유린되고 "무두질당한"(「희망에 대하여」) 삶의 실상을 절감했기 때문
인지 김수영 시의 색조는 어둡다. 색채 사용에 있어서도 어두운 색이 월
등히 많고, 여행시의 형식을 취하면서도 여행지의 세목보다는 폭력에
그늘진 내면세계로 천착해 들어가는 편이다.

속이 텅 빈 고목 같은 할아버지
(…)

비바람에 풍화된 저 세월의 굴형

—「석양」 부분

　이런 비극적인 삶의 정체를 궁구하려는 시인의 노력은 신체의 여러 기관 중에서 '눈〔目〕'에 대한 집착으로 나타난다. 그 눈은 직면한 어둠과 "미궁"(「출구를 위하여」)처럼 엉킨 길을 뚫어보려는 강한 응시력을 드러낸다. 하지만 그것은 '출구'를 찾기보다는 시인과 같은 병을 앓고 있는 대상 내부의 병든 모습을 더 자주 기웃거린다. 해부 후에나 볼 법한 내부의 실체를 시인은 자신의 폐부를 드러내듯 투시해 들여다본다. 김수영이 묘사하는 대상의 형상은 겉모습과 달리 종종 속이 비고 활성(活性)을 상실한 거죽으로 남아 있다. 그것은 '폭풍의 눈' '텅 빈 희망' '옹관' '속이 빈 고목' '노인의 몸' 등의 비유로 표출된다. "굴형"처럼 패인 그 거죽의 중심부에는, 외부의 폭력을 수용하는 과정에서 얻었음직한 '어둠'이 존재한다.
　그 "어두움이 텅텅텅"(「희망에 대하여」) 거죽을 두드린다. 시집 발문을 적은 윤재웅의 말처럼 어둠의 색조는 다분히 "심리적인 빛"을 띠고 있다. 그것은 먼셀(A. H. Munsell) 색상표에 나오는 검은색이 아니라, 실존적 경향을 지닌 모호한 어둠이다. 여기서 그 어둠은 즉물적 묘사 차원을 넘어 세상에 절망한 내면을 진술하는 사변적인 영역으로 전이된다.

텅 빈 뱃속을 무거운 돌로 누르고도
미처 닫히지 않은 굳은살이
나를 캄캄하게 올려다본다

—「썰물」 부분

　투시력에 의존하여 볼 수 있었던 내부의 실체는 인용시에서 배가 갈

라진 물고기의 죽음을 통하여 좀더 구체화된다. 물고기의 배는 무거운
돌의 압력에도 닫히지 않을 정도로 비어 있다. 그 주검이 우리의 종말일
까? 그것을 보는 화자는 자신도 그렇게 찢겨나갈 것 같은 캄캄한 어둠
에 직면하게 된다. 우리의 삶이란 "송장메뚜기떼가 갓 만든 봉분 주위
를 날아다니는 먼 고지"(「어느 샐러리맨의 죽음」)에 다다르기 위한 것이고,
거기서 만날 것은 죽음뿐인지도 모른다. 그 비극성을 인식하는 존재의
사유는 처절하다. "몸보다 추운 마음"(「바람같이」)이 겪는 가위눌림은 혹
독하다. 심지어 그것을 이겨낼 희망마저 한가운데가 "텅 비어/중력에
굴복"(「길들」)하고 있다. 하지만 자세히 보면 아무것도 없을 것만 같은
그 어둠 속에 많은 것이 혼재되어 "와글와글 끓고"(「소를 찾아서 1」) 있다.

어둠 속을 살기 위해
실핏줄들이 얼마나 팽팽한 현이 되는지
얼마나 많은 피가 소용돌이치며
제 몸을 바닥에서 밀어올리는지
고동소리만으로도 세상이 폭풍치는 듯하다
(…)
떠오르기 위한 삶의 한가운데에는 폭풍이 있다

—「고래처럼」 부분

　　허구렁 같은 그 어둠 속에는 어둠을 용인할 수 없는 존재의 자존심이
고래심줄 같은 팽팽한 현으로 드리워져 있고, 격렬히 폭풍치며 밑바닥
으로부터 존재를 밀어올리려는 존재전환의 처절한 고투가 진행중이다.
이렇게 "진액을 뽑아 말라버릴 일만 남은"(「외길」) 몸 속에서도 폭풍은
몰아친다. 그 폭풍은 일방적으로 폭력을 행사하던 외압에 대한 존재의
반발이요, 소외와 절망으로 지칭되는 어둠을 다시 희망으로 전환시키기

위한 내부의 공세에 해당한다.

한편, 비어 있음은 수용의 능력이기도 하다. 지금은 어둠이 자리하고 있지만, 내부의 그 공백은 결국 타자가 들어와 채워야 할 자리가 된다. 속악한 현실에서 타자는 나에게 총부리를 겨누는 대상으로 적대시되고 구성원은 극단적 개인주의에 파묻히기 일쑤지만, 그 현실에서 문제적 개인으로 남고자 하는 화자에게 타자는 그 텅 빈 몸을 채워갈 수용의 대상으로 인식된다. 그래서 화자는 "어둠의 밑바닥"(「로빈슨 크루소의 초상」)으로 표상되는 그의 상처를 볼 뿐만 아니라, 그것을 자신의 상처 위에 포갤 줄 안다. 여기서 "오래 아파함"은 "기쁨"(「숲을 지나오다」)으로 변전된다. 이 대타성은 어둠을 내몰기 위한 앞으로의 장정(長程)에 튼실한 단초가 되리라 믿는다.

3

그렇다면 여량의 기의(고향)는 어디에 존재하는 것일까? 그곳은 다가가려 하면 할수록 먼산 아래(「먼산 아래」)로 자꾸 연기된다. 그곳은 예정된 곳이 아니라 "과거이면서 먼 미래"(「흑고래 1」)처럼, 현실에는 부재하는 공간이다. 여량의 실체는 분위기로만 암시될 뿐, 화자는 길 위에서 그곳이 신기루에 불과하다는 환멸감과 끈질기게 부딪친다. 이쯤 되면 보통 고향에 대한 믿음은 시들해지고 손쉽게 현실과 화해해버리지만, 김수영의 시에서 고향에 대한 믿음은 철 지난 꿈으로 기화되지 않는다. 화자는 고향을 산 너머로 또 한번 연기시키며, 패배가 예정되어 보이는 그 여행을 떠나려 다시 배낭을 멘다. 이때 '다시'라는 반복은 습관적인 행위가 아니라 그 고통스런 여로를 즐거운 것으로 체화하려는 삶의 자세이자, 이 현실을 거슬러 고향에 다가가고 있다는 확신의 최대증표가 된다. 고향은 구체적인 실감으로 체험되지 않지만, 떠날 수 있으므로 현실의 비극 역시 무화된다. 그 떠남은 다음과 같이 소·낙타·고래와 같은 동물을 매개삼아 상상공간의 탐색으로까지 이어진다.

> 저렇게 좋은 소가 무거운 짐을 지고 불볕의 모래밭
> 고여 있는 불 속으로 빠지는군
>
> 막장이다.

―「소를 찾아서 2」 부분

인용시의 소는 심우도(尋牛圖) 속의 소 이미지를 취하고 있다. 불교에서 소는 진리를 나타내는 동물이다. 인용시의 소 역시 '사람의 마음', 곧 회복해야 할 본질적 자아를 비유하고 있다. 여기서 '소를 찾는다'는 것은 '나를 찾는다'는 말이 된다. 그래서 원래의 장소에서 절연되어 막장 같은 극한공간에 소가 등장하는 것은 고향에서 추방된 인간의 삶으로 유추해볼 수 있다. 소는 뿌리를 내렸던 "푸른 들로 가고 싶"(「소를 찾아서 1」)지만, 막장의 어둠 때문에 고향으로 갈 수 없다.

> 나를 절망케 하는 것은 노역이 아니라
> 무거운 짐을 지고
> 이 세상 밖을 묵묵히 걸어가려 하는
> 가혹한 믿음이란 것을

―「낙타」 부분

낙타 역시 일상의 사막 속에서 고향을 발견하지 못하고 여행을 거듭하고 있는 화자의 변신물에 해당한다. 그 극한상황을 헤쳐가는 낙타의 모습은 자신의 여로에 대해 고뇌하는 구도자의 모습을 취하고 있다. 인용시의 낙타는 시지프스처럼 쳇바퀴 도는 이 일상의 노역 때문이 아니라, 현실을 벗어날 수 있다는 희망 때문에 절망한다. 사막을 벗어날 수 있다는 희망은 가혹하게도 신기루와 같은 환멸로 끝나버리기 때문이다. 그러나 그 길을 포기할 수 없다는 변증법적 사유 속에 화자는 "누군가의 눈"(같은 시)을 발견한다. 희망은 가혹한 것이지만, 없는 듯하면서도 끝까지 남아 있다. 아직까지 희망은 어둠에 "무두질"당한 채 "고치"(「희망에 대하여」) 속에 유폐되어 있지만, 고치는 고립의 상태로 끝나지 않는다. 그래서 그녀가 지금 처한 존재의 비극은 그 여행을 지속적으로 몰아붙이는 성장의 과정 끝에 결국 고치를 벗어나오게 되어 있다. 고향 찾기의 어려움에도 불구하고 미로에서 헤매는 자의 절망적인 심리를 직정적으로 토로하지 않고, 길에 대한 집념을 끝까지 이어갈 수 있는 추동력은 고향에 대한 이러한 희망을 포기하지 않았기에 가능한 것이다.

> 칠흑같이 떠오르는 잠고래 한 마리
> (…)
> 한없이 깊은 바다로 잠수한다
>
> —「집으로 가는 길」 부분

　귀가하던 마지막 전철 속에서 화자는 피곤에 절어 잠에 빠진다. 그때 등장한 "잠고래"라는 신선한 매개를 통해 화자는 바다를 만난다. 또 한 번의 자의적 해석이 가능하다면 「파로호에 닿다」의 파로호를 '길이 끝나는 곳에 있는 호수, 또는 바다〔破路湖〕'라고 해석하고 싶다. 그 의미 속에서 땅은 물에 닿게 되어 있다. 실제로 거듭된 환멸을 넘어온 화자의 도정은 시집 말미에서 "땅끝"(「겨울의 빛」)까지 이르는데, 그 앞에 펼쳐진 바다는 이번 시집의 긴 도정이 일단락되는 귀결점이라 할 수 있다. 물은 여지껏 여행해온 곳과는 대조적인 공간이다. 이제까지의 공간이 현기증 나는 "중력"의 법칙이 작용하는 곳이라면, 물은 중력에서 해방된 공간이다. 부력(浮力)이 지배하는 그곳은 지표와는 중력이 거꾸로 작용하는 곳으로 육지에서 불가능했던 상승이 가능한 곳이다.

물에 대한 화자의 집착은 매우 강하다. "벼랑 위에서"(「벼랑 위에서」) 혹은 "다리 위에서"(「다리 위에서」) "우물"(「검은 우물」) 위에서 아래를 응시하며 화자는 물이 있는 밑바닥으로 내려가고자 한다. "나도 다시 물결이 되어야겠지"(「여량에서」)라는 구절에서는 '다시'라는 단어를 통해 자신의 존재를 아예 물의 순환궤도 속으로 넣어버린다. 육지에서 얻은 고통은 물에 의해 치유되는데, 그 물은 화자가 찾고자 했던 고향의 또다른 계열에 해당한다. 그곳으로 화자를 인도해주는 동물이 바로 고래이다. 외압을 견딜 수 있는 "큰 동물이 되고 싶은"(「낙타」) 화자의 욕망은 폐활량이 큰 포유동물, 심해에서도 장시간 유영할 수 있는 고래를 택한다. 새끼를 낳는다는 점에서 다른 어류와 섞일 수 없는 '고독한 개체아'에 비유되기도 하는 고래는 공간뿐만 아니라 시간마저 역행하여 원래의 뿌리를 찾아 "대륙 사이를 회유하는"(「혹고래 2」) 시원회귀성 동물로 나타난다.

하지만 물과 고래에 대한 절실함은 현실에서는 고향을 찾기가 어려운 존재의 고뇌를 반증하는 것이지 않던가? 그것은 '여량' 처럼 현실의 폭력에 맞서 스스로 설정한 또 하나의 방어기제일 뿐, 그녀의 도정이 길 위에 선 것인 이상 화자는 그 기제가 깨지는 또 한번의 당혹스러움을 견디고 현실로 돌아올 수밖에 없다. 그러므로 고향 찾기는 여전히 지속된다.

4

> 고향에 가지 못한 그는 길 위에서 살다 길 위에서 죽었다.
> (…) 그가 쓰러진 곳이 그의 고향이 되었다.
>
> —「길 2」 부분

여행은 존재를 변모시킨다. 이 "쓰린 세월"(「후기」) 속에서 현실과 길항하며 자기발견에 이르는 데 있어 여행만큼 적절한 방법도 드물 것이다. 보통 여행의 시작과 귀환 사이에 주체의 사유는 변하게 마련이다. 남성배역과 동물까지 동행하여 현실과 상상공간을 여러 겹으로 넘나든 김수영의 도정에도 사유의 변환이 뒤따른다. 그 변화는 첫 시집을 마무리하면서 꼭 짚어봐야 할, '고향을 찾았을까?' 하는 질문에 관련된다. 인용시는 그 질문에 대한 어떤 암시를 준다. 고향은 먼산 아래나 바다 같은 장소에 있지 않았다. 쓰러진 길 위가 바로 고향이라는 말처럼, 화자는 고향을 찾아가는 길 위의 고통스런 삶 자체가 바로 고향의 삶이었다고 말한다. 하여 고향을 더이상 선험의 영역에 고립시키지 않고, 현실의 영역으로 끌어내린다. 그것은 고향 찾기의 종결을 뜻하는 것이 아니라, 그 탐색은 영원히 진행형으로 지속될 수밖에 없다는 의미를 표현한 것으로 판단된다. 그래서 김수영은 "길을 잃은 게 길"이고, 자아를 찾아 헤매던 소를 향하여 "당신이 이제 내 고향이야"(「소를 찾아서 1」)라고 말하며, 폭력과 외로움을 그대로 고향의 몫으로 남겨둔다.

길 위에서 고향을 발견한다는 이 깨달음은 철저히 역설적이다. 고향의 절실함에도 불구하고 그 추구가 불가능한 현실에서 고향 찾기 자체를 고향에서의 삶으로 통합해낸 김수영의 문법은 세련되고 단아하다. 소외된 자의 절망적인 심리를 다루면서도 그녀의 시가 요설로 치닫지 않는 이유는 이런 역설의 사유에 바탕한 것이다. 그러나 이 자세 뒤에는 어떤 작위성의 흔적이 느껴진다. 인용시를 맨 끝에 배치한 것이 그 팽팽하던 서사적 흐름을 일단락짓고, 시집을 종결짓기 위한 의도로 읽히기 때문이다. 여기서 고향 찾기를 위해 그간 부단히 전개되던 진지한 노력은 현실의 세목에 아롱지는 그 아름다운 내면의 울림을 더이상 보여주지 못하고 애초 기획의 좌절과 더불어 '이 현실이 고향이다' 라는 성급한 결론으로 희석된다. 그래서 그 역설은 세련되었지만, 견고한 역설은 아니라고 보아진다. 길을 고향 삼은 그 행보가 앞서간 그 의도로 인해 벌어진 성긴 틈들을 어떻게 체화하며 얼마나 지속할 수 있는가? 불화의 삶을 고향의 삶으로 치환하기에는 아직 덜 성숙해 보이는 우회로 가기를 얼마나 더 지속시키며, 그 속에서의 고통을 얼마나 즐겁게 향유할 수 있는가? 그런 생각을 하면 내 눈에는 종결지점을 다시 출발점 삼아 길 떠나는 시인의 뒷모습이 어른거리는 것 같다.

—『시와사람』 1997년 여름호

자연의 엄정함, 삶의 엄정함
고재종의 신작시[1]

1

네가 그리다 말고 간
달이 휘영청 밝아서는
댓그림자 쓰윽 쓰윽
마당을 잘 쓸고 있다
백리까지 확 트여서는
귀뚜라미 찌찌찌찌찌
너를 향해 타전을 하는 데
아무 장애는 없다
바람이 한결 선선해져서는

---

1) 『현대시』 1997년 10월호에 실린 작품 9편(「수숫대 높이 만큼」 「누님」 「아, 싸아하게 열리
는 순간」 「삼밭에서의 휘파람」 「경배」 「동해 낙산사에서 觀世音 못 하네」 「佛影 계곡길의
동행」 「비자숲 바람소리」 「푸르러서 썩지 않는 슬픔떼」)을 이 글의 대상으로 삼는다.

날개가 까실까실 잘 마른
씨르래기의 연주도
씨르릉 씨르릉 넘친다
텃밭의 수숫대 높이를 하곤
이 깊고 푸른 잔을 든다
나는 아직 견딜 만하다
시방 제 이름을 못 얻는
대숲 속의 저 새울음만큼.

—「수숫대 높이 만큼」 전문

가을의 정취가 완연한 달밤이다. 잘 알려진 것처럼 달은 그 나름의 자생력으로 기욺과 차오름을 주기적으로 반복한다. 만월로 차오른 그 달이 캄캄한 지상을 내려다본다. 우주를 관장하는 넉넉한 품성으로 "댓그림자"를 이용하여 "마당을 잘 쓸고 있다". 이 아름다운 풍경 아래 만물은 내밀한 교감을 이루며, "아무 장애" 없이 조응의 향연을 벌인다. 이렇게 고재종(高在鍾)의 신작시에는 가을이 무르익어 있다. 머루·맹감·다래·으름들, 고추와 나락, 그리고 들판의 이름을 얻지 못한 풀들까지 잘 자라고 있다. 이 글에서는 이러한 자연의 풍성함을 만나고 있는 그의 행보를 쫓아가보도록 한다.

그 나무 잎새가 菲菲菲하게 생기고

—「비자숲 바람소리」 부분

먼저 그는 자연을 논리 이전의 직관력으로 인식한다. 그가 자연을 만나는 길을 따라 읽다 보면, 그의 문체적 장기에 해당하는 한자첩어의 유려한 구사를 만날 수 있다. 그는 촉촉히 비 맞은 비자나무 잎새를 菲菲

非하게 생겼다고 말한다. 이 첩어는 언어조작과 같은 기교로써 만들어진 것이 아니다. 물론 "非非非"는 인용시 속의 비(雨)와 비자나무(榧子木)에서의 '비'를 동음유추한 연상의 과정을 거쳐 만들어졌겠지만, 그것은 대상물의 적확한 형상으로 이어진다. "非"라는 한자는 나무에 가지가 돋힌 형상이지 않은가. 또 나무줄기에 여섯 개의 이파리가 돋는 모습이기도 하지 않은가. 페널로싸(E. Fenollosa)는 한자가 자연활동을 생생하게 속기해놓은 그림에 근거한다고 주장하는데, 여기서 고재종은 자연의 그 생생함을 非라는 한자가 지닌 시각적 기표를 이용하여 훌륭하게 전경화해내고 있다. 이외에도 이제껏 그가 상자한 시집에는 자연의 모습이 뛰어난 직관으로 구사된 부분이 많다. 연기가 하늘로 오르는 모습을 "고구려고구려"(「쥐불」)로, 눈발이 내리는 모습을 "무장무장"(「그리움의 시시때때」)이라고 표현한 것이 그 예에 속한다. 나는 "고구려고구려"를 연기가 높고(高) 둥글고(球) 곱게(麗) 날아가는 모습으로 읽었다. 또 "무장무장"을 눈의 고장으로 알려진 '무주' '진안' '장수'를 함의하는 글자로, 대설이 내리면 풍년이 든다는 믿음 아래 곡식이 무럭무럭 자라라는 성장의 바람으로 읽었다. 자연에서 받는 풍성함과 미묘함을 표현하기 위해서 때론 색다른 조어법이 필요한데, 여기서 고재종은 그가 뿌리내린 자연체험에서 조직된 자신만의 직관적 상징어를 구사하고 있다.

크리스탈 소리라도
울려날 듯한 쾌청명

—「경배」부분

하늘도 쟁쟁쟁 소리날 듯 쟁명하여서
우리 사는 이 순간만은 내남 없이 쾌청하다

—「삼밭에서의 휘파람」부분

또 그는 자연을 공감각으로 받아들인다. 등가의 의미로 읽히는 인용시의 "쾌청명"과 "쟁명한 하늘"에서 화자는 "크리스탈 소리"와 "쟁쟁쟁" 울리는 소리를 듣는다. 눈부신 그 맑음은 시각에서 청각으로 전이된 후, 지상의 화자를 푹 젖게 만드는 촉각으로까지 뻗어간다. 이처럼 그의 시에서 자연은 하나의 감각에 고정되지 않고 여러 감각기관을 유연하게 드나든다. 이런 소통방식이 때로는 현실의 결핍을 채운다. "쟁명"함을 온몸으로 인식한 인용시의 "이 순간만은" 우리 삶의 "신난간난"(「佛影계곡길의 동행」)도 더불어 쾌청해진다. 이는 『날랜 사랑』(창작과비평사 2000)의 「별」에서도 찾을 수 있다. "늙은이 혼자 거처하는 잿등집 / 어둔 대울바자에 / 쌀 씻는 소리로 반짝이기 시작하는" 별은 따그닥따그닥 하는 쌀 씻는 소리로 밥상을 준비하는 듯한 심리적 훈기를 전해주며 피붙이가 대처로 떠나간 뒤의 외로움을 달래준다. 지상의 네온사인이 불야성의 빛을 더해갈수록 천상의 별빛이 어두워가는 도심에서, 하늘과 별이 함께한다는 이런 극락감을 느끼기는 어렵다. 사람들이 넘쳐나는 그곳에서 극도의 소외가 만연하는 기현상은 어쩌면 이런 몸의 열림과 감각들의 소통부재로 인한 것인지도 모른다. 그의 이 소통방식이 좀더 뻗어나간 자리에 물활론(物活論)적 세계가 있다.

> 벌써 첫물이 바알간 고추처럼 익기도 하리니
> 고추 따는 아낙의 얼굴도 발갛게 익는다
> (…)
> 또 우두둑거리는 아낙의 허리가 펴지는 순간
> 뒷산 봉우리는 더욱 더 우뚝해지면서
>
> —「삼밭에서의 휘파람」 부분

고추가 익자 고추 따는 아낙의 얼굴도 발갛게 익는다. 아낙이 허리를 펴자 산봉우리도 함께 일어선다. 자연의 완숙함이 인간의 삶으로 이어지고, 인간의 노동이 자연물의 움직임으로 이어진다. 인용시에는 '고추'와 '봉우리'라는 남성적 이미지와 '고추밭' '아낙'이라는 여성적 이미지가 절묘하게 결합되어 있다. 인간과 자연이 주객의 단절 없이 한몸의 유기체로 묶인 이 풍경 아래 만물은 제나름의 충일함과 전체 구도에 대한 결합의 설레임으로 "가을의 장엄 선율"(같은 시)이라는 총체성을 완성시킨다.

화자 역시 그 총체성 속에 유기적으로 포함되기를 원하지만, 아직까지는 "분재 같은 나"(「비자숲 바람소리」) "메말라가는"(「아, 싸아하게 열리는 순간」) 나처럼 결핍의 모습으로 거기서 비껴나고 있다. 그 거리를 좁히기 위해 화자는 "난 오늘도 이슬과 바람과／햇빛과 비와 새울음을 보았답니다"와 같은 각별한 노력을 한다. 그 끝에 자연이 그 몸 속에서 "싸아하게 열리는"(같은 시) 행복한 일치의 순간을 경험한다.

그와 동시에 그는 자연과 무조건 하나 되고자 하는 욕망 역시 경계한다. 「비자숲 바람소리」에서 화자는 숲 깊숙이 들어가지 않는다. 숲 깊은 곳에 숨겨진 아름다움의 끝을 보고 싶다는 그 욕망이 인간과 자연의 거리를 지금의 상태로 벌여온 원흉임을, 그 맹목하에서는 "아무것도" 볼 수 없음을 잘 알기 때문이다. 그래서 화자는 자연의 "성성한 힘"을 여백으로 "감춰두어야겠다"는 무욕(無欲)의 "마음 다짐"으로 그 "어처구니 숲"을 빠져나온다.

2

이번 신작시의 색다른 특징으로 기행시편과 '너'라는 청자의 출현을

꼽을 수 있다. 그의 시에는 여지껏 농촌 심부에 깊이 뿌리박은 자 특유의 '텃새의식'이 짙게 묻어나고 있었다. 그런데 이번 시편에는 특이하게 그 현실을 벗어나는 여정을 다룬 3편의 시가 등장하고, 그 시편들은 여행에 동행한 '너'라는 타자에 대한 대화의 양상으로 시상이 전개된다. 그런데 '너'는 이전 시집에 나타난 타자와는 거리가 있다.

그간 그의 시에 나타난 타자는 동일성의 테두리 속의 타자, 즉 농촌에 함께 뿌리박은 이웃이었다. 그들은 간직한 애환 때문에 소쩍새처럼 피나게 울었지만, 또한 "엉머구리떼"의 "한음성"(「무지렁이의 발성 1」『새벽들』)처럼 찰떡궁합으로 뭉치던 이들이었다. 또 그들은 가뭄이 오면 마빡이 깨지고 머리채 잡혀가며 물꼬싸움도 했지만, "홀아비 사정 과부가 알아주듯 / 함께 나누고 위로"(「물길」『날랜 사랑』)하는 끈끈한 유대감으로 그 알력을 풀어내기도 했다. 유유상종에서 동병상련으로 결집된 그들은 봇도랑 울력공사 같은 공동작업으로 "사람의 막힌 길도 / 그렇게 당당히 쳐내야 한다"(「물길」)며 공동체 외부에 존재하는 근본모순을 각성하면서, 취락사회를 지켜낸 문제적 인물들이었다.

다시 「수숫대 높이 만큼」을 본다. "네가 그리다 말고 간 / 달이 휘영청 밝아"에서처럼 '너'는 앞서 언급한 그 풍성함의 달을 "그리다 말고 간" 이다. 고재종은 「綿綿함에 대하여」에서 "청산(淸算)"이라는 말을 언급한 바 있다. 추측건대 너는 하던 일을 미완의 상태로 남겨두고 떠난 이 같다. '그리움'과 '그림'의 중의성을 띤 "그리다"의 행위를 그간 함께 해왔다는 면에서 친연성의 고리가 남아 있지만, 지금은 "구비구비를 지나올 뿐인" 나와는 정반대로 너는 "직바른 길 타령"(「佛影계곡길의 동행」)을 한다. 너는 내가 가는 험로(險路)에 대해 "괜찮나?" 혹은 "왜 쓸데없는 고집을 피우나?" 하는 질문을 던졌음직도 하다. 그래서 너와의 동행은 아무래도 껄끄럽고 삐걱거린다. 타자와의 만남에서 생기는 불협화음을 이기지 못할 때, 애써 갖게 된 소중한 만남은 이전보다 더욱 높은 담장

을 쌓아올리는 배타적 태도로 고착될 위험이 있다. 그렇다면 이 '너'와
동행한 결과는 어떻게 되었는가?

우리 온갖 것으로 막힌 九竅를 열어 너와 나, 너나들이로 속속 물
흐르게도 한

—「비자숲 바람소리」 부분

좀처럼 좁혀질 것 같지 않던 그와의 대립도 울창한 비자숲 아래서 서
서히 풀리게 된다. 비자숲의 넓은 포용력 아래 "분재 같은 나"의 "상처"
와 "너의 외로움"은 "너나들이"로 소통된다(같은 시). 이 '여행에서의 동
행'을 알레고리로 본다면, '너의 설정'과 '너와의 화해'에서 세 가지 정
도의 시사점을 얻을 수 있다. 첫째, 그간 그의 붙박이 정신 아래 배제되
어 있던 너와 이 시대가 어쨌든 동행할 수밖에 없음에 대한 인정이다.
둘째, 자기 세계를 박차고 나선 여행 특유의 부대낌 끝에 타자를 수용하
여 시세계를 확장한 점이다. 셋째, 타자와의 이 교감은 자연의 넉넉한
품성에 힘입고 있다는 점이다.

자연은 너와 나의 교감을 매개했을 뿐만 아니라, 자신을 비껴간 너에
게마저 "백리까지 확 트여서" "타전"(「수숫대 높이 만큼」)해간다. 이렇게
자연은 그에 등돌린 존재마저도 담쌓지 않고 포용한다. 하지만 그 부드
러운 수용은 엄격한 자기단련의 결과가 아닌가? 가령 나무를 흘낏 보면
'초록잎'과 '꽃' '열매'의 넉넉함만 보이지만, 그것은 겨울에 다음해살이
를 위해 지상부에 물 공급을 차단하는 생존의 처절한 노력, 죽음과 고투
하는 엄정한 갱신의 노력 끝에 이루어지는 것이다. 그렇게 차올라 사람
을 포용하는 이 자연의 생명력을, 그는 "저 엄정함"(「경배」)이라고 외치
며 경배하고 있다.

3

이처럼 그의 신작시에 풍성하게 드리워진 자연의 넉넉한 품 아래에서 화자는 합일체험을 누리고 있다. 하지만 그것이 우리 삶과 등돌리는 것은 아니다. 이제까지 그가 상자한 시집을 거칠게 분류하면 '농민' 과 '자연' 이라는 두 개의 주제어를 잡을 수 있다. 자연의 풍성함과 합일하려는 이번 신작시 속에서는 농민의 모순된 삶이 그늘져 보일 수도 있다. 하지만 그가 보는 자연의 진경 이면에는 붕괴가 가속화되어가는 농촌공동체에 대한 성찰이 여전히 깔려 있다. 전술했듯이 자연은 '풍성함' 을 주고 '소외'를 이기게 해주었지만, 그것이 현실의 갈등을 폐기하고서까지 추구해갈 지향점은 아니다. 그렇게 읽기에는 "봉선화"와 "나락밭" "대나무" 속에 드러난 현실이 너무 비극적이다.

저것 좀 보아 저 아가씨
봉선화 따서 손톱 묶네
저 아가씨 얼굴 좀 보아
홍색 자색 연분홍드네
(…)
바알갛게 달아오르네
숨쉬기조차 힘들어 하네
아아, 저 아가씨 눈이슬짓네

—「누님」 부분

인용시의 아가씨 모습은 '꽃물 들임, 발갛게 달아오름, 숨쉬기 힘들어 함, 눈물 흘림'으로 당혹스럽게 전환된다. 점점 격화되는 그 모습을 화자는 "차마는 못 보겠"(같은 시)다고 진저리치고 있다. 수줍게 볼이 상기된 아가씨가 봉선화꽃으로 손톱에 곱게 꽃물 들인다는 식의 감상적 시각으로 인용시를 읽기에는 아가씨의 행동이 선뜻 이해되지 않는다. 그래서 이 시는 봉선화에 관한 기존의 상식적인 이해를 뒤집는 데서부터 읽어야 한다. 일전에 어떤 좌담석상에서 그가 언급한 '비닐하우스병'을 떠올려본다. 봄철 딸기를 따내기 위해 섭씨 40~50도가 넘는 딸기 하우스에서 3년 정도 일하면, 하우스병에 걸려 몇달 병원신세를 지게 된다는 내용이었다. 아가씨의 달아오른 얼굴과 호흡 곤란은 첫 시집의 「딸기빛 처녀」에서 그가 묘사한 것처럼, 비닐하우스같이 밀폐된 고온의 기류에 장시간 노출되어 갖게 된 증세가 아닐까? 봉선화는 수줍음으로 얼굴이 달아오른 처녀의 객관물이 아니라, 열중증(熱重症) 같은 추스르기 힘든 고통에 내몰린 삶의 고통을 상징하는 게 아닌가? 그렇다면 분노와 격정의 목소리를 숨긴 이 시는 아직도 봉선화를 전원의 논리로 유포하여 농촌현실의 갈등을 무마하려는 지배담론에 대한 고발의 의미를 띠게 된다. 서정적 충만감으로 봉합하기에는 현실에 내재된 모순이 너무 크다. 인용시처럼 현실의 비극이 클 경우 자연의 풍성함은 그 비극을 더욱 도드라지게 한다.

저 큰 서러움의 나락밭에
(…)
오, 어머니!
우리 생의
처음으로 우러나는 경배를

—「경배」 부분

남들은 푸른 절개라 뭐라 하지만

저 대나무 보는 나는 늘 서럽다
한 번의 태생, 그 모진 뿌리에 엉키어
한발짝도 옮길 수 없는 그것으로
댓마디마디 부르튼 것을 보아라

―「푸르러서 썩지 않는 슬픔떼」 부분

동서양을 막론하고 대지는 어머니에 비유되어왔다. 「경배」에는 대지의 어머니에 대한 감정이 직설적으로 토로되고 있다. 미적 거리를 유지하기에는 그 현실이 너무 절박했기 때문일 것이다. 농촌의 대지는 산업화과정에서 수출경쟁력을 갖기 위해 행해진 저임금·저곡가 정책에 의해 '소외'되었으며, 또 이촌향도의 물결을 따라 그 품에 품었던 자식들마저 도시의 산업예비군으로 편승시키면서 몰락의 길을 걷게 되었다. 여기에 근자에는 농산물 수입개방이 현실화되면서 현실은 '소외'에서 '말살'의 점입가경으로 치닫고 있다. 그 대지를 지키고 선 농민들의 삶은 뒤웅박만큼이나 팔자가 사납다. 행복해야 할 이 어머니 품에서의 "태생"은 "모진 뿌리에 엉키어 / 한발짝도 옮길 수 없는" 천형이 되어버렸다. 여기서 대나무의 뿌리는 '절개'와 '인내'라는 관습적 의미를 넘어서, 그 천형의 땅에 영원히 유배되어버린 자의 엉클어진 삶을 표상하고 있다. 농협빚을 갚기 위해 "아랫돌 빼서 윗돌 괴는"(「추수소식」) 미봉책으로 호구할 수밖에 없는 "제 살이나 베"(「푸르러서 썩지 않는 슬픔떼」)는 삶. 그 현실은 늙은이 위주로 삶을 꾸려나가는 "양로원", 해마다 농협빚이 새끼치는 "빚더미 창고", 고샅길은 물론 사람이 다니던 길에도 풀과 나무들이 빽빽이 들어서고, 도시의 낯선 주검들마저 받아내느라 마을 경계에까지 무덤이 쳐내려온 "유령촌"(고재종 산문집 『사람의 길은 하늘에 닿는다』)이 되어버렸다. "서러움"이라고 일축된 이 "나락밭"은 그간의 시집에서 "논 안에서 풍년인 가을은 논 밖에서 흉년으로 오네"(「노동으로 오는 가을」) "천재 피하니 인재 온다"(「똥값」) 등으로 형상화된 바 있다. 이 생산의 현장은 논 안과 논 밖을 축으로 이중적으로 분리되어 있다. 대지의 어머니에게서 받은 논 안에서의 값진 성취는 논 밖의 얄팍한 교환가치에 의해 좌절될 수밖에 없기에 더욱 서럽다.

> 그 바람에 온 잎새 진저리치는 옥수숫대 위로
> 된장잠자리떼는 즈이도 가만 있지 못한다
> 사람인들 왜 그리움의 물살을 모르겠느냐
> ―「삼밭에서의 휘파람」 부분

> 생각하면, 나 마흔 바다 철썩이면서도
> 그 위에 滿船 띄운 기억 하나 못 찾네
> 의상대 그 망망대해를 향한 좌정으로
> 다만 나 아직 실패하지 않았다 우기는 건
> 파도의 그 끝없는 도전 때문이기보단
> 아직 동해 파랑 그 수많은 물결 같은 게
> 내 마음 속에도 가득 출렁이고 있어서일까
> ―「동해 낙산사에서 觀世音 못하네」 부분

한편 이 현실과 관련해서 '그리움'을 놓칠 수 없다. 「삼밭에서의 휘파람」에서 그는 이 그리움을 "옥수숫대"와 "된장잠자리떼" 같은 자연뿐만이 아니라 사람마저도 몸 비틀게 만드는 "물살"이라고 말한다. 그 "그리움의 물살"은 「동해 낙산사에서 觀世音 못하네」에서도 출렁인다. 『삼국유사』의 '洛山二大聖 觀音, 正趣, 調信'을 차용한 인용시는 낙산사에 연관된 의상·원효·조신의 불교적 일화를 밑바탕에 깔고 있다. 하지만 그 해석의 열쇠는 불교의 깊은 세계보다는 한번도 만선을 띄워보지 못한 불혹(不惑)의 바다, 화자의 가슴 가득 출렁이는 '물결'에 있다. 이 그리움의 물결은 불교의 세계에서 본다면 벗어던져야 할 속세의 때, 불교적 무지인 무명(無明)에 해당한다. 그러나 그는 도리어 무명에 덧칠하면서도, 마음속에 출렁이는 그 물결 때문에 실패하지 않았다고 말한다. 이처럼 그리움은 그 자신을 지금껏 버팅겨내게끔 만든 추동력이다. 그간의 시집에서 그것은 노여움과 짝하여 드러났다. "노여움과 그리움을 잠재우는가"(「들불」)처럼 노여움과 그리움은 두 얼굴이지만, 같은 뿌리를 가진 한몸의 정서이다. 생각건대 그리움이 '농자천하지대본(農者天下之大本)'처럼 논 안팎의 분리 없는 구도에 대한 갈망이라면, 노여움은 그 일치를 막아선 논 밖의 대상에 대한 격렬한 저항이라고 할 수 있다. '뿌린 대로 거둔다'는 소박한 진리에 대한 그리움이 때로는 그것을 좌절시키는 논 밖의 세력에 대한 노여움으로 나타났던 것이다. 지금 그 노여움은 내적인 그리움으로 조절되어 밖으로 표출되기보다는 안에서 출렁이고 있다. 하지만 자신의 밑바닥을 패가며 그 물살은 심강무성(深江無聲)의 경지로 "소리없이" 더욱 "깊"게(「삼밭에서의 휘파람」) 흐르고 있다.

이번 신작시에서 전경으로 부각된 '자연'과 '그리움의 내면화'로 배경에 깔린 결핍된 삶의 모습을 놓칠 수도 있다. 하지만 이번 신작시에서 그의 시를 관통하는 줄기인 '농민'과 '자연'은 더욱 내밀하게 결합되고 있다. 그의 시에서 자연이 참된 의미를 획득하는 것도 자연이 삶의 아롱진 세목과 내밀하게 만나는 바로 이 지점이다. 그 설레는 만남을 보기 위해 또다시 「수숫대 높이 만큼」을 본다.

4

역시나 화자는 "텃밭의 수숫대"처럼 깡말라 있다. 하지만 그는 "아직 견딜 만하다"고 말한다. 이번 신작시에는 "아직"과 "견디다"라는 단어에 남다른 무게가 실려 자주 언급된다. 물론 그 견인의 삶에 대한 보상이 언제쯤일 거라는 보장은 없다. 그는 "우리 생의 곡절"이 어떻게 "과장"(「佛影 계곡길의 동행」)되어왔는지 잘 알고 있기 때문이다. 그것은 위기 상황을 끊임없이 설정하는 권력의 수사에 의해 희생을 강요당해왔으며, 때로는 지금의 험로(險路) 뒤에 언젠가는 이 고충이 보상받는 좋은 날이 있을 거라는 막연한 믿음에 의해 과장되어왔다. 그러나 우리 생의 곡진한 슬픔은 "푸르러서 썩지 않"(「푸르러서 썩지 않는 슬픔떼」)는 것이기에, 끝나지 않고 갈수록 절정으로 치닫는 슬픔인지도 모른다. 그 슬픔을 견인하는 삶 역시 지금의 험한 산 너머로 "태산준령"(「佛影 계곡길의 동행」)이 끊임없이 맞이해야 하는 삶일는지도 모른다.

하지만 이름을 얻지 못하고 피는 풀잎과 우는 새가 자연 속에는 얼마나 많은가? 호명되지 않고도 풀은 "바쁘게는 바쁘게는 반짝이"(「삼밭에서의 휘파람」)고 "이름을 못 얻는/대숲 속의 저 새"(「수숫대 높이 만큼」)도 울고 있다. 달밤의 충만함과 조응하는 이 향연은 호명되지 못한 부당함에도 자신을 엄하고도 바르게 견인하는 사물들의 '안간힘'으로 채워지는 것이다. 이것이 바로 자연이 우리에게 타전하는 소리의 의미이지 않을까? 그래서 그도 텅 빈 몸을 세워 텃밭의 수숫대 높이를 유지한다. 그 자세는 자연의 엄정함을 삶의 엄정함으로 끌어와 흐트러진 또 한 날을 단정하게 여미는 태도이다. 그 끝없고 멈출 수 없는 길 위에서 그는 이제 억압적으로 인내하거나 상처를 노엽게 발설하기보다는, 자연처럼 즐겁게 "콧노래를 흘려"(「佛影 계곡길의 동행」) 보낸다. 뿐만인가, 그 길은, 아직은 삐걱거리지만 힘겹게 교감한 '너'와 동행하는 길이기도 하다. 이번 신작시의 풍성함은 자연뿐만 아니라, 그 엄정함을 배워 고통을 즐겁게 향유하려는 삶의 엄정함이 어우러진 것이다.

—『현대시』1997년 10월호

계절의 봄, 역사의 봄

고형렬『성에꽃 눈부처』(창작과비평사 1998)
박영근『지금도 그 별은 눈뜨는가』(창작과비평사 1997)

1

1990년대 들어서만 여섯 권의 시집을 발표한 고형렬(高炯烈)은 부지런한 시인이다. 그는 이번 시집 『성에꽃 눈부처』의 「후기」에서 "이 시집은 무순(無順)"이라고 밝혔는데, 이러한 작위성 없는 구성에서 우리는 어디서 출발하더라도 충만한 서정으로 자연을 노래하는 고형렬의 부드러운 시각을 접할 수 있다.

나 옛날에 바람이었던 때가 즐거웠다
그때가 아름다운 때였음을 알게 되었다.

—「바람 나뭇잎」 부분

"영혼을 도시 밖으로 보내"(「산의 황혼을 보며」)버린 현대인은 몸과 영혼이 분열된 비극적인 삶을 산다. 인용시에서 화자는 분열 이전의 삶을 기억한다. 그것은 윤회적 상상력에 힘입어 "나무"와 "바람"(같은 시)

"물"과 "하얀 모랫살"(「물」)같이 자연 그대로의 삶에 대한 기억으로 나타
난다. 망각을 이겨내려는 자가 터득한 그 비밀은 "옛날에 바람이었던
때가 즐거웠다"처럼, 원존재에 대한 강렬한 회귀의 갈망으로 이어진다.
근원에 대한 기억으로 지칭할 수 있는 이 기억은 멀게는 인용시처럼 자
연이었던 삶에 대한 기억과, 가까이는 『마당식사가 그립다』(고려원 1995)
에서 형상화한 유년시절의 친밀체험에 닿아 있다. 현재의 삶 속에 역류
해 들어온 이 기억은 현실의 분열된 삶을 일깨우고, 합일에 대한 욕구를
추동한다. 하지만 그 그리움은 퇴행에 의해서만 성취되는 수 있는 것이
다. 근원의 샛길로 빠져들면 그 기억은 출구 없이 현실 폄하를 되풀이하
며 복고적 기억으로 경사될 수 있는 것이다. 그러나 이번 시집에서 고형
렬은 근원의 기억을 간직하면서도 근원의 강한 구심력에서 유연하게 벗
어나온다. 이때 그는 봄을 만난다.

　봄은 생명의 순환질서가 생기를 내뿜고 겨울을 지낸 존재들의 고통
스런 몸을 회복시킨다. 살아 있는 환경과 하나 되어 새살이 돋는 그 충
만감은 기억 속에 남아 있는 근원의 모습과 비슷하다. 인간사에서 어그
러진 삶의 질서를 회복하는 데 대한 숱한 관습이나 비유에 봄이 차용되
는 것은 봄의 이러한 회복력과 연관된다. 고형렬은 이번 시집에서 봄맞
이의 감격을 충만한 서정으로 노래한다. 그 감격은 사람의 눈뿐만 아니
라, 이 땅에 뿌리박고 겨울나기를 한 온갖 자연물의 "눈알"마저 멀게 한
다(「신춘 2월」). 그 감격은 숱한 이미지에 현혹된 시각의 불완전함에서 벗
어나, "살과 뼈, 한순간 생각"(「폭포」)이 집중되는 물아일체의 경지에 들
어설 때 온전하게 느낄 수 있는 것이다.

　　하얗게 얼어붙은 작은 신체는
　　그대 오면 퍼런 말로 떨어지리다
　　출렁이다 넘실대며 누워 오려니

오늘은 이내 몸을 무엇이 이토록
꽁꽁 저 절벽에 묶어놓았다고
높푸르른 하늘로 돌아가지 못할까

—「폭포」 부분

그런데 이 봄은 아무 기다림 없이 그냥 와준 봄이 아니다. 그 뒤켠에는 지난 겨울의 쓰린 고투가 존재한다. 폭포의 물은 액체상태로 질적 전환을 이루기 전 공중에 몸 뒤틀려 있던 불편한 시간을 견뎌야 했다. 폭포의 그 쓰린 기억은 "얼음 구름 아래" 힘없는 모습으로 겨울을 지내야 했던 붕어의 무력한 모습(「연못」)으로, 혹은 "이불을 어깨에 둘러감고" "창얼음"을 보아야 했던 "동햇가 엄동설한"(「성에꽃 눈부처」) 등으로 아프게 변주된다. 이처럼 계절의 이행 사이에 그 몸들에 가해졌을 아픔과 그것을 이기려는 고투가 생략되지 않았기에 그 감격은 더욱 증폭된다. 시집 『마당식사가 그립다』에서 그 본질적 삶으로 돌아갈 수 없음을 안타까워하던 그는, 이 봄에서 근원의 흔적이 부분적이나마 환하게 현현하는 것을 느끼게 된다.

여기서 주목할 것은 이번 시집과 이전 시집 사이의 생태에 대한 인식 변화이다. 생태문제가 지금처럼 보편화되기 이전에, 그는 『리틀보이』(넥서스 1990)와 『서울은 안녕한가』(삼진기획 1991) 등에서 일찍이 생태에 깊은 관심을 보인 바 있다. 그는 이번 시집에서도 '봄'을 가능케 한 자연을 주목한다. 여기서 특징적인 것은 건강한 질서가 살아 있는 봄을 주목하는만큼, 이전 시집처럼 파편화된 생태질서에 대하여 전면적인 비판과 고발로 치닫지 않는다는 점이다. 그것은 다음 시편을 통해 잘 드러난다.

사람 많이 사는 서울 창경궁 벚꽃은 바람에 낙화해도 외롭지 않겠

지 서울에는 사람이 많고, 그 사람들이 낙화를 보아줄 테니까 (…) 이
화려한 봄 먼산 꽃들은 외롭겠구나
—「외로운 산골, 외로운 물소리」 부분

먼저 그는 강한 견딤의 속성을 지닌 존재로 자연을 바라본다. 인용시
에서 시인은 저 아름다운 자연도 인간과 조화를 이루지 못하면 의미 없
음을 강조한다. 인간과 자연이 맺고 있는 현재의 부조화를 상당부분 무
화시키는 이런 사유는 「연어가 지나가는 도시의 침묵을 듣는다」에서 죽
음의 장소로 그려지기 쉬운 이 도시의 하천을 따라 "잘생긴 은빛 연어"
가 모천회귀하는 모습을 포착하는가 하면, 자본의 사원이라고 할 수 있
는 백화점 주위를 평온하게 날고 있는 잠자리를 통해(「신촌 그레이스백화
점 햇살 같은」) 자연의 강한 생명력을 발견하게 된다.
이런 시각은 '사람의 선한 의지'에 대한 발견으로 이어진다. 그는 "새
한 사람"(「春鳥」)처럼 새 속에 깃든 신성을 사람의 이름으로 고쳐 부르기
를 주저하지 않고, "사람꽃"(「사람꽃」)이 자연 이상으로 아름답다는 시각
을 견지한다. 여기에는 아마도 인간에게 자연을 훼손한 나쁜 속성 못지
않게 아직까지 선한 인성이 남아 있을 거라는, 인간에 대한 신뢰가 깔려
있는 듯 보인다. 이렇게 이번 시집에서 상호교통하고 있는 '자연의 강
인한 속성'과 '사람의 선한 의지'에 힘입어, 그의 시는 인간의 기술과
자연이 조화를 이루는 에코토피아(Ecotopia)의 전망으로 뻗어간다.

밤별처럼 반짝이며 궁금한 아이들아
(…)
망각과 슬픔이 가득한 이곳에 정작 오시려 하는가
—「이곳에 올래?」 부분

물론 그는 이 땅이 "망각과 슬픔이 가득한" 결핍의 현실이라는 사실을 여전히 힘주어 강조한다. 그것은 인용시에서 "물방울" "햇살" "밤별"과 같은 자연의 존재로 설정된, "아들을 괜한 세상에 태어나게 한 것 아닌가"(「아들이 슬프다」) 하고 미안해하는 화자의 고백을 통해서도 잘 드러난다. 그러나 여기에 "생명은 지구뿐"(「지구」)이라는 하나의 역설이 준비되어 있다. 「꽃자리」에 언급된 생명의 순환고리는 그나마 지구에서만 가능하다. 심하게 훼손되었지만 이 땅에는 아직까지 순정의 노래를 부를 수 있는 봄이 존재한다. 근원에서의 행복한 합일의 흔적이 간직된 봄은 이 현실에서 여전히 꽃피우는 자연의 강인한 생명력과 선한 속성을 지켜나가려는 사람의 순정어린 마음에 의해 면면히 유지되고 있는 것이다. 그래서 아이는 슬픔의 땅에 떨어진 동시에 생명의 지구로 잘 찾아와 준 것이기도 하다. 염오(厭惡)하던 땅에 발붙이고 그 땅에 아이를 데려왔다는 딜레마를, 시인은 이 땅의 결핍요인 틈틈이 내재한 봄과 같은 생명의 진경(眞景)을 발견함으로써 빠져나온다. 이 유연한 인식 아래 논의의 출발점이었던 인간의 도시는 전적으로 폄하되어야 할 곳이 아니라, '살아갈 만한 지옥'으로 변모한다.

그렇다면 그가 이렇게 자연의 강인한 생명력과 사람의 선한 의지에 유의하는 이유는 어디에 있을까? 그것은 아마도 우리 삶이 직면한 현재의 위기를 가로질러갈 낙관적인 전망을 선취하고자 하는 바람과 연관된 것으로 보인다. 자연을 연약한 존재로 설정하거나 선병질적으로 사람을 자연 훼손의 주범으로 일반화하는 것은 그 훼손에 대한 신랄한 비판은 가능케 할지 몰라도, 자칫 진정한 출구 모색을 봉쇄해버리는 허무주의로 떨어질 위험이 있다. 동시에 그것은 어그러진 생태계를 고발하는 시마저도 개성 없는 유행을 이룬 부박한 세태로부터 거리를 두겠다는 경계의식과 자존심의 표현으로도 보인다. 시인의 이러한 사유는 관념적 근원에 얽매일 것이 아니라, 결국 봄과 같은 회복의 시간대를 우리의 미래로 만들어가자는 생각으로 뻗어간다. 지나친 낙관주의로 오해될 법한 이러한 사유는, 인간이 사는 현실 속에 자연을 안착시키려는 애틋한 마음의 발로로서 1980년대 타자의 영역으로 배제되었던 생태문제에 대한 오래 고뇌 끝에 무르익은 사유라고 생각된다.

2

　고려의 문인 이규보(李奎報)는 「춘망부(春望賦)」에서 "오직 봄만은 때에 따라 곳에 따라, 화창해지기도 하고 슬퍼지기도 하며, 저절로 노래가 나오기도 하고 눈물이 흐르기도 한다(唯此春望 隨物因勢 或望而和懌 或望而悲淚 或望而歌 或望而涕)"며 봄맞이의 감회를 읊은 적이 있다. 봄은 저절로 노래가 흘러나오게 만들 만큼 감격스러운 것이지만, 오래 지속되지 않고 또 그에 못 미치는 인간의 결핍된 삶은 '눈물'과 같은 탄식을 불러일으킨다. 이 양가감정은 이율배반적이지만, 둘 모두 봄을 맞는 인간의 심적 반응에 틀림없다. 그래서 우리는 봄맞이의 기쁨에만 경사될 수 없다. 실제로 지금 우리가 맞이한 봄 깊숙이에는 IMF 한파와 파괴된 생태질서가 깊이 그늘을 드리우고 있다. '봄을 봄답지 못하게 하는(春來不似春)' 이 아픔들은 화려한 외양으로 치장된 봄의 정체를 의심스럽게 한다.
　진정한 봄이 오지 않았다는 쓰린 인식을 안고 우리의 의식은 고통스럽게 겨울로 소급한다. 그런 의미에서 박영근(朴永根)의 시집을 눈여겨볼 필요가 있다. 박영근은 겨울밤을 철저하게 살아가는 시인이다. 냉혹함과 암담함을 맛보게 하는 그 현실을 제대로 살기 위해 그는 "겨울산"(「氷壁」)처럼 가부좌를 틀었다. 1980년대 노동시의 물꼬를 튼 그는, 노동시를 배제해버린 1990년대 현실을 끈질기게 살아남으려는 노동자 시인이다.

> 한밤중, 어둠 속으로 피세일을 나갔다 달빛은
> 골목 어귀에 소식지 위에 날을 세우며 떨고
> 보안등 불빛에 쫓기며 한바퀴, 또 한바퀴 …… 돌아와
> 새벽시장 봉지김치에 라면밥 말아먹던, 방
>
> —「그 房」 부분

인용시의 방에서 화자는 혁명의 열정을 앓았던 젊은날의 이력을 떠올린다. 그 방은 '보호'와 '유폐'라는 이중성을 지니고 있다. 화자가 청춘시절을 보낸 1980년대에 그 방은 외부의 폭력으로부터 자신을 보호하며 혁명적 열정을 키워준 사상의 거처였다. 그러나 아무도 방문해주지 않는 지금의 방은 혼자라는 의식을 충동질하는 외딴방이 되어버렸다. 감옥처럼 유폐된 그 공간에 칩거하며, 그는 "혁명은 안되고 방만 바꾸어버렸다"(「그 방을 생각하며」)는 김수영(金洙暎)의 뼈저린 심사에 사로잡힌다. "꽃잎 다 떨구어내고 고개 수그려 낯선 제 몸"(「네가 찾아들 때마다」)을 보고는 "불쑥 솟구치는 눈물을 떨"(「그 房」)군다. "돌아볼 옛날도/훗날도 없는 텅 빈 시간" 속에서, 그는 과거에 대한 회의를 미래에 대한 불신으로까지 연장한다. 그래서 불빛은 한치 앞도 비추지 못하고 "외롭게 제 발들을 비"(「희망에 대하여」)출 뿐이다.

그러나 그 방에서의 암중모색은 끊이지 않는다. 더이상 몰리면, 감옥이 아니라 무덤처럼 식어버릴지도 모를 마지막 생존의 거처에서, 오랜 위축을 경험한 화자는 문을 열고 다시 세상으로 나선다. 그 방문을 열기까지 그는 여린 나팔꽃이 폭우를 이기는 유연함을 보면서(「폭우」) "산다는 일은 저렇게 곧게 쏟아져내리는/폭포 같은 것은 아닐 것이다"(「변산기행」)라며 그간의 경직성을 반성한다. 그뒤 지금도 눈뜨는 "뜨거운 별

빛"(「동암역 근처」)과의 서정적 교감에 힘입어 "첫마음"(「경주 남산」)으로
살겠다는 의지로 마침내 겨울을 살아갈 준비를 완료한다.

> 골짜기엔
> 폭설에 갇힌
> 소식 몇字
> 벼랑에 걸려
> 바람 속
> 벌거숭이로
> 뜨겁게 얼어붙고 있을 게다
>
> —「너에게」 부분

'겨울'은 모순적인 시간대이다. 냉혹함 속에서도 생명의 맹아를 잉태
하기 때문이다. 즉 겨울은 시련으로 가득 차서 모든 생물을 죽이는 절멸
의 계절만은 아니다. 그래서 그 겨울의 경계와 틈에 발 딛고서 재생을
꿈꿀 수 있다. 이 모순된 계절을 살기 위해서는 그 시련을 자기화하는
고투가 필요하다. 그 정신은 시행의 수직 배열을 통해 겨울의 깊이를
시각화한 인용시에서 "뜨겁게 얼어붙고 있을 게다"라는 역설적 의지로
나타난다. 이때 역설은 겨울이라는 모순된 시간대를 통합하여 새로운
길을 열어놓는 시적 출구로 자리한다. 하지만 그 모순의 양극을 철저히
오가지 못할 때, 역설은 사태를 매끈하게 봉합하는 얄팍한 기교로 전락
한다.

> 나는 어떤 기다림보다도 막막한 벌판을
> 눈보라로 질러가면서
> 수천 마디

쏟아지는 말들을 버린다

—「겨울숲에서」 부분

인용시는 "과장이었구나" 하는 인식하에 계절을 살피지만, 여름과 가을, 겨울까지만 드러나 있다. 비슷한 현상으로 「달 3」의 경우, 달이 지는 데까지만 나온다. 즉 그는 '겨울 다음에 봄이 온다'거나 '이 밤 뒤에 해의 부상'이 있을 거라고 말하지 않는다. 겨울이 깊어갈수록 봄에 대한 믿음은 간절해지게 마련인데, 무엇이 희망을 향해 "쏟아지는 말들을 버"리게 만들며 그를 이토록 겨울밤의 고투로 이끄는 것일까? 과거의 열패감 때문에 의식적으로 봄을 유예하는 것이 아닌가 하는 느낌마저 든다. 나는 그 이유가 전술한 역설의 함정과 관계 있다고 생각한다. 여기에는 겨울을 지내기도 전에 봄을 흉내내는 성급함에 대한 경계, 순환의 상상력에 기대어 봄의 도래를 당연시하는 막연한 낙관론에 대한 경계가 드러나 있다. 봄을 맞기 위해서는 "죽음의 밑바닥까지"(「길」) 내려가야 하기에, 그곳에서 완전한 절망을 체화해야만 "침묵이 침묵의 뜻을"(「변명」) 얻고 "뜨겁게 얼어붙"을 수 있음을 알기에, 그는 겨울의 밑바닥으로 내려가는 중이다.

겨울을 산다는 의식은 이번 시집에서 분단시대를 사는 모습으로 구체화된다. 그는 이 분단의 "변화한 것과 변할 수 없는 것을"(「후기」 『김미순傳』, 실천문학사 1993) 동시에 통찰한다. 이 생각은 '전대에 대한 청산'이나 '지금이 전대와 달라진 것이 아무것도 없다'는 두 입장을 모두 경계한다.

마음이 끊긴 자리에 웬 꽃들인가,
물마루 차고 날으는 물고기떼
햇살 속에 저 황홀한 춤

—「임진강에서」 부분

휴전선 부근에서의 군생활은 20년이 지나도록 꿈(「꿈속에서」)과 이명(耳鳴)증세(「대암산」)로 되풀이하며 화자를 괴롭힌다. 그 때문인지 화자는 임진강을 수시로 배회한다. 그곳에서 분단선을 누르고 이어지는 자연의 연속성을 보지만, "마음"은 "끊긴"다. "꽃"이나 "물고기떼"처럼 뻗어가려는 "마음"을 끊어버리는 이 '분단'이 그가 말한 "변할 수 없는 것"에 해당된다.

> 天池여, 천연사이다 원액으로 출렁거리는
> 내 마음속에 이미 세워진
> 거대한 광고탑이여
>
> —「天池를 생각하며」 부분

한편 그가 바라보는 분단은 광고의 문제와 자주 결합된다. 인용시에서 시인은 '백두산 천지와 사이다를 병치'해놓은 어떤 광고에서 이 시대 자본이 어느 선까지 침투해왔는지를 살핀다. 그 광고에서 천지는 분단을 환기시키는 '아픔'이 아니라, 사이다의 '청량함'과 결합되어 소비의 상징물로 전의(轉義)된다. 이 광고는 이런 자의적인 결합을 반복 상영함으로써 민족의 성지인 천지를 사이다로 대표되는 자본의 성지로 바꿔버린다. 이렇게 과잉생산된 상품을 소비시키기 위한 광고의 전략에 우리의 분단인식마저 잠식당하고 있다. 여기서 박영근이 말한 "변화 한" 부분을 읽을 수 있다. 그것은 분단 양상의 변화이다. '분단'이 지속되고 있다는 점에서 1990년대 현실은 근본적으로 변하지 않았다. 하지만 "철조망"(「용산에서 1」)처럼 '아픔의 방식'으로 존재했던 분단은, 인용시처럼 광고에 의해 은폐되고 변형된다는 점에서 그 양상이 더욱 복잡해지고 고도화되었다. 그것은 총칼이 자행하는 아픔을 숨기고 있기에 더욱 실감하기 어렵다. 하지만 그것은 38선뿐만 아니라, 우리 사회 도처에서 전면적으로 진행되는 현상이다. 그 은폐 뒤에 부재 원인으로 자리하는 것은 여전히 분단모순이다. 이처럼 우리 현실은 분단이 전면화된 겨울이다. 그런데도 우리는 "마음속에 이미 세워진/거대한 광고탑"의 조명에 눈 팔려 분단을 의식하지 못한다. 텅 빈 내면에 비치는 광고탑의 불빛에 따라 상품을 소비하며, 지금이 봄이라는 착각에 빠져 있다. 그 모습을 시인은 자본의 "하수구 속으로/첨벙 뛰어"드는 텅 빈 "맥주 깡통"(「역전 뒷골목」)에 빗댄다. 그래서 시인은 "어떤 은유도 없이 알몸으로 오"(「天池를 생각하며」)라고 외치는가 하면, "저 불빛을 벗기면/너를 볼 수 있을까"(「광고탑에서」)처럼 광고의 현란한 수사를 벗겨내고자 노력한다.

　　이제 나를 가릴 수 있는 것은 거센 바람뿐

　　詩 한줄 없이 바람 속에 시들어
　　눈 속에 그대로 매서운 꽃눈 틔우리

—「다시, 십일월」 부분

　십일월의 상황은 더욱 악화될 것이다. 그래서 시인은 마음속의 "殘燈"이 "삶이 더 헐벗은 날들을 받아들일 때까지" "부디/깊어져라"(「십일월」)고 스스로에게 당부한다. 어쩌면 봄은 오지 않을지도 모른다. 밑바닥을 체험하겠다는 자세를 비웃기라도 하듯 이 겨울은 끝없이, 더욱 심한 분열을 향해 곤두박질쳐내릴지도 모른다. 그때 시인은 그를 아프게 했던 "거센 바람"마저 자기화하여, 봄 아닌 겨울에 "매서운 꽃눈 틔우"겠다는 분노를 터뜨린다.
　이 시대의 분단양상을 효과적으로 수행하기 위한 의도적인 배열 때문인지, 박영근 시의 표정은 딱딱하고 형해화한 부분이 많다. 그러나 겨울밤의 냉혹함은 표정뿐만 아니라, 겨울밤을 산다는 의식마저 마비시킬 위험이 있다. 즉 여기에는 그 냉혹한 환경에 노출되는 과정에서 얻게 된 얼어붙은 경직성을 현실을 버텨내는 저항으로 오해할 위험이 있다. "매서운 꽃눈 틔우"겠다는 그 의지가 객기(客氣)를 넘어서기 위해서 시인은 거점이 될 수 있는 '시적인 몸' 만들기에 고심해야 할 것이다.

3

공교롭게도 언급한 두 시인은 환경·노동 같은 사회적인 문제에 깊은 관심을 보이다가 1990년을 전후로 장시(長詩)를 쓴 이력을 갖고 있다. 고형렬은 반핵 장시 『리틀보이』(1990)를, 박영근은 노동자 프락치 사건을 다룬 『김미순전』(1993)을 상재한 바 있다. 장시는 현실을 총체적으로 담아내면서 현실응전력을 활달하게 끌어낼 수 있는 이점이 있다. 문학 양식과 현실의 관련성을 감안한다면, 장시를 쓰는 근저에는 서정적 대응으로는 세계와 제대로 맞설 수 없다는 절박한 시대정신이 깔려 있다. 하지만 이들의 이번 시집에는 '단형의 서정시'가 두드러진다. 그들은 시대의 중심부에서 현실문제에 정면으로 부딪치며 저항하던 모습에서 봄과 관련된 노래를 부르는 '노래꾼의 자리'로 돌아와 있다.

마지막으로 그들의 시에 묻고 싶은 것은 이런 것이다. 더욱 복잡하게 변한 현실에서 이들의 변모는 어떻게 설명될 수 있을까? 소박한 생각을 간추리면 이렇다. 그들의 시는 단형으로 변모했지만, 환경·노동 등 장시에서 천착한 문제들에 여전히 관심을 보인다. 그들은 첨예한 분열의 현실에서 찢긴 자아가 회복되는 봄을 실현하고자 여전히 고투중이다. 도정일의 분류(「풀잎, 갱생, 역사」 『시인은 숲으로 가지 못한다』, 민음사 1994)에 따르면 고형렬은 "순환의 비전"에 기댄 '계절의 봄'을, 박영근은 "역사적 비전"에 따른 '인간 해방의 봄'을 노래하고 있다. 즉 고형렬은 지금 간신히 딛고 있는 계절의 봄을 원활하게 소통시키고 지키기 위해 문명 속에 자연을 심겠다는 입장을, 박영근은 역사의 봄에 대한 성급한 믿음에 대한 반성을 바탕으로 여전히 분단체제를 고수하고 있는 이 역사의 겨울을 철저히 살겠다는 의지를 보인다. 이처럼 그들 시세계의 본질적인 부분은 변함이 없다. 그렇다면 응전력의 약화로 오해될 법한 서정시의 둥지에서 그들은 무엇을 하고 있는가? 서정시 특유의 고백적인 목소리에 바탕하여, 그들의 시선은 이번 시집에서 내부로 많이 쏠린다. 여기서 고형렬은 그 강렬한 합일의 목소리를 통하여 그동안의 고발과 비판의 목소리로는 담아내지 못한 우리의 바람직한 미래를 낙관적인 비전으로 제시하고 있다. 그리고 박영근의 고백 속에는 '유연성'과 '참된 시작'의 이중적 작업이 진행중이다. 그 야심찬 기획으로 인해 경직되었던 자세의 반성, 그리고 거대서사에 대한 불신과 만연한 패배감 속을 비집고 오르려는 조심스러운 모색, 이 이중적인 작업을 통하여 그들은 그 둥지에서 '내적 충실함'을 다지는 중이다. 이처럼 순환의 비전과 역사적 비전에 바탕한 봄을 향한 노래는 여전히 아름다운 미래를 지향해 나아가고 있다.

—『창작과비평』 1998년 봄호(개고)

구심력과 원심력의 미학

신경림 『어머니와 할머니의 실루엣』(창작과비평사 1998)

1

신경림(申庚林)의 이번 시집에는 근작 시집에 나타나던 '가을'의 이미지가 한층 강화되었다. 인생의 노년에 빗댈 수 있는 그 시간, 지난날 자신의 경험을 자양분 삼은 회고적 어투에서 이순(耳順)을 넘긴 그의 나이를 실감할 수 있다. 그런데 그가 지금 직면한 이 가을은 풍요와 평온의 계절이 아니다. 그 계절은 맹목적인 추수(追隋)에 의해 "벗들의 얼굴을 잊"(「추운 가을」)어야 하는 망각의 계절이자, 여전히 "상여소리"(「막차」)와 같은 죽음의 풍경이 아로새겨진 비극적인 계절이다. 이 계절을 맞이하는 그의 자세 중에서 주목되는 것은 다음과 같은 '버리기'이다.

그는 겨울나기를 준비하는 나무처럼 그동안 "버리지 못하고 들고 다닌"(「고장난 사진기」) 것들을 하나둘씩 버린다. 그것은 「어머니와 할머니의 실루엣」에서 잘 나타난다. 화자는 성장과 동시에 점점 밝은 불빛을 찾아 떠난다(어려서는 "램프불", 조금 자라서는 "칸델라불", 소년시절에는 "전등불빛"). 하지만 "멀리 다닐수록, 많이 보고 들을수록 / 이상하게도 내 시야는 차츰 좁아"진다는 절묘한 반전 아래 화자에게는 어린 시절 어머니와 할머니의 실루엣만이 오롯하게 남는다. 여기서 그는 넓은 세상을 향해 매혹적으로 이어진 그 휘황한 불빛이 미혹의 불빛이었음을, 그 맹목적인 추구를 통하여 가족의 그늘을 벗어날 수 있다고 여긴 생각이 어리석었음을 깨닫고 허황된 집착을 버리려 한다. 할아버지와 아버지의 그늘에서 벗어나고자 했던 시(「더딘 느티나무」「아버지의 그늘」)에 역시 버리기의 행위가 나타난다. 특이하게도 전반부와 후반부가 대칭을 이룬 그 시편들에는 '급격한 전환점'이 존재한다. 그리고 거기에는 두 개의 목소리가 공존하는데, 전반부의 목소리는 알라존(alazon)의 것으로 상정되고, 그에 잇닿은 반성적 목소리가 곧바로 전반부의 목소리를 교정한다. 즉 버리기는 원점에서 시작하는 것이 아니라, 모으기가 비대하게 축적된 지점에서 그것의 상쇄와 반성으로 시작된다. 이 버리기는 자기성찰의 대목에서 좀더 구체화된다.

내면탐구를 통해 그는 경계하던 것이 "어느새" "내 속에 들어와 / 쌀광 속의 구렁이처럼 / 또아리를 튼"(「집」) 것을 발견한다. 이것은 이전 시집 「댐을 보며」에서 "댐을 뛰어넘자고 깨어부수자고 달려온 / 그들 자신이 어느새 댐이" 된 모순을 성찰했던 것의 연장으로, 이번 시집의 「고장난 사진기」와 「고양이」에 잘 나타난다. "바라는 것만이 나와 있어"(「고장난 사진기」) 나를 늘 안심시키는 그 사진기는 사실 고장난 사진기이다. 화자는 그 사실을 알면서도 자신의 시각에 맞추어 외부를 재단하는 행위를 포기하지 않는다. 더욱이 그 고장난 것에 야릇한 안도감마저 느낀다. 이는 「고양이」에서도 마찬가지다. 여기서 "주위를 환하게 밝히는 불"이 밖으로 표출되면 "애물단지"가 된다. 겉으로는 그 열정을 수긍하는 척하면서도, "닿으면 까맣게 숯이 될 것이 두려워" 외면하는 사람들의 이중적인 태도 때문이다. 그는 그 편식과 이중성의 둥지에서 벗어나지 않으려는 자신을 해부해 보인다. 그런 점에서 내면탐구는 순수자아의 탐구가 아니라, 자기풍자의 방법이라고 할 수 있다. 이처럼 그는 외부에만 설정하기 쉬운 적 대신 "사람"의 "추악"함, "허약"(「늙은 투사의 노래」)함 같은 내부의 모순을 발견하고 공격의 끈을 쥔다. 여기서 버리기의 좀더 정확한 대상은 내면에 숨은 적이라고 할 수 있을 것이다.

2

이렇게 이번 시집에서 내부의 모순을 비워내려 하는만큼 외부의 수용력은 넓어졌다. 그동안 갈등하던 대상과의 화해를 묘사한 시가 많다는 것이 그 증거이다. 그 포용력 있는 목소리 아래 오래 대립하던 타자들은 동일자로 수용된다. 가령 「손」 같은 시에서 상인들끼리의 갈등은 국밥집 난롯불 위에서 직관적으로 포착된 '손의 닮음'을 통해서 화해의 전기를 마련한다. 손에 새겨진 "깊고 푸른 상처"의 닮음은 그들간의 갈등을 넘어 싱싱한 공동체적 연대감의 확보로 이어진다.

여기서 놓칠 수 없는 것이 '가족(친족)'이다. 그 가족은 한국전쟁 같은 이념 대립에 폭력적으로 노출되었으며, 급변하는 사회적 변동과 밀접한 연관을 가진 그 가족사는 힘겹게 근대사를 통과해온 우리 민족사의 기표이자 축소판이라 할 수 있다.

큰 몽둥이 하나 끌고 쇠전에서 설치던
가마니 잘 짜던 내 족숙은 거적때기에 말리고
그 족숙 미워 시향도 피하던 다른 족형
칼빈총 멘 채 등에 칼 꽂고 금점굴에 처박히고
그놈의 높새바람 사납기도 하더니

참나무고 홰나무고 남아날 것 같지 않더니
　　　　　　—「마주치면 손톱을 세우고 이빨을 갈다가도」부분

인용시에는 "족숙"과 "족형"의 갈등이 도드라져 있지만, 그뒤에 괄호 쳐진 화해의 여백이 더 넓어 보인다. 이는 '——다가도'로 끝나는 제목에서부터 잘 암시되고 있다. 그러니까 한때 서로에게 겨누던 적대의 총부리는 지금의 화해를 말하기 위한 포석이라고 할까? 그 가족은 숱한 세월의 부대낌 끝에 그간의 분규를 이겨내고 있다. 묘지에 묻혔던 이들을 확장적 어법으로 극대화한 「묵뫼」역시 동궤의 작품이다. 이 작품에도 이념의 갈등은 세월의 힘에 의해 "숲"과 "산"으로 어우러진 채 친화적 세계로 변전되어 있다.

여기서 이런 문제를 제기해보자. 이 시각은 이념의 차이나 생활의 다양성을 무시하고 '맹목적인 화해'를 부추길 위험은 없는가? 아직까지 갈등이 팽팽히 맞서고 있는 현실에서 그것은 어쩌면 "상처"와 "골진 마당"(「세밑에 오는 눈」)을 일시적으로 덮어버리는 은폐는 아닐까? 나는 몇 가지 점에서 작품 속의 화해가 그 위험을 '벗어난다'고 생각한다.

먼저 화해에 이르는 '갈등의 과정'이 삭제되지 않은 점이다. 「노래 한 마당」에도 "노래로 덮은 골 깊은 발자국은 들여다봐 무얼 하겠어요"라는, 얼추 화해 만능적인 목소리가 나온다. 하지만 그 화해는 어렵사리 획득한 것이다. "연변" "여기자는" "사회주의 타박만 하고 서울 여기자는 자본주의 흠만 잡"는, 자기체제에 대한 선병질적인 비판과 상대에 대한 가식적인 배려에서는 "뒤죽박죽"의 불협화음밖에 나오지 않는다. 뿐만인가? "아리랑"과 같이 과거에 공유하던 전통적 형식을 "목청" "높여" 고수하는 것으로도 화해는 이루어지지 않는다. 그 모든 허위적 태도를 시행착오로 겪고 난 뒤에, "삐거덕"거림의 밑바닥에서 충동된 진심에 의해서 내남없이 소통되는 "야릇한" "신바람"은 나온다. 마찬가지로 인용시의 화해 역시 "족숙"이나 "족형" 둘 중 어느 한쪽 위주로 묶이거나 누가 탈락되는 배제의 구도에서 단박에 이루어진 것이 아니다. 이미 『농무』(창작과비평사 1975)에서부터 가족 내의 갈등은 구성원 사이의 폭력과 비극적 살해 등의 행위로 첨예하게 축적되어왔다. 당사자들이 해결하지 못한 그 갈등은 "족숙모"와 "족형수"의 갈등으로 연기되며, 오랜 부대낌에서 싹튼 화해의 이면에는 아직까지 "마주치면 더러 게거품을" 무는 일이 엄존하고 있다. 이렇게 그 가족은 앙금을 완전히 씻어내지 못하고 아직까지 갈등중이다.

다음으로 화해의 대상 선정이다. 가족사에서 암시되듯이, 그 대상은 원래 하나로 묶인 끈끈한 공동체였다. 그러니까 그것은 이질적인 집단을 단결이라는 미명으로 무조건 묶는 것이 아니다. 그것은 못난 사람끼리의 동병상련, 나아가 같은 가족과 한 핏줄끼리의 하나 되고자 하는 그리움에 입각해 분리된 것이 자발적으로 뭉치고자 하는 '진심'에서 우러나온 것이다.

그가 화해를 말하기 위해 깔아놓은 '세월의 힘'은 철저히 이중적이다. 세월은 갈등을 무마시키기도 하지만, 어떤 면에서는 우리가 하나였다는 인식마저 지워버리는 무서운 망각의 힘을 행사하기도 한다. 이 시대 우리의 삶이 그렇듯, 어쩌면 그 세월의 힘은 화해보다는 망각 쪽으로 작동하기 쉽다. 하나라는 기억을 퇴색시키는 세월의 풍화작용을 오히려 화해의 가능성으로 일궈낸 시인의 노력은, 그 오랜 갈등과의 고투 속에서 어렵사리 획득된 것이다.

3

시집 5부는 기행시이다. 『길』(창작과비평사 1990)에서 본격화된 이 기행은, 이번 시집에서 우리나라와 밀접한 연관을 가진 동아시아 3국(중국·베트남·일본) 기행으로 확대된다. 그는 두만강에서 기아로 죽은 북한 동포의 "뭉그러진 시체"(「두만강」)를 통하여 민족현실을 두 눈으로 확인하고, "자본주의의 독한 병균으로 구석구석 썩어가기 시작한"(「늙은 투사의 노래」) 현실사회주의의 실상을 냉철하게 바라본다. 주목할 것은 이 기행 속에 전술한 그의 태도가 또 한번 재현된다는 점이다. 더 큰 외부세계와 부딪치는 그 여정에서 자기풍자와 화해는 또 한번 체현되며 보편성을 획득하게 된다.

> 가라오께집 앞에는 싸구려 밥집
> 허름한 옷차림의 중년들이 한떼 몰려나오다가
> 외국 사람들을 아양으로 배웅하는 샤우져들을 보고 섰다
> 50년 전의 우리들 분노와 슬픔이 담긴 눈으로
> 네온에 번쩍이는 굵은 금팔찌들을 보고 섰다
>
> —「가라오께집」 부분

인용시에서 자기풍자의 강도는 한층 강화된다. 가라오께집에서 샤우져(小姐)에게 팁을 주고 나선 화자와 "외국 사람들을 아양으로 배웅하는 샤우져들"에게 쏠린 중년의 눈빛은 심상치 않다. 그 눈빛은 낯설지만, 한편으로는 "50년 전의 우리들 분노와 슬픔"을 생각나게 하는 낯익은 눈빛이다. 그 눈빛에 의해 '나(팁을 주는 자)—샤우져(팁을 받는 자)—중년(구경하는 자)'의 관계는 50년의 시차를 거슬러 '한반도에 침입한 제국주의자—접대부—우리들'이라는 심각한 관계로 유추된다. 그때 우리가 보낸 "분노와 슬픔"의 눈빛은 지금 우리들에게 되돌아와 꽂힌다. 타국땅에서 별 의식 없이 행한 화자의 행위는, 그 눈빛에 의해 그 옛날 제국주의자들의 행위와 다를 바 없는 파렴치한 행위임이 탄로난

다. 그 충격적인 각성은 베트남의 「전쟁박물관」(「전쟁박물관」)에서도 일어난다. 그는 박물관 "출구에 몰려드는/거지들 사이에" 섞인 "상이군인"을 목도한다. 그의 "두 팔"은 어쩌면 냉전의 회오리 속에 남한 산업화의 과제에 몸팔려 베트남에 주둔했던 "맹호부대"나 "백마부대"가 자른 것인지도 모른다. 그 사내 앞에서 만국공용의 화폐인 "달러"를 손에 쥐며 진땀 흘리는 화자의 반응은 아이러니하다. 이 체험들은 대외관계에서 '우리만 피해자'라는 단선적 시각에서 벗어나게 해준다. 우리도 타국 민중에게 피해를 입혔으며, 그 피해는 지금도 진행중임을 그의 시는 보여준다. 백문이 불여일견이라는 말답게, 이 기행은 어림짐작했던 추문들을 몸소 체험하게 해준다. 이를 통해 그는 자기풍자의 강도를 더욱 높인다.

다음으로 '화해'다. 여기에는 우리 민족이 이뤄내야 할 두 개의 화해가 제시된다. 「너무 먼 길」은 전술한 '가족 화해'의 연장으로, 거기에는 같은 민족이면서 다른 체제에 살 수밖에 없었던 '그'와의 화해가 이야기된다. 근대사의 협곡을 지나오며 적대관계에 있던 화자와 그는 "함께/요동벌 가없는 벌판에 뜬 달을 보고 서 있"게 된다. 만물을 넉넉하게 포용하는 '달'과 탁 트인 '요동벌', 천상과 지상의 내밀한 조응 아래 화자와 그는 소통감의 극치를 맛보게 된다. 그 교감 아래 "주먹질 발길질" 치받으며 에둘러온 그간의 도정은 "부질없는" 것으로 무화된다. 이 화해는 동족의 테두리를 넘어 한일문제로까지 뻗어간다. 그 시편(「간이주점 '타까라야' 처마 밑에서」「잔잔한, 슬픈 微笑」) 역시 양국의 팽팽한 갈등 사이에 내재된 화해의 가능성에 초점이 맞춰진다.

4

　‘내면탐구를 통한 버리기’와 ‘기행시’가 서로 만나는 지점에 이번 시집의 가장 큰 울림이 있다. 그는 내면에 천착하면서도 한편으로는 외부로 박차고 나간다. 말하자면 이번 시집에는 내면 천착의 ‘구심력’과 해외기행의 ‘원심력’이 동시에 작용하고 있다. 개별 시편을 따로 떼어 읽으면, 내면탐구의 시는 처지는 느낌이 있고, 기행시는 단순한 풍물시로 고립될 위험이 있다. 하지만 전체적으로 묶였을 때, 이 둘은 서로 맞물리면서 역동적인 긴장감을 조성한다. 내면탐구를 통한 자기풍자는 기행을 통해 보편성을 획득하고, 기행의 견문은 내면탐구의 진지한 고민을 동력 삼아 폭넓은 호소력을 발휘한다. 이번 시집의 주요 특질인 ‘화해’ 역시 가족이라는 구심점에서 해외기행을 통한 동족과 이민족의 화해로 확대 투사된다고 볼 수 있다.

　나는 앞머리에서 ‘가을’의 이미지가 강화된 점에서 그의 나이를 짐작할 수 있다고 했다. “세월”과 “비바람”(「버려진 배들」)마저 썩게 만드는 그 시간에 몸담은 시인의 태도는 일견 발효나 생성의 꿈을 포기한 듯도 하다. 하지만 이번 시집에 구심력과 원심력의 역학이 긴장감을 이루듯이, 다른 한켠에서는 소멸을 치고 오르는 또 하나의 목소리가 존재한다. 잘 드러나지 않지만, “눈 속에서 새싹이 트리라 그래도 믿고 싶은 내 꿈”(「가을밤은 길고」)과 같은 목소리가 여전히 표출되고 있는 것이다. 그렇다면 그는 왜 그 꿈을 뒤로 하고 가을을 전면에 내세웠던 것일까? 그 이유는 앞서 짧게 진술한 세월의 이중성과 관계 있다고 생각한다. 이 세월(가을)은 “벗들의 목소리를” 망각케 하고, 한술 더 떠 그 망각을 되레 “자랑”(「추운 가을」)으로 삼는 전도된 계절이다. 이 세월을 괄호치고 생성의 꿈으로 경사될 수 없기에, 그는 ‘의도적’으로 가을을 착잡하게 고집하는 것이 아닐까? "흙"과 "물"이 되어버린 이들의 "값진 눈물"과 "뜨거운 피"(「또 한번 겨울을 보낸 자들은」)를 '기억'하기 위하여, 새로운 도약보다는 소멸을 향하여 고통스럽게 자신을 내던진 것이라고 생각한다. 그래서 나는 고쳐 읽는다. 이 가을은 나이를 실감케 하는 계절이 아니라, 기억 을 위한 계절이라고.

—『현대시』1998년 4월호

견딤의 나무

안찬수 『한그루 나무의 시』(솔 1998)

아니, 떠나겠습니다
내 마음이 자꾸만 지금 뿌리박고 서 있는 이곳을 떠나려 하니 아침
저녁으로 되뇌는 말입니다.

—「푸르른 들녘을 꿈꾸며」 부분

안찬수의 첫 시집 『아름다운 지옥』(문학동네 1996)에서 현실과의 불화
는 두 갈래로 나타났다. 하나는 현실풍자의 길이었고, 다른 하나는 자연
과의 만남을 통해 해탈을 도모하는 길이었다. 두 길 모두 속악한 현실
을 버텨내는 방법이었지만, 나는 첫번째 방법이 '아름다운'과 '지옥'이
라는 모순형용 사이의 간극을 좁힐 수 있는 방법이라고 생각했다. 현실
과의 전면전은 불가능할지라도, 풍자가 지닌 공격성을 활용하여 현실의
질서를 교란하고, 그 소통방식에 틈을 내는 게릴라전을 통해 이 지옥의
현실을 아름답게 만들 수 있기를 고대했다. 그러나 이번 시집에서는 오
히려 두번째 방법이 강화되었다. 인용시처럼 그는 푸르른 들녘을 꿈꾸
며 자꾸 떠나겠다고 말한다. 풍자가 미약해지고 자연과의 합일이 미만

(彌滿)해져가는 그 모습은 자칫 성급한 해탈로 오인될 여지가 있다. 그러나 그것은 "남아 있는 게 현재로서는 아무것도 없"(「自序」)는 절박함 속에서 택한 마지막 방법으로, 거기에는 '풍자에 대한 절망'과 관련된 다음 두 가지 이유가 자리하고 있다.

먼저 그는 풍자를 구사하기에는 너무 뜨겁고 순정한 가슴을 가진 것으로 보인다. 풍자를 효과적으로 수행하기 위해서는 타락한 현실에 몸을 던지며, 그와 살 섞는 냉정함과 과감성이 필요하다. 그런데 "누군가/처음/내 손을 잡아주던/그때의 떨림을"(「떨림」) 잊지 못하는 그는 "똥"(「용서하게나, 나를」)의 삶을 살아야 하는 이 현실과 이율배반적으로 살 섞는 과정에서, 비판에 앞서 자신이 먼저 오염되었다는 모멸감을 떠안게 된다. 다음 이유는 '막강한 체제와 왜소한 자아'라는 불균형이 더욱 심화되는 데 있는 듯하다. 갈수록 고도화되어가는 체제의 통치기술 아래 풍자의 비판정신과 현실 개선의지는 초점을 잃고 무력화된다. 혹은 강한 흡입력을 가진 일상의 메커니즘에 점점 함몰되어 자신마저 끊임없이 풍자의 대상으로 삼아야 하는 사태까지 속출하게 된다. 이런 현실에서 풍자는 그 역할을 제대로 수행하지 못하는 기교로 전락하여 그에게 절망감만을 안긴다. 이렇게 풍자의 샛길을 어렵게 맴도는 과정에서 그는 애초에 가진 신념이나 도덕성마저 지워버려야 할 위협에 시달리게 된다. 그래서 그는 현실을 떠나 자연과의 해탈을 감행하려 한 것이 아니었을까 싶다.

나무 한 그루와 함께 생각하고 느끼거나 혹은 그 나무의 자리에 서서 작은 목소리로 읊조린 것들을 모았으니 '한 그루 나무의 시'라고 불러주면 좋겠다.

—「自序」 부분

자연 중에서도 시인과 나무의 친연성은 절대적이다. 첫 시집의 풍자에서 발산되던 공격적이면서도 냉소적이던 어투는 단아한 형태로 절제되어 나무에 집중되고 있다. 「자서」에서 나무의 몸을 빌려 말하고 생각하던 시인은 "나, 나무"(「廢家」)처럼 아예 나무 배역을 쓰고 등장하기까지 한다. 이러한 배경에는 풍자로는 채울 수 없었던 다음 세 가지 이유가 자리하고 있다.

그 첫번째 이유는 나무의 넓은 포용성이다. 나무는 새와 같은 짐승들을 포용하는 모성적 포근함을 발휘하듯이, 또한 풍자에 절망했던 그를 감싸주는 피난처 구실을 한다. "할머니는 당산나무가 되셨음에 틀림없다"(「당산나무」)는 구절처럼, 나무는 "악다구니하다 지쳐 돌아오는"(같은 시) 그에게 넓은 품을 벌려 '내 새끼 왔나' 하며 안아줄 것만 같다. 나무가 뿌리내린 '대지' 역시 "나를 한없이 너그럽게 받아들이는" 따뜻한 "사랑"(「대지」)을 전해준다.

그 두번째 이유는 나무의 깊은 뿌리에서 찾을 수 있다. 이번 시집에서도 시인은 그가 청춘시절을 보낸 1980년대 "그곳"(「그곳으로」)에서 불태웠던 "첫마음"(「메아리」)을 기억하고자 한다. 물론 그도 잘 안다. "잃어버린첫사랑과밀려가는노동자의함성을떠올려보는것"이 지금 얼마나 "상투적인생각들"(「게으를 수 있는 권리」)로 치부된다는 것쯤은. 그러나 시인은 첫 시집과 마찬가지로 "그대"(「저 산골물이 작은 시내를 이루어」)를 향한 첫마음〔初發心〕을 되찾고자 안간힘을 쓴다. 지금 상투적인 것으로 배척되는 '전대에 대한 기억'보다는 그 기억마저 잃어버린 이 현실이 더 상투적일 수 있다. 변화한 부분 때문에 변하지 않는 근본적인 면마저 청산하는 시대적 추이에 맞선 그의 의식적 지향은, 나무의 뿌리가 묻힌 '밑동'(「밑동」)으로 쏠린다. 한번 뿌리내린 곳에 평생을 바치는 나무는 첫마음을 준 대상에 대한 순정을 지키려는 기억의 의지를 구체화시킨 것이다.

세번째 이유는 나무의 지속적인 성장에 대한 믿음에 있다. 어느 시인이 발디딘 땅을 고통과 결핍의 시공간에 빗대지 않겠는가? 시인 역시 현실을 겨울로 규정하고 거기서 무수한 죽음을 목격한다. 그리고 자신의 처지를 가지가 잘려나간 '옹이'(「옹이」)와 "가슴에 쇠못"(「불꽃」)이 박힌 겨울나무에 빗댄다. 하지만 그의 시선은 죽음과 상처에 머무르지 않는다. "세한"(「歲寒」)의 침묵 속을 뚫고 오르려는 숨막히는 열정이 이 겨울나무 속에 함축되어 있다고 그는 생각한다. 죽음과도 같은 환경 깊숙한 곳에 박은 뿌리는 한 발짝도 움직일 수 없는 천형의 생을 살지만, 나무는 "안으로" "타오르는 불꽃"(「겨울나무」)의 열정을 잃지 않는다. 현실을 결핍의 땅으로 규정한 그의 시각 속에 이미 그 결핍이 치유될 유토피아를 지향한 열망이 상정되어 있듯이, 나무가 자신을 불태우는 것은 그에게 겨울의 냉혹함을 봄으로 전환시킬 수 있다는 믿음으로 수용된다. 그 저버릴 수 없는 믿음 때문에 현재의 고통을 자기화할 수 있는 것이다.

물론 시인은 여러 곳에서 성급한 재생을 경계한다. "끝내 다시 태어나려는 기억도 잊으려 합니다"(「용서하게나, 나를」) 혹은 "냉소에 찬 희망보다는 채찍질하는 절망 속에서 나이테를 키우고 싶었다"(「나무는」)처럼 "좀더 절망에 철저해질"(「自序」) 것을 다짐한다. "희망이 진정 희망이라면/희망보다 더 단단하게 열매 맺어야"(「절망」) 한다는 사실을 잘 알고 있기 때문이다.

이런 점을 경계하는 자리에서 시인은 '사계(四季)'와 '하루'에 관련된 관습적 상징에 기대어 '봄'과 '새벽' 하늘'로 뻗은 재생의 믿음에 한껏 취해 있다. 그것은 화자가 나무의 배역을 쓴 데서 이미 예견된 것이다. 슬픔의 대지에 뿌리박고 그 비극을 치유하기 위하여 "하늘을 향해 뻗어가려는 이 설운 갈망"(「밑동」)을 나무는 포기하지 않는다. 그 과정에서 당장 비극이 치유되지는 않지만, 나무의 성장에 초점을 맞추어 바라본다면, 결핍의 현실은 풍요로 이어지는 통과제의의 과정이고, 겨울나무는 그 길목에서 죽은 것을 부활시켜내려는 엄정한 갱신력의 결정체이다. 나무를 선택한 이상, 지금 혼신의 힘을 다하여 뿜어내는 그 불꽃이 언젠가는 "저 밖을"(「가만히 내 안을 들여다본다」) 향해 터져나와 "스스로 빛과 향기를 뿜어낼"(「저녁 노을을 바라보며」) 것이다. 그래서 나무를 찾아 '산으로 가는 마음'(「산으로 가는 마음」)은 결국 "꽃씨" 틔울 만한 위안을 얻고, 나무와의 "관계 속에 따뜻하게 돋아나는 새순"(「고마움」)을 발견하게 된다.

전술한 세 가지('위안의 나무' '기억의 나무' '진보의 나무') 이유 때문에 그는 풍자 대신 나무를 선택한 것으로 보인다. 나무에게서 상처입은 가슴을 위무받는 그는 하강운동을 하는 나무의 깊은 뿌리를 통해 첫마음의 견결성을 유지하고, 상승운동을 하는 나무의 가지를 통해 진보의 신념을 여전히 고수한다. 즉 첫마음에 대한 '그리움'과 역사의 진보로써 다다를 그날에 대한 '기다림', 그 양방향의 믿음 사이에서 몸살을 앓으며 그는 현재의 자신을 버텨내는 것이다.

나무는 따스함과 차가움 사이, 깨끗함과 더러움 사이, 노인과 어린이, 이미 죽은 사람과 아직 태어나지 않은 사람 사이 그 모든 간극에 다리가 되고 싶었다
나무는 비옥한 들녘이나 활엽수 우거진 숲속보다도 사람들의 황량한 가슴 지피는 장작이고 싶었다

—「나무는」 부분

아니, 떠나겠습니다
여기서 내 키보다 웃자란 절망 속에서도 푸르른 들녘을 꿈꾸고 있겠습니다

—「푸르른 들녘을 꿈꾸며」 부분

그러나 나무의 의미는 여기서 끝나지 않는다. 확장적 문체를 통하여 나무의 여러 물질적 상상력을 자유롭게 풀어낸 인용시에서 그 상상력은 사람살이의 가교가 되고 사람들의 황량한 가슴을 따뜻하게 지피고 싶다는 희생의지로 귀착된다. 여기서 나무는 현실을 외면한 한적한 자연 속에 외따로 선 것이 아니라, 여전히 이 지옥의 현실에 뿌리박고 자란다는 사실을 알게 된다. 이때 그 나무는 '견딤의 나무'로 변전한다. 즉 전술한 세 가지 나무는 그가 삶의 지침을 배우고 그래서 '고마움'(「고마움」)을 느끼는 '대상'이었지만, 여기서 나무는 현실을 견디는 '삶의 자세'가 된다. 그 사실은 이미 서두에서 제시한 바 있는 「푸르른 들녘을 꿈꾸며」에서 결정적으로 재확인된다. 그가 푸르른 들녘을 꿈꾸는 것은 현실을 떠나겠다는 말이 아니라, 현실의 "웃자란 절망 속에서도" 그 신념을 잃지 않겠다는 말로 교정된다. 그래서 인용시의 "아니"는 감탄사가 아니라, '안' 부정사로 읽힌다. 나는 여기에 이번 시집의 최대 강점이 있다고 생각한다. 여기서 해탈로 오해된 부분은 해탈에 고착되지 않고 그 영역을 돌아나와 풍자로 재전환된다. 그것은 첫 시집에서처럼 두 갈래 길로 갈라져 있지 않고, 해탈이면서 풍자인 하나의 체계로 연속되어 이어진다. 해탈에서 오는 풍자, 해탈의 완성을 견딤의 자세로 이끈 그의 태도로 인해 풍자는 새롭고 건강하게 다시 시작된다. 그 견인의 태도로 인하여 영원회귀의 위험에 노출되었던 해탈은 "웃자란 절망" 속에서 헤어날 출구를 찾지 못하던 풍자를 더욱 강하게 완성시키는 것으로 바뀐다. 이 현실이 지옥임은 변함이 없지만, 해탈의 과정에서 그의 내면에 새겨진 충만함은 지친 풍자의 정신에 이 지옥을 아름답게 만들 수 있다는 강한 희망을 실어준다. 더불어 그 희망을 실천할 수 있는 이 지옥은 여전히 아름다운 곳이 된다.

애초에 나무는 상처입은 가슴을 보듬어주는 안식의 대상으로 출발했지만, 그것은 그리움과 기다림의 의미를 다시 체득한 뒤 그 아름다운 지옥을 견딜 악착같은 뿌리로 발전한다. 물론 아직까지 그 나무에게는 초월보다는 고통의 재확인과 가혹한 견딤의 자세가 강조되고 있다. 그 과정에서 다시 한번 상처입지 않을까 염려스럽지만, 그 옹이에 마디가 하나 더 생긴다고 해서 그가 패배감에 물들어 있지는 않을 것 같다. 나무가 베푼 위안과 그리움, 기다림은 오히려 그 목표를 '산 너머 산 너머'(「산 너머 산 너머」)로 유연하게 연기시키며, '풍자와 해탈' '환멸과 희망'의 변증법 속에서, 어느 한쪽으로 경사되는 의식을 스스로 잘라내고 더욱 견고한 버팀의 자세로 고양될 것이다.

이렇게 이 지옥을 아름다운 내면으로 버텨선 자세는 궁극적으로 고통스러운 역사의 배반을 뚫고 '지옥의 종언'과 그뒤의 '유토피아의 실현' 같은 목적론적 서사를 향해 뻗어 있다. 하지만 거듭 강조하거니와 그가 나무의 순환원리를 통해 예감한 그 순간을 당장의 현실에서 순진하게 기대할 수는 없다. 그보다는 얼핏 보면 어리석은 고집 같아 보이는 그 순애보의 마음이, 전대와 아름다운 미래를 배반해버린 이 세태를 재배반하는 신랄한 풍자의 몫을 수행하는 데에 그 우선적인 의의가 있다고 본다. 그의 시가 내 밋밋한 가슴을 부끄럽게 했듯이, 그 순정한 마음이 우선 "나이테"(「한 그루 나무 속에 충만한 노래는」) 많은 고목으로 자라나 지난날을 무화하려는 일체의 성급함을 부끄럽게 만들 강한 반동형성으로 자리하길 바란다.

　　그 나무가 비록 죽은 나무라 할지라도 한 그루 나무를 정성스레 심고 물을 주어
　　마지막 햇빛이 스러져가는 불꽃처럼 보일 때까지
　　생명의 꽃봉오리를 피우리라고 마음먹고 있는 것이다
　　이것이 나의 지금도 잊히지 않는 절망이다

—「희생」 부분

아무 말도 하지 않기로 하자
저 파도 소리가 내 가슴속을 물들일 때까지
낯선 바닷가의 모래밭에서 만난
사람들의 가슴이
물결처럼 호흡하는 걸
느낄 수 있을 때까지

—「호흡」부분

　'다음 세대를 위해서 나무를 심는다'는 말처럼 그가 나무가 되고자 하는 것은 타인을 위한 희생의 자세로 볼 수 있다. 남들이 "죽은 나무"로 취급하는 것에 대해 '아니다'라고 강력하게 외쳐보는 것. 그 출발의 위치는 "절망"이지만, 그에게는 그 절망만이 버릴 수 없는, "잊히지 않는" 희망이다. 「호흡」에서처럼 지금은 낯선 존재로 대립한 사람들과 아름다운 내면을 공유하고픈 교감의 희망 때문에, 그는 "아무 말도 하지 않"고 견딤의 자세를 조용히 지속하고 있다. 그런 희망이 있는 한 그 견딤은 즐겁게 향유될 것이다.

—『실천문학』 1998년 가을호

하강과 비움의 시쓰기

장철문 『바람의 서쪽』(창작과비평사 1998)

1

『바람의 서쪽』은 크게 두 부분으로 나눌 수 있다. 한 부분은 '비움을 통한 타자 수용'과 '하강과 상승의 긴장감'으로 지탱되는 데 반해, 다른 부분에는 불행했던 과거사와 '부유(浮遊)'의 편력이 노출되어 있다. 이렇게 그 사이에는 쉽게 메울 수 없는 틈이 존재한다. 『바람의 서쪽』을 읽는 방법에는 여러가지가 있겠지만, 나는 뒷부분부터 먼저 읽는다. 절창을 이룬 앞부분은 다소 풀린 듯한 뒷부분을 염두에 두지 않고서는 제대로 감상할 수 없다고 생각되기 때문이다. 뒷부분의 불안한 편력을 앞부분의 안정됨으로 넘어가는 싹으로 읽을 때, 그 사이의 틈은 상처와 그것의 극복이라는 연속적인 흐름으로 이어진다. 그리고 그 공백 속에 괄호쳐진 존재전환을 위한 화자의 고투와 역동적인 지향 역시 생생하게 읽을 수 있다. "여러 작품들이 이루는 전체 시를 하나의 장시로 볼 필요가 있다"(T. S. 엘리어트)는 말처럼, 『바람의 서쪽』 역시 그 역동적인 지향을 따라 각 단계의 길을 차례로 헤쳐나가는 한 편의 장시로 읽을 수 있

다. 이 방법은 이 시집의 궤적과 앞으로의 행보까지 짐작해볼 수 있는
주요한 독법이 되리라 생각한다.

2

> 두셋씩 고추모를 옮기던 아낙들이
> 두새두새 고랑을 타다
> 일순 고개를 제끼며
> 무더기 개망초꽃으로 흐드러졌습니다
>
> 멀찍이서 괭이질을 하던 남정네도
> 잠시 손을 놓고
> 빙긋이 망울 맺혔습니다
>
> ―「기쁨」 부분

　　장철문(張喆文)의 시집에는 인간과 자연이 조화된 풍경이 종종 묘사
된다. 인용시에서 "고랑"에 앉은 아낙과 "괭이질을 하던 남정네"는 그
대지와 건강하게 결합되어 있다. 음양이 조화를 이룬 이 결합에서 풍요
와 다산의 조짐을 강하게 읽을 수 있는데, 인용시 후반부에서 흔들리는
"어린 개망초"는 그 조화가 일궈낸 신생명이다. 이 상황을 축복하듯 "무
지개"가 서고, "은수원사시가 / 손바닥을 일제히 뒤집으며 갈채를 보"낸
다. 인간의 손끝마다 자연물의 탄생이 뒤따르고, 그 배경인 자연은 인간
들의 흥취를 더욱 고조시킨다. 인간과 자연이 주객의 단절 없이 한몸의
유기체로 묶인 이 풍경 아래, 만물은 제나름의 충일함과 전체 구도와 어
우러진 결합의 설렘에 몸이 달아 기쁨의 극치를 맛보고 있다.

  그러나 「바다 유감」의 "저 일상으로부터 나는 언제나 멀었다"는 구절
처럼, 화자는 그 복된 풍경에 속할 수 없다. 그 사이에는 "건널 수 없는
강"이 존재한다. 화자는 현실과 결합된 끈끈한 몸을 갖지 못하고, 그 눈
부신 아름다움에서 "참혹"함과 "폐허로 드러난"(「바다 유감」) 자신의 꿈
을 확인할 따름이다. "어떻게 살아야" "한세상 불콰할 수 있을까"(「서정
리 이모」) 하고 자문해보지만, 그 건강한 삶과의 거리는 사라지지 않는
다. 왜 그런가? 「두물머리 蓮밭」에 그 이유가 나타난다. 그 시에서 화자
는 "소금쟁이들은 발을 적시지 않고／물위를 걸었지요／놈들에게 돌덩
이를 집어던지고 싶었습니다"라고 고백한다. 내가 보기에 그 돌덩이는
소금쟁이가 아니라, 화자에게 향하는 듯하다. 연못에 발 담그지 못하고
깨작깨작 헤엄치는 소금쟁이의 부유(浮遊)에 대한 갑작스러운 분노는
현실에 뿌리박지 못한 자신에 대한 모멸감으로 이어진다. 즉 그 풍경으
로부터의 배제는 자신의 "浮遊하는 삶"(「사이」)에 원인이 있다. 그래서
그는 말한다. "저 일상으로부터 나는 언제나 멀었다"(「바다 유감」)라고.
"언제나 멀었다"는 말처럼 단절의 뿌리는 깊다. 시집 2부에는 기억의
고고학이라고 할 만한 개인사적인 공간이 세세하게 그려지는데, 그 기
억을 따라 읽다 보면 "아무것도 오지 않았"고 "올 것"(「고해」)도 없었던
절망적인 개인사의 흔적을 만날 수 있다. 그 과거에 "애비는 김장독을
에미의 이마에 던졌다"(「고해」)처럼 아버지의 폭력이 전경으로 도드라져
있다. 뿐만 아니라 그 과거는 「穀雨날 바람」에서처럼 뼈저린 가난으로
기억된다. "보리똥 이파리 빛을 뿜"는 보릿고개 "단식 사흗날"의 배고
픔 끝에 "취나물"과 "산더덕" "두릅"으로 허기를 달랬던 그 유년은 쓰라
린 주림의 시간이었다. 또한 그것은 두 형을 죽음으로 이끈 세월(「후기」)
이기도 했다. 이처럼 현실과 하나되지 못한 현재의 불행은 지금껏 그를
가위눌리게 만든 과거에서부터 이어져온 것이었다.
  이렇게 화자는 오랫동안 생활을 겉돌고 있다. 더군다나 그 부유는

"프랑켄슈타인처럼/기워진 손" 때문에 "왱왱거리는 통증"(「기워진 손」)
이나 "데친 나물처럼 미쳐가는/몸"(「두물머리 蓮밭」)의 통증을 동반한 것
이기에 더욱 고통스러운 것이다.

> 터잡을 데 없는 씨앗들 와서
> 떡잎 틔우고 꽃 피우는 데
> 도둑제비 쉬어가고
> 바랭이 쇠비름 욱은 데
> 거기
> 부엉이 낮에 울고
> 풀무치 날고 패랭이 꽃피는 데
>
> —「거기 가 쉬고 싶다」 부분

> 浮遊하는 삶에는 외로움. 외로움은 절망에 먹힌다. 절망은 비애에
> 먹힌다. 삶은 고통이지만, 미안하지만, 西方은 없다. 죽음은 통과의례
> 일 뿐이다. 그러므로 나의 유일한 희망은 생활이다.
>
> —「사이—김시인에게」 부분

이런 현실에서 그만의 유토피아를 꿈꾸어봄직도 하다. 과거와 현재
그 어느 곳에도 뿌리박지 못한 그를 "터잡을 데 없는 씨앗"에 비유한
「거기 가 쉬고 싶다」에서, 그는 "거기"로 표상된 이상향을 꿈꾼다. 고달
픈 현실을 저만치 비껴난 곳에 평화로운 전원의 이미지로 채워진 그곳
은, 그의 상처를 어루만져주는 평온한 곳으로, 그에게 '거기 가 쉬고 싶
다'는 욕구를 발산하게끔 만든다. 하지만 그 도피적 열망은 「사이」에서
정면으로 부정된다. 그의 태도는 단호하다. 과거도 현재도 "삶은 고통
이지만" '거기'와 같은 "西方은 없다". "비애"가 만연한 현실만 오롯이

존재할 뿐, 현실로부터 "離脫은 없다"(「사이」). 죽음마저도 서방정토와
같은 안식을 주지 못하고 현실의 궤도에 다시 편입되는 "통과의례"일
뿐, 보통의 사생관(死生觀)에 잔류할 수 있는 죽음에 대한 매혹마저 현
실원리에 의해 철저히 차단된다. 희망도 현실에서 "가랑이가 찢어지며"
(「사이」) 꿈꾸어야 할 것이기 때문에 생활만이 유일한 희망이 된다. "한
세상 불쾌할 수 있"(「서정리 이모」)는 방법은 생활과의 정면대결뿐이다.
그런데도 아직 부유의 자세를 떨쳐내지 못한 그는, 여기서 두 개의 정
공법을 방법삼아 그 현실을 파고든다.

먼저 하강이다. 수평적인 이탈이 불가능한 상황에서, 현실적인 몸을
갖지 못한 그가 어떻게 그 현실에 맞서는가? 대답은 자명하다. 밑으로
곤두박질치는 열패감을 안고 그 현실을 견디는 것이다. 그런데 그 추락
은 그가 선취하고자 했던 바와 가까워지는 것이 아니라, 더욱 멀어지는
듯한 낭패감을 심어준다. 그래서 묻는다.

> 균열을 노래하는 것이 더 그럴싸할지 몰라,
> 추락을 노래하는 것이.
> 떨어지려는 순간의 아찔함이
> 꽃들을 절정에 이르게 하는지도 몰라.
> 끊어진 다리 양끝에 팔다리를 묶고
> 등줄기로 자동차들을 질주하게 하는 상상은
> 노래가 될 수 없을까?
>
> ―「死産하는 노래」 부분

균열, 추락, 절단된 몸, 피 등으로 엮어진 인용시의 이미지는 처절하
다. 전통미학적 견지에서 본다면, 그것은 전도된 추악한 상상력으로 폄
하되고, 노래가 될 수 없는 것으로 단죄될지도 모른다. 그러나 나는 그

처절함이야말로 노래를 넘어 절창을 완성시킬 초석이라고 단정하고 싶다. 원래 노래란 상황과 조화를 이룬 충만해진 내부에서 자발적으로 터져나오는 것이다. 절망적인 상황과 그 속에서의 추락을 다소 위악적으로 보여주는 저 자세는 언뜻 노래와는 무관해 보인다. 하지만 그것은 그 상황을 은폐한 채 기만적으로 노래의 목청을 돋우는 자세보다 더 노래에 가깝다. 거짓희망에 추동되어 상황을 지탱할 수 없는 구멍투성이의 위장된 노래로 경사되는 것이야말로 노래와 비뚜로 나가는 자세가 아닐까? 조화와 통일성이 깨져 더이상 아름다운 가상이 불가능한 상황에서는, 먼저 그동안 추함으로 치부된 저 우회로의 밑바닥까지 내려가야 한다. 노래에 대한 희망은 반어나 무의식의 차원에 간직하고 상황에 충실하려는 저 자세는, 노래를 배제했지만 결국에는 충만한 노래로 차오르게 될 것이다. 노래가 불가능한 현 상황에서 얻을 수 있는 최고의 자유에 해당하는 저 자세야말로 "꽃들을 절정에 이르게 하"고, 궁극적으로 노래를 완성하게 될 것이다.

이런 맥락에서 「두물머리 蓮밭」을 이해할 수 있다. 화자는 "꽃이 피거나 잎 무성할 때보다" 차라리 "꺾인 대궁마저 말라비틀어져 / 썩은 연못에 반쯤 잠겨 있을 때가 좋습니다"라고 말한다. 그리고 퍼담아야 할 것은 비우고 "썩은 못물을 가슴에 퍼담"(「두물머리 蓮밭」)아서 그 오물을 자기 몸의 일부로 수용한다. 개화의 바탕이 되는 오물과 진흙탕이 없이는, 그 몸에서 인공의 조화조차 피울 수 없음을 알기 때문이다. 썩은 못물을 제것으로 체화한 단계에서야 그 정화인 연꽃도 피어난다. 그래서 그는 만개할 꽃의 바탕인 몸을 만들기 위하여 부패의 상태로 내려가는 중이다. 난지도에 주목한 시편(「난지도 아침」「난지도 가는 길」) 역시 이런 '발효를 위한 부패'의 맥락에서 이해할 필요가 있다.

두번째는 비움이다. 여기서 그의 시선은 몸 내부로 많이 쏠린다. 그것은 "고통밖에 아무것도 없는 '삶'"의 "근원이 다름아닌 자신에게 있음"(「후기」)을 통찰한 정신과 무관하지 않다. 즉 그는 그 몸의 통증과 침체된 삶의 진원지가 내부에 있다는 판단 아래 그곳을 자주 기웃거린다. 거기서 충격적으로 "내 속에서 괴물 하나가 자라고 있"(「난지도 가는 길」)는 것을 발견한다. 현재 삶이 제어할 수 없는 "프로판가스처럼 위험"한 그 "놈"은 그를 현실에 뿌리박지 못하게 하고 "또다른 금지구역으로"(「난지도 가는 길」) 끌고 간다.

그러나 여기에 일종의 착시현상이 존재할 줄이야. 그는 내부에 틈입한 이물질을 괴물로 보고, 그것이 자신을 부유하게 만들며 고통스럽게 한다고 생각했다. 그런데 지금 고통스러운 그 부유는, 또 한편 그를 안주에서 생기는 위험에서 벗어나게 하고 새로운 영역으로 이끌며 존재의 영역을 확장시키는 것이었다. 즉 주체의 순수성을 와해시키는 듯 보인 그 괴물이 주체를 더욱 확장시키고 의미 있게 구성하는 것이다. 여기서 어떠한 이물질도 허락하지 않고 순수한 합일에 대한 집착을 고집했던 이전의 자신이 오히려 괴물스런 것으로 비판당한다. 그리고 그가 이질감을 느끼며 당혹스러워한 그 괴물은 타자의 이름으로 개명되어 수용해야 할 존재로 뒤바뀐다. 이때 비움의 대상은 괴물이 아니라, 수용해야 할 타자를 괴물로 억압했던 자기자신, 자기 영토에 대한 안주의 미혹에서 비롯된 합일을 꿈꾸었던 자기자신으로 바뀐다. 상승과 정반대의 추락을 택했던 그는 이제 채움보다 비움의 자세에 이끌린다. 이 비움은 전술한 추락의 유사반복 행위라고 할 수 있다.

저 남루 속으로 들어가고 싶다
비워진 숲의
한그루 참나무로 서서
여분의 피와 살 말리고 싶다
떨군 잎사귀야 서걱이며

흩어지든 말든
껍질 속에 잔류한 그리움 함께
삭풍에 떨고 싶다

—「초겨울숲」 부분

인용시에서 화자는 나무의 몸을 빌려 비움의 의지를 구체화한다. 시체를 한데에 내버려두어 비바람에 사라지게 하는 "風葬"(「양수리 初雪」)의 풍습처럼, 그는 그동안 자신을 채웠던 이물질을 놈이라 부르며 억압해온 자신의 욕망을 비운다. 퇴락한 "남루"를 향해 무욕의 마음으로 내려가는 그 몸을 향해 "삭풍"이 불어온다. 이때 바람은 냉혹한 현실의 폭력만을 뜻하진 않는다. 애초에 바람은 뿌리 잘린 그를 더욱 부유하게끔 만드는 시련이었을 것이다. 하지만 나무의 몸을 빌려 비움의 경지를 체득하려는 현 시점에서, 그 바람은 겨울의 냉기를 몸 속에 불어넣고, 그 몸이 현실과 혼융일체의 경지로 살아가도록 더욱 깊게 뿌리 내리게 해줄 채찍이 된다. 그는 그 바람에 풍화되며 "形骸"(「초겨울숲」)만 남도록 자신을 비우고자 한다.

그러나 모든 것이 비움의 대상은 아니다. "여분의 피와 살" "웃자라 병든 가지"가 그 대상이지, "잔류한 그리움"(「초겨울숲」)은 여전히 간직된다. 그 그리움이 바로 그 몸을 냉혹한 현실에 노출시킨 채 비우게끔 만든 적극적인 의지라고 할 수 있다. 즉 비움은 그 자체가 목적이 되어 모든 것을 말려버리는 완전한 소멸이 아니다. 그것은 바람에 일방적으로 메말라가는 것이 아니라, 내부의 불순물을 말리면서 지킬 것은 지켜내는 역동적인 행위라고 할 수 있다. 이 그리움은 완전한 소멸을 저지하며 역설적이게도 비움을 채움으로 이끈다. 이때 역설적으로 비움은 꽉 차오름으로 충만해진다. 무엇일까, 비워낸 공백 속에 생살 돋듯 차오르는 것은?

耳鳴처럼 우는 씨르래기들아
내 몸속에서도
너희들의 노래 같은 울음소리가 들린다

—「마른 풀잎의 노래」 부분

잘 마른 그 맨몸 속에 씨르래기의 울음소리가 들린다. 아니 '내'가 씨르래기가 되고 씨르래기가 '내'가 되는 무아의 경지에서, '나'는 어쩌면 씨르래기의 몸에서 나는 '내 소리'를 듣고 있는 것인지도 모르겠다. 그렇게 서로의 경계를 넘나드는 소통 속에서 몸의 경계가 허물어지고 존재의 섞임이 발생한다. 이제 타자들이 나를 구성한다. 이처럼 그는 씨르래기가 그 몸 속에 유보 없이 현현되는 '절대경험'을 체험한다. 비우면서도 차오를 수 있었던 비밀은 그동안 이물질이라 버리려 했던 타자를 자신을 구성하는 것으로 수용했기에 가능한 일이었다. 이때 그 타자는 싸르트르(J. P. Sartre)의 실존철학에서처럼 정복되어야 할 위협적인 것이 아니라, 레비나스(E. Levinas)의 윤리학에서처럼 껴안고 화해해야 할 존재에 해당한다.

그런데 그 수용이 손쉽게 이뤄진 것만은 아니다. 그것은 느슨하고 밍밍한 상태에서 한순간에 이루어진 것이 아니라, 고통스러운 대립 끝에 힘겹게 이뤄진 것이다. 다음 시는 그 치열함과 관련하여 놓칠 수 없는 시이다.

물이 어는 새벽,
시린 소주가 불을 일으킨다
머루의 즙과 소주의 독이
서로 지지 않으려고

머리를 디밀고 버팅기며
아픈 고비를 넘길 병 속은
잘 우러난 먹빛으로 고요하다
(…)
혼곤한 몸살이 몸 속에 새로운 질서를 부르듯
어느 한순간
확 까무러치며, 두 몸은
새 몸속으로 자신을 밀어넣는 것일까?

—「머루주가 익는 밤—용민 형에게」 부분

인용시는 타자 수용의 치열함을 술의 화학작용을 통해 보여준다. 이미 대립물(물과 불)의 결합으로 이루어진 술이, 인용시에서는 머루즙과 소주라는 이질적인 성분의 결합으로 그 대립의 강도가 한층 강화된다. 두 성분의 결합과정에는 필연적으로 파괴가 동반되는데, 그 아픔은 예상외로 크다. 비워내고 있는 그 몸은 여전히 비좁고 번잡하다. 그래서 "서로 지지 않으려고/머리를 디밀고 버팅기며/아픈 고비를" 수십번 넘기면서 "확 까무러치"는 고압적인 충돌 끝에, 새 몸을 자신의 몸 속에 수용하게 된다. 이처럼 타자 수용에는 극렬한 아픔이 동반된다. 그리고 이 아픔 뒤에 비워낸 몸은 타자를 껴안는 넉넉한 품이 된다. 그 품은 시집에서 다양하게 변주되는데, 가령 전술한 「마른 풀잎의 노래」의 '마른 몸'은 내 몸을 씨르래기의 몸이 되게 했던 품의 정신이 발현된 것이다. 겨울 가지를 감싸는 "허공"(「겨울 가지」) 역시 타자를 수용하는 품의 넓이와 깊이가 전제되어 있다. 또한 해충으로 폄하되는 모기의 탄생에서 "일출의 장관"과 "감당할 수 없는 침묵이 만들어내는/무한장력"(「마이크로코스모스」)을 본다든지, 책으로 희생된 나무들의 "노래"(「얼마나 많은 나무들이」)를 듣고, "사람에 걸려 바람이 떨고 있다"(「겨울 거울」)는 이타적인 인식 등에 나타난 생태학적 상상력 역시 타자를 껴안는 품의 정신이 구현된 것이다. 이처럼 그 품은 시집 곳곳에서 타자의 목소리를 유보 없이 담아내는 너그러운 포용력을 발휘한다. 이상에서 드러난 '타자 수용의 치열성'과 '다양한 타자의 목소리'는 그 비움의 완성도와 진정성을 짐작케 한다.

> 당신이 헐벗고 내가 헐벗어서
> 겨울산이 스산하다
> (…)
> 당신은 더 깊이 파고들어라
> 흙이 겨울 씨앗을 받듯이
> 깊이 안으마
> (…)
> 당신과 내가 헐벗어서
> 겨울산이 더 깊이 저를 비운다
>
> —「겨울서신」 부분

인용시에 동병상련의 처지로 나타난 당신과 나는 "흙이 겨울 씨앗을 받"는 모습으로 서로를 껴안고 있다. 더이상 벗어던질 것 없는 형해 속에서 이룩한 이 예사롭지 않은 교감에 겨울산 역시 보조를 맞춰 그 몸을 "비운다". 여기서 화자는 타자와의 교감 수준을 넘어 드디어 자연과의 소망스러운 합일에 이른다. 이제껏 삶의 경계를 겉돌던 부유는 그 몸이 뿌리내릴 접점 마련에서 실패하곤 했는데, 겨울나무를 몸 삼아 그 뿌리를 겨울산 깊숙이 박음으로써 그는 그 편력에 종결부호를 찍는다. 그리고는 그 몸을 아무 갈등 없이 자연에 투사하고, 그 자연을 자기 것으로 수용하게 되는 극락감에 이른다. 이처럼 비움은 뼈아픈 것이었지만, 타자 수용이라는 개안의 과정을 거친 뒤 현실적인 몸 획득으로까지 뻗어간다.

첫서리 후려친 고추밭
또다시
첫눈 들이쳐
꽃이란 저토록 참혹타

(…)

이 엄동의 막바지 꽃샘에는
고춧대 사이
햇살 좀 비치고,
비오리떼
찬바람을 가르며 날아오른다

—「양수리 初雪」 부분

　그렇다면 앞서의 하강은 어떻게 되는가? 간단히 말하면, 인용시처럼 하강 역시 상승으로 이어진다. "첫눈" 내릴 무렵까지 버티던 꽃은 참혹하게 떨어졌지만, "엄동의 막바지" 무렵 "햇살"이 "비치고" "찬바람을 가르며" "비오리떼"가 비상한다. 비움이 차오름을 동반한 역설적인 비움이었듯이, 그 하강 역시 완전한 추락이 아니라 상승으로 이어진다. 이렇게 『바람의 서쪽』에는 두 축이 존재한다. 표제의 상징성처럼 상처난 몸을 끌고 하강과 비움을 향하여 고통스럽게 파고들어간 한 축이 있었다면, 다른 한편에서는 그 밑바닥에서 더이상의 하강과 비움을 저지하며 치고 오르는 또다른 축이 존재하는 것이다.
　'하강／상승' '비움／채움'의 과정 끝에 충만해진 그 내부는 어느덧

넘쳐흐른다. 일체의 희망을 뒤로 하고 겨울의 밑바닥을 파고들던 고통
스러움은 봄에 대한 "찔레씨만한 그리움"(「雪原」)으로, 꽃 진 뒤의 남루
함으로 쏠리던 의식은 "밤내 앓던 산이 우지끈! / 꽃핀다"(「난지도의 아
침」)처럼 개화의 현현으로 이어진다. 그 힘을 더욱 힘차게 몰아붙인 절
정은 "毒도 품으면 살이 되어서 / 저리 환하게 / 이승의 고샅을 밝혔습니
다"(「燈」)처럼, 독마저 자기화한 그 몸이 등불을 밝히는 엄정한 갱신력
으로 발현한다. 그동안 하강과 비움에 의해 고통스럽게 자기 몸을 고갈
시키며 그 우회로에서 반어와 무의식의 차원에서만 매개되던 '노래'와
'희망'이, 이런 전환을 동력 삼아 뚜렷한 목소리로 구조화된다.

3

> 나의 시쓰기가 육탄돌격이라고는 할 수 없다. 다만 싸움이었다고
> 는 할 수 있다. 죽음과의. 그리고 그것은 역설적이게도 화해의 기록
> 이 되었다. 죽음과의. 삶과의
>
> —「후기」 부분

이제껏 『바람의 서쪽』을 성장의 과정으로 읽었다. '그렇게 읽었을 때'
그 과정은 부유를 극복하고 현실에 뿌리를 박는 통과의례의 과정이 된
다. 이제껏 충분히 보았듯이 그는 그 과정을 채움이나 상승으로 건너뛰
지 않고 충실하게 걸었다.

그러나 '그렇게 읽었을 때' 아쉬운 점 또한 있다. 읽기의 뒷부분으로
갈수록, 그가 대면한 현실은 만인이 보편적으로 겪는, 풍부한 선으로 얽
힌 현실이라기보다는, 최종적인 합일에 이르기 위해서 취사선택되었다
는 느낌이 강하다. 여기에는 개인의 입사(入社)를 다시 타락으로 전락

시키는 악의에 찬 현실이 배제된 듯 보인다. 그래서 「후기」에서 밝힌 대로 "싸움"이 "화해"로 풀릴 수밖에 없지 않았을까? 화해의 상태 속에 그를 살아 있게 했던 싸움을 묶어두는 것은, 이전의 성장체험에 갇혀 무질서와 세계악으로부터 눈 돌리는 타협일 공산이 크다. 이 지점에서 앞서의 바람은 이제 그를 단련시키는 것이 아니라, 이미 죽어버린 그의 몸을 흔들며 살아 있다는 착각을 심어주는 것일 수도 있음을 짐작해볼 만하다. 그때 힘겹게 이룩한 성장은 타락으로 이어지는 도로(徒勞)로 전락하고 말 것이다. 적대와 이질감은 쉽게 사라지지 않는다. 이 때문에 나는 성장 이후의 도정에 대해 감히 주저한다. 지금의 존재회복을 '실패와 환멸'의 성장으로 재전환하고, 고통스럽게 내려갔던 겨울 역시 과거의 일회적인 순간이 아니라, 현재도 지속되며 앞으로도 숱하게 맞닥뜨릴 현실로 다시 상정하는 것. 그것이 그가 어렴풋이 예감하고 있는 "먼 길"(「먼 길」)로 뻗어난 도정이 아닐까 싶다.

> 더는 나아갈 수 없는, 저 눈부신 난간에서
> 한걸음 더 나아가고 싶다.
>
> —「마포, 1996년 겨울」 부분

저 난간은 어쩌면 화해로 변해버린 그 싸움이 뛰어넘지 못한 문턱일 수도 있다. 그러나 그 속에서도 내 가슴을 설레게 하는 것은, 길이 끝나고 여행이 종결된 듯한 저 난간에서 "한걸음 더 나아가고 싶다"는 전진의 의지가 강렬하게 발산된다는 점이다. 그렇다면 저 난간을 건널 가뿐한 한걸음은 어디서부터 내디뎌야만 할까? 그것은 그 성장에서 배제되었던, 입사한 체제의 '악의 발견'에서 시작되어야 하지 않을까? 부분적인 자아회복은 허용하지만, 모든 면에서 여전히 적이 승리를 거듭하고 있는 이 현실의 은폐된 모순과 불화하는 것. 동시에 위장된 화해에 편승하는 그 자신과도 불화하는 태도. 이 이중적인 태도를 거세게 몰고 나갈 때, 아직 매혹으로 남아 있는 "저 눈부신 난간"은 지금까지의 행보보다 더욱 처절하고 치욕적인 난간으로 기록될 것이다. 그것을 기대하는 건 너무 잔인한 것인가?

—『현대시』 1998년 12월호

옆으로 찢어지기, 앞뒤로 찢어지기

이규열 『왼쪽 늪에 빠지다』(전망 1999)
서규정 『직녀에게』(빛남 1999)

1. 찢어진 가랑이는 찢어진 채로 간다

"잘못 든 길 어느 모퉁이에서"(「化石日記 · 七」) 누군가 탄식하고 있다. 그 모습은 프로스트(R. Frost)의 「가지 않은 길」 결구를 연상시킨다. 그러나 그 탄식은 「가지 않은 길」과는 달리 양쪽 길 모두를 끌어안으려 한 데서 발생한 것이다. 이규열(李圭烈)은 "가랑이가 찢어질 듯한 통증을 느끼"(「자서」)면서 두 갈래 길을 동시에 가고 있다.

무리였다 막내 누이를 보내고 그의 몫까지 두 배의 생을 유기체로서의 의학과 무기체로서의 문학을 모두 가지겠다고 덤벼든게 애당초 무리였다 어차피 비우지 못할 의학의 속성과 벗어나지 못할 문학의 속성에서 조금도 접목시키지 못한 채 의학의 무기체적 실상과 문학의 유기체적 허상만 더럽혀 놓은 꼴이 되었다

—「영주동 연가 2」 부분

　　그는 "의학"과 "문학" 양쪽 길을 아우르려 했다. "유기체"와 "무기체"로 대조되듯, 그 둘은 인용시에서 상반된 양극으로 설정된다. 그러나 "두 배의 생"을 살고자 했던 그 야심찬 시도는 접점을 찾지 못하고, 되레 문학과 의학 모두를 "더럽혀 놓은 꼴이 되었다". 이 중에서 그가 더 못 견뎌 하는 것은 시를 망쳤다는 것. 이 낭패감을 그는 '왼쪽 늪에 빠지다'라는 비유를 통해 표현한다. 거기에는 이성적 사고를 담당하는 좌뇌에 대한 편향과 그로 말미암은 현재의 위기감이 함축되어 있다. "세상은 생각하는 자에게는 희극이고, 느끼는 자에게는 비극"(H. 월포울)이다. 좌뇌에서 판단된 이러한 생각을 좇아 그는 의술을 택했을 것이다. 그러나 겉으로는 안전지대로 보이던 그 늪이 발 딛는 순간부터 생명에 위해를 가하는 죽음의 환경으로 돌변하듯이, 좌편향의 현실에서 그가 받는 위협은 도저했다. 그 현실에서 그는 "햇살" 따스한 "창가"가 아니라, 탐욕의 전쟁터인 식탁 위에 올려진 "사과"(「化石日記 · 九」)의 처지로 묘사된다. 제자리로부터 이탈했고, 회귀가 불가능하다는 시달림은 "요추부 추간판 탈출증"(「왼쪽 늪에 빠지다 · 12」) 같은 탈골의 이미지와 "폐쇄성 혈전 혈관염"(「왼쪽 늪에 빠지다 · 15」) 같은 막힘의 이미지로 드러난다. 심지어 "나 아닌 모든 것들은/결국 나를 부식시킬 것이다"(「化石日記 · 七」)처럼, 그가 껴안고자 했던 왼쪽은 자신을 부식시키는 것으로 적대시된다. "눈물마저 나를 버"(「두부는 칼을 무서워하지 않는다」)릴 정도로 감성(우뇌의 활동)이 마비된 생활, "나는 나대로/詩는 詩대로 돌아서서 다른 모양으로" "성을 쌓"(「마르코 폴로—城」)은 그 생활에서 이제 그는 시를 더럽혔다는 죄의식에 휩싸인다. 그렇다면 그가 더럽혔다는 시란 무엇을 말하는가? 그것은 "스물 여섯"(「雨期」) 어름에 씌어진 서정시를 지칭한다. 이때 그는 오른쪽에 위치한 "시로써" 생의 결핍과 "질병을 대체할"(「왼쪽 늪에 빠지다 · 7」) 수 있다는 야릇한 정열에 충동되었던 것 같다.

몸 비빌 곳은 자꾸 없어지고 시는 이미
구원이 아니구나 몰랐더냐 끝난 것은
서정시대만이 아닌 것을 아아 점차 닳아
이젠 보이지 않는구나 내 사랑 나프탈렌

—「내 사랑 나프탈렌」부분

시로써 질병을 대체하려고 했던
우리의 무모한 시도였음을 깨닫고
진저리치며 쳐다본다 류마티스 열

—「왼쪽 늪에 빠지다 · 7」부분

그러나 환상은 벗겨진다. 시는 "나프탈렌"처럼 현실의 악취를 제거하
거나 부식을 막는 "구원"(승화)의 역할을 더이상 하지 못한다. 그것은
처방전이 아니라, 결핍의 현실에 그대로 팔매질당해 "골병"(「왼쪽 늪에 빠
지다 · 9」)들어 있다. 그의 시가 육질적으로 보이는 이유는 질병명과 육체
용어의 빈번한 사용에 있는 것이 아니라, 그 시가 이렇게 상처입을 수밖
에 없는 몸을 가졌다는 사실에 있다. "어느 누구와도 몸 섞지 않은 채 /
혼자 썩어갔다"(「왼쪽 늪에 빠지다 · 3」)에서처럼, 그 사실을 수용하기까지
그의 저항도 만만찮았을 것이다. 그러나 그 늪과 모순된 것으로 보이는
시가 왼쪽 늪에 탈승화의 모습으로 던져져 있음을 그는 끝내 수락하게
된다. 그래서 시를 처방전(시가 생의 결핍을 치유한다)으로 특권화한
그 의도가 "무모한 시도"였다고 교정하게 된다. 그 모멸적인 살 섞음에
대한 인정에서, 두 길은 좌우 대칭선상에서 제각각 뻗어가는 것이 아니
라, 둘 모두 늪 속으로 뻗쳐 있음을 알 수 있다. 그 쓰라린 수긍은 원인
추궁으로 이어진다. 그런데 그 역시 시를 오염시킨 좌편향의 현실에 가
담한 구성원이라는 측면에서, 전술했듯이 그는 자신을 시 오염의 주범

으로 단죄하게 된다. 그렇다면 시는 늪의 흡인력에 굴복하고 마는 것인가? 이제 질문은 늪 속의 그 시가 삶의 상처에 어떻게 다가서는가 하는 문제로 좁혀진다. 오염된 자신으로부터 나온 그 치욕적인 언어는 어떤 모습으로 그 늪을 헤쳐가는 것일까?

> 세상을 지주목처럼 받쳐주던 눈물과
> 몸의 골격기관인 뼈의 성분이 같다는 것을
> 알만한 나이가 되도록 늙어졌을 때
> 너의 성을 부수고
> 나의 발 밑에 툭 떨어지는
> 눈물 뼈
>
> —「레퀴엠—눈물뼈」 부분

　시의 몸은 상처투성이이다. 그러나 그것이 영원히 덧난 상처로 남지는 않는다. 시쳇말이지만 극복의 전제하에 "상처도 빛"(「레퀴엠—상처」)이고 구원이 되기 때문이다. "눈물"이 "세상을 지주목처럼 받쳐주"었듯이, 그 상처 역시 현실의 심연을 견딜 수 있도록 시인의 내면을 떠받칠 수 있다. 그 가능성은 시가 늪에 완전히 함몰되지 않는 속성을 지녔다는 사실에서 찾을 수 있다. 시는 질퍽질퍽한 늪에 던져져 골병이 들어 보인다. 그러나 그것은 늪과 뒹구는 과정에서 붙은 표피일 뿐이다. 그 내면에는 여전히 늪의 중력을 역행하여 부력을 가능케 하는 공기가 보유되어 있고, 그 골병은 오히려 더이상의 오염을 저지하는 보호막이자 항체로 작용한다. 늪에 적강(謫降)되었으되 원모습을 회복하려는 그 긴장. 여기서 늪을 따르면서도 거스르는 부유가 시작된다. 그 역시 여전히 튜브 역할을 하는 시를 안고 있기에, 왼쪽 늪에 함몰되지 않고 그 부조화의 틈새를 부유하게 된다. 그 부유는 늪을 맴도는 동시에 원래의 정향점에 다다를 '길'을 새롭게 닦는다. 이때 그는 아이러니의 부정정신을 극복하여 시가 처한 탈승화의 외관으로도 결국에는 생의 결핍을 치유할 수 있다는 믿음을 새롭게 획득한다. 분열이 전경화된 현재의 소우주는 비극적이지만, 여전히 합일을 지향하는 대우주적 조망으로 인하여 분위기는 희극적으로 상승할 수 있다. 그래서 시를 망쳤다는 진술은 상승적 몰락이며 아직까지 희망의 진술이 된다. 이것을 왼쪽 현실과의 상관관계에서 조망해보면 시가 가라앉은 만큼 그의 현실이 부상했다는 말로 환언 가능하다. 가랑이를 찢어놓은 그 너른 보폭은 양쪽 길을 더럽힌 것이 아니다. 시의 "앞면"을 의술의 "뒷면"(「왼쪽 늪에 빠지다 · 1」)으로 확장한 그 도정은 그 둘이 제각각 쌓아올린 듯 보인 독단의 "성을 부수고" 결국 '시를 통한 구원'으로 뻗어간다. 만약 시를 오른쪽에 고립시킨 상태에서 그것을 잡으려고 발버둥쳤다면, 그것은 부유나 구원의 희망마저 좌절된 완전한 함몰상태에 빠지는 것이 되고 말았을 것이다. 그리고 그가 시의 골병을 절대화("상처도 빛"이라는 인식 차단)했더라면, 시를 통한 상처 치유와 비상 역시 불가능했을 것이다. 즉 여기서 젊어서의 귀족의식뿐만 아니라, 시를 망쳤다는 현재의 진술 역시 알라존의 시각으로 재부정된다. 이렇게 순진한 자의식은 차례로 교정된다. 그것이 아이러니에 동승한 이규열 시의 객관정신이다.

　　그래 돌아갈 수 없다면 길 아니면 해탈이다 눈물뿐인 해탈이다 빤히 보이는 길 위에서 이제

—「영주동 영가 3」 부분

이제 그 늪의 '조건' 속에서 시인이 만들어가는 길의 진행형식을 살펴보자. 길을 과거로 되돌릴 수는 없다. 삶의 시간과 결합된 그 길은 반복할 수 없는 일회성, 선조성(線條性)을 지녔기 때문이다. 진통이 전경화

된 길 위에서 그는 앞질러오는 고통과 실존적 기투를 벌여야 한다. 그
고비마다 길은 절애의 단절감과 심신의 피로를 가중시킨다. 그 고통스
러움은 차라리 늪에 빠지는 것이 편안한 삶이 아닐까 하는 육체의 피로
를 부각시킨다. 그 고통 끝에 "허무나 패배주의"가 더이상 "무기가 되지
못"(「마르코 폴로—페리오 치약」)할 것 같은 마음의 피로마저 느낀다. 여기
서 해탈의 유혹이 시작된다. 그 끌림은 "바람이"(「유배지, 그날」) 되고자
하는 부분에서 한때 나타나지만, '길 가기'와 '해탈'의 기로에서 그는
여독이 누적된 그 피곤한 부유법으로 돌아온다. 해탈의 초월적 태도는
현실문제를 비실재의 것으로 회피하는 손쉬운 기화임을 잘 알기 때문이
다. 그것은 늪으로부터 탈출한 듯 보이지만, 그 늪의 모순을 비껴감으로
인해 늪의 흡인력에 고스란히 굴복하는 태도이다. 또 그것은 시를 삶과
양분시킨다는 측면에서 알라존으로 재귀환하는 태도이기도 하다. 그래
서 그는 "바람만으로는 / 근본적인 문제에 다다르지 못한다"(「레퀴엠—바
람 살」)며, "그 어떤 신비주의도 가져서는 안"(「마르코 폴로—페리오 치약」)된
다고 고쳐 다짐한다.

문득 만나는 힘, 건져 올려라 너만의 호수 속에서
또 다시 몸부림치는 너만의 물고기들을

—「化石日記 · 十二」 부분

그러나 엄밀하게 말하면 신비주의를 "가져서는 안"된다가 아니라, 그
것을 길 가기의 의지로 전화 · 집중해야 한다는 게 옳다. 수세(守勢)의
끝에서 적극적인 공세(攻勢)가 시작되듯, 그 독한 허무와 그에 동반한
해탈의 유혹은 길 가기의 동력으로 전환시킬 단계들이기 때문이다. 방
향을 상실한 듯 보이는 한때의 주관적 휘발성이 현실을 밀고나가는 의
지로 집중된다는 내적 필연성 하에 그 (능동적) 허무나 해탈 역시 쓸 만

한 불화법으로 상승한다. 그래서 그는 인용시처럼 허무 뒤에 문득문득 샘솟는 힘을 "또 다시" 느끼고, 그 어그러진 길의 고통 속으로 다시 잠입한다. 이렇게 길의 삶은 "핏물처럼 번지는/진정한 고통"과 그뒤에 "더 큰 고통이 주는 희열"(「化石日記 · 十一」)이 동시에 함축된 도정이다. 그것은 결핍을 단박에 전환하는 직선적인 길이 아니라, 돌진과 역돌진이 상충하며 궁극에 가서 결핍을 역전시키는 우회로이다. 그는 그 길에서 생의 고통과 희열을 수시로 어긋맞고 있다.

그 늪을 서정시의 수준으로 끌어올리기는 어렵다. 그러나 길 가기의 '실천'이 끊이지 않는 한, 그 삶은 매번 이전과는 다른 질적 단계로 올라서는 변증법적 도정이 될 것이다. 늪 속에서 늪 밖으로 뻗은 길을 차례로 트며, 찢어진 가랑이는 찢어진 채로 간다.

2. 어디까지가 삶이고, 어디까지가 여행인가?

시에는 시인의 맨얼굴이 잘 드러나지만, 서규정(徐圭正)의 시만큼 그 면모가 뚜렷한 시는 드물다. 그는 지적 유희에 반짝하여 손끝으로 만들어낸 "말장난 같은 시"를 배격하고, "삶이 용해된 따뜻한 시"(「어느날 나는 킬리만자로를 오르고 있을 것이다」)를 쓰고자 한다. 이 진지한 태도가 바탕이 된 이번 시집은 내면의 심연에서 올라오는 육성의 울림이 물씬 배어난다. 이 맨얼굴로 그는 삶의 "진실"(같은 시)과 같은 진정한 가치를 찾아 길 떠난다. 이 점에서 서규정은 이규열의 바통을 이어받는다.

「길은 황야를 위해 멀다―최영철에게」에서처럼, 그 길은 황야로 뻗어 있다. 그곳은 황량한 들판 같지만, 그 너머에는 "오랫동안 품었던 이름"(「무덤 속의 달」)의 '그대(첫사랑)'가 있다. 그대와 교감하려는 의지, 그것은 맹목적이라 할 만큼 강한 동적 지향성을 만든다. "그대에게 가리 가

다 못가면 기어서 가리” “콩보다 더 말라 굳은 내 눈물 밟고서 가리”(「레
드」)처럼, 그의 시에는 그대에게 다다르려는 막을 수 없는 열정들이 넘
쳐흐른다. 그대와 하나되고자 하는 의지는 주로 “강”이나, 철도 “레일”
과 같은 길의 이미지로 뻗어간다. 그래서 그가 찾으려는 진정한 가치는
“그대”와의 합일이고, 그의 필생의 소망은 거기서 충동된 “맑디 맑은 서
정시 한 편”(「동녘에 지다」)을 쓰는 것이다.

  그가 이렇게 떠나려는 이유는 현실의 결핍과 관련되어 있다. 이 현실
에는 “입시에 떨어진 어린 가죽, 직장에서 쫓겨난 가죽” “칼 맞은 가죽”
이 수두룩하고, “무사한 가죽이 별로 없”(「스카이 블루」)다. 이 “빵점”(「우
리들의 막부」)짜리 현실에서 그는 걸레로 살고 있다. “새 천년과 등 돌리”
(「잘 있거라 이십세기야」)고, 세기말의 잡된 찌꺼기를 뒤치다꺼리하거나
“가르치는 대로 까먹는 기술 하나로” “재취업 훈련”(「참 따뜻한 감옥」)을
받고 있다. 이렇게 도구화된 삶과 소외의 원흉을 그는 권력에서 찾는다.
권력에 대한 그의 단죄는 단호하다. “님짜 들어가는 주변의 일치고 / 깨
끗한 일 못 보았”(「잘 있거라 이십세기야」)다는 흑백논리로 그들을 부덕한
존재로 일반화할 만큼 권력에 대한 그의 불신은 깊다. 권력은 이 현실에
서 유일하게 “무사한 가죽”이지만, 그의 시에서 그들의 표상인 “교양과
철학”(「한 퇴폐주의자의 퇴로」)은 인간을 짐승 이하(“짐승의 실패”)로 전락
시키는 추문으로까지 폄하된다.

  우린 모두 엑스트러가 아닌 주인공이었다
  그림자가 일일이 미행하고 있었으므로

—「추신」 부분

  그는 걸레가 권력을 압도하는 면이 있음을 예의주시한다. 영혼의 측
면이 바로 그러하다. 권력과는 달리 걸레에게는 “정신”만큼은 속화되지

않는 순결성이 남아 있다. 걸레에 따라붙는 순결한 영혼("그림자")에 대한 자각, 그것은 자신이 "깨끗한 걸레"(「추신」)라는 정체성 자각으로 이어진다. 여기서 추문의 현실에 속화되지 않으려는 혼의 방랑이 시작된다. 이 현실에서는 "엑스트러"에 불과하지만, 걸레는 길 떠나는 삶의 "주인공"이다. "쪽팔리지는 않게/한세상 끝내 봤으면"(「물레타」) 혹은 "어느 순간 죽는지도 모르게 한 번을 죽어도/그렇게 녹아 죽고 싶"(「눈」)다와 같이 수시로 일어나는 죽음 본능을, "악착같이 살맛"(「순수」)으로 다스린 것이 바로 길 떠남의 방식이다. 이때 이탈은 현실궤도에서의 일탈보다는, 그의 순수지향의식을 고취하는 인간성 회복을 의미한다. 전술한 바처럼 그 지향은 첫사랑과의 교감의지로 실천된다. 사랑이야말로 권력에 의해 짐승 이하로 훼손된 "인간을 짐승으로 개조하는 유력한 힘"이기 때문이다. 그래서 그는 「줄기가 나를 세운다」라는 시에서처럼 그대가 부재한 뿌리 잘린 삶을 줄기로 버텨내며, 그 뿌리를 향해 줄기를 힘차게 흔들고 있다.

　　강은 오줌을 누고
　　조그만 쉬었다 간다는 것이
　　양파밭이고 비닐하우스고 간에
　　온 들판을 쓸어버린 일이다
　　자신이 얼마나 급한 황톳물인지도 모르고
　　　　　　　　　　　　　　　　　　—「가을강 붉은 산책」 부분

　그러나 그 길은 순탄치 않다. 사랑과의 합일은 번번이 실패한다. "가고 싶은 길은 난마처럼 얽히고/가지 않아도 되는 길은 하이웨이로 열"(「望海寺」)려 있기 때문이다. 더군다나 그 지향 속에서 자기 안의 어둠에 갇혀 있던 과거의 폭력이 길 가는 영혼을 옭아맨다. '무거운 물'의 속성에 빗대어진 인용시의 강은 이 땅에 "붉은 산책"과 같은 범람의 상처를 남겼다. 철도 역시 사정은 마찬가지다. "기차바퀴에" "피빛 노을"(「아아 백도라지」)이 깔리는가 하면, "기차는 도심의 하복부에 레일 같은 수술자국"(「한 퇴폐주의자의 퇴로」)을 남겼다. 망각 속에 감금되었던 그 폭력을 끌러내는 일은 쓰라리다. 그 폭력은 바로 자신이 행사한 것이며 그것이 쓸고 간 자리는 첫사랑의 가슴이기 때문이다. 이렇게 그도 한때 이 체제의 폭력성을 닮았던 적이 있다. 그래서 시인은 첫사랑을 두고 "생채기가 가장 많"(「눈」)다는 유아론(唯我論)적인 연민에 갇혀 "눈물"(「직녀에게」)을 흘리게 된다. 그대에게 가는 길은 새로운 길을 무차별적으로 뚫고 가는 것이 아니라, 그 과정에서 새롭게 초점화되는 자신의 폭력을 재확인하고 반성하며 가는 길이다. 강과 기차 레일은 그와 첫사랑 사이를 순조롭게 이어주는 매개 역할에 앞서 망각되었던 그의 폭력을 먼저 각인시키는 역할을 한다.

이렇게 대상과의 거리는 무화되지 않고 첫사랑과의 합일은 황야의 지평선처럼 접근할수록 연기된다. 그대의 시선은 느낄 수 없고, 길 떠나기 이전에 생각했던 "추억은" 이내 "헛방"(「말도로르의 노래」)이 되고 만다. 이 점은 그와 그대의 명명이 어긋나는 데서도 확인할 수 있다. 그대는 "아사녀"(「무덤 속의 달」) 혹은 "직녀"(「직녀에게」)로 불리지만, 그는 '아사달'과 '견우'의 이름으로 짝하지 못한다. 쓸 만한 녀석(「쓸 만한 녀석」) "퇴폐주의자"(「한 퇴폐주의자의 퇴로」) "아나키스트"(「어느 아나키스트를 위한 생애」)같이 합일 전단계의 문제적 이름으로 호명되며 번번이 어긋날 뿐이다.

교감의 연이은 실패로 인해 그 도정은 사기가 아닌지 의심스러워진다. 그는 "저 산만 넘으면 포도밭이 있다"고 "나폴레옹이 목타는 병사들에게" "저절로 침을 돌게 한" "사기"에 그 역시 "걸려든"(「검은 포도밭」) 것이 아닌가 의심한다. 어쩌면 합일에의 희망은 포도밭과 같은 도달할 수 없는 지점인지도 모른다. 그러나 "옆구리 터진 김밥"(「뽕잎」)처럼 양산되는 분열에도 불구하고, '과연 필생의 서정시는 가능한가' 같은 회의는 그를 감염시키지 못한다. 기대가 좌절되었다는 측면에서 그것은 사기지만, 그가 본연의 모습을 유지하는 한, 그의 시도는 다음 두 가지 측면에서 소모적인 전진으로 전락하지 않기 때문이다.

   1) 남해대교를 건너자마자 검문에 걸리고
      한참을 들어가 소주에 걸리고 수평선에 걸려
      자꾸만 걸린다는 것은
      그래도 알맹이가 남아 있다는 것이리
      비로소 사랑한다 나여!

―「남해 금산」 부분

   2) 내 노래는 발성이며 어디까지나 연습이었을 뿐이다

―「풍차에 잘린 내 칼」 부분

   먼저, 자신에 대한 사랑이다. 1)처럼 그에게는 아직도 건질 수 있는 "알맹이가 남아 있"다. 그 알맹이는 교감의 좌절에도 불구하고, 길 위에서 본연의 모습을 잃지 않는 성숙한 혼의 비유이다. 즉 그것은 기갈증으로 갈라지는 길 위에서도 고갈되지 않는 물이고, 자신의 폭력으로 인하여 끔찍한 상흔으로 얼룩진 레일 위를 아프게 응시하는 기대에 찬 시선이다. 이때 그 맹목은 상처를 모르는 맹목이 아니라, 상처를 뚫고 비상하는 강한 의지가 된다. 그래서 "사랑한다 나여!"처럼, 그는 자신을 사랑한다고 말하게 된다. 이렇게 길 위의 삶은 그대 못지않게 자신을 사랑하는 삶이다. 자신의 폭력에 상처입은 '자신의' 가슴마저 사랑하는 그런 삶.

다음으로 그 본연의 모습이 단 1퍼센트라도 유지되는 한 그대를 정향점 삼은 그 희망은 끝까지 현현될 수 있다. 2)처럼 현실의 좌절을 "연습"으로 돌린 청년기의 열정에서 지금의 사기가 궁극적으로 실현될 것이라는 강한 믿음이 암시되어 있다. 그래서 그는 장애에 시달리면서도 그 반응 없는 시선이 이끄는 마력 속으로 서슴없이 들어간다. 점점 예각화되는 길 위의 고통(더욱 혹독한 사기)을 낭만적인 기대로 흡입하며 "몇십년째" "가고만 있"(「해리가 펑크 났을 때」)다.

이제 그의 시에서 "어디까지가 삶이고" 어디까지가 "여행인지"(「저문 편지지에서」) 구분되지 않는다. 그 삶이 바로 여행이기 때문이다. 거기서 그는 실현보다는 얼마나 진척했느냐 하는 과정의 측면에서 스스로에게 평가받고 있다. 거리를 쓰라리게 인정하면서도 고통에 둔감한 그 열정, 맹목적이되 공허하지 않은 그 거리감의 파토스에서 기대는 다시 발아된다. 성취는 아니더라도 교감에 좀더 근접할 것이라는 그 간절한 기대는.

—『오늘의 문예비평』 2000년 봄호

시의 좌절·시의 환상
이재무의 신작시[1]

1

　『시간의 그물』(문학동네 1997)에서 이재무(李載武)는 삶의 정처를 잃고, "나라의 기둥이 무너지고 서까래가 날아가도" "아프지 않았다"(「시간의 그물」) 혹은 "오래된 고집과 타협하고 싶어진다"(「도배공」)며 지친 내면을 드러낸 적이 있었다. 물론 그 시구가 「自序」에 쓰인 "다시 시작"과 같은 참된 모색의 영향권 안에 있는 것이어서 액면 그대로 읽을 수는 없다 해도 그 침체된 분위기는 자서의 의도대로 환원되지 않는 것이다. 그런데 그 시집에서 크게 두드러지지는 않지만, 그가 외부에 귀기울이며 소리를 통한 세계인식을 하고 있었던 점은 특징적이었다. 그 시집에서 그는 "도로가에서 멀지 않은" 방에서 "무한질주의 자동차 굉음"(「소음」)을 듣고, "인화물질처럼 건드리면 터질 소란"(「새벽 네시」)이라는 표현을

---

1) 『신생』 2001년 겨울호에 실린 작품 10편(「한여름의 수사학」 「서해 갯벌」 「가재는 일급수에 산다」 「민물 새우는 된장을 좋아한다」 「부활을 꿈꾸며」 「상수리나무」 「종소리」 「강경역」 「폭주족」 「정선행」)을 이 글의 대상으로 삼는다.

통해 소음과 결합된 그 속도에 불편해했다. 모색기라고 믿었던 그 시간
에 포획당한 채, 짐짓 행복한 망각까지 시늉하며 지내온 그는 이번 신작
에서 이러한 소리 인식을 더욱 심화시키고 있다.

> 그러나 네 내지르는 고성에 생활이 불편해진
> 나인들 네 겪어온 억울한 사연까지 모르겠는가
> 네 결 고운 울음의 색실 세상 소음의 두꺼운
> 손이 다 앗아간 것을, 그런 다음에야 폭폭해진
> 네 설움인 것을
> 내 고요한 생의 둠벙 울음의 장대로 마구
> 휘저어오는 한여름의 오후 길고도 캄캄하구나
>
> ―「한여름의 수사학」 부분

　인용시에서 그는 고향집 대청마루에서 낮잠을 자다가 매미의 울음소
리를 듣고 잠을 깬다. 수년에 걸친 "땅 밑 어둔, 와신상담의 / 세월"을 견
딘 끝에, 매미는 지상에서 "악다구니"로 울고 있다. "恨의 몽땅수깔로
긁어대며" 지난 인고의 세월을 "앙갚음"이라도 하듯 불편하게 잠을 찔
러오는 그 소리에, "고요한 생의 둠벙"에 빠져 있던 화자는 잠을 깬다.
과거에 화자는 그 사무치는 울음에서 시원한 "그늘"과 "푸르"른 빛깔,
단 "내음"을 느꼈으며, 그 역시 그렇게 소리높여 우는 것으로 울분을 해
소해왔을 것이다. 그랬기에 그는 "네 겪어온 억울한 사연"은 이미 안다
고 말한다. 그러나 그는 이제 그 소리와 거리를 두고 있다. 그 울음은 시
들하고 "검붉"고 "짜"고 "매울 / 뿐이다". 다만 화자의 생을 휘젓는 울음
의 장대 아래, 문득 현재와 상이한 그 과거가 생각나 눈앞이 캄캄해올
뿐이다.
　모두에 소개한 것과 거의 진배없는 심리의 고백으로 읽히는 인용시

에서 매미의 울음은 "결 고운 울음의 색실"로, 그 오열을 유발한 원흉은 "세상 소음의 두꺼운/손"으로 제시된다. 이렇게 이항대립화된 소리 이미지는 이번 신작 전편을 관통한다. 매미울음의 계열체로는 "더욱 밝고도 높"은 "물소리" "깔깔대며 웃고 있"는 "별빛" "상수리" "한 알의 침묵" "절절한 푸른 사연과 고백" "수국의/고요한 웃음" "애호박 푸른 웃음" "할머니 트림 소리" 왼종일 종알대"는 "도랑물" "서해 갯벌"이 부르는 "유행가 한 가닥" "맑고 깊"은 "오래 우려낸 침묵" 등으로 나타난다. 이와 대비된 소음의 계열체로는 "소음의 부유물"과 생활을 좇다가 그에 속화되어 "소음에 시든 무릎" "스캔들로 지나치게 수다스러웠"던 자신의 삶 등으로 제시된다. 후자의 소음이 생명체를 가해하는 파괴를 속성으로 하는 데 반하여, 전자의 소리는 온갖 감각을 드나드는 질감을 가진 형상물로 나타난다. 인용시의 매미울음이 "빛깔"과 "내음"뿐만 아니라 "그늘"과 "추억"까지 발생시키고, "두툼한 손길"의 「종소리」가 파장을 그리며 "동그랗게 퍼"져가는 대목에서 암시되듯이, 그는 청각을 능동적으로 전유하고 있다. 이렇게 소리 인식이 두드러진 이번 신작은 세상 소음을 통과하여 추억과 자연 속에 깃든 맑은 소리와 합일하려는 시도로 읽힌다. 우선 출발점이 되는 시부터 한 편 살펴보자.

2

그들은 낮의 속도에 패배한 자들이다

자정 너머 그들은 게릴라처럼 나타났다
사라진다 토막 잠을 자던 가로수가 놀라
깨며 일급 장애의 손을 뻗어 허공을 움켜잡는다

자정 너머 그들이 떼지어 오면 거리는
장대로 휘저은 여름날의 늪이 되어
소음의 부유물로 소란스럽고 오래 앓아온
하늘의 노란 꽃들이 우수수 떨어진다

그들은 낮의 질서가 버린 고아들이다

—「폭주족」 전문

다른 시편에 비해 이질적인 이 시를 연작 속에 배치한 것은 시의 출발 정황을 드러내기 위한 의도적인 장치로 보인다. 이 시는 이제부터 그가 지향하게 될 다른 시편과 대비되는 긴장관계 속에 놓인다. 그는 도로를 질주하는 바퀴가 내는 굉음을 듣고 잠을 깬다. 그 속도가 급조해내는 날카로운 소음이 「한여름의 수사학」에서 "결 고운 울음의 색실"을 앗아간 "세상 소음"의 정체로 보인다. 여기서 그는 폭주족의 형상 묘사에 앞서 그들에게 "낮의 속도에 패배한 자" "낮의 질서가 버린 고아"라는 진술부터 앞세운다. 낮의 속도는 경쟁적인 속도를 체제유지의 방법으로 삼는 자본의 속도전에 대한 비유로서, 결구에서 이는 낮의 질서로 치환된다. 폭주족들의 속도는 그 질서하에서 혐오스런 무질서로 폄하된다. 그러나 이는 자본의 속도를 능가하려는 모방심리에서 발원한 것으로, 지금의 체제에서 비정상적으로 배태된 것이다. 그래서 이들을 탄생시켰으면서도 억압(그 어미로부터 배척당한 고아로 취급)을 자행하는 낮의 질서는 더욱 혐오스러운 것이 된다. 또한 패륜아가 되어 타락한 질서와 똑같은 방법의 질주를 벌이는 폭주족에게서 이 체제의 잔혹한 질주에 대한 고발의 의미를 읽어낼 수 있다.

그러나 폭주족들이 몰려와 맴을 돌며 추는 군무는 심한 악취가 나고

기포가 보글보글 끓는 "여름날의 늪"과 같은 상황을 연출한다. 그 속력과 소음에 놀란 가로수의 가지는 치켜올라가고, "노란 꽃들이 우수수 떨어진다". 그 질주는 "일급 장애의 손"에 가래처럼 "오래 앓아온" "노란 꽃"(인용시)을 틔우는, "수성"이 "진압된" 나무·자본의 "길을 닮"아 "수직상승의 욕망만이 허용"(「가로수」『몸에 피는 꽃』, 창작과비평사 1996)되는 가로수의 병적 상황을 더욱 악화시킨다. 모든 것을 삼켜버리는 이 자본의 늪에서 그런 탈주는 낮의 질서에 대한 공격이 되기보다는 타자에게 위해를 가하는 폭력이 되고 만다.

> 지난 계절 나는 스캔들로 지나치게
> 마음이 분주했고 수다스러웠다
> 슬픔과 상처는 약 되지 못하고
> 독이 되어 나를 쓰러뜨렸다
>
> —「부활을 꿈꾸며」 부분

그런데 문제는 화자 역시 "속도에 실린 생"(「그리움은 풀잎으로 솟아오른다」『시간의 그물』)을 살 수밖에 없다는 점에 있다. 세상 소음을 닮은 폭주족의 질주가 그 소음을 더욱 확산시키듯이, 자신에게 속도감 있게 따라붙는 추문(스캔들) 때문에 그 역시 "분주"하고 "수다"스럽게 살고 있다. 사태의 해결보다는 그 병적 상황을 더욱 악화시키고 있는 것이다.

이런 여건 속에서 그는 그가 묶여사는 소란스런 낮의 질서를 떠나 그와 대극적인 곳에 설정된 고향의 소리에 귀기울인다. 이재무의 시를 논한 거개의 평자들이 그의 시와 고향에 대한 친연성, 고향과 과거 삶에 대한 집요한 천착에 대해 말해왔는데, 이번 신작 역시 대부분 지난여름 귀향하여 쓴 듯한 작품이다.

강경은 내 생의 사립문이다
기차를 타고 강경에 내리는 때는
작두로도 못 자르는 그림자의 키가
작아지는 정오, 나는 이 적요하고
권태롭고 나른한 시간을 애인처럼 아낀다

—「강경역」 부분

우리 사회의 외곽지역으로 소외된 그곳은 이 시대 변두리지역의 지형도를 그릴 때의 예외없는 풍경처럼 쇠락해 있고, 인상을 찌푸리게 하는 혐오시설("교도소")이 들어서 있다. 그러나 그곳에는 미루나무와 도랑물·참새떼·대나무숲 같은 자연이 여전히 그를 반기고 있다. 여기에 "서럽고 가뿐" 것이지만 낯익은 추억이 어우러진 그곳은 여전히 한 인간의 상처입은 내면을 안아주는 "생의 사립문"이자 "울타리"로 인식된다. 이는 그가 강경에 내릴 무렵 햇살이 끈끈하게 살갗에 달라붙는 정오의 시간 아래 더욱 고양된다. 시침과 분침이 하나 되는 그 시간, 속도에 실려 자신의 의도와는 다른 생을 살 수밖에 없던 분열된 삶이 합일하려는 조짐이 일어난다. 이때 자기 아닌 다른 삶의 상징으로 읽히는, 그동안 길게 늘어져 자를 수 없던 그림자는 천중(天中)을 향해 수직이동한 햇살 아래 서서히 줄어든다.

된장 밝히다 죽은 새우는 애호박과 함께 된장국 속에 끓여져 식구들 입맛 돋우곤 하였다 그런 날 할머니 트림 소리는 냇둑 너머까지 들리고 달은 우물 옆 팽나무 가지 휘청하도록 크게 열렸다

—「민물 새우는 된장을 좋아한다」 부분

인용시에서 밝히는 추억은 시집 『온다던 사람 오지 않고』(문학과지성사

1990)의 뒤표지에서 소망하던 "밝은 추억"이다. 그 시집 I부 「긔잡기」와 「묵이야기」 두 편의 분위기가 어우러진 인용시에는, 아름답고 건강한 자연의 순환이 잘 나타나 있다. 그 추억 속에서 그는 일상의 소음과 대비된 "애호박 푸른 웃음"과 "할머니의 트림 소리"를 듣고 있다. 인용시에서 된장을 포식하던 민물새우는 된장국의 일부로 그 몸을 바꾸어 화자의 가족들에게 먹힌다. 여기서 포식자인 인간에 의해 끊기는 듯 보이는 순환의 원은 기억 속에 부각된 할머니의 모습에 의해 좀더 확장된다. 유난스럽게 컸던 할머니의 트림소리가 애호박이 얽혀 있던 담장을 넘고 민물새우가 살았을 냇둑 너머까지 파장되는 대목은, 할머니의 몸이 민물새우나 애호박의 일부로 돌아갔음을 암시한다. 그 위에 생성과 소멸을 반복하던 보름달까지 훤하게 떠서 그 아름다운 순환을 순조롭게 돕고 있다.

이렇게 추억에 서린 풋풋하고 아름다운 소리 인식과 더불어 그는 그곳 자연에 깃든 소리에도 주목한다. 「부활을 꿈꾸며」에서 산은 "상수리" "한 알의 침묵" "절절한 푸른 사연과 고백" "수국의／고요한 웃음" 소리를 들려준다. 여기서 그는 부활을 꿈꾼다. 일상 속에서 더이상 약으로 전화되지 않는 "슬픔과 상처"를 결 고운 소리가 간직된 자연 속에서 치유하여 현 상태의 질적 변모를 도모하고자 한다.

　　산 속으로 들수록 내가 읽어야 할
　　저 벅찬 운문의 깊이
　　나뭇가지 하나 하나가 회초리 되어
　　내 부패한 살이 아프다
　　잘 여문 상수리 한 알 떨어져
　　발 밑으로 또르르 구르다가 멈춘다
　　저 한 알의 침묵이 태산처럼 무거워

나는 웃옷 벗어 어깨에 걸친다

—「부활을 꿈꾸며」 부분

그러나 그 시도는 순탄치 않다. 일회적으로 보고 넘겼던 일상의 현란한 풍경과는 대조적으로 저 산은 읽어도 읽어도 짐작키 어려운 "운문의 깊이"를 드리우고 있다. 저 산은 물론이고 나뭇가지 하나하나마다 회초리가 되어, 속도에 눈멀어 수다스럽게 살아온 그의 부패한 살을 때린다. 떨어져 굴러온 잘 여문 상수리 한 알의 침묵 앞에 그는 묵은 때를 벗기듯 웃옷을 벗어야 하고, 절절한 사연과 고백으로 다가오는 나뭇잎 앞에 허허롭게 지내왔던 마음의 확인과 더불어 소음에 익숙했던 그 무릎은 꺾이고 만다. 이렇게 자연의 소리와 하나 되기에 앞서 그는 오래 묵은 일상의 때부터 벗겨내야 한다. 소음을 닮았다고 자성(自省)하던 그가, 지향세계와의 합일 이전에 속화된 자신을 통렬히 발견하는 이 모습은 이미 예상된 것이다. 이번 연작의 첫번째 망설임은 지향세계에 곧바로 매개되지 못하고 그 시도가 속화된 자신의 발견으로 귀결된다는 사실에 있다.

시골에 와서도 컴퓨터 끼고 사는 아들 녀석 달래고 윽박질러 이웃해 사는 외조카들과 함께 현북리 고개 깊숙이 아직 물 마르지 않은 골짜기 찾아나선다 물 속 두꺼운 몸 담구고 앉아 묵은 때 벗는다 마음까지 서늘해진다 둥둥, 생활이 저만큼 떠내려간다 그러나 나는 안다 언제고 물 밖 벗어나는 순간 생활은 예의 뻔뻔한 얼굴로 돌아와 내가 한 집안의 책임 많은 가장임을 깨우쳐 주리라는 것을,

—「가재는 일급수에 산다」 부분

그는 이 자본이 미처 길을 트지 못한 깊은 산속, "현북리 고개 깊숙이

아직 물 마르지 않은 골짜기"에서 일급수를 발견한다. 거기서 그는 자기 몸에 두껍게 긴 묵은 때를 벗기면서 그 물과 어우러져 "연발 탄성"을 지르는 아들의 소리를 듣고 있다. 그러나 그는 마음마저 서늘하게 하는 그 물에서 생활의 때를 벗기는 이 정화감이 현재의 짧은 순간에 불과할 뿐, 가장의 무거운 책임감 아래 곧 3·4급수도 안되는 생활전선의 탁류로 복귀해야 한다는 사실에 자꾸 매인다. 그래서 가재잡이에 몰두한 아들과는 대조적으로, 그는 그곳을 벗어난 뒤의 생각에 여념이 없다. 「민물 새우는 된장을 좋아한다」에서 경험한 밝은 추억을 아들에게 만들어주기 위해서 생활전선을 굳게 디뎌야 한다는 화자의 이 강박증과는 대조적으로 일급수와 어우러진 아들의 가재잡이는 신바람을 내고 있다.

여기서 그는 두번째로 주춤한다. 이는 첫번째 주저함과는 차이가 있다. 첫번째는 그 몸이 속도에 실려 수다스럽게 살았다는 고백에서 이미 예견된 것인 반면, 두번째 좌절은 숨겨져 있다. 만약 그 주저함이 속화된 자신의 발견에서만 연유하는 것이었다면, 그는 행복했을지도 모른다. 거듭된 정화의지 아래 그 망설임은 해결될 수 있기 때문이다. 이번 연작의 진정한 주저함은 그 지향이 결국 일시적인 여유에 불과하고, 곧이어 생활전선에 복귀해야 한다는, 자신이 처한 물적 조건의 성찰에 있다. 그 오염은 이미 진행'된' 것일 뿐만 아니라, 앞으로도 계속'될' 것이다. 이렇게 그는 지향세계를 스스로 배반해야 하는 입장에 처해 있다.

> 애써 가꾼 한 해 양식을
> 지상으로 돌려보낸 뒤
> 한결 가벼워진 두 팔 들어올려
> 하늘 경배하는 그대들이여
>
> 주머니 속

때묻은 동전에 땀이 배인다

―「상수리나무」 전문

이 점은 인용시에서 "하늘 경배"하며 두 팔 벌린 나무와는 대조적으로 주머니에 손을 꽂고 주저하는 화자의 모습으로 또 한번 되풀이된다. 이미 「부활을 꿈꾸며」에서 화자의 발 아래로 떨어진 상수리 한 알은 무거운 침묵을 보여준 바 있다. 그 나무가 애써 가꾼 양식을 지상으로 돌리는 반면에, 그는 주머니 속의 동전을 놓치지 않고 있다. 저 자연처럼 생명의 삶을 살고 싶지만, 낮의 질서에 묶여 돈의 때나 탈 수밖에 없다. 이때 땀은 그 갈등과 주저함의 표현이다. 다른 시편에 비해 시의 육체를 다지지 못한 이 시의 형해화는 이런 갈등상황에서 연유한 것으로 보인다.

이렇게 맑은 소리가 어우러진 자연 속에서의 부활의 시도는 실패가 자명한 지향이다. 자연과의 합일상태에 머무르려 했던 언술내용의 주체는 현실적 조건을 직시하는 언술행위의 주체에 의해 주춤하게 된다. 자연은 잠시동안의 재충전만을 제공할 뿐 진정한 부활의 계기는 주지 않는다. 약으로 발효될 듯 보인 슬픔과 상처의 전화는 여기서도 어렵다. 이는 이재무 개인의 모순을 넘어 이 시대 사람들이 보편적으로 겪고 있는 사회적 갈등을 반영한 것이다. 자신의 모순을 만들어낸 외부세계(생활)를 놓치지 않는 이런 시각 때문에 이재무의 시는 합일의 맹목으로 뻗어가지 않는다. 그런 면에서 이번 신작의 자기성찰이란 다름아니라 자신이 얽매인 외부상황의 성찰로 이어진다. 이렇게 자신의 물적 토대를 발견하고 해소되기 어려운 갈등과 그 시도의 좌절을 형상화하는 데에 이재무 시의 솔직함이 있다.

3

　이런 좌절은 추억에서도 징후적으로 제시된다. 그 징후는 「가재는 일급수에 산다」의 "아이들 눈에만 자주 그들이 들키는 것은 아이들이 아직 생활 모르기 때문일까 그렇다면 내가 가재 쉽게 못찾는 것이 꼭 이 시력 탓만은 아닐 것이다"라며 일급수 속의 아이와 생활 속의 자신에 대한 평가를 유보(이 역시 일종의 주저함이다)한 진술에서 드러난다. 생활을 걱정하며 애매하게 망중한(忙中閑)을 즐기는 그의 눈에는 이상하게 가재가 보이지 않는다. 반면 생활을 걱정해본 일도, 가재를 잡아본 일도 없는 아들은 안경 쓴 눈으로도 쉽게 가재를 찾아낸다. 여기서 일급수는 가재가 살아가는 맑은 물의 의미를 넘어 생활과 살 섞지 않은 동심이 발현되는 장소의 함의를 획득한다. 화자는 그 물에서 배제된다.

　그러나 탁류와 대비되어 보이는 저 일급수에 역시 물때가 있다. 아직 생활을 모르는 아들의 동심은 생활을 걱정하는 화자의 보호 아래서만 가치롭게 빛난다. 여기에는 "시골에 와서도 컴퓨터를 끼고 사는"(「가재는 일급수에 산다」) 그 아들이 앞으로 자신보다 훨씬 심한 생활의 회로 속에 감금되고, 모순적인 지위에 처할 것이라는 우려가 깔려 있다. 그런 면에서 아들의 동심에는 격렬한 파괴를 겪을 미래가 수순으로 예정되어 있다. 여기서 아들의 모습은 과거 호박서리를 하던 자신의 모습과 겹쳐진다. 그 역시 가난한 삶 속에서도 아이들의 호박서리 정도는 눈감아주던 과거 농촌의 넉넉한 인심의 보호 아래 있었다. 이러한 유년기의 추억은 현재 화자의 생활을 묶고 있는 억압을 풀어주는 해방의 희열감을 맛보게 한다. 하지만 바깥세상에서 소용돌이치고 있는 폭풍우로부터 보호되는 듯 보이는 유년시절의 행복은 주체가 기표 없이도 기의 상태로 완전하게 존재한다고 착각하는 오인식(誤認識)에 근거한 것이다. 라깡(J.

Lacan)이 상상단계라고 정의한 이 시기는 대상과 자신을 일치시킨 타자의식의 부재를 특징으로 하기 때문에 그 성향은 자족적이고 폭력적인 것으로 행사될 위험이 있다. "아들은 눈치가 빠르다 호박서리가 엄니 맘에 꼭 드는 짓이란 것을 안다 다음날, 또 다음날도 서리는 계속된다"(「민물 새우는 된장을 좋아한다」)는 대목에는 어머니를 검열보다는 넓은 품의 주재자로 인식하려는 어린 마음의 오해가 개입되어 있다. 그래서 화자는 "저런 호로자식을 봤나, 싹수 노란 것이 큰일하긴 글렀다"라는 어머니의 잔소리를 "지청구"(까닭 없는 원망)로 돌리고, 거기서 "켜놓은 박 속처럼 하"얀 얼굴표정만을 부각시킨다. 그리고 여기에는 "남의 집 담장 위 앳띤 애호박 푸른 웃음 꼭지 비틀어 딴 후"와 같이 그 결 고운 소리를 제거하는 폭력 역시 행사되고 있다. 만약 그것이 사소한 것이라면, 다음은 어떠한가?

새끼 잃은 원한의
피울음 널어놓다가
외려 돌팔매질에 혼났던,
돌아보면 그저 유년의
사소한 놀잇감이었을 뿐인
새 울음소리

—「때까치」 부분(『몸에 피는 꽃』)

인용시에는 유년의 자족적인 놀이가 생명체를 유희도구 삼아 행한 심각한 폭력이 얼룩져 있다. 유년의 돌팔매질에 까치새끼는 목숨을 잃고, 그 슬픔에 피울음 울던 어미마저 혼이 난다. "새까맣게 잊고 지냈던/그날의 새 울음소리"는 "독감에 걸린 아들/등짝에 달고/소아과병원 가는 길", 자신이 그 어미새와 비슷한 처지에 놓인 그날, "25년 멀고 먼

거리/순간으로 달려와서는" "죄의 가슴/콕, 콕 찍어"온다. 밝은 추억
에 그늘져 망각되기 쉽지만, 소음의 폭력성을 닮은 그 과거가 우리가 그
리워하는 추억의 속내라고 한다면 그 오인식은 그를 둘러싼 외부세계의
실상과 만나는 과정 속에서 교정되어야 한다. 화자의 추억이 이런 모순
을 징후로 깔고 있는 것이기에 그 좌절 역시 이미 예정된 것이다. 자연
에 내재된 소리와의 교감을 회복하려는 시도가 시인이 처한 물적 조건
의 확인으로 이어졌듯이, 밝은 추억에 내재된 소리를 재현하려는 시도
역시 당시의 오인식 교정 후 외부 소음과의 만남이 불가피하다. 첨벙 뛰
어들어 아무 근심 없이 가재를 잡았던 그 일급수 속에도 물때는 있다.

소음을 피하려던 두 방향의 시도는 잠시동안의 재충전의 기회만 획
득할 뿐, 역설적이게도 그 소음과 만날 수밖에 없다. 그는 비판의 의도
마저 소음으로 흡입하는 그 질서의 회로 속에서 소음을 확산시키는 처
지로 또다시 내몰리게 된다. 그래서 애초의 의도에서 침묵했던 이 좌절
은 웅변적으로 들려온다. 이렇게 그의 시는 시인의 의도에 환원될 수 없
는 작품 외부의 물적 토대를 반영하며 그 의도의 모순을 보여준다. 그의
작품은 그것이 되고자 원했던 이면에 존재하게 된다.

4

나이가 들면서부터 부쩍 찾게 되는 곳 서해
그녀가 베풀어준 그 깊고 긴 뻘의 뭉클한 젖무덤
속 한 마리 키 작은 염낭게 되어 들고난다
—「서해 갯벌」 부분

그러나 실패가 자명한 이러한 시도에도 불구하고 그의 시에는 합일

에의 열망이 여전히 포기되지 않는다. 김승옥(金承玉)의 「환상수첩」에
서 바다가 생활이 아닌 환상의 공간으로 제시되듯이, 이재무의 「서해
갯벌」 역시 외적 조건에 규정되지 않는 합일열망이 앞질러 질주한다.
이 시에는 염낭게의 모습으로 변한 화자가 거녀(巨女)의 모습으로 누워
있는 갯벌 속을 자맥질하는 환상적인 합일이 끝까지 펼쳐져 있다. 그녀
는 "상실의 적막으로" "요란스레 울"고 있는 화자에게 고개 끄덕이며
그 뭉클한 품으로 안아준다. 이 점은 입산 과정에서 산의 채찍을 맞으며
합일이 요원하기만 했던 「부활을 꿈꾸며」와 다르고, 민물 체질인 그가
일급수를 벗어난 뒤의 생각에 여념없던 「가재는 일급수에 산다」와도 다
르다. 그리고 같은 서해를 노래하면서도 생태계 파괴에 진저리치던 『벌
초』(실천문학사 1992)의 「게 ─ 여기저기 몸이 아프다」와도 대조적이다.
외적 조건의 확인으로 귀결될 수밖에 없음에도 불구하고 합일의 환상을
포기하지 않은 이 열망을 어떻게 수용할 것인가? 「정선행」에 제시된
'길'과 그 위에 떠 있는 '별'을 통해 이 문제를 해명해볼 필요가 있다.

　많은 시인들이 아름다운 미래를 목표로 삼고 길 위에 나서 있다. 이
때 별은 그 미래의 지표로서, 시인들은 길 위의 현실과 불화하는 성숙한
내면을 바탕으로 그 별에 도달하기 위해 희망─환멸의 변증법적 과정을
걷고 있다. 루카치(G. Lukács)의 『소설의 이론』에는 이러한 태도가 '문
제적 개인'의 자세로 드러나는데, 루카치는 선험적 고향을 찾아나선 그
길 위에서 문제적 개인의 견딤을 강조한다. 여기서 길 위의 현실은 철저
히 불화해야 할 제2의 자연이고, 역사적 범주가 미성숙한 우회로일 뿐
이다. 거기서 작가의 체험 속에 뿌리내리는 과도한 주관의 표출을 공허
한 내재성 혹은 구멍투성이의 표면으로 비판하면서 루카치는 신으로부
터 버림받은 세계가 신에 의해 충만함을 볼 수 있는 능력으로 제시한 아
이러니를 통하여 이원성의 세계를 전복하려 한다. 비록 그 싸움은 현실
앞에 패배당하는 절망적인 싸움이지만 그 싸움을 포기하는 것이 더욱

절망적이고, 현실에 대항하는 이념이 있는 한 현실의 승리는 궁극적인 승리가 될 수 없고 그 현실은 언제든지 동요될 수 있다는 믿음에서 루카치의 아이러니는 그 존재의의를 마련하고 있다. 그래서 그의 소설론에는 성숙한 남성의 혼이 고압적으로 강요되고 있다.

그러나 그 도정은 목적에 대한 희망으로 주체의 내면을 밝혀줄 수 있을지언정 현재 삶의 피로는 해결하지 못한다. 가령 "때 묻은 발 씻고 싶어라"(「길」『시간의 그물』)라는 휴식 욕망은 결핍된 삶이 종말을 고하는 미래에 누릴 좀더 완전한 휴식을 위하여 억압되기 때문이다. 규정층위의 심각성을 간과한 그 견딤은 성숙한 남성의 몫이라기보다는 오히려 신의 능력에 더 어울릴 법한 것이다. 목적의 실현이 끝없이 연기되는 마당에서 별빛을 그 목적의 흔적으로 느끼며 길이 끝난 듯 보이는 악화일로의 과정을 밀고 가라는 주문은, 가혹한 희망에 목매는 것이자 주체를 폭압적인 우회로 속에 우격다짐으로 밀어넣는 살 떨리는 억압에 해당한다.

이전까지 이재무의 길 역시 아름다운 미래로 향했고 그 별은 "무수한 칠흑의 밤" 속에서 그 목적을 지칭하는 "좌표"(「다시 돋는 별」『시간의 그물』)라는 심각한 의미를 띠고 등장했다. 그랬기에 그 별은 미래가 보일 때 창창하게 빛날 수 있었지만, 악화된 시대상황에서 그 전망이 불투명할 때는 "하얀 피를 흘리"며 "한기"(「별」『벌초』)를 심어주거나, "창을 닫고 말았다"(같은 시). "그 후 별들이 죽고"(「다시 돋는 별」)처럼 외면 혹은 망각되기도 했다.

가도 가도 우리가 묵을 미래의 거처, 보이지
않았다 누군가 뒷덜미를 내려쳐 뒤돌아보면
먼데서 30촉 전구알보다 더 환한 별빛이
깔깔대며 웃고 있었다 완강한 공기는
소음에 시든 무릎을 시리게 했다

일행 중 아무도 침묵을 깨지 않았다
그날 우리 모두는 알고 있었던 것이다
아름다움과 두려움은 한 뿌리의 다른 가지라는 것을

—「정선행」 부분

그러나 이번 신작의 별은 그런 목적의 도정과는 다른 맥락 속에 위치한다. 별이 목적일 때 놓치기 쉬운 현재의 아름다움을 부각시키는 인용시를 마지막 구절에 초점을 맞추어 읽어보기로 하자. 그는 깊은 침묵 속에서 '아름다움'과 '두려움'(추·악·결핍이라 해도 좋을 듯싶다)이 한 뿌리의 다른 가지라는 사실을 깨닫는다. 사뭇 의미심장하게 읽히는 이 표현을 변증법에서처럼 두 대립항(아름다움과 두려움)이 예정된 길을 따라 예정된 목표(고양된 아름다움)에 도달하는 단일한 여정으로 읽을 수도 있다. 즉 길 위의 주체가 제2의 자연으로 제시된 모순된 현실을 순차적으로 지양하여 선험적 고향에 이르는 도정의 맹아를 제시한 것으로 볼 수도 있다.

그러나 필자에게 이 구절은 그러한 완전한 미래에 대한 맹목을 교정하는 표현으로 읽힌다. 인용시의 별은 "미래의 거처"라는 목적지가 보이지 않는 전망부재 속에서 환하게 빛나고 있기 때문이다. 뿌리에 공존하는 모순(아름다움과 두려움)은 일원론적인 종말론 아래 무화되지 않고 여전히 그 이원성을 유지할 것으로 보인다. 그 대립물들은 화해를 통해 대립을 초월하는 대신, 그 대립의 조건을 계속해서 재생산하며 불균등하게 변화할 것으로 보인다. 아름다움은 그 자체만으로 종결되는 고독한 미래 대신, 두려움과 어느 정도 살 섞었는가 하는 '더'와 '덜'의 정도의 문제로 그 미래를 지속적으로 맞이하게 될 것이다. 그래서 이 표현은 아름다움은 어느 시점에서나 불완전하다는 진술로 읽힌다. 아울러 이 표현은 길 위의 삶을 불화해야 할 제2의 자연으로 보는 루카치의 견해와는 달리, 현재의 아름다움 역시 부각시키고 있다. 목적지 못지않게 여행과정이 즐겁고 아름다울 수 있듯이, 인용시의 별은 목적이 아니라 현재의 아름다움을 돋보이게 하는 배경으로 떠 있다. 그 별은 깔깔 웃으면서 길 가는 주체의 뒷덜미를 내리비추며 그 내면을 환하게 풀어주고 있다. 이 길을 둘러싼 "어둠"과 "밝고 높"은 물소리는 서울을 까마득하게 잊게 한 다음, 거기서 소음에 시달렸을 마음을 젖게 만든다.

심하게 훼손되었지만 아직까지 건재하는 서해에서 고달픈 삶을 위무받는 「서해 갯벌」 역시 이런 맥락에서 이해된다. 그 합일의 환상은 현실에 부재한 것에서 비롯된 근거없는 환상이 아니다. 자기함정을 응시하는 자가 조심스럽게 다가서는 환상, 그가 그 바다에서 "슬픔과 상처"(「부활을 꿈꾸며」)를 위무받는 이 합일체험은 미래의 목적에 짓눌려 억압되어야 할 것이 아니라, 좀더 적극적으로 누려야 할 현재의 즐거움에 해당한다. 「종소리」는 그러한 합일이 현실에서 확산되는 모습을 잘 보여준다.

> 오래 우려낸 침묵 동그랗게 퍼져서 간다
> 저 소리 어찌 저토록 맑고 깊을 수 있단
> 말인가 (…)
> 빠진 이처럼 춥게 서 있는
> 마을의 지붕 위에 괜찮다, 괜찮다, 고
> 잔기침 흩뿌리신다
>
> —「종소리」 부분

"오래 우려낸 침묵" 끝에 "맑고 깊"게 퍼져가는 종소리는 자본의 속도가 급조해낸 소음과는 달리 생명체의 결핍을 메운다. 그 소리는 새순의 생장을 돕고, 냇물의 떠들썩한 속도를 더디게 하고, 꽃과 새의 눈시

울을 붉게, 천년 잠 속에 감금되었던 돌의 눈을 뜨게 만든다. 그 소리는 심강무성(深江無聲)의 경지로 다가와 "빠진 이처럼 춥게 서 있는" 결핍의 삶들이 입은 상처를 "괜찮다, 괜찮다, 고" 위무해주고, 다 저녁 "고달픈 한 생애"를 사는 화자의 귀에서 찌든 세상 소음을 씻어낸 뒤, 소리의 원 안에서 자신의 삶을 돌이켜보게 한다. 소음을 잠재우며 은은하게 울려퍼지는 그 아름다운 소리는 미래가 아니라 지금 이 순간 "잔기침 흩뿌리"며 퍼져나오고 있다.

　이렇게 이재무의 신작은 소음과 그 정화 시도의 좌절 사이에 있다. 그의 시는 잠시동안의 재충전 뒤에 시가 반영하게 되는 물적 토대 때문에 그 시도가 좌절될 수밖에 없음을 보여준다. 이러한 모순의 발견과 더불어 시인은 결핍의 현실로 복귀하게 되지만, 그의 시는 시가 실패한 지향을 거슬러 다시 재충전의 세계가 펼쳐지는 환상의 지점으로 나아간다는 점 역시 보여준다. 물론 그 환상은 미래의 목적에 억압되는 것이 아니라, 현실에서 누릴 즐거움에 해당한다. 더불어 그의 시는 시의 임무가 지금 일시적인 재충전에 불과한 제한된 환상의 공간을 보호·확장해야 한다는 점에 있다는 사실 역시 보여준다. 불균등하게 변화하면서 두려움과 살 섞고 있는 현재의 아름다운 즐김의 공간을 더욱 확장해야 한다는 사실을 말이다. 이재무의 시는 그 시도와 좌절 사이의 각 단계를 숨가쁘게 회전하고 있다.

―『신생』 2001년 겨울호

제 3 부

주 제 론

주체적 독법으로 바라본 「서른, 잔치는 끝났다」

1990년대 한국 죽음시에 대한 단상

우리 시에 나타난 낙동강 하구

폭탄에 의해 유지되는 평화

시 속에 드러난 지역의 풍경

저항시 담론과 정치적 무의식

주체적 독법으로 바라본 『서른, 잔치는 끝났다』

1. 두 가지 문제제기

수용자의 주체성에 대한 관심이 갈수록 높아진다. 그 양상은 수용이론과 독자반응 비평, 그리고 최근 문화연구의 수정주의 경향에서 발견되는 능동적 수용자론 등에서 쉽게 찾아볼 수 있다. 이 경향들은 대개 수용자들의 다양한 반응을 중시하며 그들이 작품에 능동적이고 자발적으로 참여하여 작품과 활발한 대화를 나누어야 한다는 입장을 보인다. 그 배면에는 그동안 엘리뜨주의적 관점에서 일방적이고 무반성적으로 전개되던 생산자의 고압적인 계몽성에 대한 비판의식이 깔려 있다. 동시에 작품의 메씨지를 수동적으로 소비했던 수용자를 생산자의 입지로 끌어올리는 수용자 격상의 의미까지 깔려 있다. 이 글은 이렇게 최근 그 지위가 격상되고 있는 문학작품의 소비자인 독자에 대한 관심에서 출발한다. 그 중에서 전술한 수용자의 능동성, 즉 독자의 주체적 독법이 어떻게 가능한가에 초점이 맞춰질 것이다.

이 글은 다음 세 가지 원칙하에 위의 주제에 접근하게 될 것이다. 먼저 실제 작품의 읽기과정에 중점을 둘 것이다. 이 글에서 제기할 주체적 독법은 실제 작품 읽기가 전제되지 않는 한, 기존 이론에서 복잡한 양상으로 제시한 바 있는 독자상과 별 차이가 없는 동어반복으로 빠져들 위험이 있다고 생각한다. 그리고 여러 권의 텍스트보다 한 권의 텍스트를 다양한 방법으로 읽을 것이다. 비교기준이 모호한 여러 권의 텍스트를 동시에 읽는 것보다는, 집중력 있는 논의를 위해서 한 권의 텍스트를 선정하는 것이 좋다고 생각하기 때문이다. 마지막으로 이 논의에 대한 관심이 지금도 계속 증대되고 있는만큼, 그 시의성을 담아낸다는 원칙 아래 최근 독자들에게 많이 읽힌 낯익은 작품을 대상으로 삼을 것이다.

오랜 고민 끝에 최영미(崔泳美)의 『서른, 잔치는 끝났다』(창작과비평사 1994)를 이 글의 대상으로 삼는다. 『서른, 잔치는 끝났다』(이하 『서른』)는 진보진영에서 나온 베스트셀러 시집으로, 여러 겹의 의미를 읽을 수 있는 작품이다. 이 시집은 읽기에 따라서 성(性)과 상처입은 내면마저 상품화한 문화상품이라는 평가에서 진지한 자기반성이라는 의견에 이르기까지 다양하고도 의미편차가 큰 읽기가 가능한 텍스트이다. 그 양상을 전부 포괄할 수는 없겠지만, 나는 한 명의 독자로서 이 시집에 내재된 읽기의 통로를 가능한 좇아갈 것이다. 그것이 이제부터 추적해나갈 읽기의 여섯 가지 단계이다. 이 작업을 통해 주체적 독법에 도달하는 방법과 그것이 왜 필요한지를 살피는 것이 이 글의 첫번째 목적이다. 그 다음 의사소통체계인 문학에서 주체적 독법은 한 면에 지나지 않는다는 전제하에, 그것이 어떻게 확대되어야 할 것인지를 살피는 것이 두번째 목표이다.

2-1 도발성 읽기

『서른』에서 가장 먼저 읽히는 것은 성적 표현과 결합된 도발적인 언어이다. 시 특유의 독백적 정조는 어느정도 고백성을 동반하지만, 최영미가 사용하는 고백적 언술은 숨겨야 할 것을 까뒤집어 다 드러낼 만큼 파격적이다. 그것은 '밑구녁' '간음' '씹' '섹스' 등의 원색적인 시어로, 때로는 "시를 빙자해 괜찮은 남자 하나 추수할 수 있다면"(「생각이 미쳐 시가 되고」)과 같은 과감한 자기고백으로 드러난다. 자기검열을 거치지 않고 거침없이 올라오는 욕망에, 화자는 일말의 왜곡 없이 솔직하다. 그 표현들은 그간 엘리뜨적 엄숙주의 전통에 묶여 정숙함과 단정함을 강요 받았던 여성시인들의 모습과는 사뭇 대조적이다.

그렇다면 이 도발성은 왜 표출되었을까? 거기에는 무방향으로 발산 되는 것이 아니라 어떤 과녁을 표적 삼은 방향성과 그것을 꿰뚫어버리려는 '안간힘'이 내포되어 있다. 성을 거론하는 시인들에게 성의 표출 자체가 목적이 아니듯이, 최영미의 성적 담론 역시 분방함 너머의 어떤 표적을 겨냥하고 있다. 송욱(宋稶)과 김수영(金洙暎)이 언어의 비속화 를 통해 '성'을 낯설게 시화해낸 이후, 시인들의 꾸준한 사용으로 '성'은 이제 시적 소재로 웬만큼 자동화되었다. 하지만 여성의 미덕을 강조하는 기존 관습은 여성 시인들에게 '성'을 여전히 닫혀 있는 것으로 만들었다. 성적 담론에서 여성은 언술대상이면서도, 담론의 주체가 아니라 타자로 밀려날 수밖에 없었고, 그 담론은 남성 시인 중심으로 행해져왔다. 그 의도가 어떠하였건 최영미의 파격적인 언술이 가닿는 지점은 바로 여기이다. 이 도발성은 인간관계가 배제된 채 상품처럼 소비되고 매매되는 이 시대의 타락한 성에 대한 비판과는 별도로, 여성 주체의 입을 통해 발화되고 있다는 점에서 주목된다. 이 도발성이 여성에 대한 우리 사회의 금기에 대한 시비 걸기로 이해될 때, 아직도 우리 사회가 불편하게 치러내야 하는 통과제의의 일면이 그 도발성 속에서 진행중이라고 볼 수 있다. 그것은 1980년대 선배시인인 최승자나 김혜순의 바통을 이어받아 여성시의 영역을 확장하려는 시도로 읽을 수 있다.

그러나 그런 점을 인정한다 하더라도 이 도발성은 다음의 측면에서 문제가 있다. 그녀의 시에서 여성이 성담론의 대상에서 주체로 바뀌어 있지만, 그 방법은 여전히 여성을 대상화하고 있다는 점이다. 즉 이제껏 쉬쉬해온 금기의 영역이 여성의 입에서 거침없이 말해졌다는 사실은 여성을 성담론의 주체로 격상시킨 의미와는 별도로, 독자들에게 노출증이 심한 한 여성의 몸에 대한 훔쳐보기의 욕구를 불러일으켰을 수도 있다는 것이다. 성에 대한 기존의 억압이 잘못되었듯이, 노골적인 성적 발언으로 여성을 대상화한 최영미의 방법 역시 올바른 것으로 보이지는 않는다. 그 도발성은 여성의 일방적인 대상화를 거부하면서도 사실은 성에 대한 왜곡된 인식을 확산시키는 것이기에 기존의 억압적 구조와 공모하는 것으로 볼 수 있다. 페미니즘의 외양을 취하면서도 그 속내의 많은 부분은 반(反)페미니즘으로 채워져 있는 것이다.

『서른』의 도발성은 강한 흡인력으로 독자를 사로잡는다. 우리의 의식 속에 최영미가 강한 인상으로 각인된 것은 도발성으로 말미암은 바가 크다. 단정할 수는 없지만, 뭇사람들의 시선을 이끄는 관음증에의 유혹이 이 시집을 베스트쎌러로 만드는 데 일조했을 것이라고 생각한다. 『서른』의 판매부수가 문제되는 지점은 여성의 몸을 스스로 대상화한 그 강렬한 고백이 상품화와 결합되는 바로 이 지점이다. 이는 특히 "나는 내 시에서 / 돈 냄새가 나면 좋겠다"(「詩」)와 같은 선정적인 구절에 의해 더욱 오해를 받게 된다. 그리고 바로 이 부분에, 문면 그대로를 전체적인 특질로 믿어버리는 독법의 '우중성(愚衆性)'이 대중적인 성공과 결합할 위험이 있다. 이 시집이 베스트쎌러의 반열에 오르면서 '솔직한 자기고백'이라는 긍정적 요소는 자신의 몸을 있는 대로 드러내는 도발적 발언이라는 면에서만 부각되었다. 그러나 그렇게 읽게 되면, 그뒤에 내포된 절실한 고민과 그 속에서 전개되는 소박한 저항의 자세는 말소된다. 이 시집의 솔직함은 성적 도발성으로 환원할 수 없는 또다른 국면으로 이어져 있다. 이 도발성에서 '한켠 비껴 읽으면' 그와 강력한 대조를 이루며 그것을 발산시키는 저층이 존재함을 눈치챌 수 있다. 그곳에 깔린 것이 바로 '상실감'이다.

2-2 상실감 읽기

    나의 봄을 돌려다오
    원래 내 것이었던
    원래 자연이었던

—「돌려다오」 부분

    화자는 가지고 있던 뭔가를 잃어버렸다. 뚜렷한 실체로 제시되지 않지만, 이 상실감은 생활 구석구석에 뿌리내리고 있다. 내 것을 돌려달라는 인용시의 절규에도 불구하고 원상태로 복귀할 길이 시집에는 없어 보인다. 이 상실감은 제대로 "한번 싸워보지도 못"(「북한산에 첫눈 오던 날」)한 상태에서, 예감하던 것보다 빨리 찾아온 것이기에 화자를 더욱 당혹스럽게 한다. 그 고통은 "분만할 것도 없으면서 진통하는"(「관록있는 구두의 밤산책」) 석녀(石女)의 헛구역질 같은 아픔과 "무언가 버틸 것이"(「라디오 뉴스」) 썰물처럼 빠져나간 뒤의 마음의 공동화현상을 동반하며 다가온다. 지금 시인이 그 고통을 시라는 형태로 가지런히 행갈이하여 정렬할 수 있는 것과는 대조적으로, "줄을 맞춰 오지 않"(「후기」)고 떼지어 몰려온 그 고통은 화자의 말문을 막아버린다. 『서른』은 일견 요설로 자신을 까발리는 듯 보이지만, 정작 내면을 드러내야 할 부분에서 시인은 실어증에 걸려 있다. 말줄임표를 통해 끝이 갈무리된 "개나리가 피었다 지는 줄도 모르고……"(「茶와 同情」)나 "그런 사랑이 아니라면……"(「사랑의 힘」) 등이 그 대표적인 예에 해당한다.

> 뚜 뚜 사랑이 유산되는 소리를 들으며 전화기를 내려놓는다는 건
> (…)
> 한 세계를 버리고 또 한 세계에 몸을 맡기기 전에 초조해진다는 건
> 논리를 넘어 시를 넘어 한 남자를 잊는다는 건
> 잡념처럼 아무데서나 돋아나는 그 얼굴을 뭉갠다는 건
>
> —「한 남자를 잊는다는 건」 부분

인용시는 같은 통사구조(관형절)를 지닌 9개의 시행이 병렬구문으로 조직되어 있다. 앞서의 말줄임표처럼 인용시 역시 서술부의 생략으로 이후 발언이 생략되고 있다. '한 남자를 잊어야 한다'는 유사정황들이 반복되고 있지만, 그 망각을 자기 삶으로 체화하기란 쉽지 않은 것 같다. 잊어버려야 한다는 주어부의 당위성은 '어렵다'라는 말이 괄호쳐져 있을 법한 서술부의 절실함에 튕겨나와 아홉 차례나 동어반복적으로 늘어진다. 하지만 서술부는 끝까지 침묵하고 있다. 인접성 장애를 일으킨 채 완전한 문장을 만들지 못한 이 주어부처럼, 도발성은 앞서의 완전한 노출증으로 완결되지 못하고 어느 순간 맥이 탁 풀린 채, 말끝이 흐려진다. 도발성에 의해 환하게 불이 들어온 무대는, 말문을 틀어막는 상실감으로 인하여 급하게 "암전(暗電)"(황지우, 시집 뒤표지글)된다.

> 그대에게 가는 마음 한끝
> 콱!

깨물며 태어난
눈물 한방울.

—「꿈속의 꿈」 부분

　이 상실은 꿈속에서 채워지는가 했지만, 그 길목을 막아선 돌멩이 때문에 화자는 당혹스럽게 현실로 돌아올 수밖에 없다. 꿈으로 빠져들기에는 화자를 관장하는 현실원리가 너무 강하다. 열망의 좌절은 그 청산과 더불어 다른 삶의 양태로 섣불리 치환된다. 즉 그 고통의 치유법으로 현실문제를 폐기하고 신비주의나 망각의 메커니즘 속에 침잠하기 일쑤다. 하지만 『서른』에는 상실에 따른 극심한 후유증에도 불구하고 그런 기제로의 도피보다는 '지금—여기' 현실의 이야기가 주류를 이룬다. 그 상실을 여타 방어기제로써 대체하지 않고, 맨몸으로 부딪치고 있기에 상실감은 배가되는 것이다.
　그렇다면 이 강한 상실감은 어디서 연유한 것일까? 짧게 말하여 그것은 '그(너·당신)'의 부재에서 온 현상이다. '그'에 대해서는 기존의 논자가 타당한 의견을 개진한 부분이 있으므로 그것을 인용하기로 한다.

　최영미의 시에서 '그'는 상처를 입히고 끝난 옛사랑의 대상이기도 하고, 이념이 과잉되었던 시기에 부르주아지를 비판하고 나섰던 '운동가'이기도 하다.

—김형수「최영미 현상, 잔치는 정말 끝났는가」, 『말』 1994년 7월호

　『서른』에서 '그'는 "내가 이혼한 줄만 알지"(「어떤 사기」)처럼 이혼한 전남편의 모습으로 덧씌워져 드러난다. 하지만 '상실된 그'가 내포하는 것은 표층적으로 드러난 이혼한 전남편일 뿐만 아니라 '상실된 이념'으로, 화자는 이중적인 무(無)의 상태에 걸쳐져 있다. '그'는 시인이 젊은

시절을 보낸 1980년대에 함께한 '사랑의 대상'(전기적인 측면)과, 그때 우리의 땅에 가득했던 최루탄 속에서 혁명의 열정을 앓았던 '이념적 지주'(시대사적인 층위)의 의미를 동시에 포괄하고 있다. 그의 실체는 김형수의 지적처럼 '옛사랑'과 '운동가'의 모습으로 결합되어 나타난다. 이렇게 '그'를 중의적으로 해석할 수 있는 근거는 『서른』의 여러 시편에서 확인할 수 있다. 가령 갈등상황에서 유발된 모순이 병렬형식으로 길게 나열된 「한 남자를 잊는다는 건」의 경우, '한 남자'는 4행의 "한시절을 접는다는 건"이나 7행의 "한 세계를 버리고"처럼 '시절'과 '세계'의 의미로 확장된다. 병렬법으로 인한 텍스트는 계열관계적 축을 따라 드리워져 있는 연상된 관념들과 무의식적 가능성에 대해 개방된 상태로 남아 있게 된다는 이스톱(A. Easthope)의 말처럼, 당대 소강국면 아래 무의식의 영역으로 억압되었던 이념적 층위는 이러한 병렬형식의 개방성을 통해 그 모습을 드러낸다.

> 혁명이 시작되기도 전에 혁명이 진부해졌다
> 사랑이 시작되기도 전에 사랑이 진부해졌다
>
> 위의 두 문장 사이엔 어떤 논리적 연관도 없습니다
> 다만
>
> ─「사랑이, 혁명이, 시작되기도 전에……」 부분

물론 시인은 개인적인 사랑을 시대사적인 층위로 무매개적으로 확장하는 것이 부당한 유추임을 잘 알고 있는 것 같다. 그 해석법에 따르면 혁명에 대한 열망은 한 개체가 품은 사적인 사랑으로 떨어질 위험이 있기 때문이다. 그래서 시인은 "혁명"과 "사랑" 사이엔 "어떤 논리적 연관도 없"음을 밝히고 있다. 하지만 그녀는 혁명과 사랑 사이의 연관을 단정

적으로 자르면서도, 머뭇거리며 그 뒤에 '나의 경우에는 관련성이 있습
니다'라는 말이 괄호쳐졌을 법한 "다만"의 자리를 예비해둔다. 성급한
등치는 곤란하지만, 여기에서는 그 연관성이 일면 인정되고 있다.

> 바람이 불면 나는 언제나 가을이다
> (…)
> 네가 없으면 나는 언제나 가을이다
>
> —「내 속의 가을」 부분

'그'가 부재한 현실을 화자는 가을에 빗댄다. 이때 가을은 늦가을의
분위기(「선운사」에서처럼 "피어날 때"가 아니라, 잊어야 할 때)를 발산
한다. 앞으로 생활해야 할 나날이 지금보다 더 처절한 겨울임을 예감하
는 화자의 의식은 절망적이다. 그가 채웠던 부분을 혼자의 몫으로 헤쳐
나가야 한다는 의식은 담배가 자신의 "속을 부지런히 태워주"(「담배에 대
하여」)기를 바라는 피학증(被虐症)으로, 또 곳곳에서 "축 늘어진 치욕"
을 만난 뒤 "꼬리 흔들며 달려드는 죽음"(「속초에서」)을 향하여 죽음본능
을 발산하기에 이른다.

　도발적인 언어에 호기심을 갖던 독자들도 사무치는 상실감을 시화해
낸 이러한 시편을 접한 뒤, 성적 언술의 정체를 의심하게 될 것이다. 도
발성 자체를 목적으로 읽기에는 돌연히 전환되고 갈무리되는 뒷부분이
너무 차갑다. 위악적으로 내뱉어진 도발성은 지속적으로 뻗어가지 못하
고 상실감에 튕겨나온다. 야박하게 말하자면, 『서른』에서는 상실감을
기조로 구축된 정신적 아픔이 드러나는 시(「선운사」 「인생」)보다 도발적인
언어로 씌어진 육체적 아픔을 토로한 시가 더 눈에 띈다. 환언하면 전경
화된 도발성 때문에 후경에 넓게 깔린 상실감을 놓치기 쉽다는 것이다.
하지만 시 전체를 끌어나가는 것은 도발성보다는 상실감으로 봐야 될

것이다. 일견 생소하게 전경으로 튀어나온 도발성까지 화자가 처한 상실감에서 연유한 것으로 읽어야 할 것이다.

2-3 부정의 정신 읽기

이제부터 읽을 것은 '부정의 편력'이다. 문체적 측면에서 보면 『서른』에는 '아니다'라는 부정사가 남발되고 있다. 그러나 이 부정은 곁가지를 쳐가며 깊은 인식으로 이어지는 통로 역할을 하지 못하고, 과민반응에 가깝도록 '아니다'라는 현상적인 범주를 맴돌고 있다. 그런데 이 강력한 부정은 '그(봄)'를 직접적으로 향하고 있다.

> 내가 연애시를 써도 모를거야
> 사람들은, 그가 누군지
> 한 놈인지 두 놈인지
>
> ―「그에게」 부분

> 한때 너를 위해
> 또 너를 위해
> 너희들을 위해
> 씻고 닦고 문지르던 몸
>
> ―「목욕」 부분

"내가 이혼"(「어떤 사기」)했다는 사실은 '그'의 복수화를 통해서도 유추 가능하다. '그'는 "고유명사가 아니"(「그에게」)다. '그(너)'는 '그들(너희)' 처럼 복수화된다. 그런데 이 복수화현상은 단일한 그에 대한 전복의식을 함의하고 있다. 즉 여기에는 '그'가 화자의 삶에서 중심적 지위를 차지하며 누렸을 절대적인 권위에 대한 비판의식이 담겨 있다. 이런 비판은 '그'라는 개체적 차원을 넘어 이념적 차원으로 겹쳐 읽게 한다. 그렇다면 1980년대 혁명을 선취하고자 했던 그 열정 속에서 여성성은 억압되고 있었던 게 아닐까? 1970년대 민중시의 대명사로 일컬어지는 「농무」의 "비료값도 안 나오는 농사 따위야/아예 여편네에게 맡겨 두고"에 나타난 여성 폄하의 시각에서 보듯 말이다. 화자가 참여한 운동이 정치성과 함께 해결해야 할 과제인 여성성을 소외시키고, 그 저항 역시 남성 위주로 독단적으로 진행된 것은 아닐까? 그렇다면 거기서 분명 타자를 식민화하는 중심주의의 맹목이 거론될 만하다. '그'만의 소유물처럼 전유되었던 한 여성의 은밀한 부위가 '그들'을 향하여 거침없이 내던져지는 도발성 아래, '그'는 비판당한다. 이렇게 중심이 되는 '그'에 대한 부정은 주변부에 위치한 '그들'의 복권을 통해서 이뤄진다.

    4월은 비틀거리며 우리 곁을 스쳐갔다
                    ―「또다시 희미한 옛사랑의 그림자」 부분

    『서른』에서 계절은 중요한 상징성을 담고 있다. 이 계절 중 화자는 '봄'을 부정하고 '가을'을 자신의 처지로 수락하고 있다. 이때 봄은 문면 그대로의 봄이 아니다. '그'가 중의적으로 해석되었듯 봄 역시 중의성을 지닌다. '그'의 의미가 '3인칭의 남성'에서 '사랑의 대상' 그리고 '이념적 지주'로 뻗어가듯, 봄의 의미 역시 '계절의 봄'에서 출발하여 '사랑의 봄'을 경유한 뒤 '역사의 봄'으로 전의된다. 이렇게 『서른』에는 중의성을 통한 '의미 확장'의 방법이 자주 사용된다. 인용시처럼 그 봄은 4·19혁명이 있던 4월로 구체화되고, 그 시절은 제목에서처럼 '옛사랑'으로 치환된다. 그렇다면 이런 읽기가 가능하다. 과거는 '그'와 '사랑(혁명적 열

정)'을 나누며(앓으며) 꽃처럼 피어나는 '봄(행복한 투쟁의 시기)'이었
다. 반면 지금은 그 소통이 단절된 절망적인 '가을'이다.

어느 환장할 꽃이 피고 또 지려 하는가

(…)

무어 더러운 봄이 오려 하느냐

—「어쩌자고」 부분

동토(凍土)를 녹이고 온갖 꽃을 피우고 오는 계절의 봄은, 봄에 실린
앞서의 의미를 하나도 채우지 못하는 부실한 봄이다. 그럼에도 불구하
고 현란한 외양으로 거짓희망을 심어주는 잔인한 봄이다. 그 희망은 화
자의 감정을 '사랑의 봄'과 '역사의 봄'으로 다시 경사되게끔 충동질한
다. 그래서 화자는 해마다 돌아오는 그 봄을 "더러운 봄" 그때 피는 꽃
을 "환장할 꽃"이라 말하며 "4·19를 맞이해" "어떤 노래도 뽑지 않"(「다
시 찾은 봄」)으려 한다. 그 헛된 희망에 추동되어 헛구역질하기보다 차라
리 절망적인 상실을 체화해야 하는 가을을 고집하는 것이다. 이처럼
'봄'과 '그'는 동일한 의미망을 형성하며 화자에 의해 부정된다.
　부정의 과다노출은 의식의 착종상태로 읽힐 수 있지만, 역으로, 일면
으로 경사되지 않으려는 조심스러운 모색의 자세로도 읽을 수 있다. 우
리가 사용하는 단정이나 정의가 숱한 부정을 경유하여 이루어졌음을 생
각할 때, 이 부정은 또다른 모색의 출발점이 될 수 있다. 여기서 주목할
점은 그 부정이 이미 그(봄)에 맹목적으로 경도되었던 과거의 자신에
대한 반성의 역할을 동시에 수행하고 있다는 점이다. 이제 이 반성에 대
해 읽어보도록 하자.

2-4 반성 읽기

> 달리는 열차에 앉아 창 밖을 더듬노라면
> 가까운 나무들은 획획 형체도 없이 도망가고
> 먼 산만 오롯이 풍경으로 잡힌다
>
> —「인생」부분

기차 안이다. 기차의 달리는 '속도' 때문에 화자는 현실의 세부지형을 파악하지 못한다. 다만 내부에 고속엔진을 장착하고 앞만 보며 급하게 달려갈 따름이다. 그러나 목표를 향한 전진으로 생각했던 이 속도는, 생활세계를 비껴감으로 인해 목표에서 더욱 멀어지는 것이었는지도 모른다. 지난 시절의 정치적 열망도 '속도감'에 경도되어 "속도가 속도를 반성하지 않는 것처럼"(김수영 「절망」), 너무 "먼 산만"을 보며 맹목적으로 달려온 것은 아닌가? 화자는 솔직하게 고백한다. "외로울 땐 동지여!로 시작되는 투쟁가가 아니라 / 낮은 목소리로 사랑노래를 즐겼"(「서른, 잔치는 끝났다」)음을. 다만 목적을 향한 속도감에 도취되어 몸담았던 현실의 세목(가령 사랑노래를 즐겼던 자신의 삶)을 못 보았고, 보지 않으려 했을 뿐이다. 그 속도감에서 한켠 물러나 바라보니 가까운 곳의 "나무들"의 형세와 '그들' 또한 눈에 띈다. 어떤 장애물 때문에 추구해온 "먼 산"이 잠시 가려진 상태에서 생활저변의 모습과 주변부에 위치한 그들의 모습은 새롭게 조망된다. 먼 산이 시야에 포착되지 않고 현실에도 쉽게 발뻗지 못하는 진공상태에서 화자는 "나 혼자만 유배된 게 아닐까"(「지하철에서 2」) 하는 열패감에 잠기지만, 그것은 역으로 작은 것들이 모여 구축된 생활의 견고함과 '그'에 그늘졌던 타자들을 성찰하는 계기가 되었다. "나무"와 '그들'은 불쑥 나타난 듯하지만, 우리 생활 속에 뿌리깊게 박혀 있는 것이었다. 이렇게 먼 산을 향한 그동안의 행보는 일상생활을 버팀목 삼은 것임에도 불구하고 그 기반을 보지 못한 맹목적인 전진이었던 것이다.

> 사랑이, 혁명이 시작되기도 전에 진부해져 썩는 냄새,
>
> —「사랑이, 혁명이, 시작되기도 전에……」 부분

화자는 도처에서 "썩는 냄새"를 맡는다. "피기도 전에 시드는 꽃"(「자본론」)처럼, 제대로 시작해보기도 전에 사랑과 혁명은 진부해져간다. 그러나 여기서 주목할 것은 그에 대한 부정이 전면적으로 치닫는 것이 아니라는 점이다. "아, 그러나 작은 정열은 큰 정열이 다스려"(「어떤 사기」)라든가, "사랑이 아니라면/밤도 밤이 아니다"(「사랑의 힘」)처럼 또 한번 부정이 일어난다. 이렇게 타자의 복권을 통해 '그'를 해체하면서도 그에 대한 그리움을 포기하지 않는 이율배반적 심리 속에서, 그 부정이 모든 것을 배제하는 무조건적인 부정이 아니라는 사실을 암시받을 수 있다. 즉 그것은 부정 그 자체가 목적이 되는 전면적인 해체가 아니다. 그것은 콩고물처럼 붙어 있던 자기모순을 털어내려는 부정인 동시에 어떤 면에서 억압적이고 교조적이기까지 했던 '그'의 모순을 털어낸 뒤, 사랑과 혁명이 올곧게 다시 시작되어야 한다는 의식이 전제된 방법적인 부정이다. '아직도'라는 의문이 들 정도로 '지금-여기'를 고수하던 화자는, 그에게 덧붙은 군살과 외피에 혹하여 그동안 그에 대해 부풀려지고 왜곡된 진단을 했음을 깨닫게 된다. 그렇게 "한 개씩 벗"(「마지막 섹스의 추억」)겨지는 반성의 과정을 철저히 통과하고 난 뒤에라야 사랑과 혁명의 절정도 체험할 수 있을 것이다. "커피를 끓어넘치게 하고/죽은 자를 무덤에서 일으키고/촛불을 춤추게 하는/그런 사랑"(「사랑의 힘」)의 절대성을 선취해낼 수 있을 것이다.

2-5 비판적 문맥 읽기

『서른』은 패배감이 만연한 시기에 패배를 노래함으로써 그 패배를 더욱 확산시킨 혐의가 있다. 하지만 상실의 자리에서 싹터서 진행중인 부정의 편력은 자기반성을 경유한 뒤 비판적 목소리를 내기에 이른다. 그 목소리는 먼 목표에 맹목적으로 경도된 데 대한 앞서의 반성을 실천하기라도 하듯 일상의 미시적인 부분까지 통찰해낸다.

> 내릴실 문은 오른쪽 옳은 쪽입니다
> 다음 역은……
> 안내방송이 이바구하는데 문득 나는
> 굳게 다문 왼쪽 입口로 나가고 싶어졌다
>
> —「지하철에서 2」부분

인용시는 지하철 안내방송의 소리를 통해 현실을 풍자하고 있다. '오른쪽'과 '옳은 쪽'(ㅎ이 묵음화됨)은 모두 [오른쪽]으로 발음된다. 시인은 그것이 시각으로 식별 가능한 문자가 아니라, 그 음성이 동음이의어로 미끄러질 수 있는 안내방송이라는 점에 착안하여 듣기에서 일어날 수 있는 음향유추 현상을 읽어낸다. 시에서 오른쪽은 '우측'이라는 원래의 뜻을 상실하고 '도덕이나 규칙 등에 맞는 방향'이라는 새로운 뜻과 결합한다. 그래서 다음 내리실 문은 '옳은 쪽'으로 바뀐다. 이런 자의적인 결합은 그동안 한국정치의 반공이데올로기를 통해 수시로 자행되어 왔다. 이같은 간단한 조작으로 실체 없는 적을 만들며 위기상황을 모면해온 권력의 메커니즘을 시인은 '귀'로써 간파해내고 있다. 지하철과 같이 고도로 발달한 문명의 이기 속에 그것이 이데올로기임을 은폐하고 무의식을 점령해오는 내밀화된 조작행위에, 시인은 닫혀 있는 왼쪽 입구로 나가고 싶은 시위적 충동으로 맞선다.

> 어쨌든 그는 매우 인간적이다
> 필요할 때 늘 곁에서 깜박거리는
> 친구보다도 낫다
> 애인보다도 낫다
> 말은 없어도 알아서 챙겨주는
> 그 앞에서 한없이 착해지고픈
> 이게 사랑이라면
>
> 아아 **컴-퓨-터**와 씹할 수만 있다면!
>
> ―「Personal Computer」 부분

인용시에서 "**컴-퓨-터**와 씹할 수만 있다면!"이라는 도전적인 발언을 화자의 도착증으로 읽기에는 여백의 힘이 너무 강하다. 그 낯부끄러운 고백을 진하게 강조한 것에서부터 다른 독법을 바라는 시인의 의도를 엿볼 수 있다. 여기서 근사한 신사로 의인화된 컴퓨터가 인간적으로 그려지고 있는 반면, 친구나 애인은 필요할 때만 곁에서 깜박거린다는 사실을 주목할 필요가 있다. 표층에 드러난 타락한 방법(씹하고 싶다)은 이미 타락한 세계(컴퓨터보다 못한 인간)를 전제로 깔고 있다. 이때 우리 생활에 만연한 극도의 소외감이 부각되고, 이 표현은 사물화의 절정에서 사물보다 못한 존재로 전락해버린 타락한 인간관계에 대해 타락한 방식으로 저항한 명백한 아이러니가 된다. 속악한 세계에 몸을 집어던지며 그 세계의 방식을 그대로 따르는 척하지만, 기실은 그것을 역행하며 비판하고 있는 것이다. 이 전제를 놓치고 표면적 진술을 순진하게 믿는 독법의 알라존(alazon)이 되어서는 곤란하다. 그렇게 오독할 경우 표면에 나타난 그 위악적 목소리가 세계의 악보다 먼저 제거되어야 할 폭력으로 규정되고, 결국 이 타락한 세계의 우위성을 인정해버릴 위험이 있다.

그러나 그와는 별도로 이런 선정적인 방법이 꼭 필요했는가 하는 점은 따져볼 필요가 있다. 이 시가 타락한 인간관계에 대한 명백한 비판의 의도를 지녔다 하더라도 굳이 이 자극적인 표현을 써야 했던 필연적인 이유는 찾기 어렵다. 이는 「詩」 역시 마찬가지다. "내 시에서 / 돈 냄새가 나면 좋겠다"는 선정적인 표현은, 화자가 우리 삶의 아롱진 세목을 적시는 감동적인 시를 쓰겠다는 건강한 욕구를 지녔음에도 불구하고, 문화상품의 소비회로에 편입되기를 갈망하는 욕망으로 오인되기 쉽다. 대중매체의 선정주의를 닮은 이 표현들이 시인의 진의를 부각시키기보다 오히려 그에 이르는 길을 차단하고 있는 점은 반드시 지적되어야 할 문제이다.

2-6 전망 읽기

마지막으로 전망 읽기를 해나가도록 한다. 전술한 것처럼 『서른』에는 '지금-여기'의 이야기가 주류를 이룬다. 반면 동일한 실패를 되풀이할지도 모른다는 조심스러움 때문인지 거침없이 말을 내뱉던 앞서의 도발성과는 대조적으로 시인은 미래에 관련한 발언은 회피하고 있다. 몇군데서 발견할 수 있는 언급 역시 "4월의 혼백들이 꽃으로 / 피어난다는 말을 / 나는 믿지 않는다"(「어떤 輪廻」)처럼 불신의 양상으로 나타난다. 이렇게 전망에 인색한 면모 때문에 최영미는 1990년대 지표 잃은 현실을 자연스럽게 시화해낼 수 있었을지도 모른다. 하지만 전망 설정과 그 추구의 의지가 전혀 없는 것은 아니다.

봄이 오면
손톱을 깎아야지
(…) 매끄럽게 다듬어진 마디마디
말갛게 돋아나는 장미빛 투명으로
새롭게 내일을 시작하리라

―「대청소」 부분

인용시는 『서른』에서 드물게 의지적인 발언을 갖춘 시이다. 그러나 대청소라는 어감 자체가 우려스럽게도 전대와의 단절을 선언하는 청산주의적 행위로 오해될 수 있다. 나는 이 시가 청산의 내용을 담고 있지만, 그 대상을 정확히해야 한다고 생각한다. 이때 "손톱"과 "봄"에 주의할 필요가 있다. 먼저, 슬픔이 많으면 손톱이 빨리 자란다는 속설을 생각해보면, 손톱은 슬픔을 환기하는 객관물에 해당한다. 그러니까 "손톱을 깎아야지"는 '그'에 대한 청산이 아니라, 현재 만연한 '혼돈과 상실감'에 대한 청산이 된다. 다음으로 "봄이 오면"이라는 가정 속의 '봄의 의미'는 해마다 돌아오는 '계절의 봄'보다는 4·19와 같은 역사적인 의미를 함유한 '역사의 봄'에 가깝다. 그 봄은 '계절의 봄'과 발맞추어 오지 않지만, 시인은 "봄이 오면"이라는 가정을 끝내 포기하지 않는다. '그'에 대한 믿음이 전면적인 부정으로 치닫는 것이 아니듯, 봄에 대한 믿음 역시 포기되지 않는다. "한 개씩 벗"겨지는 가운데 "뼈와 살로만 수습된"(「마지막 섹스의 추억」) 그의 참모습과 만날 수 있듯이, 인용시의 봄 역시 혁명적 낙관주의와 패배감을 가지쳐내는 현실과의 오랜 고투 끝에 오롯이 만날 수 있다. 새봄에 손톱을 깎고 대청소하겠다는 목소리는 작다. 그래서 사소한 것으로 넘길 수 있지만, 이 낮은 목소리는 실상 아름다운 미래에 대한 불신이 만연한 '지금-여기'를 버텨겨 나올 수 있는 가장 큰 목소리가 아닐까 싶다. 물론『서른』에서 이런 대목은 옅은 가능성으로 존재하고,『서른』은 그 시화과정 속에 패배감을 더욱 확산시킨 혐의가 짙다. 그렇다고 하여 이런 진지한 목소리를 묵살하는 것은 옳지 않다. 독자의 주체성이 좀더 적극성을 띠어야 할 지점이 바로 여기가 아닐까? 상실한 것을 되찾고자 하는 진정성이 실린 이 목소리에서, 독자는 그것을 재구성하는 창조정신으로 시인이 미처 완성하지 못한 지평을 한 단계 전진시키는 적극성을 발휘해야 할 것이다.

3-1 주체적 독법의 필요성

여성의 몸을 적나라하게 대상화한 도발적인 언어로 자신이 직면한 상실감을 거침없이 표현한 점, 여기에 수려한 외모와 변혁운동 참여 전력, 우리나라 최고 학부 졸업, 이혼과 같은 전기적인 사실들 때문에『서른』은 여성의 몸과 상처입은 내면마저 상품화해버린 문화상품으로 읽힐 수 있다. 그 도발성이 상실감에서 연유했고 나름의 비판력을 내장했다 하더라도, 그것을 무섭게 흡입하는 소비회로로부터『서른』은 자유로울 수 없다. 반면에 부정과 반성, 전망 읽기에서처럼,『서른』은 도발성과 상실감을 넘어 현재를 반성하며 더욱 예각화된 비판력을 바탕으로 새로운 대안을 모색하려는 진지한 자기고투의 산물로 읽을 수도 있다. 어디까지 읽고, 어떤 부분을 강조하느냐에 따라서 문화산업의 상품으로, 혹은 자기반성 행위가 일궈낸 진지한 고민의 산물 등으로 다양하게 해석될 수 있다. 해석과 평가에 따라 의미는 분화되는 것이며, 이 분화의 차이에 따라 작품의 의미는 다르게 결정된다. 그 진의는 작품 생산자인 작가정신과 관련된 부분이지만, 그것은 지금까지 살펴본 바처럼 독자의 주체적인 읽기 작업을 통해 밝혀지는 것이기도 했다. 그 읽기는

『서른』에서 직접 적용한 것처럼, '괄호 읽기' '한켠 물러서서 읽기' '사회, 문화적인 간텍스트 도입' '문체론적 층위 분석' '반어적 읽기' '비유 읽기' '겹쳐 읽기' 등을 다양하게 활용하며 작품 속에 열린 통로를 최대한 탐색해나가는 것이어야 한다. 이 독법을 실천하지 못할 때의 결과를 잠시 생각해보자.

> 『젊은 베르테르의 슬픔』을 읽고 자살한 사람들은 작품을 올바르게 읽은 경우가 아니다.
>
> —홍정선 「문사(文士)적 전통의 소멸과 90년대 문학의 위기」,
> 『문학과사회』 1995년 봄호, 52면

> 사건 당일 이들은 친구 6명과 함께 폭력영화를 주제로 떠들고 있었다. 몸을 흔들어대며 영화 속 주인공의 활약상을 흉내내던 그들 옆으로 조씨가 지나가며 힐끔 쳐다보았다. 화장실로 조씨가 들어가는 것을 본 ㅇ군과 ㅍ군은 거의 동시에 조씨를 따라 들어갔다. (…) 조씨가 막 소변을 보려는 순간 뒤에서 목덜미를 젖힌 채 예리한 칼로 가슴을 찔렀다. 3~4회 가슴을 찌른 뒤에는 오른쪽 왼쪽을 바꿔가며 조씨의 목을 마구 찔러댔다.
>
> —『경향신문』 1997년 4월 11일

인용문들은 작품 속에 내재된 읽기의 가능성을 끝까지 쫓아가지 못해서 생긴 비극적 결과들을 진술하고 있다. 『서른』의 읽기는 도발성에서 끝낼 수도 있고, 이 글에서 밝힌 읽기보다 더 다양하고 멀리 뻗어갈 수도 있다. 흘끗 읽어 표층에 드러난 도발성을 편식하는 것은 옳지 않다. 그것은 작품에 대한 무관심이며, 그 무관심이 적체되면 독법의 무능력으로 이어진다. 그리고 효용론의 관점에서 본다면, 독법의 무능력은 인용문의 비극적 결과의 초래로 이어질 수 있다. 『서른』의 도발성은 그와 직접적인 관련을 맺고 있던 상실감은 다른 층위로 넘어가기 위한 기반이다. 그 소통로를 따라가며 여성의 대상화와 선정적인 표현이 상품 논리와 결합되는 지점을 비판하며, 당대에 만연한 지평의 수준에 묶인 작가의식을 비판할 수도 있어야 할 것이다. 그리고 주체적 독법이란 시 속에 재현된 목소리에 무조건 동화되는 것이 아니라, 독자의 삶의 조건에서 연유되는 다양한 언술행위 역시 적극 활용하는 것이어야 한다. 이 경우 전술한 최영미 시의 선정성과 패배감의 확산 등은 주체적 독법에 의해 과감히 비판받아야 한다. 출판물의 홍수와 속도전의 현실 때문에 그렇게 할 시간이 없다고 핑계만 댈 것이 아니라, 그럴수록 그에 역행하여 끈질긴 읽기 통로를 찾아가는 주체적인 독법이 필요하다. 특히 소설과는 달리 여백과 괄호가 많은 시의 경우는 빈곳을 채워가는 노력에 인색해서는 안될 것이다.

3-2 건강한 의사소통의 주체 확립

나는 지금까지 주체적 독법에 초점을 맞추어 진술해왔다. 하지만 그것은 한단계 더 뻗어가야 한다. 의사소통의 구조물인 문학에서 한 축에 불과한 주체적 독법의 강조 역시 독백에 지나지 않을 위험이 있기 때문이다. 독자의 주체성은 의미 있고 진지한 대화를 나누는 작가의 모습이 전제될 때 더욱 뚜렷하게 윤곽을 드러낼 수 있다. 서두에서 잠시 언급한 바처럼, 주체적 독법이 강조되는 이유는 독자를 수동적으로 받아들이기만 하는 존재로 고립시킨 엘리뜨주의의 폐쇄적인 발상에 대한 반성에서 출발한다고 했다. 물론 작가의 고압적인 태도가 독자의 주체성과 창조적 가능성을 무시하고 그들을 우중(愚衆)으로 몰고 간 독단적인 면이 있었다면, 그것은 반성되어야 한다. 그러나 그 반성이 작가정신의 죽음으로 이어져서는 곤란하다. 이제까지 살펴보았듯 부정을 통한 '자기반성'과 '전면적인 부정'은 엄연히 다른 것이다. 작가정신의 죽음은 작가의 독단 이상으로 심각한 문제를 야기한다.

많은 작가들이 작품을 교환가치로 평가받는 것을 거부하고 그들에게 주어진 권력에 등돌려왔다. 이 정신이 사라질 때의 결과는 비극적이다. 시집의 경우 사춘기 소녀들의 감상을 자극하는 정체불명의 상품으로, 소설의 경우는 상업성을 목적으로 한 통속물로 양산되며, 모든 것을 상품논리로 환원시키는 문화자본의 회로 속에 그대로 휘말리게 된다. 뿐만 아니라 「지하철에서」 연작에서처럼 틈이 있는 곳마다 폭력을 행사하면서도 유화포즈를 취하는 이 억압체제 속에서 사고능력이 저하되어 권력의 목소리를 자기 목소리의 근거로 삼을 위험 역시 있다. 적이 눈에 잘 보이지 않는다고 하여 포기할 것이 아니라, 권력과 자본이 모든 것을 상품화하여 대중을 묶어두려는 논리가 기승을 부리는 이때일수록 시대와 불화하는 정신과 독자의 의식을 이끌어줄 계몽성은 미시적인 부분에까지 강화될 필요가 있다. 하여 주체적 독법의 확립은 건강한 대화적 주체의 확립으로 확대되어야 한다(논의가 '바람직한 작가상' 고찰에서 출발했더라도 이 확대는 불가피했을 것이다). 작가는 작품 속에 여전히 그 특유의 불화정신과 계몽성을 토대로 문학 고유의 방법에 기반한 체험 확대의 길을 마련해주어야 한다. 그 길을 독자는 주체적 독법으로 따라가 생활 속 실천으로까지 밀고나가야 할 것이다. 그때 텍스트는 독백과 대중추수주의의 틈새를 뚫고 나와 민주적인 공론의 장으로 자리하게 될 것이다.

1990년대는 영상매체와 전자산업의 득세, 인문학의 뿌리를 무섭게 파고드는 첨단 기술공학·문화산업의 전면적인 강화 등의 현상에 신세대뿐만 아니라 거의 전세대가 순치되어가면서 전에 없이 '문학의 위기'

에 대한 목소리가 드높다. 이런 현실에서 작가의 불화정신과 독자의 주
체성을 강조하는 것은 현 시기 문학의 위기상황을 배제한 원론적 발상
에 불과하다고 비판할 수 있다. 그러나 이 글에서 논의한 주체적 독법은
판매부수에 의해 평가받는 것이 아니었다. 그것은 오히려 그런 대중영
합적인 글쓰기를 경계하며 문화상품의 소비공간 속에 내재된 교환가치
의 회로를 비웃는 능동적인 것이었다. 이때 위기는 체제가 제시한 속악
한 가치로부터의 평가를 거부하며 문학의 진면목을 확인하려는 독자들
에게 축복으로 향유되는 역설적인 소통로로 자리하게 된다. 작가의 불
화정신과 주체적 독법이 만나 교감을 이루는 이 자세는, 지금 문학이 직
면한 그 모든 위기의 담론을 가장 문학적인 방법으로 밀고나가는 정면
대결의 자세라고 생각한다.

—『가마문화』 1997년 창간호

1990년대 한국 죽음시에 대한 단상

> 정말 쿠마에에서 나는 한 무녀(巫女)가 항아
> 리 속에 갇혀 있는 것을 똑똑히 내 눈으로 보
> 았다. 애들이 "무녀야, 넌 무엇을 원하니?"
> 물었을 때, 무녀는 대답했다. "난 죽고 싶어."
> —T.S. 엘리어트「황무지」에피그라프

1. 죽음시[1]의 급부상

역사상 인류는 수많은 세기말을 이겨왔다. 종말의 두려움으로 점철
된 그 시간들을 살아오면서, 어쩌면 우리 자신이 꾸민 것인지도 모를 그

---

[1] '죽음시'는 장르 명칭이 아니라 '죽음과 관련한 사유를 비유와 상징 등의 방법으로 다룬
시'의 뜻으로 사용한다. 본문에서 다루게 될 '재생시' '비재생시' 역시 '재생이 나타난 죽
음시'와 '재생이 삭제된 죽음시'의 뜻으로, 편의상 붙인 용어임을 밝힌다.

시간대에 내포된 종말의 허구성을 폭로해왔다. 하지만 지금 맞이하는 세기말은 이전의 것과는 다른 의미를 지닌다. 이번 세기말은 백년이 아니라 천년의 주기가 끝나는 시간일 뿐만 아니라, 「요한 묵시록」 20장에서 말하는 아마겟돈과 노스트라다무스가 예언한 1999년의 종말과 밀접하게 관련되어 그 두려움을 증폭시키고 있다. 이런 예언을 뒷받침이라도 하듯 지금의 세기말은 산업사회에서 야기된 소외와 물화된 삶, 생태계 파괴, 핵전쟁과 혜성 충돌 공포 등으로 집약되는 종말의 징후를 곳곳에서 목도할 수 있다. 이처럼 이번 세기말은 또다른 세기초로 이어지지 못하고 어쩌면 이 세계가 영원히 끝날지도 모른다는 완전한 종말의 색채를 띠고 있다. 이 불안감을 반영하듯, 예술 각 분야에서도 죽음의 이미지, 죽음의 서사가 터져나오고 있다. 음악에서는 데스메탈(Death Metal)이, 영화에서는 세기말의 불가사의한 죽음을 다룬 「킹덤」이나 「X-파일」류의 공포영화가 성행하고 있다. 이러한 현상은 문학에서도 마찬가지다. '죽음시'의 급부상이 바로 그것이다. 그 중에서 이 글은 투시적 상상력과 예언적 목소리를 발휘하여 이 시대의 죽음을 고발하거나 그것을 이겨내려는 내용을 형상화한 1990년대 죽음시를 논점으로 삼고 출발한다.

1990년대 죽음시는 1989년에 출간된 기형도(奇亨度)의 유고시집 『입속의 검은 잎』(문학과지성사)에서 본격화된다. 그뒤, 자신의 시와 삶을 묘하게 일치시킨 기형도의 이력을 죽음의 문제와 고투하던 이연주와 진이정 등이 뒤따랐고, 최근 몇몇 출판사에서 시집을 발행한 많은 시인들이 이 문제에 천착하고 있다.[2] 이 시인들의 작품에서 죽음은 사유의 중심

---

2) 이 경향은 주로 최승호·장경기·이상호·채호기·이승하·남진우·신현림·윤의섭·배용제·김소연·강정 등의 시인들에게서 드러난다. 그리고 오랜 시작 연륜을 가진 황동규·이형기·마종기 등의 시인들 역시 이 문제에 천착하고 있다.

으로 자리를 틀었거나, 아니면 그 중심을 향하여 무서운 속도로 진입해 가는 느낌이 든다. 이러한 타나토스(thanatos)적 감염력은 세기말이 끝나고 새로운 세기가 시작될 때까지 더욱 가속화될 것 같다. 송희복은 "90년대 시의 주류가 삶과 죽음, 즉 생명과 사멸이라는 제재론적 대위의 관계를 형성하고 있다"(「생명시의 향방과 의미」)고 조심스럽게 죽음시의 부상을 진단했다. 다양화의 목소리가 커가고 있는 우리 시단에서 죽음시는 생명시와 더불어 거대담론으로 부상해버린 느낌마저 든다.

2. 죽음의 은폐와 그 이유

문학이 시대의 반영임을 감안할 때, 죽음시의 양산은 우리 생활에 만연한 죽음의 반영으로 볼 수 있다. 죽음은 우리 생활 깊숙이 파고들어와 있다. 생물학적인 면에서 인간의 삶은 죽음에 닿아 있다. 시간의 질주 속에 노쇠함과 죽음 같은 한계상황을 필연적으로 맞이한다는 점에서 인간은 죽음을 껴안고 사는 시한부의 존재이다. 사고사와 같은 돌발적인 죽음 역시 흔하게 접할 수 있으며, 우리의 가까운 근대사만 들춰보아도 일제치하, 한국전쟁, 4·19와 유신, 5·18 등 가파른 '전환기'를 거칠 때마다 쓰러져간 무수한 죽음을 만날 수 있다. 시인들의 다음 시각처럼 환경적인 면 역시 죽음의 이미지로 덧칠되어 있다. "영혼의 무게"가 "마이너스"(이원규 「영혼의 무게」)가 된 이 체제하의 삶은 모든 것을 "똥으로 만들어버리는 무서운 분뇨의 회로"(김언희 「왜, 모조리」) 속에서 "밥벌레"(최영미 「지하철에서 1」) 신세로 전락한 죽음의 삶이다. 자연의 순환질서가 끊어질 위기에 처한 지금의 생태계에서 구성원들은 핵의 위협과 감시·획일화와 같은 고도화된 체제의 통치술 아래, 소리없이 죽어가는 삶을 살고 있다. 그런데 그 숱한 죽음만큼 그에 대한 논의가 자유로웠던가? 그

대답은 아래 시들에 잘 나타나 있다.

> 밥보다 더 정확히 때를 맞추어 내 속으로 들어온다
> 가끔 금단 증세로 인한 꿈의 경련을 일으키지만
> 알약이 넘쳐나는 세상을 보며 안심한다
> 그 효과에 대한 확실한 믿음을 갖고
> 이제 습관처럼 세상을 향해 입을 벌린다
> 그렇게 내 속에 새로운 살과 뼈가 쌓여가는 동안
> 나는 완전하게 방부처리되고 있다.
>
> —배용제 「세상의 알약들이 내 속으로 들어와」 부분

이 시대 많은 시인들은 현실의 외피 속에 가려진 실체를 투시적 상상력으로 꿰뚫어보려고 한다. 배용제는 우리의 육체가 "밥보다 더 정확히 때를 맞추어" 먹는 알약에 의해 방부처리된 것이라고 말한다. 금단현상을 동반하며 습관처럼 입을 벌려 먹는 알약에 의해 젊음은 유지되며, 찢어지고 부패된 내부는 건강함으로 철저히 위장된다. 언뜻 화려해 보이는 외피는 그것과 유기적인 결합을 이룬 내부의 충만한 발현이 아니라, "플라스틱"(안찬수 「게으를 수 있는 권리」)의 조화(造花)처럼 내부와 절연되어 있다. 그래서 건강해 보이는 사람의 뱃속에는 치명적인 병이 진행중일 수도 있다. 그것을 알아차릴 때는 "나는 이미 늙어버린 것이다"(「정거장에서 충고」)라는 기형도의 탄식처럼 죽음 앞에 회복 불능의 상태에 놓이게 된다.

> 튼튼한 것 속에서 틈은 태어난다
> 서로 힘차게 껴안고 굳은 철근과 시멘트 속에도
> 숨쉬고 돌아다닐 길은 있었던 것이다

길고 가는 한 줄 선 속에 빛을 우겨넣고
(…)
아아, 얼마나 느리게 그 틈은 벌어져온 것인가

—김기택 「틈」 부분

　　지하도 계단을 오르던 해직 근로자 오인환 씨는 갑자기 코끝을 찌르는 듯한 이상한 냄새 때문에 킁킁거리다가
(…)
　　잠결에 또 그 냄새를 느낀 오인환 씨는 반쯤 꿈 속에서 왜 그럴까, 이상도 하지, 어디서 나는 무슨 냄새일까

—이연주 「외로운 한 증상」 부분

　　그런데 병든 자아는 병든 세계의 시민으로, 한 개체의 병듦은 우리 사회의 병든 모습으로 확대된다. 이는 김기택의 「틈」에서 볼 수 있다. 그 틈은 시멘트·철근 구조물 같은 튼튼한 결정체 속에 미정의 상태로 벌어져 있었다. 그 틈은 차츰 "벌어져" 우리 사회의 위장된 견고함을 무너뜨린다. 견고하게 덧칠된 외피와는 달리 그 내면은 텅 비어 있다. 그 속에는 오랫동안 죽음이 또아리를 틀고 있었던 것이다. 그 죽음은 이연주의 시에서 "지하도" "버스" "잠자리" "술잔" 등 우리 생활 도처에서 부패되어가는 역한 냄새를 풍긴다. 시각적으로 은폐되었기 때문에 오인환씨는 그 냄새의 출처를 찾지 못했지만, 죽음은 그 은폐의 철막을 뚫고서 스물스물 기어나와 결국 후각에 강하게 감지된다. 그 악취는 죽음과 우리 생활의 무화된 거리를 표지한다.

　　살과 살을 이어서 기운 실밥 자국 선명한 두터운 방석 크기만한 녹색 살덩이로 보이는 것이다.

습하게 자라나오는 이끼풀을 쓰다듬어 본다든가
그러한 질과 같은 틈새로 손가락을 모아 넣어보기도 한다.
—정익진 「녹색소파」 부분

죽은 것은 먹지 않는다는 곰처럼
어슬렁거리며

이 땅에 살아 있는 것은 없다 곰은 죽을 때까지
굶주림의 배를 오 분마다 움켜쥐어야 하리
—김소연 「관람」 부분

　이와같이 평온함으로 덧칠된 이미지를 살짝 벗겨내면, 우리 생활 곳곳에서 죽음의 흔적을 쉽게 찾을 수 있다. 죽음은 삶의 타자로 완전하게 밀려나버린 듯 보이지만, 역설적이게도 현실의 중심부에 위치하고 있다. 유토피아로 위장된 현실의 속내는 "종말을 두려워"할 필요가 없는 끔찍한 "지옥"(신현림 「세기말 블루스 1」)으로 채워져 있다. "잘 다림질"된 가죽과 함께하는 듯한 삶은, 사실 "뼈를 발라낸／도살당한 고깃덩어리와 씹"(이연주 「유토피아는 없다」)하는 끔찍한 죽음의 체험이다. "녹색 살덩이"와 같은 풍만한 육체를 연상시키며 주체를 성적으로 예속화하는 녹색 소파는 사실 동물의 "살과 살"을 기워 봉합한 시쳇조각이다. 죽음을 전도시켜 가장한 "이 예사롭지 못한 평화라는 것은／가혹한 가스실과 다름없"(김소연 「극에 달하다 12」)고, "중무장된 평화에 천천히 질식"(「극에 달하다 11」)당하는 "완벽한 위험"(이영진 「안전한 출근길」)에 해당한다. 그래서 이솝 우화를 인용한 김소연의 시에서 "죽은 것은 먹지 않는다는 곰"은 "살아 있는 것"이 없는 이 현실에서 굶어죽을 수밖에 없다.

눈앞의 저 빛!
찬란한 저 빛!
그러나
저건 죽음이다

의심하라
모오든 광명을!

—유하 「오징어」 전문

저 산소 마스크를 떼어야 한다, 저 인공 소변줄을, 고단위 단백질
과 수분을 주입하는 저 링겔바늘을 뽑아야 한다.

—이연주 「죽음을 소재로 한 두 가지의 개성 1」 부분

그런데도 우리 삶은 변신괴물처럼 고도의 변신술에 의해 위장된 평
화, 위장된 진보의 모습으로 더욱 공고한 스크럼을 짠다. 그래서 유하는
"눈앞의 저 빛!"을 "죽음"으로 보고 "의심하라/모오든 광명을!"이라고
외친다. 이연주는 암환자가 산소 마스크와 인공 소변줄, 링겔병 등으로
삶을 가장하고 있음을 직시하며 그것을 뽑아버리라고 말한다. 이처럼
그들의 인식 속에는 지금의 삶이 죽음으로 가득하다는 독한 냉소와 허
무가 만연해 있다.

그렇다면 죽음은 왜 은폐되는가? 그 은폐는 배용제와 이연주의 시에
서 확인할 수 있었던 것처럼, 위생학의 진보와 같은 근대의술의 발전과
밀접한 관련이 있다. 아리에스(P. Ariés)는 근대의 죽음에 대한 억압은
수명 증가와 연관된다고 밝히며, 19세기 이전의 사람들에게 죽음이 친
밀하게 여겨질 수 있었던 중요한 이유는 높은 사망률과 깊은 연관이 있

다고 했다. 벤야민(W. Benjamin)은, 시민사회가 위생적·사회적 시설의 확대에 힘입어 죽은 사람을 보는 것을 불경한 것으로 기피하게 되었다고 한다. 즉 의학의 발달에 따라 자연적 현상이던 죽음에 대한 지배욕과 죽음에 대한 망각이 생기게 된 것이다. 그런데 그 은폐는 의학의 진보를 통하여 한계상황인 죽음을 가리고자 했던 데서 발원된 것만은 아니다. 다음 시들에는 그 근본적인 이유가 암시되고 있다.

> 길을 횡단하던 고양이와 개가 속도에 깔렸고
> 어떤 이의 짧은 추억의 기록도 그곳에서 마침표를 찍었다
> 죽음의 바탕 위에 끝없이 지나가는 것들,
> 빠른 속도를 앞세운 시뻘건 눈들이 달려든다
>
> —배용제 「일번 국도, 흘러가는 것에 대하여」 부분

> 묘지는 길의 끝자락에 있다
>
> —배용제 「묘지가는 길」 부분

이진경의 『근대적 시·공간의 탄생』(푸른숲 2002)에 의하면 근대적 공간은 그 공간을 다른 공간과 구별해주는 구획화를 통해 성립된다고 한다. 구획화는 외부와의 이질성과 내부적 동질성을 확보함으로써 성립된다. 인용시에서 길은 근대의 공간구획에 의해 생겨난 산물로 볼 수 있다. 그런데 그 길은 고양이와 개·사람 같은 무수한 생명체를 깔아뭉개고 광적인 속도로 뻗어간다. 거기서 근대가 남긴 수많은 재앙을 목도할 수 있다. 근대의 기획은 진정한 인간성 해방을 위하여 출발했지만, 반근대적인 부산물을 숱하게 남기며 애초의 의도를 심각하게 왜곡해버렸다. 가령 우리의 경우 서로 다른 근대성을 지향한 두 체제가 상충한 한국전쟁에서 비합리적인 야만성을 확인할 수 있고, 근대화를 지향했던 박정

희 정권과 1980년대 광주를 은폐시키고 건설된 정권에서 반체제세력에 대한 수많은 죽음을 집행한 만행을 볼 수 있지 않은가? 그러면서도 근대의 헤게모니를 장악한 지배권력은 자신이 집행한 수많은 폭력과 광기, 그리고 체제 내부의 죽음을 가리기 위해 죽음 논의를 불경한 것(근대의 세력이 미치지 않는 미개의 세계에서 논의 가능한 것)으로 돌려버렸다. 그 폭주의 과정에서 희생된 잔해는 구획화된 근대 내부 어느 곳에서도 찾아볼 수 없다. 삶 위주로 구획된 근대는 내부적 동질성을 확보하기 위해 죽음의 잔해 같은 이질성을 눈에 보이지 않는 외부로 추방해버렸기 때문이다. 과연 그 죽음들은 어디로 추방당한 것일까? 「묘지 가는 길」에 그 답이 보인다. 그 죽음들은 근대의 내부적 동질성이 끝나는 "길의 끝자락"으로 밀려나버렸다.

이처럼 요즘 시인들이 생각하는 죽음에 대한 금기는 근대의 삶과 밀접하게 연관된다. 즉 그것은 근대권력이 자신의 죄상을 날조하고 불완전함과 위기를 가리기 위한 방어기제로 작용하고 있다. 특히 현실사회주의의 몰락 이후 독주체제에 들어간 자본주의 일상은 '자본주의가 승리한다'는 자본 불패(不敗)의 신화를 고양시키기 위하여 그 은폐의 수위를 더욱 높여가고 있다. 이에 맞서 문학에서 죽음을 풀어내는 것은 치명적인 폭력 아래 노출된 근대의 삶에 대한 직시(直視)이자 그에 대한 고발의 의미를 띤다.

3. 죽음 고발의 양상

복음서 뒷장을 열고 밤마다
神들이 도망다녀요
세상 어둔 습지에서 늙는 짐승들과

알몸으로 뒹굴어요
신의 사랑, 짐승의 사랑으로
해골들의 입을 열죠

—강정 「아름다운 凶兆」 부분

유랑민들이 칼과 도끼를 들고 집 지붕을 뜯어내고
층계를 걸어내려오고 있다 저들이
망치로 우리의 두개골을 두드려 열고
밤새 뇌수를 빨아마시고 있다

—남진우 「망령들의 잔치」 부분

검은 이빨 검은 손톱의 굶주린 소년, 소년은 아버지의 목덜미에 쇠
빨대를 꽂고는 빨아먹기 시작한다 아버지의 몸 속 모든 피와 내장을
빨아먹는다 노오란 뇌수를 빨아먹는다

—함기석 「가을 소풍」 부분

밤마다 나는 비명을 사냥한다
사랑하는 여인의 흰 목덜미에 날카로운 송곳니를 처박고
거기서 흘러내리는 향기로운 피를 마시며
나는 밤마다 울음 운다

—남진우 「흡혈귀」 부분

죽음시를 쓰는 시인들이 다루는 소재와 표현은 충격적이고도 강렬하
다. 그 양상은 "도망다니는 신" "흡혈귀" "망령" "살아 있는 시체" 아버지
를 죽이는 "소년" 등 피의 이미지에 착색되어 나타난다. 강정의 시에서 복
음서 뒷장에 갇혀 있던 신은 밤마다 뛰쳐나온다. 그 신은 짐승과 몸을 섞

고, 해골의 입을 열게 만드는 타락한 신이다. 그것은 남진우의 시에서 본격화된다. 남진우는 "어둠 저편에서 나를 지켜보고 있는 누군가의 눈빛"(「죽은 자를 위한 기도」)을 본다. 그 눈빛은 인용시의 망령과 흡혈귀 등과 같이, 우리 삶이 규정하는 정상적인 모습에서 벗어난 괴물의 모습으로 구체화된다. 그러나 그 그로테스크한 이미지는, 역설적이게도 치명상을 입은 우리 현실을 적실하게 꿰뚫어보는 투시적 상상력이라고 할 수도 있다.

여기서 정상에서 어긋났다고 하여 그 괴물을 추악하고 불경스러운 악(惡)이라고 규정할 수는 없다. 로빈 우드(Robin Wood)는 1970년대 미국 호러 영화를 분석한 『베트남에서 레이건까지』에서 "정상성(normality)은 괴물에 의해 공격당한다"고 말한다. 이때 정상성은 가치 중립적인 의미에서 '지배적인 사회규범에의 순응'을 뜻하며, 지배적 사회규범에 의해 문화적으로 억압당한 대상의 귀환이 바로 괴물이라고 그는 말한다. 이런 논리에서 괴물은 정상성이 배태한 산물이고, 이 괴물보다는 그것을 탄생시켰으면서도 그에 대한 억압을 자행하는 정상성이 더 괴물스러운 것이 된다. 죽음시에서도 정상성에 의해 억압당한 괴물이 귀환한다. 그 괴물은 종종 소유욕의 극단적 형태인 식인(食人)주의의 모습을 취하고 있다. 남진우의 시에서 그 괴물은 살아 있는 신체를 절단하고 뜯어먹는 좀비의 모습으로, 함기석의 시에서는 피와 내장·뇌수를 빨아먹으며, 잔혹하게 아버지를 죽이는 오이디푸스로 나타난다. "망치로 우리의 두개골을 두드려 열고 / 밤새 뇌수를 빨아마시"는 그 과정은 "머리를 뚜껑이라고 부르는 늙은 의사"가 뚜껑을 열고 꿰매는(성미정 「모자를 쓴 너」) '뇌수술 과정' 혹은 아우슈비츠와 일제의 731 부대의 생체실험에 빚진 '근대의술의 형성과정'과도 얼마나 흡사한가? 즉 사람의 절단과 훼손은 괴물이 행하는 것이 아니라, 근대성의 총아인 의술이 무수히 집행해왔으면서도 은폐한 것들이다. 이렇게 근대성의 승리로 칭송된 것들에서, 우리는 피로 착색된 야만과 살육, 그로 인한 우리의 훼손된 신체를 보게 된다. 그래서 남진우는, 근대적 폭력이 자신에게 가했던 폭력을 그대로 답습할 뿐임에도 그 폭력과 훼손의 오명을 쓴 괴물을 「흡혈귀」에서 "밤마다 울음"을 우는 연민의 대상으로 그려낸다. 이 괴물은 타락한 근대성과 똑같은 방법으로 죽음을 집행하며, 근대성의 잔혹한 살육을 고발한다. 이 괴물은 근대성의 음지에 감금된 자식이었지만, 죽음시 등의 장르에서 귀환하여 타락한 근대성이라는 아버지를 죽이는 패륜아로 나타난다.

> 나는 나는 두려움에 떠는 즐거운 예수님
> 개들이 門을 부수고 끌어내어도
> 나는 나는 여기에서 곱게곱게 미쳐 죽을 거랍니다
>
> —강정 「處刑劇場」 부분

　자기살해 역시 같은 맥락에서 파악할 수 있다. 하이데거의 '세계 내 존재'라는 용어처럼, 개인은 세계와 절연된 순수의 성역에 고립되어 존재할 수 없다. 아무리 세계가 마음에 들지 않는다고 해도 타락한 세계에 발 디딘 이상, 어떤 식으로든 오염은 불가피하다. 자기살해의 욕구는 세상의 완벽한 유죄성에 목청 돋우는 태도에서 벗어나, 자신도 세상과 마찬가지로 오염되었다는 공범의식과 그에 대한 모멸감에서 연유한다. 그래서 시인은 근대의 이 망가진 세상에서 "미쳐 죽을 거랍니다"라고 외친다. 이런 자기살해 욕구는 몸을 토막내어 "내가 내 고기로 배 채우면서 과식하고 싶어"(김소연 「학살의 일부」 6)라든가, "변기통 쇠줄에 목을"(이연주 「매맞는 자들의 고도」) 매고 "절구통에 웅크린 자신을 빻는다"(이연주 「달팽이의 꿈」)와 같이 체제폭력의 작용점인 자신의 육체를 소진시켜 영점화하는 극단적인 자해의 양상으로 표출된다. 이때 자기살해라는 이 반작용은 체제저항의 양상으로 그 의미가 확대된다. 세계의 질서를 따를 수밖에 없는 자신을 절단하는 것은 그 존재를 둘러싼 오염된 세상의 한 축을 무너뜨리는 것이기 때문이다.

그렇다면 1990년대 죽음시는 두 가지의 심각한 의미를 배면에 깔고 있다. 하나는 '적'의 존재에 대한 '표지'로서의 의미이고, 다른 하나는 그 적의 존재기반을 뒤흔드는 '저항'으로서의 의미이다. 「절명시(絶命詩)」를 쓰고 자결한 황현(黃玹)의 죽음 인식 뒤에 타락한 일제가 있었고,[3] 전태일을 위시한 열사들의 죽음 뒤에 독재정권이 존재했듯, 1990년대 죽음시의 존재 역시 우리 삶에 근대권력과 자본으로 표상된 적이 존재함을 나타낸다. 고도화된 통치술에 의해 그 형상이 표층으로 드러나지 않던 적은, 죽음의 심연을 꿰뚫어보는 시인의 혜안에 의해서 그 존재가 가차없이 폭로된다. 여기서 죽음시는 이 체제가 금기시한 상상력을 해방시킨 뒤, 숱한 죽음을 집행한 이 체제하의 삶이란 죽은 것이나 다름없는 것임을 신랄하게 들추어낸다. 아도르노(T. W. Adorno)가 『미학이론』에서 "진리가 합리화된 사회의 비합리적 이데올로기에 종사했기 때문에, 그러한 진리를 거부하는 주의(ism)가 진리에 더 가깝다"고 밝힌 것처럼, 죽음시는 사회적 지배방식과 제도화된 진리를 부정하고 이에 억눌린 금기의 영역을 예리하게 들추어내면서 진정한 진리에 다가가려 한다. 즉 죽음시는 이 체제에서 규정한 미추(美醜)의 가치를 전복해버리는 '부정성'(negativity)을 통해 근대적 야만과 불온한 허위성에 저항하는 미적 저항의 자세에 충실하다.

---

3) 일제시대에 씌어진 죽음시 역시 일제라는 '적'을 명백히 염두에 두고 있다. 가령 매천(梅泉) 황현이 1910년 자결할 때 쓴 「절명시(絶命詩)」의 "難作人間識字人(이 세상에 글 아는 이 노릇하기 어렵구나)" 구절에 나타난 울분은 합방의 치욕에서 연유한 것이었다. 또 신채호(申采浩)는 『괴물을 취하리라』에서 "괴물이 될지언정 노예는 아니된다. 하도 뇌동부화를 좋아하는 사회니 괴물이라도 보았으면 하노라" 하면서 일제치하의 현실에서 차라리 괴물을 취하면 취했지, 일제에 식민화된 노예로는 살 수 없다고 했다.

4. 재생이 삭제된 죽음시(비재생시)

죽음의 상상력 뒤에는 대개 재생(再生)의 상상력이 뒤따른다. 많은 신화와 종교에는 시간 순환론에 입각하여 죽음 뒤의 재생이 예비되어 있다. 죽음시 역시 베르자예프(N. Berdyayev)가 우주적 시간이라고 명명한, 반복과 순환의 시간관에 입각하여 그동안 재생의 상상력이 지배했다. 그런데 최근의 죽음시는 재생이 삭제된 비재생시가 뚜렷한 하나의 흐름을 이룬다. 비재생시에는 재생을 의도적으로 피하는 인상이 역력하다. 왜 최근 시인들은 재생을 비껴가려는 것일까? 여기에는 '시적 전망'과 '효용론적 배려' 하에 거의 자동화된 형식으로 남발된 재생에 대한 경계의식이 깔려 있는 듯하다.

재생의 상상력은 일단 역설에 기댈 수밖에 없다. 역설은 언어논리의 한계를 뛰어넘어 삶과 죽음이라는 모순에 찬 실재를 통합하려는 고도의 문제 해결방법이다. 하지만 삶과 죽음이 전면적으로 충돌하여 '죽음의 밑바닥까지 내려가야 한다'는 전제에 충실할 때 역설은 진정한 힘을 발휘한다. 즉 역설은 '기교'이기 이전에 '체험'이어야 한다. 우리는 다음 시에서 기교적 역설에 의해 흉내내어진 재생에 대한 풍자의 메시지를 읽을 수 있다.

딸아이가 까르르 웃으며 텔레비전을 끈다

(…)

딸아이가 까르르 웃으며 텔레비전을 켠다

—윤의섭 「재생」 부분

인용시의 딸아이는 "까르르 웃"는 유희의 방식으로 텔레비전을 켠다. 이 딸아이의 행위는 마음내키는 대로 죽음을 집행하고 살려내는 근대 기술주의문명에 대한 우의(寓意)로 읽힌다. '정복되지 않는 것은 없다'를 모토로 내세우는 기술주의문명은 복제기술에 힘입어 생사(生死)마저도 정복 가능하다는 오만한 믿음 아래 마음대로 죽음과 삶을 집행한다. 이처럼 기술주의의 관점에서 '재생'은 간단한 버튼 조작만으로 쉽게 수행될 수 있다. 재생의 덫에 빗장 걸린 자는 아무 계기 없이 죽음을 비틀어 낯선 생명의 구호로 치환해버린다. 그들은 '삶이 죽음이요, 죽음은 곧 삶'이라는 선문답투의 경구를 던지고, 삶과 죽음을 단박에 통합해버리는 위치로 부상하려 한다. 하지만 이 성마른 태도는 죽음 인식의 긍정적인 면을 제거해버린 삶 중심주의로의 회귀 혹은 타락한 근대와의 결탁으로 이어진다. 엄밀히 말하면, 그것은 사태를 간과한 것이기에 상황을 더욱 악화시키는 위장이다. 특히나 역설의 언어로 지칭되는 시에서 기교적 역설에 대한 주의는 강하게 요구된다.

> 나는 어느 빗나간 臨終을 본다
> 동이 틀 무렵까지 종소리는 들리지 않고
> 종소리를 기다리다 조금 전에 죽은 사람들의
> 짧은 하소연과 기록되지 않는 유언,
> 먼지로 바람으로 흩어져 아직 죽음과는
> 거리를 두고 있는 내 면상을 후리고 지나가는
> 한 개의 아침, 얼마나 흉측한 몰골의 희망인가
>
> —강정 「새벽」 부분

죽음의 힘으로

한사코 자신을 밝히는 저 목마른 존재들

달빛을 다 퍼내고 난 뒤

유골단지는 텅 빈다

—남진우 「달」 부분

재생시를 쓰는 시인들은 자연의 순환원리에서 재생의 상상력을 따온다. 그들은 '하루의 시간'과 '사계' '달' 등의 순환원리에 관련된 관습적 상징을 솔직하게 따른다. 계절의 순환원리는 겨울을 축으로 죽음에서 재생으로 이어진다. 냉혹함 속에서도 생명의 맹아를 잉태하는 겨울은 시련으로 가득 차서 모든 생물을 죽이는 절멸의 계절이 아니기 때문에, 그 겨울의 경계와 틈에 발 딛고서 재생을 꿈꿀 수 있다. 달 역시 소멸과 생성이라는 순환원리를 기반 삼는 것이기에 거기서 재생을 꿈꿀 수 있다. 하지만 양적 팽창에 따라 재생이 불가능할 정도로 오염되고 타락한 이 문명적 삶은 그러한 자연의 순환력만으로 순진무구하게 재생을 이야기하기에는 너무도 큰 치명상을 입었다. 이 시대 죽음에서 삶으로 전환하는 도정은 원형적 도식에서처럼, 그렇게 손쉽게 이루어질 수 없다. 그래서 강정은 하루의 시간 중 재생에 비유되는 '새벽'을 맞이하지만, 구원을 뜻하는 "종소리" 대신 그 소리를 기다리다 죽어간 사람의 "유언"과 "빗나간 臨終" "흉측한 몰골의 희망"만을 본다. 남진우에게서 유골단지에 비유된 달은 남아 있는 "달빛을 다 퍼내고 난 뒤" 텅 빈 죽음의 밑바닥으로 내려갈 뿐이다. 밑바닥을 향한 고통스러운 그 행보 속에는 재생 이전에 죽음의 극한대까지 먼저 닿아야 한다는 생각과 죽음의 "끝에 가 닿으려면/멀고 멀었"(김소연 「벽」)지만 "갈 때까지 가야 한다"(김소연 「학살의 일부 8」)는 상황돌파의 안간힘이 내재해 있다.

한꺼번에 쏟아진 저것은 맛이 아니다

우리의 식욕을 무너뜨릴 소금기
내부에서 웅성거리던 욕설을
게워내게 할 검은 독이다
독이 아닌 맛을 우려내려 항아리는
검고 짠 것들을 품어 익히며
잠깐씩 제 입구를 열어 정제된 분량을 건네주었다
(…)
그러나 내용물이 한꺼번에 터져나온 그것은
날카로운 조각들일 뿐이다

—배용제 「항아리에 대하여」 부분

　간장을 숙성시키는 항아리를 대상화한 인용시에서 왜 끝까지 가야 하는가에 대한 해답을 찾을 수 있다. 항아리는 오랜 숙성을 통하여 우리에게 간장의 그윽한 맛을 전해준다. 그러나 끝까지 숙성시키지 못한 간장은 우리 삶을 살찌우는 약이 아니라, 해악을 끼치는 "검은 독"에 불과하다. 끝까지 익히지 못하여 독이 되어버린 그 위험은, 끝까지 가지 못해서 안게 되는 위험으로 바꾸어 읽을 수 있다.
　시인들은 한겨울밤의 날선 추위를 삭제하고 봄으로 경사되거나, 달의 수많은 형상적 변화를 건너뛰고 보름달로 변신을 시도하는 성급한 전환의 허구성을 인식하고 있다. 재생과 거리가 먼 이 지점에서 들뜬 심리에 도취되어 상황을 은폐하고 고압적으로 재생을 들먹이는 것은, 새로운 전망을 끊임없이 유포하며 위기를 모면하려는 지배담론에 대한 순응으로 기울기 쉽다는 것 또한 잘 알고 있다. 우리 삶은 그렇게 구성되지 않는다. 세계와 자아에 대한 구체적 인식이 결여된 그 희망적 관측은, 어쩌면 "우리는 행복할 거다 꼭"(김태동 「희망」)처럼 어린아이의 일기장에나 등장할 법한 유치한 것일 수도 있다. 그래서 그들은 상황을 직시하려는 태도로 낙관적인 전망에 독한 회의로 맞선다. 이런 맥락이라면 "선의 과잉은 언제나 악으로 보"(김소연 「주문을 외다 2」)인다고 한 어떤 시인의 불신처럼 위악적인 태도가 위선보다 더 건강하다. 성글게 노출된 병적인 허무주의가 위장된 삶보다 더 건강한 태도이다. 이런 인식 때문에 그들의 무의식은 재생을 꿈꿀지 몰라도, 그들의 시에는 아직 재생의 기약이 없다. 진정한 삶을 살고 싶다는 말을 죽고 싶다는 말로 대변하고 있을 뿐이다.

이처럼 비재생시는 생명 일변도의 시와는 달리, 순환의 결절점에 내재된 '불균질성'(incoherence)을 폭로하며 죽음이 삶으로 봉합될 수 없는 것임을 역설하고 있다. 이들이 죽음을 전면에 내세우는 것은 재생을 몰라서가 아니라, 철저히 계획된 작업이다.[4]

5. 재생이 나타난 죽음시(재생시)

그런데 여기서 죽음시가 비재생시의 고통스런 과정을 통과해나가는 궁극적 목적이 어디에 있는지 물어볼 필요가 있다. 근대의 타락한 삶의

---

4) 하지만 재생을 거부하는 태도 때문에 비재생시가 안게 될 위험성 역시 만만치 않다. 그 위험은 다음과 같이 요약해볼 수 있다. 첫째, 금기 해체를 표방한 죽음에 대한 또다른 왜곡이다. 죽음시는 금기 해방과 같은 충격적 요법으로 인식의 폭을 넓혀 근대의 총체적 이해에 기여한 반면, 죽음을 은폐한 근대와 비슷한 양상으로 죽음을 왜곡할 위험이 있다. 그 세목으로 '사의 찬미' '오락화된 죽음' '저항 흉내내기' 등의 위험이 있다. 둘째, 소재가 갖는 충격성 때문에 효용론적 관점에서의 위험이 유발될 수 있다. 죽음의 처방전을 독자가 알레고리로 수용할 능력이 없을 때 비극적 결과가 생겨나는데, 그 대표적인 예에는 '베르테르 효과'라는 신조어까지 낳게 했던 괴테의 『젊은 베르테르의 슬픔』으로 인해 유럽에서 유행병처럼 번진 자살소동을 들 수 있다. 셋째, 그 정신을 끝까지 밀어붙이지 못할 때 상황에 마비되거나 허무주의에 고착될 위험이 있다.

거부 역시 죽음이 아니라 삶의 자리에서 진행되는 사유이다. 즉 은폐된 죽음과 맞서는 이유는 죽음의 상태에 머무르거나, 그에 경사되는 데 있는 것이 아니다. 그것은 죽음과의 정면대결을 통해 '죽음에 대한 내성 기르기'와 '삶의 고양'에 있다고 생각한다. 그 숱한 죽음은 반자기(anti-self)적인 가면으로, 죽음 성찰은 보다 강한 삶으로 가기 위한 통과제의의 과정이라고 할 수 있다. 그래서 그 궁극적 지향점은 '죽음마저도 수용하는 확대된 삶' 즉 '삶에 대한 올곧은 사랑'으로 귀결될 것이다. 이 말은 전술한 체제에 대한 고발이나 저항과 언뜻 모순되게 들릴지도 모른다. 하지만 근대의 타락한 삶에 대한 저항이 진정한 삶의 실현의지로 이어진다는 점에서, 그 고발이나 저항도 이 목적의식에 수렴될 수 있다. 그 양상은 자기의 꼬리를 입에 물고 있는 신화 속의 뱀 우로보로스(Ouroboros)처럼 하나의 양상으로 설명될 수 있다. 에로스가 타나토스로 이어지듯이, 타나토스 역시 에로스로 이어진다. 우리는 여기서 비재생시의 *끄트머리*를 치고오르는 또다른 유형의 죽음시를 만날 수 있다. 그것이 바로 재생시이다. 그런데 이 유형에서 재생으로의 이행이 가능한 이유는 시인들이 다음처럼 계절과 달·나무와 같이 순환의 상상력의 살아 있는 소재를 택한 것과 밀접하게 연관된다.

　갇힌 삶에도
　봄 오는 것은
　빈 틈 때문

　사람은
　틈

　새 일은 늘

틈에서 벌어진다

—김지하 「틈」 부분

어둠을 한껏 받아들이며 야위어간다
아비의 잔등처럼 굽은 산 위에
쏴— 등물을 끼얹던 달

그 힘으로 하현은 다시 살이 오를 것이고
그 힘으로 젖배를 곯던 어느 집,
여자의 젖멍울도 설핏 가라앉을 것이다

—손택수 「게으른 달」 부분

  비재생시에서 봄은 오지 않는 봄, 또는 연기된 봄의 형식을 취했지
만, 김지하 시에서 봄은 역설의 힘에 추동되어 죽음의 공간을 뚫고 도래
한다. 이 전환을 효과적으로 표현하기 위해 김지하는 시행의 시작 위치
로부터 가까운 곳에 시행 휴지(休止)를 찍으며, 그뒤에 넉넉한 여백의
공간을 펼쳐놓는다. 그 여백 속에서 화선지에 먹물이 번지듯 충만되어
오르는 봄의 생기를 느낄 수 있다. 이처럼 재생시는 틈의 사유를 돌파력
으로 밀고나가 새로운 삶을 이끈다. 한편 손택수의 시에서는 강력한 물
질적 상상력을 지닌 만월의 신화적인 힘에 의해 분열된 인간 삶이 통합
되고 있다. 그 '게으른 달'은 더디게 가지만 나름의 자생력으로 하현에
서 마침내 만월로 변신한다. 그 전환을 동력 삼아 "젖배를 곯던 어느 집
여자"로 대표된 인간의 비극적인 삶은 치유되고, "쏴— 등물을 끼얹"으
며 만월로의 변모를 이끄는 자연의 힘을 내면 속에 받아들인 화자 역시
그 서정의 상태에 힘입어 "어둠"으로 지칭된 삶의 아픔을 치유한다.

밤바람이 나를 흔들기 시작하면
나는 또 누군가의 창 밖에 서서
다시금
내 스스로 빛과 향기를 뿜어낼 수 있는 날을 꿈꾸어 보는 것이다
　　　　　　　　　　　—안찬수 「저녁노을을 바라보며」 부분

『한 그루 나무의 시』에서 안찬수는 겨울의 현실에서 자신의 처지를 가지가 잘려나간 '옹이'와 가슴에 쇠못이 박힌 '겨울나무'에 빗댄다. 거기서 그는 무수한 죽음을 목격하지만, 재생의 믿음을 끝내 포기하지 않는다. 그 포기할 수 없는 믿음은 화자가 나무의 배역을 쓴 데서 이미 예견되고 있다. 나무는 겨울의 비극적 대지에 뿌리박고 그 비극을 치유하기 위하여 하늘을 향해 성장한다. 그 과정에서 당장 비극이 치유되지는 않지만 나무가 되어 바라본다면, 현실의 냉혹함은 풍요로 가는 통과제의의 시발점이고, 겨울나무는 그 길목에서 죽은 것을 부활시키려는 엄정한 갱신력의 결정체이다. 여기서 지금 대면하고 있는 죽음과 같은 비극적 하강체험은 재생을 향한 목적론적 상승운동 속에 삽화적인 것으로 종속되어 있을 뿐이다. 지금 혼신의 힘을 다하여 뿜어내는 그 불꽃이 언젠가는 밖을 향해 터져나와 "스스로 빛과 향기를 뿜어낼" 것이다.

　이러한 재생은 그들이 기반 삼은 자연의 질서가 비록 어그러져 있지만, 그 자연이 완전히 덧나버린 불임의 자연이 아니라는 인식에서 연유한다. 그리고 여기에는 치명상을 입었다 해도 그 질서가 다시 건강하게 회복되어 제몫을 다해야 한다는 시인들의 간절한 소망 역시 내재되어 있다. 뿐만 아니라 이것은 그 순조로운 자연의 질서가 우리 삶의 질서로 이어져야 한다는 안간힘이기도 하다. 그래서 재생시 창작자들은 비재생시가 직면하기 쉬운 냉소와 절망으로 치닫지 않고, 아직 파괴되지 않은 자연의 치유력을 회복하고 그것을 우리 삶의 질서로 옮기려는 데에 온

몸을 곤두세운다. 죽음의 현실을 넘어서려는 적극적인 의식을 통하여
재생시는 궁극적으로 현재 삶이 예감하기 힘든 아름다운 미래를 전망하
게 해준다. 죽음을 통과하여 생성된 이 충만한 생명력은 그 자체로 이
죽음의 현실에 대한 강력한 반동형성의 의미를 획득하게 된다.

6. 죽음시의 확대

죽음과 고투한 그 정신은 우리 삶 깊숙이 의미를 확대해야 한다. 이
체제가 애써 삶으로 가장하려는 부분에는 고발정신을 발휘하여 그 정체
를 폭로해야 하고, 체제에 의해 의도적으로 죽음이 양산되는 부분에는
죽음을 이겨내는 갱생력을 발휘해야 할 것이다.

> 아구는 안 보이고 양념이 산더미 같은 아구찜, 버얼건 양념을 드세
> 요, 얼큰한 양념을, 온갖 양념들이 당신의 이목구비를 버무리는 세상
> 이니, 아구찜을 먹으세요, 죽어서도 침 흘리는 고기, 아귀처럼 아귀
> 아귀 먹으세요, 당신도 독한 아귀세상 매운 사람이 되세요. ·
>
> —최승호 「아구찜 요리」 전문

비재생시의 고발정신이 가장 잘 적용될 만한 부분은 자본주의의 일
상을 노래한 '도시시'라고 생각한다. 도시문명은 점점 재생이 불가능한
불모의 삶으로 전락하면서도 삶의 이미지를 뻔질나게 껴입고 있다. 이
형기의 어법을 빌려 말한다면, 이 도시는 "죽음에의 길마저 차단해버
린" 죽지 않는 도시다(「죽지 않는 도시」). 인용시에서 최승호는 양념이 산
더미처럼 덧칠된 실체 없는 아구찜에서 이 시대 삶의 양상을 보고 있다.
아구의 벌건 양념처럼 도시의 삶은 생동감 있는 모습으로 치장되어 있

지만, 사실 그것은 층층이 껍데기로만 이루어졌을 따름이다. 그 위장의 두께만큼 우리는 죽어 있다. 여기서 시인은 "아구"에서 "아귀"를 이끌어내는 탁월한 언어유추를 발휘한다. 아무리 먹어도 아사(餓死) 지경을 벗어날 수 없는 "아귀"처럼, 우리 삶 역시 아구로 상징된 실체를 찾을 수 없기에 끝끝내 충족되지 않는 기갈증을 느낄 수밖에 없다. 이 도시는 아구처럼 실체 없는 텅 빈 중심의 세계였다가, 충족되지 않는 욕망 때문에 아귀가 아우성치는 생지옥의 모습으로 한단계 더 전락한다. 이처럼 시인은 이 도시를 생지옥으로 고발하며, 그 고발정신을 극으로 끌고 간다.

다음으로 재생시의 궁극적 목적의식이 적용되어야 할 곳으로 민중시와 농촌시의 현장 등을 생각해볼 수 있다. 그곳은 1990년대 들어 죽음이 논의되는 곳이다.

> 살점 에이는 밤바람이 몰아쳤고 그 겨울 내내
> 뼈아픈 침묵이 내면의 종울림으로 맥놀이쳐갔다
> 모두들 말이 없었지만 이 긴 침묵이
> 새로운 탄생의 첫발임을 굳게 믿고 있었다
> 그해 겨울,
> 나의 패배는 참된 시작이었다.
>
> —박노해 「그해 겨울나무」 부분

"天池여, 천연사이다 원액으로 출렁거리는／내 마음속에 이미 세워진／거대한 광고탑이여"(박영근 「天池를 생각하며」)처럼, 현 시기 분단의 아픈 상처까지도 상품화된다. 또한 "상처를 내보이는 것만으로도／생계가 해결"(이원규 「새끼발가락의 시」)되는 것인지, 상처입은 내면마저도 감정을 자극하는 감상주의로 자질구레하게 되풀이되며 상품화된다. 이렇게 자

본은 자신을 염오하던 비판과, 그에 물화되지 않으려 발버둥치던 내면
마저도 자신을 살찌우는 것으로 흡입하고 있다. 권력 역시 일상 속 눈에
보이지 않는 미시적인 부분까지 침투하여 착취를 거듭하고 있다. "내리
실 문은 오른쪽 옳은 쪽입니다"(최영미 「지하철에서 2」)처럼, 일상의 미시
적 영역 곳곳에서 그것이 이데올로기임을 은폐하고 무의식을 점령하려
는 권력의 내밀화된 조작행위가 작동하고 있다. 이렇게 갈수록 복잡해
져가는 체제의 통치기술 아래 민중운동은 일단의 좌절에 직면해 있다.
특히 1990년대 들어 거대서사에 대한 불신과 함께 민중운동은 청산의
대상으로까지 거론되고 있다. 인용시에서 박노해는 현실사회주의의 몰
락과 체포에 따른 일단의 패배를 인정한다. 하지만 그 좌절 속에서도 끈
질긴 갱신력을 발휘하여 패배를 "참된 시작"의 계기로 전환시킨다. 이
때 패배는 죽음처럼 쓰라린 것이지만, 궁극에는 자신을 일으켜세우는
원동력으로 바뀐다. 패배감 역시 아직 살아 있고 미래를 꿈꾸기에 느낄
수 있는 것이다. 그것은 그간의 경직성을 반성으로 이끄는 채찍이자, 새
로운 출발 모색의 계기가 된다. 이 참된 시작 정신은 전대 민중운동 속
에서 타자로 억압되었던 여성·환경·지역 등의 다양한 영역에 대한 길
트기의 과제와 함께 지금 날선 겨울밤의 위기에 봉착한 민중시 복권에
있어 화두가 되고 있다.

　　날이면 날마다 삭풍 되게는 치고
　　우듬지 끝에 별 하나 매달지 못하던
　　지난 겨울
　　온몸 상처투성이인 저 나무
　　제 상처마다에서 뽑아내던 푸르른 울음소리

　　너 들어 보았니

다 청산하고 떠나버리는 마을에
잔치는 아직 끝나지 않았다고
그래도 지킬 것은 지켜야 한다고
소리 죽여 흐느끼던 소리
가지 팽팽히 후리던 소리

—고재종 「綿綿함에 대하여」 부분

농촌은 소처럼 순한 농민을 때려잡는 천민자본주의의 횡포 아래에 양로원, 빚더미 창고, 유령촌으로 버림받다가, 갈수록 아귀가 되어가는 자본에 의해 "러브호텔" "가든음식점"(고재종 「풍경에 대하여」) 등으로 서서히 상품화되고 있다. 뿐만 아니라 우루과이라운드로 대표되는 세계질서하에서 죽음을 넘어 말살의 점입가경으로 치닫고 있다. 죽음처럼 침체된 그 땅을 사람들은 서둘러 청산하고 떠나가지만, 고재종은 느티나무의 울음소리를 빌려 "지킬 것은 지켜야 한다고" 외친다. 이때 "지킬 것"이란 농촌에 온존해 있는 공동체적인 삶의 양상으로 읽힌다. 그것은 이 시대를 재편하고 있는 권력과 자본의 타락한 가치로는 평가할 수 없는 본질적 가치에 해당한다. 이 느티나무는 지난 겨울 "온몸 상처투성이"였지만, 그 끈질긴 생명력에 힘입어 상처 마디마디에서 "푸르른 울음소리"를 뽑아낸다. 그 생명력은 본질적 가치를 지키며 버림받은 그 땅을 갱신해내려는 시인 의식의 결정체이다.

이렇게 죽음시를 삶의 현장으로 확대하여 읽다 보면, 1990년대 우리 현실의 두 가지 변화양상을 읽을 수 있다. 도시의 일상은 지나치게 삶의 이미지로 덧칠되고 미화된 반면, 민중시의 현장과 농촌은 죽음의 영역으로 급격하게 퇴조하고 있다. 이 말은 이 체제가 교환가치의 신성한 사원이라고 할 수 있는 도시에서 죽음을 은폐한 반면에, 그 작동방향에 반하는 농촌과 민중시의 현장에 죽음을 유포한 것으로 환언할 수 있다. 여기서 분명히 지적할 것은 모든 죽음이 금기시된다는 생각은 선입견이라는 점이다. 체제의 자기죽음과 학살만행은 금기시되지만, 반체제세력과 그 체제의 생존방식에 걸림돌이 되는 것으로 치부된 영역은 오히려 그 죽음이 권장되고 확산된다. 즉 체제의 죽음 관리는 '금기'와 '유포'라는 이중적인 방향에서 이루어진다. 이처럼 양극화된 권력의 생존방법에 불화하며 시인들은 두 방향의 의미 있는 작업을 진행한다. 도시적 일상에서는 고발의 정신으로 덧칠된 현란한 수사를 벗겨내어 그 속에 은폐된 죽음을 폭로한다. 동시에 민중운동과 농촌의 현장에서는, 전환의 갱생력으로 죽음처럼 침체된 분위기를 뚫고 오르려는 치열한 모색을 진행 중이다.

7. 선택

재생시와 비재생시 사이에서 나는 아직 고민한다. 하지만 '줄 타는 광대' 이야기를 빌려 잠정적인 결론이라도 내려볼까 한다. 한쪽으로 기울기 시작하면 땅에 떨어져 치명상을 입는 줄타기와 유사한 위험이 죽음시에도 적용된다고 생각하기 때문이다. 줄 타는 광대는 몸의 중심을 잡기 위해 무게가 쏠리는 반대쪽으로 부채를 편다. '성급한 재생의 거부'와 '진정한 삶의 실현'으로 갈린 길목에서 우리의 몸은 어디로 쏠리는가? 그렇다면 어느 쪽으로 부채를 펴야 할 것인가? 물론 그 바닥에는 '또다른 왜곡된 죽음으로 경사될 위험'과 '죽음을 은폐한 지배담론과의 타협'이 광대를 유혹하며 매혹적인 입술을 벌리고 있다. 줄에서 떨어지지 않기 위해, 끝까지 가기 위해 내린 선택은, 우스꽝스럽지만 부채를 양쪽에 번갈아 쥘 수밖에 없다는 것이다. 나는 두 방법 모두 유효하다고 본다. 그래서 결론도 중첩되어 나타난다. 이 태도는 두 양상을 기계적으로 결합한 손쉬운 타협이 아니라, 각각의 태도를 거세게 몰고 가는 지점에서만 그 의의를 획득할 수 있다. 우선은 죽음을 역설적으로 전환하여 삶의 지평을 확대시킬 필요가 있다. 하지만 그것이 성급한 재생에 기대는 것이라면, '죽음의 밑바닥'을 향하여 다시 내려가야만 한다. 또 엄정한 절차에 의해 재생을 성취하였다손 치더라도 여전히 이 현실을 주재하는 타락한 권력과 자본이 잔존하고 자신 역시 그 흡입력에 함몰될 수 있다는 점에서, 그 저항은 진행형의 행보로 자신마저도 표적 삼는 쪽으로 재차 전환되어야 할 것이다. 그렇게 서로가 끝나는 지점에서 새롭게 출발점을 트게 될 때 두 양상은 나눌 수 없는 하나의 모습으로 서로를 완성하게 된다. 그리고 죽음과 고투한 그 치열한 정신은 우리 삶의 구체적인 현장으로 뻗어가야 할 것이다.

지금 남북한은 심각한 위기국면에 처해 있다. 그리고 곳곳에서 이 위기를 반영하는 죽음이 만발하고 있다. 북한에서는 식량난으로 부모가 자식을 잡아먹는 형국이고, 남한에서는 IMF 경제위기로 인해 숱한 실업과 자살 등의 사태가 잇따르고 있다. 그런데 우리를 더욱 쓰라리게 하는 것은, 앞날이 지금보다 혹독한 악화일로(惡化一路)일지도 모른다는 비관적인 전망에 있다. 이 위기에서 현재 미만한 죽음을 일거에 삶으로 전환시킬 재생시의 논리가 절실하다. 하지만 당장의 어려움을 견디지 못하여 쉽게 재생의 희망으로 기우는 것은 곤란하다. 그것은 「황무지」에서 '영원한 젊음'이라는 조건을 간과하고 '영원한 생명'에 혹해 아폴론 신과 불평등한 계약을 체결한 무녀의 실수를 되풀이하는 것만큼이나 치명적이다. 그때는 재생마저 차단된 불모의 환경에서 점점 쪼그라드는 비참한 몸을 안고 무녀 시빌(Sybil)이 절규했던 것처럼, 우리도 "죽고 싶어"라는 말을 마지막 소망으로 외쳐야 하는 사태에 직면하게 될지도 모른다. 위장된 진보와 타협하지 않고 비재생시의 정신을 끝까지 몰아 절망의 밑바닥까지 내려갈 수 있는 태도. 그 밑바닥의 허무주의에 물들

지 않고 재생시의 정신을 발휘하여 몸을 일으킬 수 있는 태도. 그 정면
대결의 태도가 독(毒)을 약(藥)으로 전환하는 슬기이자, 우리 삶이 문
학을 통해 한수 배우는 자세라고 생각한다.

—『문청』 5집(1998)

우리 시에 나타난 낙동강 하구

I. 왜 낙동강 하구인가?

적절한 거리는 대상의 의미와 소중함을 참답게 일깨워준다. 그런데 비극적이게도 우리는 대상을 상실하고 난 뒤에서야 그 거리를 확보하게 된다. 그 대상이 과거에 뚜렷한 실체로 존재했고, 그 속에 우리 자신이 친밀하게 속했다는 기억은 낯익고도 낯설다. 거기서 상실한 자의 기대와 절망은 이런 질문 속에 놓인다. 그 친밀관계를 회복할 수 있을까? 그 속에서의 푸르름을 어떻게 하면 돌이킬 수 있을까? 그러나 그 결락의 자리에서 움트는 것은 회복이 아니다. 우리의 기대에 찬 공력(功力), 지난날과 차별을 두었다 생각했던 행위는 여전히 반성 없는 되풀이로 폄하되고, 그 관계는 상실의 저지선을 무너뜨리며 회복과는 정반대의 파국을 향해 곤두박질친다. 그 대상과 직접적으로 매개되지 못하고, 어느 순간부터 추억이라는 간접성의 영역에서 허상 같은 흔적을 좇게 된다. 그러다가 언뜻 정신을 차리고 그것이 사라졌다는 사실에 가슴이 서늘해지는, 세상이 떨어져나간 듯한 그 자리에서 우리가 남긴 그림자와의 싸움이 시작된다. 잘라내도 자꾸만 돋아나는 그 대상의 심부(深部)에 화인처럼 찍힌 우리의 폭력을 쓰라리게 인정하는 순간, 추억마저도 고통의 기억으로 돌변한다. 그때 상처는 대상에 머무르지 않고, 우리의 몫으로 올곧게 치환된다. 기억도 더이상 고통받지 않는 망각 속으로 떨어지지 못하고, 고통 속에서 진저리치는 것이 우리 스스로를 배반한 결과임을 깨닫게 된다. 그 어두운 그늘 속에 내재한 복잡한 표정과, 점점 절망 쪽으로 굳어져가는 자의 초상을 우리 근처에서 찾는다면? 점점 파국으로 치닫는 결락감 속에서 고통의 기억 속을 배회하는 얼굴을 주변에서 찾는다면? 많을 것이다. 이 글에서 밝히고자 하는 낙동강 하구에 쏠린 시의 표정 역시 그러하지 않을까 싶다.

이 글은 '낙동강 하구'(이하 '하구')가 우리 시에서 어떠한 이미지로 형상화되는지를 살피기로 한다.[1] 굳이 '하구'를 다루는 것은 다음 두 가지 이유에서이다. 먼저 하구가 이 지역 시인들의 영원한 시적 주제가 된다는 게 이유이다. 뚜렷한 장소적 특징을 지닌 하구는 지역 시인들에게 사랑받으며 꾸준히 회자되어왔다. 이곳은 하구 특유의 정서를 공급해주며 지역시인들의 정체성 확립에 많은 영향을 주었다. 그 궤적을 살펴보는 것은 부산 시인의 원체험에 대한 탐색이자, 부산 시(詩) 지형도의 당당한 한 축을 그려보는 의미 있는 작업이라고 생각한다. 그 다음 이유는 이 지역의 중요성이 최근 들어 생태파괴의 문제로 인해 더욱 급증하고

---

1) 이 글은 낙동강 수계 중에서 부산의 특징이 스며배인 하구지역을 형상화한 시편을 대상으로 삼는다. 좀더 구체적으로 이야기하면 그 강이 관통하여 흐르는 구포·사상·엄궁·하단·명지·대저 등에 이르는 하구지역을 대상으로 한다. '낙동강과 시'의 연관성을 폭넓게 조망하고 있는 글에는 이미 박태일 교수의 「낙동강이 우리시 속에 들앉은 모습」(『경남어문논집 4집』, 경남대학교 국어국문학과 1991)이 있다. 그러나 그 글은 하류지역을 중심으로 삼았기 때문에, 이 글이 문제삼는 하구와는 지역적인 거리가 있다. 그리고 이 글이 산업화가 본격화된 1970년대 이후를 다루면서 생태문제를 부각시킨 점 또한 일제시대부터 현재까지를 통시적으로 다룬 그 글과의 차이를 유지한다.

있다는 데에 있다. 하구 일대는 역설적이게도 강으로서의 정체성을 상실해가면서 그 진정한 가치가 부각되고 있다. 오염으로 인한 하구생태계의 파괴 문제는, 1980년 초 하구둑 건설 당시부터 위천공단 문제가 거론중인 현 시점까지 뜨거운 감자로 부각되고 있다. 그 장소의 위기감이 걸린 이 민감한 사안에 대해 시인들은 그 나름의 응전력으로 맞서왔다. 그래서 이 작업은 이 지역의 현안문제에 대한 시적 응전력을 살피는 의미도 있다.

범박하게 분류하면, 첫번째는 하구생태계 상실 이전의 모습으로, 부산의 명승지이자 시민의 낭만이 깃든 '을숙도'가 초점화되고, 두번째는 상실 이후의 모습으로 그 일대 생태계 질서를 전면적으로 재배치한 '하구둑'이 중심장소로 초점화된다. 이를 시기별로 재배열하면 철새도래지로 널리 알려졌던 1970년대부터 하구둑 건설에서 위천 문제가 거론중인 현 시점에까지 걸치고, 그 과정은 고통스럽게도 그 장소로부터 형성된 자아정체성 획득에서 상실의 과정으로 전개된다. 이 글은 그 양상을 1970년대 이후부터 지금까지 하구를 형상화한 시 중에서 이 지역에 대한 정체성이 뚜렷한 시를 대상으로 건강한 하구의 모습과 파괴된 하구의 모습으로 나누어 살피고자 한다.

그외 이 글은 다음 몇가지를 원칙으로 삼고 접근한다. 구체적인 지명을 언급하지 않았더라도 부산 시인이 강과 갈대, 철새를 묶어서 노래한 작품은 하구 시편으로 본다. 또한 전체 문맥상 필요할 경우 하구의 장소적 특질에 영향받고 있는 타지역 시인의 시 역시 포함시킨다. 그리고 하구가 상류와 연결되었다는 점을 고려하여 필요한 시점에서는 상류를 언급한다. 특히 강물 오염은 중상류에서 비롯된 바가 크기 때문에, 이는 상류와 연관해서 언급한다. 마지막으로 하구 복원을 위한 시적 대응과 그 확대방향을 과제로 남겨놓는다.

II. 건강한 하구의 모습

많은 시인들이 하구의 건강한 생태계를 그리고 있다. 여기에는 '파괴
이전의 하구 생태계와 합일체험을 그리는 시', '아직 파괴되지 않은 하
구의 모습을 그리며 그것을 지키려는 시', '그 아름다운 과거를 회상하
며 복원하려는 시' 등이 있다. 대체로 하구둑 건설 이전의 시는 첫째 유
형에, 그 이후의 시는 둘째와 셋째 유형에 속한다. 여기서는 과거와 현
재가 서로 어울려 만들어내는 하구의 전체적인 무늬를 '하구지형'과 '하
구생태계'로 나누어 살펴보도록 한다.

　1. 하구 지형 : 하구는 시인들의 특별한 사적 체험이 깃든 장소사랑
(topophilia)의 공간으로, 시인들은 하구의 지리적 특징과 내포적 의미
를 잘 포착하여 하구의 의미망을 넓히고 있다. 시인들은 하구가 축적하
고 있는 장소적 특질을 '샛강이 합쳐지는 곳' '흐름이 완만한 곳' '퇴적
지형' '바다와 만나는 장소' '화장터' 등의 다양한 이미지로 형상화하고
있다. 이것은 다른 하구에서도 마찬가지인 일반적인 속성이지만, 남한
최대 장강(長江)에 해당하는 낙동강하구에서 이런 특징이 한층 뚜렷하
게 나타난다.

　1-1. 샛강이 합쳐지는 곳 :

여기 오면 세상의 온갖 뜬소문이란 소문은
강물이 되어 흐릅니다
무등산 칼바람도 사리암에 잠든 외로운 영혼도
모두가 여기서는 어두운 강물이 되어 흐릅니다

한 천년을 울다가 지친 여울물살이 되어 흐릅니다
      —박철석 「下端의 바람 1」(『下端의 바람』, 문예관 1989) 전문

  인용시는 하구의 포용력과 장강다운 면모를 곰곰이 생각하게끔 만든
다. 주어부(1 · 3행)에서 서술부(2 · 4 · 5행)로 가는 과정은, 마치 주어라
는 상류에서 서술어라는 하구로 흘러가는 강의 흐름과 비슷해 보인다.
상이한 속성의 사물("뜬소문" "무등산 칼바람" "사리암"의 "영혼")들로
이루어진 주어부는, 서술부에서 강물이라는 동일 표정으로 바뀌어 흐
른다. 이 강력한 동화의 힘은 하구의 속성에서 연유한다. 나뭇가지처럼
뻗어 있던 수많은 지류가 하나의 강줄기로 합쳐지며, 한 줄기의 좁은
냇물〔一衣帶水〕들이 서로 살 섞고 거대한 장강으로 질적 변모를 이루
는 곳이 바로 하구이다. 그래서 상류의 첨예한 갈등과 모순도 하구에서
화해와 융화의 모습으로 변전한다. 이것이 바로 하구의 흡입력이다. 인
용시는 하구에서 느낄 법한 이러한 직관적 인식을 인상적으로 특징화하
고 있다. 이렇게 샛강이 합쳐져 "가슴이 넓어진"(안태경 「강끝에 서서」) 하
구는 그 너른 가슴을 이끌고 다른 수역에서보다 느릿하게 흐른다.

  1-2. 완만한 흐름, 인생의 흐름 :

    강물도 좁은 물목을 지날 때는
    급류를 이룬다.
    도요새 발자욱 찍을 만한
    모래톱 하나 허용하지 않는다.
         —박현서 「洛東江 16」(『낙동강』, 문학세계사 1990) 부분

  인용시처럼 중상류의 좁은 "물목"에서 물은 급류를 이루고, 그 세찬

물줄기는 "모래톱 하나 허용하지 않"고 급하게 굽이친다. 반면 하구의 흐름은 그 완만한 하상을 타고 더디게 흐른다. 출싹대듯 급하게 흐르는 상류의 흐름에 비해 그 유속은 현격히 완만하다. 물길이 완만해지는 이 지점에서 모래톱은 넓게 형성된다. 강이 완만할수록 모래톱은 넓어진다. 무분별한 모래 채취로 지금은 많이 훼손되었지만, 예전의 하구에는 "도요새"와 같은 물새 발자국이 판화처럼 점점이 찍힌 결 고운 모래들이 즐비했다. 그 완만한 흐름을 정완영은 "歲月도 강물따라 七百里를 흐르다가/마지막 바다 가까운 河口에선 지쳤던가/乙淑島 갈대밭 베고 질펀히도 누웠데"(정완영「乙淑島」)라며, 너른 갈대밭을 베개 삼아 드러누운 어떤 노년의 모습으로 형상화했다.

> 을숙도가 바라다보이는
> 下端쯤에서
> 강은
> 두 강둑으로
> 폭을 넓히고
> 不惑도 지나고
> 知命도 지나
> 이제 耳順을 바라보는
> 지아비와 지어미 되어
> 서로 물끄러미 마주하고 서서도
> ─박현서「洛東江 16」(『낙동강』, 문학세계사 1990) 부분

정체되지 않고 쉼없이 흘러내리는 강물은 흔히 인생의 흐름에 빗대어진다. "어느 전생의 기록을 보여주듯 생생하게 뻗쳐 있"(김보한「낙동강 1」)는 낙동강 역시 급박하게 흐르는 상류를 유년에, 지친 듯한 하구의

물살을 노년에 빗댈 수 있다. 인용시의 하구 역시 젊음의 격정과 회오리를 거쳐나온 인생의 노년기("不惑"과 "知命"을 지난 "耳順"의 경지)로, 물끄러미 세상을 관조하는 지점으로 드러난다. 그곳에서 강은 "앙금처럼 떠오르던 회한도 가라앉"(안태경 「강끝에 서서」)히는 여유를 보인다. 그 모습에서 시인들은 "늙어가는 법, 흐르는 법"(송유미 「낙동강」) 같은 인생의 섭리를 배우기도 한다.

　한편 "물 맑은 우리들의 과거도/이야기할 수 있을까"(최창도 「하구언 풍경」)처럼 하구는 상류에서의 깨끗함을 상실한 곳으로 드러나기도 한다. 흘러온 길이만큼 혼탁해진 그 강은 하구에서 지난 시간에 대한 회상에 잠기기도 한다. 그래서 이곳은 돌이킬 수 없는 과거에 대한 안타까움이 스미는 지점이기도 하다. 이런 측면에서 하구는 잘 흘러와 인생의 이치를 터득했다는 여유로움과 유년의 순수를 잃고 혼탁해졌다는 아쉬움을 동시에 지닌다.

　1-3. 퇴적지형 : 하구에는 중상류에서 깎인 많은 양의 토사가 운반되어 온다. 그런데 물살이 느리다 보니 그 강바닥에는 심각한 퇴적이 뒤따른다. "자꾸만 높아오는 강바닥"(양왕용 「下端사람들 1」)처럼, 낙동강은 심각한 토사 퇴적으로 인하여 주변지형보다 강심이 더 높은 천정천에 해당한다. 그런데 어느 시인이 "강이 만든 푸른 삼각형"(강유정 「푸른 삼각형」)이라고 노래했듯이, 퇴적은 강심뿐만 아니라 그 유역지대에서도 활발하게 이루어져 넓은 삼각주까지 형성했다.[2] 하구는 지금도 계속 모래톱이 신설되면서 끊임없이 지형변화를 거듭하고 있다. 이렇게 강물에

---

2) 이 일대는 강서구 가덕도와 녹산동 일부 산악지대를 제외하고는 모두 낙동강에서 밀려내린 모래 등의 토사가 쌓여서 형성된 퇴적지대에 해당된다(최해군 『釜山港』, 지평 1992, 173면). 다대포 근처의 몰운대(沒雲臺)만 하더라도 16세기까지 몰운도(沒雲島)라고 불리던 섬이었다. 그후 낙동강에서 내려온 모래가 쌓여 지금처럼 다대포와 연결된 것이다(엄

의해 동적으로 생성된 을숙도를 손경하는 다음과 같이 노래했다.

한때
네 언저리는
투명한 물굽이가
자맥질하는 여인의 알몸 같이
일렁이는 하상을
얼비치며 흘러가고—
있었다
그 눈부신 강 가랑이 사이
윤나는 거웃처럼 흔들리던
숱 짙은
갈숲,
끼 있는 구름과 바람이
진일 어리어 서성이다 가는
살찐 둔덕
삼각주—
그 하늘과 바다
빛나는 모래톱 가득히
철새 떼 어지러이 흩어져
네 아름다운 소문을
자자하게 퍼뜨리고—
있었다.

—손경하 「乙淑島」(『남부의 시』 30, 지평 1998) 전문

경흠 『한시와 함께 시간여행』, 전망 1997, 276면).

시인은 을숙도에서 성숙한 여인의 아름다운 몸을 발견한다. 을숙도 (乙淑島)! 여인의 이름에 숙(淑)자가 많이 사용되듯이, 그 이름부터 얼마나 여성스러운가? 시인은 좁아졌다가 갑자기 넓어지는 "투명한 물굽이"를 허리와 엉덩이가 미끈한 "여인의 알몸"에 빗댄다. 그리고 강물이 을숙도를 경계로 서낙동강과 동낙동강으로 갈라지는 지점을 "눈부신 강 가랑이"로, 을숙도의 "숱 짙은 갈숲"을 그 여인의 윤나는 "거웃"으로, 그 삼각주를 "살찐 둔덕"에 빗대었다. 여기서 구름과 바람은 잔뜩 끼를 발휘하여 그 주위를 서성이고, 철새는 '을숙도 여인'의 아름다움을 퍼뜨리는 전령으로 등장한다. 을숙도 특유의 장소감을 잘 살린 인용시는 이 삼각주의 지형을 여인의 몸으로 묶어 뛰어나게 의인화하고 있다. 한편 삼각주와 그것을 감싸고 흐르는 이 강을, 아기를 안은 모성의 형상에 빗댄 시각도 있다.

친구,
들녘 당산목의 밑둥 같은 친구여
동구 밖 포구나무가지의 둥지 품은 까치처럼
여직도 강물은 하얀 깃을 벌여
포근히 마을을 감싸고 있는가

(…)

여직도 그곳 강줄기는 친구,
그대 들녘의 젖줄로 흐르는가
―서태수 「안부(安否)―낙동강 58」(『낙동강』 12, 낙동강보존회 1994) 부분

젖줄이라는 말 속에 이미 강의 모성적 풍모가 함축되어 있듯이, 강은 흔히 모성으로 의인화된다. 태아를 보호하는 양수가 물이듯이, 강물은 흔히 유역민에게 어머니의 사랑을 느끼게 하는 따뜻한 모성의 품으로 인식된다. 수량이 풍부한 하구는 이러한 포용력을 더욱 깊게 알게 한다. 인용시의 고향마을은 강물이 포근히 감싸는 곳으로, 하구에 발달한 하중도(河中島)로 보인다. 서간문의 형식으로 씌어진 인용시에서, 친구에게 고향 안부를 묻는 화자의 머릿속에는 그 강의 모성적 풍모가 충만해 있다. 나뭇가지가 까치둥지를 품듯이 강물이 마을을 감싸는 것이나, 그렇게 껴안은 마을에 젖을 물리듯 강물이 들녘의 젖줄로 흐르는 것 등은 모두 모성의 자애로운 이미지에 속한다. 이런 모성적 포용력은 그 강에서 자란 사람에게 진한 향수를 불러일으킨다. 그래서 외지의 화자는 요람이었던 그 강을 떠올리며 편지를 쓴다. 이렇게 첫마음을 둔 곳으로 마음이 쏠리는 것은 인지상정인데, 어떤 재일교포 시인은 타국에서 "당신 때문에/가엾은 조국마저 빛나 보였다/보고 싶은 당신"(최화국 「낙동강」)이라며 그 사무치는 향수를 읊기도 했다.

1-4. 바다와의 만남 : 하구는 강과 바다를 분리하는 동시에 두 공간을 섞는다. 그곳은 상이한 두 물(민물과 바닷물)이 교접하는 곳이다. 그 모습을 정영태(鄭映太)는 "바다의 뒤쪽에 닿는 강,/그 발꿈치가 이제 다 닳아 있다"(「하구 1」)고 표현했다. 그런데 여기서 강물은 죽는다. 전술한 노년의 여유는 죽음에 임박한 모습이기도 하다. 그래서 그 느린 물살을 죽음에 대한 망설임과 공포, 혹은 덧없는 실존(人生無常)의 의미로 읽을 수도 있겠다.

다대포 앞바다쯤에서
이승의

마지막 동구밖을
떠나는 강

어선들에 펄럭이는
輓章의 행렬
돌아보면
싱겁게
맹물로만 달려온
먼 700리길

알몸으로
철없이 뛰어드는
맹물들
살 속까지
소금으로 저리는
이승의 마지막 아픔

이따금
번갯불 천둥소리가
은총으로 쏟아지는
하구에서
바다는
강을 삼키고
허기진 배를
채운다

―박현서 「洛東江 9」(『낙동강』, 문학세계사 1990) 부분

　인용시에서 하구는 '이승의 마지막 길목'으로 나타난다. 강의 죽음을 애도하듯 어선에는 만장의 깃발이 펄럭인다. 하지만 그 죽음은 흔적 없이 사라지는 소멸이 아니므로, 슬퍼할 것만은 아니다. 각도를 달리하면, 강물은 이제껏 쓰라림을 모르고 "싱겁게／맹물로만 달려"온 철모르는 생으로 볼 수 있다. 바다와 만나 "살 속까지／소금으로 저리는" 살가죽 벗겨지는 아픔을 겪은 뒤에라야 본격적인 생을 시작할 수 있을 것이다. 여기에 이르러 "물과 물 사이에서／뼈가 생겨나고 살이 생겨나고""눈이 생기고, 코가 생"(박현서 「洛東江 4」)겨난다. 그래서 그 죽음은 역설적으로 탄생의 "은총"이 된다. 그러나 그 변모는 밍밍하게 이뤄지는 것이 아니라, 서로에게 "먹고 또 먹히는"(하현식 「鹿山紀行 1」) 치열한 갈등 끝에 비로소 이루어진다. 이렇게 장강으로 변모한 그 강은 바다로 또 한번 변모하게 된다. 그런 면에서 하구는 물이 거듭나는 자궁이다. 결구에 포식자에 빗대어진 바다는, 그렇게 거듭난 강물들이 보태어진 것이다.

　　1) 얼어붙었던 것들이 찔끔거릴 때
　　　풀린 강물이야 龜浦나 下端에서쯤
　　　바다와 대면하고 이내 자욱한 소금끼 속으로 합류한다
　　　　　　　—이유경 「강물과 바닷물」(『下南詩篇』, 일지사 1975) 부분

　　2) 바다를 만났다가는 바다와 함께
　　　퍼렇게 부은 얼굴로
　　　되돌아온다
　　　　　　　—이유경 「嚴冬의 강물」(같은 시집) 부분

하구에서 강과 바다의 교접지점을 어디라고 찍어서 말하기는 곤란하

다. 지금이야 하구둑 때문에 물길이 끊긴 하단 일대를 하구로 재단하고 있지만, 그 이전 하구는 물이 풍부했던 풍수기에는 "다대포 앞바다"나 "가덕도 앞바다" 같은 연안에서 형성되기도 하고, 겨울과 같은 갈수기에는 바닷물이 하류의 완만한 하상을 타고 상류로 치솟아올라 물금이나 삼랑진에서 형성되기도 했다. 1)은 그렇게 유동적으로 형성된 하구에서 강물과 바닷물이 대면하는 모습을 그리고 있다. 그 조우를 "龜浦나 下端에서쯤" "자욱한 소금끼 속으로 합류한다"고 표현했다. 특이한 것은 2)에서 그 강물이 "퍼렇게 부은 얼굴로/되돌아온다"고 한 점이다. 이것은 강의 역류를 표현한 대목이다. '흐르는 물을 되돌릴 수 없다' '같은 강물에 두번 발을 담그지 못한다'는 흔한 경구가 있지만, 낙동강 하구에서는 이런 순리를 뒤집는 위반이 수시로 발생했다. 이렇게 강물이 역류할 때 나타나는 현상이 바로 염해[3]다.

　　　물금면 取水場 水位가 낮아지면
　　　水晶洞 寶水洞 高地帶 갈증이 높아진다
　　　　　─박현서 「RH 네가티브型」(『남부의 시』 11, 열음사 1985) 부분

　하구둑(하구언)이 건설되기 이전의 갈수기에, 부산시민이라면 누구나 염분기 섞인 물맛 경험을 한번쯤은 했을 것이다. 인용시의 "물금면 取水場"은 부산시민의 상수도원인데, "水位가 낮아지"는 갈수기에는 강

---

3) '염해(염분피해)'로는 '급수 중단'과 '농작물 피해'를 들 수 있다. 급수 중단에는 1977년에 물금 취수장의 염분 농도가 상수도 원수 기준치 24배(3,500ppm)까지 치솟아 45일간 급수를 중단했던 사태(교지편집실 「낙동강 하구둑 어떻게 생각하십니까」, 『동아』 24집, 1984, 294면)를 들 수 있고, 농작물 피해로는 1971년 염해가 거의 없을 때는 1ha당 5.4톤까지 수확한 농작물을 65년 염해가 클 때 1ha당 2.3톤 수확에 그쳤던 사례를 들 수 있겠다(「낙동강」, 『한국민족문화대백과사전』 5권, 한국정신문화연구원 1989, 302면).

줄기를 따라 바닷물이 그곳 취수장까지 치고 올랐다고 한다. 그 물은 식수에 포함되어 취수 중단·제한 급수·격일제 급수 등의 사태를 불러일으켰다. 이때 부산시민, 특히 "水晶洞 寶水洞 高地帶" 주민의 갈증은 높아질 수밖에 없었다.

> 1) 이제는 더 이상 江으로는 흘러내릴 곳도 없는
>   바로 지어미의 품에 꼭 드는
>   가덕도 앞바다 洛東江의 그 맨끝
>   —김석 「가덕도 연대봉으로 그믐달이」(『낙동강으로 샛바람이 불고』,
>   빛남 1993) 부분

> 2) 강이 멈추는 곳에
>   아버지의 바다가 열린다
>
>   (…)
>
>   늠름하게
>   바다로 뛰어내리는 강물
>   —배달순 「낙동교에 서서—녹슨 수문을 보며」(『지금 통화중』,
>   문학세계사 1988) 부분

아무리 하구가 넓다 해도 그것을 바다에 비길 바는 아니다. 그래서 강이 바다에 접어드는 모습은 종종 아이가 부모품에 안기는 모습으로 표현된다. 바다와 강을 각각 부모와 아이에 대응시키고, 그 대면을 한가족의 만남에 빗댄 인용시들이 그러한 예에 해당한다. 그런데 1)과 2) 사이에는 약간의 차이가 있다. 1)의 바다는 강을 그 "품에 꼭 드는" 모습으로 안아주는 "지어미의 품"인 반면, 2)의 바다는 성장제의를 치르는 아들 강의 용기를 지켜보는 아버지의 모습을 하고 있다. 그래서 1)의 아기 강은 곧바로 어미품에 안기지만, 2)의 아들 강은 그 합일을 위해 "바다로 뛰어내리는" 시험을 먼저 통과해야 한다.

1-5. 장지(葬地) : 또한 낙동강은 죽은 이를 장사치르는 곳이기도 하다. "뼛가루 / 하얗게 / 강물에 풀고 있다"(박현서 「洛東江 34」)나, "갈대밭 어귀 / 키운 자식 모래무지처럼 물밑에 묻고"(박태일 「투망」)처럼 그곳은 죽은 이의 뼛가루를 뿌리거나 시신을 수장하는 곳이었다.

파밭 지나 나락논 지나 자꾸 가서 네 살 한 뼘 더 파고 흘러 물이 되면, 지금도 만날 수 있을까 몇만 날을 돌아 네게로 가는 아침햇살 처럼 반짝이며 반가움으로 마주 서 올까 만조의 가덕도 바람 을숙도 까지 밀려오면 너는 들로 나가 아비를 울리고, 그런 날 갈숲은 바다 소리로 또 우는데 네 가슴에 칼 던지고 바다로 간 상국이 그 외로운 넋도 아비 울음 듣고 절룩이며 논둑길 밟아 돌아올까
　　　　　　　　　　—박병출 「낙동강」(『남부의 시』 24, 빛남 1994) 전문

인용시에는 자식과의 사별을 만남으로 전환하려는 아비의 안간힘이 잘 나타나 있다. 아비를 울리고 떠난 "상국이"는, 하구에 수장된 아들로 추측된다. 만조의 바닷물과 바람이 을숙도 쪽으로 역류해 오듯, 물로 변모한 그 혼백 역시 하구 쪽으로 역류해올 수 없는지를 화자는 간절하게 묻고 있다. 이 시는 하구가 가진 역류의 속성을 이용하여, 사별한 혈육과의 상처어린 이별을 만남으로 전환하려는 의지가 표출되어 있다.

1-6. 최남단 지명 : 그외 하구는 우리 국토의 최남단 지명으로도 등장

한다. 산을 기준 삼아 우리 국토를 아우르는 말에 '백두에서 한라까지'
라는 구절이 사용되듯, 강을 기준 삼은 그 말에는 '압록(두만)강에서 낙
동강까지'라는 구절이 대표적으로 사용된다. "오직 통일의 길 하나만을
기도하며 / 저 압록강에서 / 여기 낙동강까지"(송유미 「물의 사랑」) 혹은 "낙
동강과 두만강과 한강을 물결쳐서 / 한번은 불러본다 / 대한 사람 대한으
로"(김석 「한 가람」)처럼, 이 지점은 우리 국토를 하나로 이으려는 통일의
의지가 '시작되는'(혹은 끝맺는) 최남단 지명으로 나타난다.

　2. 하구생태계 : 낙동강 하구는 천혜의 조건을 갖춘 몇 안되는 습지이
자 자연생태계의 보고였다. 민물과 바닷물이 교차하여 기수(汽水)생태
계를 형성한 이 특이한 서식지에는 풍부한 영양염류와 이를 먹이로 삼
는 수많은 종류의 생물들이 살았다. 을숙도 주변에는 철새들이 새까맣
게 수를 놓았고, 철새의 보금자리였던 갈대, 그 먹이인 게와 재첩 등이
지천으로 깔려 있었고, 모천을 오르내리는 회귀성 어족들이 수시로 그
곳 생태계를 드나들고 있었다. 이 모든 것들이 건강한 먹이사슬을 이루
며 살아 있는 생태계를 형성했다. 이곳 사람들 역시 하구 생태계와 끈끈
한 유대관계를 이루며 그들의 참된 정체성을 실현하곤 했다.

　2-1. 철새 : 그 중에서 뭐니뭐니해도 압권은 철새이다.[4] 이곳은 겨울
철새의 월동지일 뿐만 아니라, 여름철새의 번식지로서 계절에 관계 없

---

4) 백조와 오리류 등 을숙도 일대를 찾아드는 새의 종류는 어림잡아 138종 10만여 마리에
　이르고, 그 규모는 동양최대였다(「을숙도」, 『한국민족문화대백과사전』 17권, 한국정신문
　화연구원 1989, 421면). 이 낙원의 범위는 서쪽으로 김해군 녹산면을 경계로 하여, 남쪽
　으로 진우도 앞에 이르는 남해안 해역과 동쪽으로 부산시 북구 엄궁동에서 서구 다대동
　에 이른다(백운기 『乙淑島와 注南貯水池 철새集團의 生態學的인 研究』, 경남대 1987, 3
　면). 이 일대는 1966년 '국가지정 문화재 보호구역인 천연기념물 제179호'(문공부)로 지
　정된 것 외에도, 1988년에 '자연 환경보호구역'(건설교통부)으로, 이어 1989년에는 '자연

이 생명력으로 충만한 철새들의 낙원이었다.

> 모여 사는 모습이 아름답기는
> 群集의 하얀 철새들이다.
> 열 마리 보다는 스무 마리,
> 쉰 마리, 백 마리 數를 더해 갈수록
> 形容이 아름다와지는
> 저 非具象의 눈부신 點描들.
>
> 머얼리서 바라다 보면 그것은
> 하늘에서 쏟아져내린 神의 銀箔紙,
> 무심코 바람결에 햇빛에 날리어가는
> 가벼운 몸짓일 뿐이지만
> 가까이서 보면 그것은
> 제마다 흰 나래빛처럼 외로와
> 서로를 찾아 부르는 發聲으로 분분한
> 사랑의 共同體.
> ──이수익 「철새風景」(『낙동강』 2, 낙동강보존회 1980) 부분

많은 시들이 철새의 아름다움에 탄복하고 있다. 인용시는 철새들이
모여사는 모습을 원근법으로 아름답게 묘사했다. 그 군집은 멀리서 볼
때 "하늘에서 쏟아져내린 神의 銀箔紙"와 "가벼운 몸짓"이었다가, 가까

생태계 보호구역'(환경부)으로 지정되었다. 이렇게 을숙도 일대 동일 지역을 정부의 3개
부처가 마치 경쟁하듯 각기 다른 이름의 국가지정보호구역으로 중복 지정하며 행정력의
혼선을 보이는 것은, 그만큼 낙동강 하구 생태의 중요성을 역설하는 것이라고 보아진다
(박창희 『천리벌판 적시는 江』, 인쇄골 1998, 52~54면).

이서 보면 저마다 외로움에 짝을 찾는 "사랑의 共同體"로 그 의미가 달라진다. 그런데 이 아름다움은 한 개체가 만들어내는 것이 아니라, 군집 생활을 하는 그들의 무리가 뭉쳐서 만들어내는 것이다. 그 무리가 크면 클수록 아름다움의 파동 역시 증폭된다. 이렇게 인용시는 철새의 참아름다움을 군집생활에서 찾는다.

새는 말한다
純白의 잔 위에서
수천 마디의 언어로
눈 비비는
생명의 깊은 신뢰
아픔이 진할수록
종소리의 무게로
활활 여과되는 빛의 물결
황금무늬 새하얀 햇살을 가르며
조용히 다가서는 乙淑島의
겨울 未明 속 잔잔한
아우성
은빛 목소리도 한 떨기
꽃이 되어
內岸 깊히 불을 사르나니
질긴 목숨의 끈을
베고 누운 자국마다
따스한 숨결로 익는
일몰 속 영롱한 言語
　　　　—이문걸 「겨울의 언어」(『월간문학』 1980년 12월호) 부분

을숙도 철새를 노래한 시편은 겨울시편이 압도적이다. 엄동의 찬바람에 타지역이 결빙된 이후에도 이 일대는 거의 얼지 않으므로 해마다 피한(避寒) 길에 오른 많은 수의 겨울철새들이 이곳을 방문한다. 그 새들이 무리지어 한꺼번에 날아오르는 모습은 압권이다. 하늘 반 새 반 점점이 날아가는 그 절경은 가히 혼을 빼놓을 만하다. 인용시의 화자는 현기증을 일으키는 그 광경에 넋을 잃고 완전히 몰입해 있다. 그 어떤 결핍도 없이 외부풍경에 자아가 몰입하고 있는 이 서정적 상태가 인용시에서 "생명의 깊은 신뢰" "아우성" "영롱한 言語" 등의 주체할 수 없는 충만함으로 치환되어 지속적으로 변주된다. 그것은 겨울에도 마음속 "깊히 불을 사르"며 우리를 훈훈하게 데워주곤 했다.

하루 종일을 나는
을숙도에서 놀았다.
밤이 되자 하느님 산이 보이고
흐르는 물이 소리를 죽이기 시작했다.
잠을 깬 몇 마리 물새들이
죽을 힘을 다하여 어둠을 향해 날고
죽은 갈대들이 일어나
하느님 산으로 향하고 있는 것을 보았다.
밤이 깊자 흐르는 물은 더욱 깊어지고
천사들의 심각한 대답 소리가 들리었다.
다만 나는
잠들지 않으려고 애를 쓸 뿐이었다.
　　　　　　—조의홍 「을숙도 1」(『여름산에 올라』, 심상사 1982) 전문

이런 아름다움 때문에 을숙도는 그 일대에서 젊음을 보낸 이들에게
는 "젊은 기억의 늪지대"(탁영완 「을숙도 2」)라는 표현처럼, 자꾸만 그쪽으
로 기억이 경사되는 잊을 수 없는 추억의 장소로 노래된다. 그러다가 그
곳의 의미는 인용시처럼 어느덧 신성이 구현된 장소로까지 상승한다.
물소리마저 고요해진 밤, 신과 천사의 영상이 환각처럼 현현한다. 이때
일어선 갈대와 창공으로 비상하는 철새들은, 천상과 지상을 잇는 가교
역할을 한다. 그 대면을 조금이나마 더 연기하기 위해 지상의 화자는,
종일 뛰어논 여독을 뒤로 하고 잠들지 않으려 애를 쓴다. 이렇게 을숙도
의 의미부여는 점점 확대되어 하늘과 이어진 세계의 중심, 혹은 메시아
가 현현하는 장소로 부상한다.

잊어라 한다
강은 잊어라 한다
시간의 강을 뒤채는
기억의 새떼

을숙도
둥지 버리고
강으로 수몰되는 갈대
무릎마디 꺾는 소리, 소리를
훌훌 잊고 떠나라 한다.

남아 있는 자 외로움
바람의 몫이라 했지
마지막 떠나는 시선 하나 지키는
발목 시린 버팀목

여윈 고집.
　　―탁영완 「을숙도」(『하늘 향한 감각의 살비늘』, 시문학사 1988) 부분

한편 철새를 독특하게 노래하는 시각도 있다. 인용시에서 철새는 '떠나는 자'로, 갈대는 '남는 자'로 설정된다. 강은 그 갈대에게 철새를 "잊어라 한다". 떠나야 할 때 떠날 수 있는 철새는 잔인한 짐승이다. 그렇게 철새가 떠난 뒤의 "외로움"을 안고, 갈대는 "여윈 고집"으로 버텨서 있다. 이렇게 철새는 '잔인한 짐승'이 되기도 하고, "난폭한 철새떼의 거친 부리에/연약한 세포들이 파괴되고 있었다"(김영준 「鳴旨에서」)에서처럼 강을 해치는 난봉꾼이 되기도 한다. 또 V자를 그리며 무리지어 날아가는 기러기의 모습은 "VICTORY(승리)를 외치며 힘차게 난다/VICTIM(희생)을 외치며 처연하게 난다"(정선기 「V字를 그리며 날아가는 기러기떼」)처럼 승리와 희생의 의미로 읽기도 하고, 배를 따라다니며 찌꺼기를 청소하는 갈매기의 "곡예스런 몸짓"에서 악착같은 "생존경쟁의 몸부림"(백석 「낙동강 갈매기」)을 읽는 시각도 있다.

2-2. 갈대 : 갈대는 철새와 더불어 빠질 수 없는 을숙도의 명물이다. 한 시인이 "오래된 눈물이 거름되어 / 저리도 키웠나"(최영철 「을숙도」)라고 노래했듯이, 을숙도의 갈대는 삼각주 지하 깊숙이 저장된 퇴적층을 양분 삼아 어른 키보다 더 클 정도로 무성하게 자라나 있다. 군락을 이루며 나부끼는 갈대의 모습은 철새군집 못지않은 장관을 연출한다.

갈대는 철새와 끈끈한 친연성을 맺고 있다. "갈뿌리를 씹다 모였다 흩어지는 개개비 잦은 물매질"(박태일 「명지 물끝 2」) "새들은 순식간에 날아 눈부신 갈대 사이로 몸을 숨긴다"(정유정 「을숙도에서」)처럼, 그 밀생지역은 철새들이 깃털을 부비며 번식하는 보금자리와 위협을 당할 때 몸을 숨기는 은신처 역할을 한다. 갈대와 기러기를 함께 그린 '노안도(蘆

雁圖)'가 흔히 '노후의 편안한 삶'을 의미하는 '노안(老安)'의 의미로 읽히듯이, 이들은 서로 긴밀하게 어울려 여유로운 노년의 삶처럼 한없이 편안하고 한가한 분위기를 연출한다.

바람이 와도
물러나지 않고 서서
더 큰 바람이 와도
물러나지 않고
그대로 서서
무릎을 꿇고 사느니
서서 죽기를 다짐하면서
빈 들판에
홀로 나와
새벽 빛을 기다리고 있다.

—임종성 「갈대」(『땅뺏기』, 시로 1983) 부분

흔히들 갈대를 연약한 존재나 쉽게 마음이 변하는 여심(女心)에 빗댄다. 아마도 그 이유는 무성한 잎을 견디지 못하는 가는 줄기가 미풍에도 금방 자지러지게 흔들리는 가벼운 몸짓 때문일 것이다. 그러나 그것은 일차원적인 사고이다. 속이 텅 빈 줄기는 부박하게 흔들릴지언정, 겉보기와는 달리 갈대의 뿌리는 깊다. 그 뿌리를 김보한은 "水魔에 휩쓸리던 기억도, 한 움큼 쏟아지는 햇살과 더불어 冬寒을 이겨온 갈대의 뿌리"(「낙동강 1」)라고 노래했다. 인용시 역시 물러서지 않는 굳은 의지로 직면한 고난을 희망으로 변전시키려 하는 갈대의 끈질긴 생명력을 노래하고 있다. 이 갈대는 아래와 같이 '실존과의 만남' '이별의 꽃' 등으로 변주된다.

1) 갈밭 속을 간다.
　　젊은 詩人과 함께
　　가노라면
　　나는 혼자였다.
　　누구나
　　갈밭 속에서는 일쑤
　　同行을 잃게 마련이었다.
　　(…)
　　젊은 詩人은
　　저편 강기슭에서 나를 부른다.
　　하지만 이미
　　나는 應答할 수 없다.
　　나의 音聲은
　　內面으로 되돌아오고
　　어쩔 수 없이 나도
　　흔들리고 있었다.
—박목월 「下端에서」(『한국현대시 요람』, 박영사 1982) 부분

2) 가을이라
　　봄인 양 제철 맞았다고
　　피는 갈꽃
　　단바람 간바람 밴 줄기에서 서걱대는 소리
　　한 줄기 소낙비의 소리 쏟는다
　　하구언 벌판으로 풀풀 날리는 갈꽃
　　솜털 같은 흰 꽃잎

대마도로 나가사끼로 히로시마로
우리 옛님 부역가던 날
관부연락선 선미에서
이별의 배웅 손 젓던 갈꽃, 흰 솜털꽃
영영 귀향의 소식 없는 님의
영혼을 피워 올리는 제전의 을숙도
　　—김광자 「을숙도의 갈꽃은」(『새벽木船에 기대어』, 심상사 1997) 부분

　1)의 화자는 갈밭에서 동행을 잃는다. 그 이유는 빽빽한 갈대가 시야를 가린 탓에만 있는 것이 아니다. '흔들리는 갈대' 속에 이미 '실존에 대한 모색'의 의미가 포함되어 있듯이, 갈대와의 만남은 흔히 '내면과의 만남' 의 의미로 이어진다. 그래서 동행과 소통하며 외부로 뻗어 있던 화자의 시선 역시 갈밭 속에서 내면으로 급선회한다. 화자는 "이미" 실존의 시공간 속에 편입되어 갈대가 되어 흔들리고 있다. 안간힘을 다한 응답마저도 그 실존의 바다에서 고립되어 외부로 소통되지 않고 "內面으로 되돌아"올 뿐이다. 하여 그는 눈앞의 동행(그는 박목월과 함께 공유한 이 체험을 「동행」으로 형상화한 성춘복으로 알려져 있다)을 잃게 된다. 이렇게 인용시의 화자는 사물로서의 갈대가 아니라, 갈대에 내포된 의미와 만나고 있다. 갈대의 이 의미와 만나는 이상, 이것은 "누구나" "어쩔 수 없이" 겪게 되는 보편적 경험이라고 화자는 말한다.
　한편 2)에서 눈같이 흰 갈꽃〔蘆花〕은 부역에 사랑하는 님을 빼앗긴 여인들이 이별을 아쉬워하며 흔드는 손놀림에 빗대어져 있다. 부산과 일본 시모노세끼(下關)를 잇던 "관부연락선"은 1905년부터 취항했다. 그 배를 이용했던 우리 민족 중에는 유학생도 있었지만, 식민정책으로 농토를 잃고 탄광의 광부로, 부두의 노무자로 떠나는 사람도 많았다. 그 뒤 그 배는 태평양전쟁 당시 징용·보국대·징병·학병·여자정신대 등

으로 우리 민족을 강제로 실어날랐다.[5] 그렇게 떠나간 많은 사람들이 "영영 귀향의 소식이 없"었다. 여기서 시인은 그들의 소식 없는 영혼이 피어올라 "하구언 벌판으로 풀풀 날리는 갈꽃"이 되었다고 본다. 갈꽃이 피는 가을, 을숙도에는 그들을 위무하기 위한 제전(祭典)이 한창 벌어지고 있다.

이렇게 하구는 단순한 배경의 의미를 뛰어넘어 부산 시인의 특별한 사적 체험의 장소이자, 의식의 중심축으로 자리했다. 그곳은 시인들이 지향점 삼은 친밀공간으로, 시인들은 그와 동화하기를 주저하지 않았다. 또한 시인들은 그 장소에서 영감과 정서를 부여받기만 한 것이 아니다. 하구지형이 가질 법한 특질과 내포적 의미를 순간순간 잘 포착하여 구체적이고 다양한 이미지로 변주하면서 그 장소의 아름다움을 더욱더 아름답게 완성시킴으로써 하구의 의미망과 이해의 지평을 넓혔다. 이처럼 시인들은 그 장소와 상보적인 관계를 형성하며 행복하게 살아왔다.

III. 파괴된 하구의 모습

그런데 언제부터인가 하구 일대를 조상(弔喪)하는 시가 나타나기 시작했다. 이 천혜의 산물에 오폐수가 쏟아지고, 철새 밀렵 등이 자행되면서, 그곳은 하구로서의 생명력을 서서히 잃어갔다. 그러나 무엇보다도 결정적인 오염은 하구둑이 들어서면서부터이다.

1. 하구둑 건설 : 하구둑 건설은 하구 생태계를 근본적으로 개조한 것으로, 이로 인해 건강하던 하구의 형상은 일그러져버렸다. 불행하게도

---

5) 최해군『釜山港』, 지평 1992, 93~96면.

파괴된 하구는 환경오염의 척도가 되었다. 그곳은 오염된 우리 국토의 혼탁함과 그로 말미암은 삶의 절망을 상징적으로 보여준다. 여기서 하구 시편은 생태 고발시와 만나게 된다.

> 한 방울 정화수를 구하기 위하여
> 우리는 저마다에게 약속된
> 마지막 낙원을 모두
> 팔지 않으면 안 될 것이다.
> ―이동희 「洛東江에 와서」(『남부의 시』 14, 빛남 1989) 부분

개발과 보존이라는 13년 동안의 치열한 공방전 끝에 하구둑은 1983년 4월 23일에 기공하여 87년 11월 16일 완공되었다. 당시 반대론도 만만치 않았지만, 정부는 외국 용역회사의 요식적인 환경영향평가를 바탕으로 억지춘향격으로 공사를 밀어붙였다. 정부가 하구둑을 기어이 건설해야 한다는 명분으로 내세운 것 중 하나가, 바닷물의 역류를 막아 식수에서 소금물이 나오는 것을 막아보자는 것이었다. 인용시는 그 "한 방울 정화수"를 위해 "마지막 낙원"을 희생시켰던 어리석은 과오를 형상화하고 있다. 그러나 그 선택이 이 지역민의 중론이었는가에 대해서는 의심스러운 부분이 많다.[6]

---

6) 의미 없는 건축물이 없듯이, 낙동강 하구둑이 들어서게 된 데에도 이유가 있다. 그때 대두된 찬반론은 이 글의 문맥을 이해하는 데 필요할 것 같아 요점만 간추린다. 정부가 하구둑 건설명분으로 내세운 것은 연평균 648만톤의 용수 공급량 증가, 안동댐의 용수 공급 능력 안정화, 둑 위의 4차선도로 건설에 따른 부산·진해·마산 방면 교통의 원활화, 준설 토양을 이용한 자연간척지 획득, 염해를 입는 김해평야 농경지 구제, 유람선 운항 등 관광지 개발효과 등이었다. 이에 대한 반대론도 만만찮았다. 낙동강보존회 등에서는 염해는 안동댐의 준공으로 이미 해결했다, 1986년 완공될 협천댐 건설로 용수 공급이 가능하다, 하구둑이 가로막으면 중금속이 강바닥에 퇴적되어 수질오염이 가중된다, 철새도래지가

태초에
강물이 흘렀습니다
(…)

우리는 합세하여
퍼덕이는 강물의
목을 누르고
하구둑으로
하구를 틀어막았습니다.

이제는
지도를 세워놓고 흔들어 보아도
낙동강은 흐르지 않습니다

창자 속을 타내리는
더러운 條件의 물이 되어

황폐화된다. 토사 유입 등으로 인해 낙동강 생태계가 파괴된다며 정부의 논리에 팽팽히 맞섰다(「국제여론 심판대에 오른 낙동강 하구댐」, 『경향신문』 1982년 11월 8일자 참조). 이때 82.9%에 달하는 부산시민들 역시 철새도래지를 보존해야 한다는 의견을 내놓은 바 있다. 그런데 지역여론이나 전문가의 의견을 무시하고, 중앙중심적 결정방식 아래 '낙동강 항문 막기 공사'는 부산시민의 숙원이라는 가면을 쓰고 강행되었다. 그래서 공사 이면에는 '건설업체가 이 계획을 배후에서 밀고 있는 힘이 아닐까'(조갑제 『낙동강』 1, 낙동강 보존회 1979, 19~20면) 하는 추측까지 무성했다. 이를 뒷받침하듯 해외건설경기가 부진해지자 중동에서 철수한 모 건설업체의 준설장비가 낙동강 하구로 속속 모여들었고, 둑 건설 이후에도 이 건설업체는 하구둑 때문에 더욱 심각해진 토사의 준설공사를 도맡아서 계속 돈을 벌고 있다.

하루 세끼만 흐릅니다.
　　　　　—박현서 「洛東江 27」(『낙동강』, 문학세계사 1990) 부분

　예정된 길을 순차적으로 따라 흐르는 강물은, 칠흑같은 어둠이 내린 "깊은 한밤에도 가는 길을 알 수 있다"(송유미 「낙동강」). 그리하여 목적지인 바다에 마침내 이르고 만다. 그 너른 바다에 이르는 장구한 흐름을 김석규는 "자유의 역사"(「낙동강」)라고 노래했다. 그렇게 강물이 도달한 바다는 강의 오염된 몸을 정화시키는 장소이자 편안한 휴식처가 된다. 그러나 "바다의 일부가 되어/비로소 자기를 완성"(허만하 「낙동강 하구에서」)하던 그 강은 바리케이드처럼 쳐진 하구둑에 막혀 바다에 합류하지 못한다.[7] 앞서 강물과 바닷물을 아이와 어미에 빗댄 상상력을 접할 수 있었다. 그렇다면 물길을 차단하고 그 일대를 왜곡, 변형시킨 하구둑은 아들과 어미를 갈라놓는 분단선에 비길 만하다. 위로는 아들 강, 밑으로는 엄마 바다, 중간에는 이들을 생이별시켜놓은 하구둑. 아들 강과 어미 바다가 이산의 아픔에 겨워 수문을 때리며 항변하고 있으나, 문은 열리지 않는다. 인용시는 이렇게 물길이 끊긴 하구를, 그 일대를 집약시킨 "지도"라는 객관물을 빌려 표현했다. "하루 세끼"는 수문이 열리는 시간대로 짐작되는데, 이때에만 "강줄기가" 어미 바다의 품에 안겨 "칭

---

7) 하구둑 이전에 이 강을 가로막았던 전범(前犯)으로 대동수문과 녹산수문을 생각할 수 있다. 낙동강은 동낙동강(지금의 낙동강 본류)과 서낙동강(본디의 낙동강 본류)으로 나뉜다. 그런데 "잔혹한 손,/섬나라의 군국주의자들이 남긴/상흔, 녹산교를 본다"(배달순 「낙동교에 서서—녹슨 수문을 보며」)처럼, 일제에 의해 1931~35년에 대동면에 대동수문, 녹산동에 녹산수문이 축조되어 서낙동강이 막혀버렸다. 그러면서 물줄기의 흐름이 완전히 바뀌어 지금의 하구 쪽으로 돌려졌다. 그 결과 동낙동강 하류지역에 천태만상의 하중도와 모래톱이 형성되었다. 명그머리섬이 을숙도에서 잘려나가고 대마등, 새등 등의 모래톱이 새롭게 형성되었다(박창희, 앞의 책 51~52면). 이제 지금의 본류인 동낙동강에 하구둑이 들어섰으니, 낙동강의 두 입구는 완전히 막혀버린 것이다.

얼"(하현식 「乙淑島에서」)댈 수 있을 뿐이다.

> 먼 옛날 흰옷 입은 사람들은
> 낙동강 물이 끊어지면 왜구가 쳐들어 온다는
> 이야기를 믿고 있었다.
>
> 조선조 선조 4년 섣달 열여드렛날 진시(辰時)에
> 낙동강 상류에 물이 끊어졌다는 경상감사의 보고로
> 민심이 흔들흔들 했다더니.
>
> 이제, 낙동강은 역사의 소용돌이를 함께 흘러오다가
> 하구에 이르러 길이 끊어지니
> 강물은 무릎을 꿇고 앉아 울음을 터뜨렸다.
> ─차한수 「낙동강─손 72」(『손』, 시와시학사 1996) 부분

차한수는 설화를 차용하여 하구둑의 문맥을 확대하고 있다. 예로부터 강이 마르거나 물길이 끊기는 현상을 '멸망의 징조'로 해석하고, 조상들은 그렇게 되지 않길 간절히 염원했다. 물길은 젖줄이고 생명줄이기 때문이다. 인용시의 "물길"은 조선의 정기로 읽힌다. 그것이 끊기자 곧 왜구가 쳐들어왔다. 그러나 이제 자연재해도 아니고 하구둑을 만들어 인위적으로 물길을 끊었으니, 예전과는 비교되지 않을 정도의 매머드급 재앙[8]이 닥쳐올 것임을 이 시는 예언하고 있다.

---

8) 하구둑 건설 이전 강으로 말미암은 비극은, 물난리와 가뭄 등의 천재(天災)가 주를 이루었다(박태일, 앞의 글 25~33면, '부피변화'의 측면에서 홍수와 가뭄을 다룬 부분 참조). 그 비극은 천재를 인력으로 이겨내려는 노력에 의해 극복되고, 또 시간이 지나면 강의 자정능력에 의해 "洛東江 물빛은 차츰 / 푸르름을 回復"(김사림 「洛東江 下流──송짓골 寓話

2. 첫번째 상실—물 오염 : 그 재앙 중에서 우선 물 오염에 대해서 알아보자. 그것은 강물이 "때에 저린 옷자락 여미며 / 맴돌고 있다"(김영준 「하구언에 서서」)는 비교적 온건한 모습에서부터 아래와 같이 '물의 감옥'이자 '무덤'의 이미지에 이르기까지 충격적으로 변용된다.

> 1) 자유에 도달하기 전
>   앞서 찾아온 사지마비.
>
>   육신은 갈대에 걸리고
>   안간힘하며 붙들던 뿌리마저도
>   허연 이를 내보이며
>   페스트 환자의 얼굴이 된다.
>
>   (…)
>
>   하구언 안에서 허우적이며 맴돈다.
>   유치장에 갇혀
>   폐수 마시고 죽은
>   물의 영혼이 차곡차곡 쌓인다.
>   가라앉아 원혼으로 쌓인다.
>   ―강남주 「흐르지 못하는 江」(『흐르지 못하는 江』, 전망 1997) 부분

---

(18)」)하며 평상시의 모습을 되찾았다. 하지만 지금의 비극은 문명에 대한 발상의 전환이 뒤따르지 않는 한 극복 불가능한 심각한 것이다.

2) 속절없이 하구언에 갇혀서
통곡 한 번 못하고 썩어만 가는
저 눈물의 흰 뼈를 보라.
　　　　　　—이상개 「낙동강 1」(『분명한 약속』, 전망 1997) 부분

　10개의 수문까지 갖춘 하구둑은 개방을 가장하고 있지만, 그 일대는
강물의 자유로운 동선(動線)을 억압하는 폐쇄지형이다. 위아래로 상호
소통되던 흐름을 일방통행으로 바꾸고, 갈수기에 아예 수문을 닫는 점
을 감안한다면, 그 존재는 강의 온몸을 결박한 '물의 감옥'으로 자리한
다. 이런 맥락에서 1)의 하구둑은 물을 "사지마비"시킨 "유치장"으로
나타난다. 감옥이 신체의 자유를 감시 통제하듯, 하구둑 역시 물의 자유
로운 흐름을 통제하는 감옥이다. 이 통제장치로 인해 유속이 감소할 뿐
만 아니라, 갈수기에는 흐름을 거의 느낄 수 없는 '낙동호수'로 변한다.
고인 물은 '죽은 물[死水]'이라고 하지 않던가? 흐르지 못하는 강은 죽
은 강이다. 그 강은 정체(停滯)에서 오는 자정능력의 감퇴로 죽어갈 수
밖에 없다. 앞서 화장터로 사용된 바 있는 이 강은 이제 2)에서처럼 "눈
물의 흰 뼈"를 드러내며 자신을 초상치르고 있다. 여기서 감옥은 무덤
으로 이어진다. 하구둑이 지배하는 '감옥'과 '무덤'에 갇히면서 물은 사
망신고를 하고 만다.[9] 그러나 인용시들에 표출된 물의 죽음은 '확인

---

9) "물의 영혼이 차곡차곡 쌓인다. / 가라앉아 원혼으로 쌓인다"고 한 1)의 구절처럼, 그 강
　바닥에는 토사와 생명에 치명상을 입히는 중금속 등이 심하게 퇴적되어 있다. 확 트인 바
　다로 흘러내려야 할 토사와 중금속 등이 하구둑 때문에 바다로 빠져나가지 못하기 때문
　이다. 하구둑을 관리하고 있는 한국수자원공사가 펴낸 『낙동강 하구둑 관리연보』(1997,
　242면)를 보면, 상류접근수로 내의 퇴사현황은 당초 예상치보다 약 39%의 증가를 보인
　다고 되어 있다. 막힌 출구에 압사당하며 고통스럽게 가라앉은 그 퇴적물을 1)에서는 "물
　의 영혼"으로 처리하고 있다. 이 심각한 퇴적은 하구둑 안쪽뿐만 아니라 하구둑 바깥 바
　다 쪽에서도 마찬가지다. 조류의 소통차단으로 인해 해수의 흐름이 끊기다 보니 모래톱

사살'일 뿐, 애초의 사살은 다음과 같이 이미 중상류에서 자행되었다.

　2-1. 샛강의 오염 : 윗물이 맑아야 아랫물이 맑을 것인데, 낙동강의 윗물은 너무 더럽다. 페놀 사태의 진원지인 구미공단과 최대 오염원인 금오강이 있는 대구·경북 지역. 아이들이 강물빛을 검은색으로 그린다는, 광산과 제련소가 집중된 태백·석포 지역. 이처럼 이 강의 중상류에는 대단위 공업단지가 들어서 있다.[10] 중상류뿐만 아니라 부산 시내를 흐르는 샛강 역시 심하게 오염되었다. 엄궁천·학장천·사상천 등은 전국 최악의 독극물탕이고, 구포지역은 전국 최초로 피부병과 폐암을 유발하는 6가크롬이 검출되기도 했다.[11]

　　강의 머리채가
　　온통 산발이 되어
　　흘러 왔으니 성한 몸뚱이가 아니다.

　이 빠른 속도로 신설되고, 해도만 보고 운항하던 배들이 모래톱에 걸리는 사고까지 발생한다. 또한 이 심각한 퇴적은 홍수의 위험으로까지 이어진다. 강바닥이 높은 낙동강은 안 그래도 홍수의 위험이 높은 천정천이다. 그런데 하구둑으로 인해 퇴적이 심화되고 하도가 막혀서 토사 이송작용이 원활하지 못한 실정이다 보니, 홍수의 위험은 더욱 높아졌다. 그 둑의 건설목적 중 하나로 홍수 통제의 목적이 뚜렷하게 명기되어 있음에도 불구하고, 그 일대는 이제 그만그만한 비에도 사상등지가 상습 침수지대가 되어버리는 '인공적인 홍수(개발홍수)'의 위기까지 맞게 되었다. 이러다 보니 신장환자가 피 투석으로 연명하듯, 낙동강은 끊임없이 강바닥을 준설해야만 버틸 수 있는 운명으로 전락해버렸다.

10) 우리나라에서 가장 많은 825개의 크고 작은 하천이 분포한 낙동강 수계(김영진 「낙동강 수자원 이용실태 및 수질관리대책」, 『낙동강』 16, 낙동강보존회 1998, 22면)에는 하폐수 발생이 서울의 3.7배, 유독성 공장폐수 공장 수가 한강의 7배에 달하고 있다(같은 책, 166면). 이렇게 이 강 주변에는 남한에서 저임금 노동력 중심의 공해산업이 가장 많이 유치되어 있다.

11) 부산매일신문 특별취재반 『낙동강 살아나는가』, 지평 1992, 205면.

싱그러운 물내는 간데 없고
물의 형해만 남아
사람들이 지을 수 있는
죄악들이 더덕더덕 묻어 있다.

(…)

다대포 죽은 다음
이국의 새들과 강변 사람들은
서로 헤어지기로 작정했다.
　　　—김규태「多大浦 죽다」(『낙동강』16, 낙동강보존회 1998) 부분

이렇게 엉망으로 오염되어 흐르는 모습을, 인용시는 "강의 머리채가/
온통 산발이 되어/흘러 왔으니"라고 표현했다. 그런데 이것은 하구의
오염으로 끝나는 것이 아니라, 하구와 맞닿은 연근해의 오염으로 이어
진다. 인용시는 그것을, 새와 사람이 살 수 없는 지형이 되고 만 다대포
의 죽음으로 그리고 있다. 이렇게 지류의 오염은 본류의 오염으로, 본류
의 오염은 하구로, 하구의 오염은 다시 바다의 오염으로 연쇄적으로 이
어진다.

2-2. 시인들의 표현 : 이제 이 강은 하구 나름의 개성을 상실하고 포
화수용한계를 넘어 전국 최악의 수질로 오염되었다. 당국은 이 오염의
흔적을 우리 삶으로부터 경계지우려 하고 있다. 도심의 하천 표면을 복
개천으로 완전히 매립하고, 강의 진입로에 높은 제방을 쌓는다. 이렇게
오염의 실상을 은폐하여, 우리가 아직도 오염되지 않은 곳에서 생활한

다는 환상을 심어주려 한다. 그러나 시인들은 이에 민감하게 반응하며
오염의 징후들을 곳곳에서 포착해낸다. 현상적인 오염뿐만 아니라, 일
반통계나 과학으로 수치화할 수 없는 미묘한 정신과 상실 이후의 충격
까지 특유의 직관으로 포착해내고 있다. 그것은 아래와 같이 끔찍한 이
미지로 드러난다.

> 강물이
> 물빛으로 말할 때
> 푸른 하늘빛으로 가득차 있었네
>
> 강물이
> 더 깊은 가슴을 헐어 보일 때
> 허연 물거품만 지고 있었네
>
> 강물이
> 말이 없을 때
> 하늘은 비어 있었네
>
> —박현서 「洛東江 38」(『낙동강』, 문학세계사 1990) 부분

　물 오염은 그 빛깔에서 가장 잘 나타난다. 강물은 빛의 추이를 좇아
수시로 변하는 오묘한 다원색이기 때문에, 그 빛깔을 단정적으로 잘라
말하기는 힘들다. 그래서 형상화하기가 매우 까다롭다. 그러나 요즘 하
구의 강물빛은 그렇지 않다. 하구둑 안쪽의 강물은 바깥쪽 초록빛 바닷
물과 극단적인 대조를 이루는 검은색[12]이고, 그 물방울은 티셔츠에 누

---

12) 부산매일신문 특별취재반, 앞의 책 185면.

런 흔적을 남길 정도로 오염되었다.[13] 약간의 과장을 섞는다면, 그 빛은 검정 단색으로 칠하면 되기 때문에, 강물빛을 그리는 수고는 훨씬 줄어들 것이다. 인용시는 강이 푸른빛을 상실해가는 과정을 단계적으로 보여준다. 즉 강의 물빛을 투명한 정도에 따라 하늘빛을 반사하는 거울로 보고 있다. 처음에 이 강은 하늘을 품고 있었다. 그러나 "銀河 푸른 天心"(박민 「洛東江」, 1949)을 품었던 옛 풍모는 "맑은 날에도 하늘이 비치지 않는"(이몽희 「낙동강」) 모습으로 전락하고, 강물 속의 하늘은 침묵하고 만다.

> 시온섬 쪽으로 가는 바람에 묻어오는
> 비누 냄새 그 건너 고무 냄새
> 嘔吐를 한다.
> ─양왕용 「下端사람들 13」(『달빛으로 일어서는 강물』, 문장사 1981) 부분

빛깔뿐만 아니라, 예전의 "싱그러운 물내는 간데 없고"(김규태 「多大浦 죽다」) 그 냄새 또한 불쾌하다. 인용시의 강변 일대는 인근 공단에서 뿜어내는 "비누냄새" "고무냄새" 등으로 인해 죽음의 냄새가 드리우고 있다. 그 혐오스러움에 대한 반응으로, 우리의 육체는 끊임없이 "嘔吐를 한다". 그 강이 흐르는 소리 역시 묵묵하게 혹은 약간 "목 쉰" 듯한 소리로 부르는 "노래"(이몽희 「낙동강」)가 아니라, "아프다 아프다"(정일근 「주남저수지」)라는 신음소리로 들린다. 이렇게 신체의 어떤 감각을 활용하여도 죽음의 징후를 접할 따름이다. 그 오염을 두고, "대구에서 부산으로/내려오는 낙동강물 더럽다는 말보다도/더러운 말은 없겠는데"(김욱경 「낙동강」)라고 말한 직설적인 어투가 전혀 과장이라고 할 수만은 없을 것

---

13) 박태용 「아! 낙동강」, 『낙동강』 7, 낙동강보존회 1989, 44면.

이다. 그 심각성은 현실뿐만이 아니라, "등뼈 굽은 잉어를 낳는 꿈에서
놀라 깬／가겟집 맏며느리가 수돗가에서 구역질을 한다"(신경림 「낙동강
밤마리 나루」)처럼 꿈속의 악몽으로까지 이어지는가 하면, 그 오염은 "살
진 속살 훑어낸／1950년대 강물도／이렇게 울지는 않았다"(최순익 「을숙
도」)처럼 전쟁보다 더 혹독한 시련으로 형상화된다.[14] 급기야 그 심각한
오염의 모멸감에 "강심(江心)은 차라리／말라버리고 싶다"(이상개 「낙동
강 1」)며, 의인화된 강은 자기살해의 욕구를 드러내기에 이른다.

    1) 당돌한 사람들이 汚物을 토하든

       病든 새들이 똥을 싸든 오줌을 갈기든

       등 굽은 고기들이 허연 뱃가죽을 뒤집든

       그렇다고 언제 툭 털어 불평을 하던가

       江의 옆구리에 박혀

       칭얼대는 수백만개의 파이프 라인

       다 물대주고 젖빨리는

       강의 母性, 그 두터운 注乳

         —朴應兩 「江의 水平」(『낙동강』 3, 낙동강보존회 1982) 부분

---

14) 낙동강은 이 자본주의와 아이러니한 관계를 맺고 있다. 한국전쟁 당시 이 강은 최후의
보루선이 되어 그 위에 놓인 모든 다리를 폭파해가면서까지 남한 자본주의를 지켜내었
다. 하지만 이 강은 비대하게 성장한 바로 그 자본에 의해 죽어가는 운명에 처했다. 지금
이 강에는 자본의 손길이 구석구석 안 닿은 곳이 없다. 상주의 경천대, '물이 굽어 도는
(물돌이동)' 하회와 의성포 같은 상류의 절경에는 아름다운 경관이 소비되고 있다. 반면
그런 곳이 이미 파괴된 중·하류는 그 강물이 오폐수가 될 때까지 농·공업용수, 생활용수
등으로 소비되고 있다. 이렇게 이 강에는 자본주의의 숱한 모순이 그대로 투하되어 있다.
한국전쟁 당시 핏빛으로 물든 이 강은 그대로 살아남을 수 있었지만, 지금은 이 강에 투하
된 소비문화의 찌꺼기에 의해 사망신고를 하는 지경에 이르고 말았다. 그래서 자본에 의
한 시련은 이 강에 있어 전쟁보다 더 혹독한 시련이다.

2) 갈대숲 갈바람 섞여 풋과일내 물씬 풍기던

　풋풋한 가슴 그 한 켠

　어머니 젖무덤 헐어

　눈부신 하얀 돌탑들이 촘촘히도 솟았구나

—서태수 「울고 섰는 江—낙동강 100」(『낙동강』 12, 낙동강보존회 1994)

부분15)

　1)에서 2)로 오는 사이, 우리는 변화된 '강의 모성'을 접할 수 있다. 1)의 강 역시 오염되어 있기는 마찬가지다. 하지만 모성이란 참는 것일까? 그 강은 특유의 자정력으로 버티며 자신을 오염시키고 배신의 쓰라림을 안겨준 대상마저 아무 적의 없이 안아준다. 그 속내가 망가졌을망정 아프다 소리 없는 그 모습에서 모성의 풍모를 느낄 수 있다. 그러나 2)를 보라. "하얀 돌탑"으로 지칭된 하구둑에 의해, 유역민을 안아주던 풍만한 젖무덤이 헐리고 그 모성은 유린된다. 이제 인내는 소진되고, 갖은 아픔을 다 토하고 만다. 강을 따라 지역경제를 활성화하고, 풍성한 수확을 안겨주는 은혜를 베풀었지만 돌려받는 것은 쓰라린 배신뿐. 쓰레기·생활폐수·산업폐수·농약·폐유 등을 가리지 않고 받아들인 강의 신체는 절단나고 말았다. 모든 것을 경제논리로 환원시키는 개발의 폭

---

15) 인용시는 시조다. 자연친화적 세계관을 가진 시조는 자연성을 상실케 한 문명과 반립한다. 즉 시조의 이러한 반문명적 태도는 자연스럽게 생태학적 세계관으로 이어진다. 낙동강 하구를 형상화한 많은 시조들 역시 이러한 생태학적 세계관을 배면에 깔고 있다. 인용 시조를 쓴 서태수는 폭넓은 배경지식에서 산출된 「낙동강」 연작 100편을 통해 이 문명에 본격적으로 대응했고, 김보한(「을숙도에서」 「갈대숲에서」 「낙동강」), 정해송(「다시 목민심서」) 등 많은 시조시인들이 시조를 통하여 자연 상실을 불러오는 문명세계에 치열하게 대응하고 있다. 그래서 이 글에서는 시조 몇편을 대상 텍스트에 포함시켰다.

력에 의해 그 강은 치명상을 입고 불구의 모성으로 전락하고 만 것이
다.16)

2-3. 강으로부터 멀어지기 : 사정이 이렇다 보니 '강변 살자'라는 향
수 어린 시구는 위험천만의 제언이 되어버렸다. 강으로부터 되도록 멀
리 벗어나는 것이 생존비결임을 터득하기라도 한 듯이, 사람들은 "사상
공단에서는 되도록 먼 곳에 집터를 잡"(황양미 「江의 이야기」)으려 한다.
여기에는 다음과 같이 이 강에서 나온 기형 물고기나 식수 오염 같은 강
의 오염이 표면적인 이유로 자리하고 있다.

물고기회 먹자고 낚시를 한다.
주먹만한 붕어 몇 건져 올린다.
비늘 떨고 아가미 떨고

---

16) 에콜로지와 페미니즘이 접합된 에코페미니즘(Eco-feminism)의 시각은 강과 모성, 그
리고 개발의 관계에 대해서 수긍할 만한 해석을 제공한다. "여성은 이미 자연의 체계와
함께 흐른다"(Ariel Salleh, "Deeper than Deep Ecology : The Eco-feminist
Connection", *Environmental Ethics 6:1*, 1984, 340면)는 말이 있듯이, 강은 흔히 여성으
로 인격화된다. 이렇게 끈끈한 친연성으로 묶인 '자연과 여성'은 '개발'과 어떤 관계를 맺
는가? 여기서 제3세계 여성의 시각에서 개발의 정체를 밝힌 반다나 시바(V. Shiva)의 의
견에 주목할 필요가 있다. 그녀는 현 사회에서 맑은 강물은 그 자체로 생산적인 자원이 될
수 없고, 남성 엔지니어가 댐을 만들어 강물을 개발할 때 비로소 생산적이 된다고 말한다.
이 구도 아래 이윤과 자본을 창출하지 않는 일은 모두 비생산적 혹은 반생산적인 일로 간
주된다. 그래서 그녀는 자연과 여성에 대한 남성적 지배를 끌어들이거나 강화하는 것에
토대를 둔 이 개발을 '악개발'(maldevelopment)로 본다. 악개발에서 자연과 여성은 생명
의 창조자에서 자원으로 강등되고, 타자·수동적인 비-자아로 제시된다(반다나 시바, 강
영수 역, 『살아남기: 여성, 생태학, 개발』, 솔 1998, 32~49면). 이 관점에서 본다면, 하구
둑은 악개발을 주도하는 남성적 폭력으로, 강은 그에 희생당한 여성(모성)으로 읽을 수
있다. 이렇게 1990년대에 귀환한 대표적인 타자의 영역인 '생태' '여성' '지역'의 문제가
하구시편에서는 한꺼번에 묻어나고 있다.

내장을 헹구며 디스토마를 잡는다.
둔각의 등뼈 마디마디 헤집어
수은, 납을 도려낸다.
살점에 박힌 부영양 오물, 방카A유 찌꺼기
카드뮴을 걷어낸다.
마침내
초고추장 병을 열고
강내를 더듬는다.
기억에 절은 손가락만 빨았다.
　　　　　　—신진 「강—물고기회」(『강』, 시와시학사 1994) 부분

　이 강에서 "붕어의 몸통이 두개거나 등이 굽"(조해훈 「낚시를 하며」)은
기형어가 속출하는 것은 더이상 충격적이지 않다. 강이 죽음의 이미지
와 병치되는 것은 이제 낯익은 것이 되어버렸다. 도리어 "혓바닥에 녹
아드는/洛東江 잉어회"(정진업 「洛東江」, 1948)라는 몇십년 전의 시구가
낯설게 부각될 뿐이다. "디스토마"와 중금속을 떼어내다 보니 인용시의
물고기 몸은 하나도 남지 않는다. 결국 화자는 물고기 대신 초고추장에
서렸을지 모를 "강내를 더듬"고, 손끝에 남았을지도 모를 그 맛을 조금
이라도 느끼기 위해 "기억에 절은 손가락만" 빤다. 초고추장에 코 박고
손가락 빨고 있는 그 비애어린 모습은, 사라진 것이 비단 물고기만이 아
님을 강하게 역설하고 있다.

　1) 낙동강에서 끌어온 물 그 소중한 물
　　취수장에서 정화되어 상수도로 해서
　　각 가정마다 보내지는 물일 텐데
　　그 물을 식수로

과연 몇명이나 안심놓고
마시고 있나요있나요
(…)
올해도 상수도 요금이 오른다는데
두어 마디의 불평만 하고는
상수도 요금을 꼬박꼬박 내는
마음 착한 시민들
—이선관 「마음 착한 시민들」(『녹색평론』 29, 1996) 부분

2) 마을마다 아침 햇살은
약수터 산숲에서 일어선다
자연수를 약수라고 부르는 이들
약을 즐겨 먹는 습관이
물도 약물이라 부르지.

새벽녘 등산길에서 만나는 이
물통 두세 개 어깨에 메고 손에 들고
땀방울 흘리며 손을 흔든다
젊어지는 샘물도 아닌데
허리가 휘도록 물에 대한 집착
물은 생명의 근원이라 했던가.
—남현자 「수돗물에 관하여」(『남부의 시』 28, 지평 1998) 부분

수돗물 역시 마음놓고 마실 수 없다. 살인적인 오염사고가 다발하는
이 강은 전국 최악의 수질을 기록한다.[17] 당국은 "기름찌꺼기가 층층이
전 저 물을 먹어도 된다"(조해훈 「낚시를 하며」)고 말한다. 그것도 오염된

물을 정수처리한 비용을 그대로 시민들에게 전가하여, 전국 최고의 "상수도요금"까지 억지로 받으면서 말이다.[18] 하지만 시민들은 자신의 생사가 걸린 절박한 문제를 그렇게 호락호락 처리할 수 없다. 부산시민은 1)에서 묘사된 "마음 착한 시민들"이 될 수 없다. 수돗물에 대한 높은 불신으로, 이 지역민은 전국에서 수돗물을 가장 적게 쓴다는 웃지 못할 보고가 있다.[19] 염소 소독약 냄새 진한 이 수돗물은 부산시민이 당국을 불신하는 강한 각성제 역할을 한다. 이처럼 나빠지는 수질 때문에 이 지역에서는 국가와 부산시를 상대로 한 전국 최초의 물소송[20]까지 뒤따랐다. 이 강은 식수로서도 '낙동강 오리알'처럼 철저히 버림받았다. 수돗물에 대한 이러한 불신으로 대체식수 확보를 위한 전쟁이 벌어지고 있다. 수돗물은 아예 세숫물이나 빨랫물로 쓰고, 먹을 물은 정수기에서 걸러 먹거나 생수를 배달해 먹는 실정이다. 그도 불가능한 사람은 2)에서처럼, 많은 약수터가 오염되었다는 보도에도 불구하고 약수를 직접 길어다 먹는다. "허리가 휘도록 물에 대한 집착"을 보이는 것은, 수돗물

---

17) 낙동강은 전국 4대강 중에서 최악의 수질을 기록하고 있다(부산매일신문 특별취재반, 앞의 책 256면). 그런데도 1990년 당시 정부는 상수원수 1, 2급을 유지하는 한강지역을 특별대책지역으로 지정하면서, 상수원수 3급 또는 취수한계치를 오르내리는 물금 등지는 외면했다(『부산매일신문』 1990년 7월 18일자). 여기서 하구둑의 존재는 또다시 위험요소로 자리한다. 하구둑으로 인해 바다로 빠져나가지 못한 오염물질은 낮은 하상고를 타고 역류하여 물금취수장 인근 바닥까지 퇴적될 기미를 보이기 때문이다.

18) 한 보고에 의하면 전국 평균 수도요금 단가가 '307원/톤'인데 비해, 부산의 수도요금 단가는 '353/톤'으로 전국에서 최고를 기록하고 있다(김영진 앞의 글).

19) 전국평균 1인당 하루 물소비량은 189리터이다. 이에 비해 부산시민의 하루 소비량은 153리터로, 전국 최저치를 기록하고 있다(『부산일보』 1999년 3월 25일).

20) 부산지방변호사회 환경전담 변호사들은 국가와 부산시를 상대로, 공포심에 대한 배상의 명목으로 1억원의 위자료를 요구하는 손해배상청구소송을 했다(부산지법97가합5384. 자세한 것은 하윤수 「낙동강유역의 물분쟁에 관한 판례의 흐름과 전망」, 낙동강보존회 앞의 책, 51~55면 참조).

로 대표된 이 지역 삶의 질적 하락을 여실히 보여주고 있다.

3. 두번째 상실—을숙도 파괴 : 하구 생태계의 중심인 을숙도 역시 심하게 훼손되었다. 을숙도에는 이미 1970년대부터 분뇨처리장이 들어서 "糞尿처리장 들어가는 自動車"(양왕용 「下端사람들 12」)가 줄을 이었고, 그 일대를 구린내 천지로 만들었다. 이어 이 일대를 전면 재배치한 하구둑 공사가 잇달았고, 그뒤 쓰레기 매립장까지 두 군데가 건립되어 주변환경을 크게 오염시켰다. 혐오시설 유치로도 모자라는지 당국은 을숙도의 갈대를 싹 베어내고 유채꽃단지·골프연습장·영화촬영소까지 조성하여 위락단지화하려는 계획을 가지고 있다.[21] 철새도래지 기능을 상실해가는 을숙도를 재생불능의 지역으로 용도폐기하고 아예 개발이나 하자는 작정인지, 당국은 개발에 대한 자세를 굽히지 않고 있다. 보존비용을 지출하는 대신 세금을 충당할 수 있는 관광상품을 이식하려는 그 고압적인 자세 앞에 을숙도의 정체성 상실은 더욱 가속화되고 있다. 끊임없이 투여되는 교환가치의 위력 앞에 을숙도는 서서히 외부지역과 같은 단일색으로 동질화되고 있다.

3-1. 철새의 상실 : 낙동강 하구둑 건설에 관한 건설부의 계획과 사업 추진에 대해 시민과 전문가뿐만 아니라, 철새도래지 훼손을 우려한 국제기구마저도 이미 강력히 문제를 제기한 바 있다.[22] 그런데 그 충고를

---

21) 하구둑 공사를 이유로 1983년 엄궁·하단·신평·일웅도 54만평을 보호구역에서 해제하기 시작하여, 을숙도 일대 보호지구는 1996년까지 9차례에 걸쳐 총 484만평이 해제되었다(이성근 「'생물종 다양성의 보고' 살리자」, 『동아대학보』 1997년 11월 10일).

22) 국제자연보호연맹(IUCN)·국제수금류조사국(IWRB)·유네스코 환경위원회·FAO자연보호분과위원회·영국왕립조류보호협회(RSPB) 등이 그들이다. 자세한 것은 『부산일보』 1982년 11월 7일자 「사설」 참조.

무시하고 공사를 밀어붙인 결과는 어떠한가? 물론 예전에도 밀렵이나 어민들의 불법어로에 의해 철새는 조금씩 죽어갔지만, 하구둑 건설과 함께 을숙도는 철새도래지의 성격을 상실하고 철새들이 일시적으로 머무는 곳으로 전락했다.[23] 그곳은 신의·지조의 상징인 기러기와 원앙마저 외면하는 '실락원(失樂園)'이 되고 말았다. 그곳에서 군무하는 철새와 하나 되며, 충만한 서정에 사로잡히던 시편 역시 낙원을 상실한 뒤의 쓰라린 표정으로 급변하고 만다.

> 1) 새벽바람에 놀란 갈대들이
> 기지개를 켜고 눈을 부빈다.
> 함초롬한 잎이 반짝일 때마다
> 동쪽 하늘이 밝아오고
> 두만강 기슭에서 찾아온
> 수많은 도요새 가족들
> 피곤한 이국의 잠에서 깨어나면
> 다대포 앞바다에 아침해가 솟고
> 은색 날개 퍼덕이던 고니떼의 장관
> 그 갈채소리―
>
> 지금

---

[23] 하구둑 공사로 이곳저곳 자유롭게 형성되던 기수생태계가 파괴되어 먹이가 줄어들고 침수로 인해 철새들의 잠자리가 사라져버렸다. 그래서 하구 일원은 철새들의 서식지보다는 휴식지로서의 이용율이 높아질 것(백운기, 앞의 글 8면)이라는 우려를 반영하듯, 둑 건설 후 철새의 수는 10년 사이에 1/10로 줄어들었다. 환경부가 실시한 최근 조사에 따르면, 동양 제일의 철새도래지였던 을숙도 일대는 서해안의 천수만과 아산만, 금강, 만경강, 한강 등에 떠밀려 그 순위가 우리나라에서만도 7, 8번째로 밀려나버렸다(우용태「낙동강 하구에 만든 인공생태계의 문제점」,『낙동강』15, 낙동강보존회 1997, 42면).

을숙도는 말이 없다
해가 지고 달이 떠도 말이 없다
바람이 흔들어도 대답조차 없다.
　　　　　—박문하 「乙淑島 1」(『남부의 시』 22, 빛남 1993) 전문

2) 죽은 하늘 아래서
　　갈밭은 모래 위에 쓰러졌다.
　　죽은 조개를 먹고 죽은 새는
　　하늘까지 죽이는
　　검은 먹이사슬.

　　사슬에 꿰여
　　끌려가는 하늘 저쪽이
　　붉게 타 재가 되고 있다.

　　물오리의 주검이
　　강 건너까지 밀려 나가고
　　이미 날개가 아닌 날개
　　하늘의 시신
　　검은 장막으로
　　땅을 덮고 있다.

　　을숙도가 죽은 게 아니라
　　하늘이 숨을 멈춘 게다
　　　　　—강남주 「물오리의 죽음」(『흐르지 못하는 江』, 전망 1997) 전문

상전벽해(桑田碧海)라고 했던가? 번성하던 새들이 사라져버린 이 급격한 변화를 1)은 소리에 초점을 맞추어 표현했다. "지금/을숙도는 말이 없다". 주민들이 밤잠을 설칠 정도로 "진종일 수다를 떨던 개개비"(이문걸 「새에 관한 소묘」)도 사라져버렸다. 이제 잔영 속에 남아 있는 새들의 군무와 그 "갈채소리"가 낯설 뿐이다. 생태계 변화에 민감한 조류가 환경오염 지표의 첨병 역할을 한다[24]는 점을 감안할 때, 철새들이 자취를 감춰버린 점은 하구 생태계의 불안정을 표상한다. 철새가 하구 생태계와 뗄 수 없는 그물망으로 연결되었다는 점을 고려할 때, 그 죽음은 단순히 새들의 죽음에서 끝나지 않고 2)에서처럼 파괴된 생태계의 모습으로 확대된다. 죽은 조개에서 발단된 물오리의 죽음은 "검은" 죽음의 먹이사슬을 타고 을숙도의 죽음으로, 종국에는 하늘과 세상의 죽음으로 연쇄적으로 확대된다.

> 1) 주남 저수지에 와서
> 죽어 썩어가는 철새들의 주검과
> 등이 휘어진 기형 물고기들을 본다
> (…)
> 마산 앞바다에서 온산에서 금호강에서
> 아프다 아프다 하며 죽어가는 물과 강과 바다
> (…)
> 날개 꺾인 새들의 울음소리
> 등뼈가 휘어지는 고통의 소리
> 내 몸 속에서 내 몸이 썩어 들끓어오르는
> 저주와 회한의 소리 듣는다

---

24) 배승원 『낙동강 문화, 그 원류를 찾아서』, 청하 1984, 314면.

주남 저수지에 와서
—정일근 「주남저수지」(『바다가 보이는 교실』, 창작과비평사 1987) 부분

2) 새들의 공동묘지
방부처리된 주검이 미라처럼
생시보다 더 그럴듯하게 전시되어 있다
(…)
긴 유리관을 따라 견학온 학생들이
참배객처럼 새들의 묘비명을 하나하나 받아적고 있다
—손택수 「경성대학교 조류관」(『게릴라』 1999년 봄호) 부분

하구둑으로 인한 오염과 주변 매립으로 인해, 을숙도에서 사라진 철새의 일부는 경남 창원시 동읍에 위치한 주남저수지로 피난길에 올랐다. 그런데 철새도래지의 오염은 비단 을숙도만의 문제가 아니다. 을숙도를 대신할 철새도래지이자, 을숙도보다 철새 군집이 안정되어 있다는 주남 역시 인용시처럼 오염되어 있기는 마찬가지다. 시인은 거시적·미시적 시각을 동원하여 그 오염이 더이상 나와 무관한 한 지역만의 것이 아니라고 말한다. 여기에는 주남의 오염을 "마산"과 "온산", "금호강" 등 전국토의 오염으로 확대시키는 원심력과, 다시 그 오염을 "내 몸이 썩어 들끓어오르는／저주와 회한의 소리"로 응집시킨 구심력이 발휘되고 있다. 이 양방향의 힘의 작용 속에 오염과 그로 인한 죽음으로부터 벗어날 지역은 어디에도 없다. 사정이 이렇다 보니 "새의 비상은 고통"이고 "새의 죽음은 자유"(임수생 「새」)라는 역설마저 가능해진다. 완전한 자유란 죽음밖에 없는 것인가? 생태계가 만신창이가 될 때까지 이용하는 개발의 논리 앞에, 서식지를 찾아 또다시 비상하는 것 자체가 이미 고통이 된다. 이런 추세라면 앞으로 그 어디에서도 살아 있는 새들을 못

보게 될는지도 모른다. 천연의 자연학습장을 잃고 2)와 같이 박제된 새를 구경하러 가는 끔찍스런 일이 벌어질 수도 있다. 손택수는 이 시대 어떤 조류관에서 그 징후를 읽고 있다. 조류관 안의 새들은 고도로 발달한 박제술에 의해 "생시보다 더 그럴듯하게 전시"되어 있다. 그러나 화려한 외피와는 대조적으로 속이 텅 비어버린 그것은 새들의 시체에 불과하다. 그것이 안치된 조류관 역시 "새들의 공동묘지"에 지나지 않는다. 그래서 새들의 생전 생태를 받아적는 학생들은 "새들의 묘비명"을 기웃거리는 참배객의 모습으로 하락한다. 그 학생들의 모습이 우리 다음 세대쯤의 모습이지 않을까? 인용시는 원형을 잃은 뒤 씨뮬라크르(simulacres)가 된 그 시체들에서 대리만족을 얻어야 할지도 모를, 충격적인 미래를 묵시적으로 보여준다.

당국은 사후약방문격으로 수백억원을 날리면서 인공생태계 3개를 만들어 철새도래지의 복원을 꿈꾸고 있다. 철새들을 다 쫓고 난 뒤 벌이는 본말이 전도된 이 행위를, 예쁘게 봐주면 '뒤늦은 후회〔晩時之歎〕'로 볼 수도 있겠다. 하지만 이 역시 그뒤에는 불순한 의도25)를 숨기고 있다고 하니, 인공낙원을 가장한 이 거짓화해의 땅에 철새들이 얼마나 날아올 것인지 의심스럽기만 하다.

3-2. 갈대 훼손과 놀의 이미지 :

1) 이런
   판국에

---

25) 부산시가 인공생태계를 만들겠다는 조건으로 을숙도에 쓰레기 매립장과 신호동 삼성자동차 건설에 관한 문화재관리국의 허가를 받아냈다는 것은 이미 잘 알려진 견해이다(우용태, 앞의 글 42~43면).

을숙도의 갈대밭을 갈아 엎어 버리고
당국은 갈대가 밥 먹여주지 않는다는
억지 주장만 되풀이하고
—임수생 「죽어가는 낙동강아」(『낙동강』 15, 낙동강보존회 1997) 부분

2) 어둠의 깊이로
    빛을 토해내는 녹색 물비늘
    누군가의 아픔이 묻은
    바람 몇 점이
    불면의 뜨락에서
    새털 잔뿌리를 흔들고 있다.
—이문걸 「갈대」(『풀꽃심상』, 전망 1997) 부분

철새와 더불어 을숙도에 밀생하던 갈대 역시 심하게 훼손되었다. 을숙도뿐만 아니라, 그 앞쪽 하단(下端)만 하더라도 1980년대 초반까지 갈대밭이 평지를 거의 다 차지할 정도로 넓게 펼쳐져 있었다. 하지만 이 일대를 휩쓴 개발열풍으로 인해 그 면적은 크게 줄어들었다. 1)의 "갈대가 밥 먹여주지 않는다"는 억지주장은, 개발론을 정당화하려는 시대착오적인 발언이다. 생계를 빌미삼아 입을 틀어막으려는 이 고압적인 주장은 낯이 익다. 이 말은 '철새가 밥 먹여주지 않는다'는 예전의 개발 옹호론의 답습에 불과하기 때문이다. 전국 최악의 경제사정을 빌미삼아 보호론을 사치스러운 것으로 돌리면서 다시 한번 되풀이되는 이 말에서 개발론이 얼마나 미약한 지반에 서 있는지를 암시받을 수 있다. 앞서 질긴 생명력을 보이던 갈대는 2)에서 세차게 흔들리고 있다. 개발열풍이 남긴 후유증 때문에 잠들지 못하는 그 뜨락에는, "누군가의 아픔이 묻은/바람 몇 점"이 갈대를 흔들고 있다. 뿌리마저 강하게 흔들리는 모습

이 마치 을숙도에 몰아닥친 개발의 역사(役事)를 향해, '아니다, 아니
다'라고 강력하게 도리질치는 모습으로 보이지 않는가? 노을 역시 죽음
의 이미지로 다가오기는 마찬가지다.

> 1) 긴 강둑에
> 　목이 걸린 落日
> 　서쪽 하늘 길목에서
> 　붉은 피를 뿜고 있다.
>
> 　피는
> 　어둠을 부른다.
>
> 　어둠 속으로 빠져드는 강둑
> 　이제 서서히 침몰하고 있다.
>
> 　긴 뱃고동 소리가
> 　툭, 툭, 떨어진다.
>
> 　공항 쪽으로
> 　등이 패인
> 　第三洛東橋
> 　3도 화상을 입고
> 　밤을 앓고 있다.
> 　　　　—박현서 「洛東江 6」(『낙동강』, 문학세계사 1990) 부분

> 2) 저녁 노을은

핏빛 이랑을 타고 온다.
숨가쁜 외마디
비명으로 온다.
푸른 물살 잠들은
신음하는 땅
잃어버린 날개
삼켜 버린
기인 목젖 너머로 온다.
갈대숲에
표류하는
깨어진 뱃전
붉은 각혈은
낙조 퍼덕이는
검은 사신으로 온다.
　　　　—김도하 「을숙도에 대하여」(『남부의 시』 26, 빛남 1996) 전문

　낙동강 하구에는 강물만 떨어지는 것〔洛水〕이 아니라, 해도 떨어진다
〔洛日〕. 그 놀의 장엄함은 찬란한 황홀감마저 들게 한다. 강과 놀이 함
께 어우러져 빨갛게 물든 이 강을 강은교는 「붉은 강」 연작으로 시화하
기도 했다. 그런데 넋을 잃을 법한 그 아름다움은, 인용시에서 피로 착
색된 처절한 진통으로 변용된다. 1)의 "피는/어둠을 부른다"는 대목은
여러 문맥으로 읽힌다. 그것은 '피에 빗대어진 노을' 뒤에 어둠이 내린
다는 외경 묘사일 수도 있고, 피를 보는 일은 '어둠과 같은 좋지 않은
일'을 부른다는 일상의 이치를 진술한 것일 수도 있다. 그러나 무엇보다
도 인간이 자연에 입힌 상처와 그로 인한 자연의 피흘림은 '생태파괴와
같은 어둠'을 부른다는 뜻으로 강하게 읽힌다. "第三洛東橋/3도 화상을

입고/밤을 앓고 있다"는 구절과 연관해 볼 때, 세번째 의미는 더욱 살아난다. 이런 심증을 더욱 굳히게 해주는 시가 2)이다. 2)는 '몰락과 죽음'의 상징성을 지닌 놀을, "신음하는" 을숙도의 종말을 고하는 객관물로 표현하고 있다. 이때 놀은 고통으로 일그러진 을숙도가 숨가쁘게 토해내는 "외마디/비명"이 되기도 하고, 운명을 다한 을숙도를 저승으로 데려갈 "검은 사신"이 되기도 한다. 이렇게 시인들은 치유불능으로 파괴된 을숙도의 형상에 죽음의 상상력을 덧칠하고 있다.

3-3. 폐허 : 지금 을숙도는 아스팔트를 따라 육지로 이어져 있으며, 각종 조형물이 어우러진 그곳은 관광상품을 소비하기 위한 장소로 탈바꿈해 폐허화되어가는 현 상황을 벗어날 수 있는 출구로 삼을 것을 강요받고 있다. 그러나 그런 회로를 통해 만날 수 있는 것은 을숙도의 정체성이 아니라, 물신(物神)의 위력뿐이다. 이 사실을 "받아들일 수가 없어요"(이도연 「을숙도매립지」)라는 시인의 절규에도 불구하고, "을숙도는 폐허가 되고 말았다"(이문걸 「새에 관한 소묘」). "물새알을 주우러 다니던 아이들"을 "시인"으로 키우고, "모래밭에서 고누두던 아이들"을 "화가로"(이동순 「낙동강」) 키우던 강의 넉넉한 풍모는 사라져버렸다. 그림과 시를 꿈꾸어봄직하던 그곳에는 이제 연일 신문지상을 강타하는 강력사건이 난무하고 있다. 무분별한 개발정책 아래 그곳은 살인을 밀모하는 범죄의 온상으로 전락하고 만 것이다. 아이들이 환호성을 지르며 시인이나 화가의 꿈을 키우던 그곳에 "철새가 죽고/남는 건/아이들의 기침소리"(정순영 「낙동강을 보며」)뿐. 아이들은 폭력 아래 노출되고 병들어간다.

4. 세번째 상실—풍요로부터의 배반 : 강은 유역민의 경작에 필요한 옥토와 정착에 필요한 물을 대준다. 물이 풍부하고 삼각주가 발달한 하구지역은 더욱 그러하다. 그런 면에서 하구는 풍요의 상징이다. "풀 끝

까지 스미는 강물의 촘촘한 사랑"(이몽희 「낙동강」)이 깃든 그곳은, 유역민들에게 생명과 활력을 불어넣어주는 어머니 역할을 했다. 그런데 이상하게도 하구는 젖줄이기는커녕 수탈과 상실의 공간으로 나타난다. 그것은 일제시대에 씌어진 양우정과 김용호의 장시 「洛東江」에 잘 드러난다.[26] 강 자체는 젖줄임에 틀림없지만, 강 주변의 풍성한 수확을 흉작으로 만드는 강 밖의 세력으로 인해 그곳은 정착의 땅이 아니라, "한 사람 두 사람씩 다 떠나가"야 할 출향과 이주의 공간이 되었다. 그래서 그 강은 "눈물의 강"이자 "원한의 강"(양우정 「洛東江」)이었다.

4-1. 이주민 : 그런데 이 유랑의 길은 일제시대에 끝난 것이 아니다. 하구둑 건설에 즈음하여 그 현대판 역사가 또다시 재현되었다. 일제의 폭정 아래 그 유역에 숱한 유이민이 있었듯, 고도로 발달한 이 자본주의적 일상 아래 악랄한 이주가 되풀이되었다.

        1) 진흙 깊숙이 잠자는
           어둠 찍어낸다.
           자꾸만 높아오는 강바닥
           창날에게 무수히 亂刺당하고
           한 번의 몸놀림마다
           불꽃
           하늘로 오른다.
        ─양왕용 「下端사람들 1─乙淑島 장어잡이」(『달빛으로 일어서는 강물』,
                                        문장사 1981) 부분

---

26) 자세한 것은 박태일, 앞의 글 41~46면 참조.

2) 어둠 찍어 올린다.
　창날보다
　질긴 손가락.
　落東江 七百里
　친친 감기는
　그 끝
　물방울 가락지보다
　빛나고 있다.
　　　—양왕용 「下端사람들 7-재첩잡이 女人」(『달빛으로 일어서는 강물』,

문장사 1981) 부분

오랜 세월의 퇴적으로 이루어진 하구의 삼각주는 "누구의 땅이라고 말하기 어려운 역사"(정남순 「낙동강」)를 가졌다. 그 말 많은 땅은 뿌리뽑혀 갈 곳 없던 가난한 사람들의 피난처가 되었다. 경남 일대에서 고향의 탯줄을 끊고 섬으로 들어온 그들은, 그곳의 열악한 여건 속에서 생을 다져왔다. 강과 바다로부터 홍수와 해일에 맞서 싸우고, 섬 안에서는 호롱불을 켜고 염분기 섞인 식수를 먹는 모진 고난 속에서 그들은 갈대만큼 깊은 뿌리를 을숙도에 내릴 수 있었다. 그들은 땅을 개간하여 파와 배추 등의 농작물을 재배하고, 어장을 개척하여 1)과 2)처럼 장어와 재첩을 잡으며 가난을 헤쳐나갔다. 시인은 그 건강하고 악착같은 노동을 "창날보다 / 질긴 손가락"으로 "어둠 찍어낸다"는 상승운동으로 표현하고, 거기에 "가락지보다 / 빛나고 있다"는 의미를 부여했다.

　운동화 한 짝 멀찍이 나뒹그러져 있고
　떨어진 문짝 모로 누워 떨고 있다.
　살다 살다 못 견디어 벗어던진 껍데기

고즈녁이 사위어가는 갈대밭에
아픈 상처로 도지는구나.
　　　　　—안태경 「을숙도 1」(『남부의 시』 24, 빛남 1994) 부분

　그러나 그곳 역시 그들의 삶터는 아니었다. 하구둑 공사로 인해 살던 곳이 수몰되고 강물이 오염되면서 그들은 삶터로부터 쫓겨나올 수밖에 없었다. 하구에 '철'골이 놓이면서, 주민들은 '철'새와 같은 '철' 자 돌림의 '철'거민이 되었다. 몇십년 동안에 걸쳐 개펄을 쓸 만한 땅으로 일군 개간의 노력에도 불구하고, 그 열악한 곳에서마저 그들은 정착의 뿌리를 다시 잘렸다.[27] 하천은 국유지로 되어 있기 때문에, 불법거주한 주민들에게 돌아간 법적인 보상은 형편없었다. 인용시는 주민들이 떠난 뒤 폐허가 된 을숙도를 한 폐가의 모습을 통해 보여주고 있다. 이 시에서 그들의 손때가 묻었을 "운동화"와 "문짝"은 "살다 살다 못 견디어 벗어던진 껍데기"로 형상화되고 있다. 그 껍데기마저 휑하니 벗어놓은 채, 그들은 어디로 갔는가?

　　하천 고수부지에는
　　오두막이 헐린 난민들이
　　헐린 그들의 가슴만큼이나 무너져내린
　　하늘 조각들을 깁고 있었다

　　하늘만 쳐다보고 살아온 강가에서
　　하늘이여

---

27) 쫓겨난 주민은 을숙도 109세대(528명), 일웅도 42세대(156명) 등 수몰지구에 거주했던 주민 752세대 3,514명이었다(교지편집실 「낙동강, 낙동강」, 『동아』 27집, 1987, 345면).

칼날 같은 서슬도 다 무디어
별빛 한자락 허리에 걸치고 누우면
푸드득 날개치는 철새들이 더 따사롭다
　　　　　—박현서 「洛東江 32」(『낙동강』, 문학세계사 1990) 부분

　그렇게 삶의 현장에서 쫓겨난 주민들 중 당장 오갈 데 없는 200여 세대는 삼락천변의 "고수부지", 동산유지 앞 하단 천막촌 등에 흩어져 살았다.[28] "어둠을 찍어올리며" 당당하게 농수산물을 생산하던 그들은, 그곳에서 두손 두발 묶인 실업민으로 전락한 채, 생업의 현장이던 낙동강을 망연자실 쳐다볼 수밖에 없었다. 인용시는 한국전쟁 당시 피난민을 형상화한 것인지 이주민을 형상화한 것인지 내 깜냥으로는 알 수 없다. 하지만 철거민의 생활이 피난민의 그것만큼 비참한 것이기에 겹쳐 읽어도 무방할 것 같다. 살던 곳에서 쫓겨난 "난민"들은 "그들의 가슴만큼" 무너져내린 천막의 조각을 깁고 있다. 그렇게 하늘이 무너져내리는 아픔을 맛보아야 했던 그들의 삶은 철새도래지 상실에 가려져 무관심과 망각 속에 파묻혀버렸다. 그 비극적인 삶에 비한다면, 오히려 "철새들이 더 따사롭다". 철새는 행복한 것이었다.

　4-2. 인근어민: 이주민뿐만 아니라, 명지·장림·다대·하단·엄궁·대저·구포 등 하구 일대의 양식 및 어선 어업을 하던 인근지역 어부들 역시 막심한 피해를 입었다. 하구둑으로 인한 물 오염으로 어장이 황폐해져 그곳 역시 뿌리내릴 수 없는 곳이 되고 말았다.

---

28) 한국공해문제연구소 부산지부 「하구언 개발로 인한 지역 주민의 생존권 파괴, 생태계 파괴」, 『동아』 25집, 1985, 328면.

1) 돛배를 아십니까. 돛대에 넓은 천을 달고서 바람을 받아 가는
배. (…) 명지 끝물 일웅도 모래톱까지 데려다주고 하던, 지금은 동력
선이 된 그 배가 예전에 돛단배였습니다.
—문정임 「돛배를 찾아서」(『94 신춘문예당선시집』, 문학세계사 1994) 부분

2) 그해 김양식은 흉작이었다
   잦은 나불에, 겨우 생겨나온 포자까지
   길길이 미쳐 나가고
   김 파래도 난리통에 떠밀려 달아나고
   빈 배를 치는 상처의 물살
—문정임 「아버지의 바다」(『94 신춘문예당선시집』, 문학세계사 1994) 부분

3) 등이 굽은 노인이
   거룻배 위에서 재첩을 따고 있다
   (…)
   빈 장대질을 하는 노인의 등뒤로
   준설선이 바짝 달라붙는다.
      —김세윤 「노인, 새되어 날다」(『도계행』, 문학세계사 1988) 부분

4) 바라보면 사방은 비어 있고
   흙을 뒤집어 쓴 파뿌리
   캄캄한 어둠에 마구 썩는다.
   어쩔 것인가
   떠도는 자는 떠도는 자의 뿌리
   나부끼는 머리칼도 슬프고
   명지 땅끝에 서서

무슨 감회가 있겠느냐.
우리가 살아온 시름의 깊이로
어디서 썰물이 혼자 흐드기는구나.
　　　　—유병근 「鳴旨에서」(『낙동강』 5, 낙동강보존회 1986) 부분

　지금은 한일 어업권 문제가 불거져 배를 항구에 매어두거나 폐선시키는 사태가 속출하고 있지만, 이 일대에는 이미 태풍이 한차례 세차게 몰아친 적이 있었다. 1)의 "돛배"는 "동력선"의 전신이다. 어장 개척을 목적으로 "돛대" 대신 모터를 달고 동력선으로 올렸던 그 배는, 물이 오염되면서 밧줄에 무작정 매달아둘 수밖에 없게 되었다.[29] 숱한 시간 동안 풍장을 치러야 했던 그 "배의 몸에서 썩은내가 난다"(문정임 「명지는 지금 는개 내린다」). 2)와 3)은 유역어민의 주요 생계수단이었던 김과 재첩 양식을 다루고 있다. 이 일대 양식김은 질 좋기로 유명했다. 그곳은 예전에 김 양식철이 되면 개도 돈을 물고 다녔다고 할 정도로 황금어장이었다. 그러나 하구둑 공사기간인 1984년 가물막이 공사의 여파가 김 양식장을 덮쳐, 어민들의 주된 생계기반인 양식김을 전멸시켜버렸다. 재첩양식장 역시 1983년 "준설선"이 강바닥을 파헤치면서 쑥대밭이 되고 말았다.[30] 그 황금어장에 "상처의 물살"만이, 무너져내린 어민들의 가슴을 아프게 때리고 있을 뿐이다. 예전 왁자한 활기를 띠던 그곳에는 지금 을씨년스러운 정적이 감돌고, 아직까지 "합의 못한 어업보상권"(문정임 「명지는 지금 는개 내린다」) 문제가 아픈 상처로 남아 있다. 을숙도 주민처럼 이주까지 당하지는 않았지만, 이들의 삶 역시 4)에서처럼 뿌리내

---

29) 구포 어촌계만 하더라도 고깃배 65척을 구청에 등재하고 있지만, 실제로 고기를 잡아 생계를 잇는 사람은 거의 없다고 한다(박창희, 앞의 글 57면).
30) 한국공해문제연구소 부산지부, 앞의 글 327~30면.

리지 못하고 부유할 수밖에 없는 것이었다. 그 시름어린 삶은 생활을 짓누르는 "캄캄한 어둠" 아래 "파뿌리"처럼 마구 썩어가며 "썰물"처럼 흐드겨 울 수밖에 없는 것이었다.

유역민의 생활에 대한 시적 대응은 다른 주제에 비해 미약한 편이다. 대개의 시선이 물 오염과 을숙도 파괴 쪽으로 쏠리고, 이 강을 집 삼아 식구로 들어살던 이들의 비극적인 삶을 놓치고 있다. 건강한 생태계가 인간과 자연이 조화롭게 살아가는 것이라고 한다면, 이것은 하구 현실을 전체적으로 보지 못하는 편향된 시각이다. 요산(樂山) 김정한(金廷漢) 선생의 「모래톱 이야기」에 나오는 갈밭새 영감의 성토가 가슴을 때린다. 창작자들이 귀담아야 할 대목이라고 생각한다.

"하기사 시인들이니칸에 훌륭하겠지요. 머리도 좋고 선생도 시인 아입니꺼. 그런데 와 우리 농사꾼이나 뱃놈들의 이바구는 통 안 씨는 기요? 추접다꼬? 글 베린다꼬 그라능기요?"
　　　　　—김정한 「모래톱 이야기」(『낙동강』 2, 시와사회사 1994) 부분

이처럼 하구 생태계는 하구둑 건설 이전 산발적으로 자행되던 물 오염과 철새 밀렵에 의해 서서히 망가지기 시작하다가, 현재 하구의 표상이 되어버린 하구둑에 의해 전면적으로 파괴된다. 국민들의 혈세를 쏟아부은 하구둑은 일개 건축물이 아니라, 하구생태계를 전면적으로 재배치해놓은 것으로, 세 가지 유형의 상실 모두에 치명적인 영향을 끼치고 있다. 그곳은 물의 감옥이자 무덤으로, 개발철학이 부재해 하구생태계를 파괴해버린 어리석음과 무지의 상징으로, 대를 위한 소의 희생이라는 허울로 유역민에게 가해진 조직적 폭력으로 남아 있다. 하구둑은 이렇게 하구의 존재가치를 망실시켜버린 건축물로 시인들의 눈에 뚜렷하게 인식되고 있다.

하구둑으로 인해 초점화된 파괴와 재장소화의 의미는 크게 두 가닥으로 정리할 수 있다. 먼저 그 폐혜는 생태계뿐만 아니라, 그곳에 발붙인 사람에게까지 심각한 영향을 미친다. 철새 대신 준설선 서너 대가 맥빠진 자맥질을 하고 있는 그곳에는 이제 그 숱 많던 갈대밭과 엉정엉정 기어다니던 게, 지천으로 깔려 있던 재첩이 없다. "어머니 살 속 같은 모래벌"(최영철 「을숙도근처」)도 "밟으면 검은 물 찌익 올라"(조해훈 「낚시를 하며」)올 정도로 상했다. 뿐만 아니라 그곳에 인간의 흔적 역시 사라져버렸다. 하단과 명지 사이를 오가던 발동선도, 그 도선장이었던 "똥다리"(권경업 「을숙도」)도, 장어 잡던 사내와 재첩을 건져올리던 아낙도 사라져버렸다. 여기서 우리는 생태질서가 파괴된 곳에서는 사람도 살 수 없다는 점을 확인할 수 있다. 다음으로 그 상실의 의미가 수치화할 수 없는 미묘한 부분까지 확대된다는 점이다. 상실한 것은 단순히 강만이 아니다. 그것은 우리의 "희망"(조해훈 「낚시를 하며」)과 고향 상실의 의미로,[31] 나아가 우리의 정체성과 "우리 모두에게 신의 품안"(김규태 「강의 분노를 대신하여」)이었던 신성의 상실로 그 의미가 확대된다. 이렇게 그 장소의 의미는 상실하고 난 뒤에야 참담게 부각되고 있다.

5. 위천, 또다른 분쟁의 씨앗 :

   사람들이 짓밟아 죽어가는 금정산

---

31) 하구둑 한편에는 회유성 물고기 통로로 설치한 작은 어도(魚道)가 있지만, 그것은 형식적인 것에 불과한 무용지물이다. 그 때문에 회귀성 어종은 상류로 올라가지 못한다. 실제로 하구둑 공사기간인 1985년에는 "밀양강에 회귀성 어족인 은어가 돌아오지 않는다"(『부산일보』 1985년 6월 7일자)는 보도가 있었다. 고향 회귀성 물고기인 "은빛 날렵한 고기떼"(황양미 「江의 이야기」)가 사라진 그 사건에서 우리의 고향이 상실된 느낌마저 받게 된다.

금정산은
사람들이 짓이겨 죽어가는 낙동강을
껴안고 굽어보며 통곡한다
(…)
금정산과 낙동강은 우리의 허파와 심장
위천은 어디쯤인가.
꽃이 피고 꽃이 지는 금정산은
낙동강을 산자락에 안고
생존권을 말살하는 위천공단 조성을
하늘을 향해
거대한 몸짓으로 절규하며 거부한다.
—임수생 「금정산」(『낙동강』 14, 낙동강보존회 1996) 부분

　한 시인이 "길이 우리는 함께 하리라. / 낙동강과 금정산"(이몽희 「낙동
강과 금정산」)이라고 노래했듯이, 서로 짝하여 몸을 맞댄 이 강과 산은 모
두 부산의 상징으로 긴밀한 관계를 형성하고 있다. 인용시에서는 금정
산과 낙동강을 각각 부산의 허파와 심장에 빗대며, 부산을 살아 있는 유
기체의 몸으로 형상화한다. 그런데 "통곡" "절규"라는 시어에서 심상치
않은 분위기를 짐작할 수 있다. 제기능을 발휘 못하는 그 허파와 심장이
죽어가는 부산의 모습을 나타내기 때문이다. 여기서 특이한 것은 부산
에서 가장 높이 솟은 금정산(804m)을, "생존권을 말살하는 위천공단 조
성"을 거부하는 모습으로 형상화했다는 점이다. 우리는 여기서 위천 문
제와 만난다.
　위천(渭川)공단 조성은 지역경제의 활성화와 회생을 명분으로 제기
되었다. 경북지역의 생계가 걸린 이 문제에 대하여, 하류 지역민은 "위
천공단 내린 물은 어디로 든단말고"(정해송 「다시 牧民心書」)라고 물으며,

생존권 문제를 내걸고 완강하게 반대했다. 그러나 대구는 구미공단 건설 때에도 내세웠던 친환경적 산업을 유치한다는 변명 아래, 그 조성을 끈질기게 추진하고 있다. IMF의 그늘에 가려 보호론이 잠시 주춤한 사이, 그 설치를 허가할 가능성이 높아지고 있다. 한 강을 끼고 사는 상류와 하류의 마음이 이렇게 다르다. 개발과 보존의 갈등 사이에서 위천공단이 또다른 지역감정의 빌미가 되고 있는 것이다.[32]

> 낯 뜨겁고
> 참담한 일들만 벌어지는
> 정치판의 이전투구에
> 민중들마저 고통에 고통으로 찌들어
> 헐떡이고 있는 지경을
> 어찌하면 극복할 수 있단 말인가
> (…)
> 낙동강의 생태계는
> 낙동강 하구둑 건설 때부터 갑자기 무너지기 시작
> 죽음의 숨을 가삐 몰아쉬고
> 도대체 정치란 무엇인가
> 민중의 생존은 안중에도 없고
> 자기들 이익만 챙기는 행위가
> 정치라면 이들은 나라 팔아먹는

---

32) 하구둑에 의해 극심한 환경파괴를 경험한 바 있는 이 지역민에게 위천 문제는 하구둑과 무관해 보이지 않는다. 그래서 이 대립은, 어떤 환경운동가의 시각처럼 '낙동강 하구둑 건설을 둘러싼 찬반론을 재현시켜놓은 듯한 느낌'(이성근 「지속가능한 발전과 위천공단」, 『동아』 37집, 1996, 58면)을 준다. 이 강에 걸린 지역민의 의사를 묵살하는 일이 타락한 정치로 인해 또 한번 벌어지고 있는 것이다.

매국노들

—임수생 「죽어가는 낙동강아」(『낙동강』 15, 낙동강보존회 1997) 부분

현실참여적 경향을 지닌 시인답게, 임수생은 "정치판의 이전투구"를
준엄하게 꾸짖는다. 위천 문제를 둘러싸고 낙동강을 정치적인 무기로
이용[33]하는 그들의 무능하고 타락한 정치적 행태로 이 강은 백년하청
(百年河淸)이 되어가고, 더욱 처참한 탁류로 전락하고 있다. 이처럼 낙
동강 오염은 정치의 타락과 뗄 수 없는 관계를 형성한다. 부패한 정치
아래 낙동강이 황폐해져가고, 유역민의 인정마저 메말라간다. 여기서
뚜렷한 지역적 정체성에 기반한 하구시편이 문명비판적 입장을 넘어 얼
마든지 정치비판적으로 뻗어갈 수 있음을 확인할 수 있다.[34]

---

33) 그 근거는 다음과 같다. 대구시장 선거 당시 문희갑 후보는 위천공단 건설을 제일의 공
약으로 내세웠고, 김영삼 정부의 대선공약에서도 대구 경북지역에 위천공단 설치를 반드
시 하겠다는 약속이 있었다. 또 위천은 네 곳의 국회의원 보궐선거를 겨냥한 정치적 발언
으로 이용되었고, 15대 대선후보들의 공약에서도 이 강은 각자의 표 다지기에 유리한 방
향으로 이용되었다.

34) 여기서 우리는 낙동강 하구라는 친밀영역의 파괴에 맞선 시적 대응이 견지해야 할 하나
의 자세를 확인할 수 있다. 그것은 '문명비판'이라는 큰 가닥 못지않게 이 지역 나름의 특
수성에 기반한 미세항목에 대한 세심한 접근이 필요하다는 것이다. 전술했듯이 낙동강을
오염시키는 공사와 계획은 이 지역 주민의 의사를 상당부분 배반하면서 진행되고 있다.
하구둑에는 중앙집권적인 정책과 모 건설회사의 사적 자본 침투가 결합되어 있다. 또 위
천 문제는 정치권력의 선거공약으로 이용되었고, 낙동강 회생의지를 포기하는 듯한 인상
을 주며, 최근 또다시 대두된 이 강의 취수장 이전 역시 그것을 내놓은 주체는 바로 정부
의 환경부였다. 이처럼 이 강은 중앙집권적인 기획 아래 그 공간이 분편화되었을 뿐만 아
니라, 정치권력과 자본이 유착되어 폭력을 행사하기도 했다. 따라서 낙동강 하구 회복을
위한 진정한 실천은 이 장소 상실 뒤에 아무런 관계가 없는 듯이 숨어 있는 권력과 자본의
실체를 찾아내어, 그것과 이 강의 관계성('무관계성의 관계')을 밝히는 것으로 이어져야
한다. 감정에 들떠 실체가 모호한 문명과의 불화를 시늉하는 데 머물 것이 아니라, 이 강
에 가해진 정치경제적 모순 같은 좀더 세심한 장을 비판하고 그 논리를 돌파해나가는 방
향으로 가닥을 잡아야 한다. 선병질적인 거부는 근본원인을 간과하는 것이므로, 그런 불

하구의 모습을 또 한번 전면적으로 재배치할 위천의 실체가 더욱 심각한 지역갈등과 이기주의의 산실이 될 것인지, 아니면 극적으로 협동의 장으로 바뀔 것인지 아직은 추측할 수 없다. 다만 현재의 첨예한 갈등이 이 강을 초토화하는 종말이 아니라, 「下端의 바람 1」에서와 같은 융화로 유역민들의 유대 강화와 협동의 장으로 전환되는 '기회'가 되길 바란다. 그러기 위해서는 한 지역의 관점에서 다른 지역민의 숙원이나 중론을 무시하거나 억압할 것이 아니라, 거시적 안목에서 두 지역의 합의점을 도출하는 자세가 필요하다. 물론 이는 거부할 수 없는 시대적 당위가 되어버린 생태사회학적 관점에서 도출되어야 할 것이다. 아직 위천 문제에 대한 시적 대응은 미미한 편인데, 지역시인들이 예민한 촉수로 이 문제를 한층 적극적으로 형상화하여 그 합의점 마련에 기여할 수 있기를 바란다.

IV. 하구 복원을 위하여

을숙도와 하구 일대는 1980년대를 전후하여 10년이라는 짧은 기간 동안 낙원에서 폐허로 재장소화되었다. 시 역시 그 시점을 분기점으로 배경과 지향성이 판이한 양상으로 달라졌다. 우리 삶의 불모성을 상징

평등과 착취구조의 재생산에 암묵적으로 동조할 위험이 있다. 인용시는 바로 그런 세심한 부위의 한 축을 건드리고 있다. 이런 관점에서 낙동강 하구에 대한 시적 대응은 머레이 북친(M. Bookchin) 등이 말하는 사회생태주의운동과 연계될 수 있다. 북친은 인간에 대한 인간의 지배가 자연에 대한 인간의 지배를 낳았다고 본다. 따라서 그는 참된 생태사회를 낳기 위해서는 모든 계층과 지배의 형태를 배제해야 하며, 그 구체적인 대안으로 권력을 정치에 대한 직접 참가가 가능한 지역사회에 배치할 것을 주장한다(M. 북친, 박홍규 역 『사회생태주의란 무엇인가』, 민음사 1998, 297~301면).

적으로 보여주는 저 강을, 이제 누가 "부산의 정신 혹은 찬란한 문화의 씨앗"(김석규 「낙동강 소견」)이라고 할 수 있겠는가? 이 심각한 상실은 과거에 대한 향수에 빠져드는 일마저도 주저하게 만든다. 이러한 상실에서 멀지 않은 과거에 하구의 유토피아적 형상이 뚜렷한 실체로 존재했다는 것 자체가 충격스러울 따름이다. 이 급격한 재장소화에 상응하여 그곳에 쏠린 시인들의 시각 역시 대개 충만함에서 결핍감으로, 예찬에서 고발로 급변하고 있다. 그리고 그 분기점에 하구둑의 존재가 표나게 돌출되어 있다. 게다가 그 문턱에 또다시 위천의 문제가 놓여 있으므로 그 상실은 증가일로일 것이다. 그럼에도 불구하고 그곳은 벗어날 수 없는 우리의 삶터이다. "이제는 오지 않으리라고 맹세"했지만 "다시 을숙도에 닿는다"(조의홍 「을숙도 2」)는 거역할 수 없는 끌림처럼, 그곳은 잘라내어도 자꾸만 돋아나는 우리의 아픈 자리이다. 아무리 많은 것을 상실했다 해도, 우리가 짝하여 사는 곳은 한강이나 금강이 아니라, "부산의 등을 혀로 핥으며"(김석규 「낙동강」) 흐르는 낙동강이다. 시인들은 내부에 깊숙이 자리잡은 그 지향점을 거스르지 못하고 아직까지 그곳을 서성이고 있다. 이렇게 시인들은 훼손된 하구가 자신들의 삶터라는 고통스러운 인식과 함께, '하구 내 존재'를 벗어날 수 없다는 이율배반 사이에서 괴로워하고 있다.

1. 앞으로의 시적 대응: 이제 하구를 폐허로 전락시키는 현 체제에 맞서 시인들이 대응해나갈 방법을 생각해보자. 이 자본주의의 집중포화를 완전히 거스를 수는 없다고 해도 강의 정체성을 지키면서 그 압박을 견뎌낼 시적 대응에는 어떤 태도가 있을까? 여기서 우리는 두 개의 이질적인 목소리를 상정할 수 있다.

그 하나는 하구를 회생불능으로 폐허화시킨 현 체제를 고발하는 방법이다. 이 글의 '파괴된 하구의 모습'에서 시인들은 폐허화된 삶터를 표적으로 한 고발을 하구에 대한 사랑법으로 삼고 있었다. 여기에서 그 추문의 현실을 피곤하게 에둘러가는 과정 속에 획득한 정확한 현실 진단능력과 고발의 정신을 배가할 필요가 있다. 성급한 회복 열망은 현재의 심각한 죽음을 삭제한 거짓화해임을, 그것이 결국 더 큰 결핍의 재생산으로 귀결된다는 생각 아래 그 현실을 향한 고발의 날을 세워야 한다. 여기에 시인들 역시 그 현실에 가담하고 있다는 점 또한 지적되어야 한다. 이 강과 문명의 관계, 이 강을 파괴로 몰아갔던 "끝모르는 욕망"(박문하 「을숙도의 비」)에서 그들 역시 자유로울 수 없음을 자각하고, 그 상실의 일부는 스스로를 배반한 결과라는 고통어린 시선으로 자신의 자리를 수시로 돌아보아야 할 것이다.

다른 하나의 시각은 건강한 생태계의 모습을 보여주는 방법이다. 이는 '건강한 하구의 모습'을 그린 시 중에서 '아직 파괴되지 않은 하구의 모습을 보호·확장하려는 시'와 '파괴 이전의 모습을 복원하려는 시'에서 표출된 정신을 키우는 것에 해당한다. 여기서는 훼손되지 않은 하구의 모습을 보호해야 한다는 현실적 임무 못지않게, 이미 상실된 부분을 새롭게 복원해야 한다는 점 또한 중시된다. 아니, 파괴가 전면화된 이 현실에서 보호보다는 복원에 무게가 더 실려야 할 것이다. 즉 이 유형에는 건강한 생태계가 빚어내는 긍정적 효과를 보여주며 생태계가 파괴된 죽음의 현실을 넘어서려는 적극적인 의식이 반영되어야 한다. 이는 현실의 반영이라기보다는 시인들의 억눌린 소망의 반영으로 이해할 수 있다. 그 건강한 모습은 인간의 욕망 충족의 대상으로 자연을 전락시키고 있는 현실을 강렬하게 각성시킬 뿐만 아니라, 상실 이전의 과거를 투사해 엮어낸 미래의 모습은 현 단계의 하구에서 보기 힘든 아름다운 미래의 모습을 전망하게 해줄 것이다.

전자의 경우 현 체제와 맞서는 저항의식을 예각화할 수 있는 대신 허무의식에 사로잡힐 우려가 있다. 반면 후자의 경우는 죽음을 넘어서는 회복의 논리를 보여주는 대신 현실의 모습을 놓침으로써 자칫 죽음의 징후를 은폐하려는 체제에 역이용될 위험이 있다. 이 두 방법은 각기 현존재의 형상화와 당위의 형상화로 볼 수 있는데, 두 방법 모두 그 의의와 함께 위험이 있는만큼 둘의 적절한 조화가 필요할 것이다. 후자는 그것이 근거없는 낙관이 되지 않도록 전자가 축적한 고발의 정신을 이어받으면서 미래의 모습을 전망하고, 전자 역시 현재의 진단과 고발이 복원을 향한 우회로라는 폭넓은 전망 아래 그 역할을 충실히 해나가야 할 것이다.

그런데 하구시편은 대부분 전자의 방법을 따르고 있다. 강을 두고 벌어지는 급박한 현실 전개로 인해 후자를 형상화하는 데에 아직 현실이 뒷받침되지 않았기 때문으로 보인다. 이 강에 생명의 근거가 미약하기에, 시인들은 아직까지 현실 반영과 고발에 충실하고 있다. 그러나 둘 사이에 조화가 필요한만큼 낙동강에서 후자의 시편들 역시 축적되어야 할 단계에 이른 것으로 보인다. 다만 그 시는 저 도저한 죽음의 징후들을 뚫고 나온 생태고발시의 정신을 배면에 깔고 그 건강한 모습을 과거에의 향수 차원이 아니라 우리 삶이 나아가야 할 미래의 모습으로 제시해야 할 것이다.

2. 지역문학의 확대 :

아하, 너는 진실로 겨레의 크낙한 어머니
낙동(洛東)의 가람이여, 영원한 겨레의 젖줄이여, 사랑이여, 노래여.
　　—유치환 「겨레의 어머니여, 낙동강이여!」(『나는 고독하지 않았다』,
　　　　　　　　　　　　　　　　　　　　　　　　평화사 1963)

거대한 스케일과 통시적 시각으로 낙동강에 접근한 인용시는, 낙동강의 긴 길이와 유구한 역사를 소개한 뒤 그 강을 영남 유역민만의 강이 아니라 "영원한 겨레의 젖줄"로 보편화하고 있다. 인용시처럼 하구시편 역시 보편성의 범주로 확대될 수 있다. 그 가능성은 두 가지 면에서 살필 수 있겠다.

먼저 하구가 타지역과 연관되어 있다는 점에서 그 가능성을 찾을 수 있다. 하구는 특성상 고립된 것이 아니라 많은 지역과 연계된다. 천갈래, 만갈래로 뻗은 물줄기가 저마다 하구를 지향하여 간단없이 흘러내린다.35) 역으로 그곳은 연어 등의 회귀성 물고기가 상류를 향해 치고오르는 곳이기도 하다. 또 낙동강과 한강이 강원도 태백시에서 함께 발원하고, 낙동강의 물 부족분을 북한강에서 끌어올 방안이 검토되고 있듯이, 낙동강은 한강과도 연결된다. 그리고 하구에 둥지를 튼 철새의 경우, 그 연관성은 좀더 확대되어 세계 여러 나라와 연계된다. 계절에 따라 시베리아에서 호주까지 이동하는 철새는 국경 없는 조류에 해당하기 때문이다. 또 하구의 오염이 중상류의 오염과 정부의 종합적 관리대책 부재에서 배태되었다는 점 역시 이 연관성을 반증한다. 이렇게 하구는 다른 지역과 연관된다. 그렇기 때문에 하구의 문제는 자연스럽게 상류 또는 그 이상으로 뻗어올라갈 수밖에 없다. 위천 문제에서 하구가 상류를 만나 갈등하는 한편 그 속에 다른 지역의 삶을 좀더 깊이 이해할 만한 화해의 실마리를 남겨놓았듯, 이 지역의 문학 역시 상류지역 또는 그 이상의 지역과 연계하여 범주를 넓혀가야 할 것이다.

또 하나의 가능성은 이 지역이 생태파괴와 이에 대한 저항에 있어 중심이 될 수 있다는 점에서 찾을 수 있다. 낙동강은 전국 4대강 중에서

---

35) 낙동강이 부산광역시·대구광역시·강원도·경상북도·경상남도·전라북도·전라남도 일부 지역을 경유해 흐른다는 점을 생각할 때, 그 유역권은 총 2광역시 5도 20시 24군에 이른다(한국수자원공사, 앞의 책 42면).

최악의 수질을 기록하고, 세계의 상수원 중 가장 오염된 강으로 분류되어 있다.[36] 더불어 이 강은 그런 모순에 반발하여 복원의 움직임이 가장 두드러지게 표출되는 저항의 거점이기도 하다. 그런데 이 파괴의 실상은 비단 하구만의 문제가 아니라 훼손된 우리 국토의 모습과 내적으로 연관되어 있다. 하구 오염을 제유(提喩)로 읽을 때, 그것은 우리 국토의 훼손에 대한 전형이 된다. 그래서 하구의 시적 형상화에 대한 지역시인들의 활발한 참여는, 지역문학을 민족문학의 맥락으로 끌어올리는 길이 된다. 그리고 그것은 문학사에서 소외되었던 지역문학과 지역시인들을 재평가하는 계기가 될 것이다. 이렇게 하구시는 지역문학으로서의 역할뿐만 아니라 그 확대에 이르는 과제를 남겨두고 있다.

—『시와사상』 1999년 가을호

---

36) 『부산일보』 1999년 3월 17일.

폭탄에 의해 유지되는 평화

1. 폭탄을 지고 사는 가족들

새벽녘 앞집에서 날선 소리가 터져나온다. 폭탄 하나가 터진 것이다. 그 파편을 맞은 여자와 남자의 목소리, 아기 우는 소리가 급하게 뒤엉킨다. 잠시 후 노인의 목소리까지 가세하지만, 그 소란은 정리될 기미가 보이지 않는다. 고요를 깨뜨리는, 너무나 또렷한 저 소음. 한번 터지자 봇물처럼 쏟아지는 욕설, 한번씩 쿵쿵거리기까지 하는 저 끈적끈적한 소란이 섬뜩해진다. 그것이 서늘하리만치 익숙하기 때문이다. 어느 가정도 그 분규를 말리러 선뜻 나서지 않지만, 그것은 무관심이 아니다. 가족은 그렇게 자다가도 일어나 싸울 수밖에 없는 것임을, 아득바득 싸우는 그 모습이 우리의 모습임을, 선잠을 깨울 때 튀어나온 그 욕설이 결국 우리 얼굴에 침 뱉는 행위임을 인정하고, 모두들 모르는 체 돌아눕고 마는 것이다. 그 암묵적인 인정 아래 뜬눈으로 밤을 지새며 가족의 자리를 곰곰이 반추해본다. 가족에 대한 사유는 고통스럽다. 평화로워 보이는 그 거죽을 벗겨보면, 그동안 애써 덮어두었던 갈등과 상처를 정면으로 맞닥뜨릴 수밖에 없다. 그래서 회피했던가? 그 속내를 뒤집어 보이는 것은 비참한 것이기에, 이기적인 욕망이 아닌가 의심하면서도, 욕설과 폭력까지 드러내야 할 저 싸움을 봉합할 깨끗한 폭탄 만들기에 급급했다. 그러나 가족은 잘라내어도 끝없이 돋아나 우리를 옥죄어오는, 피할 수 없는 아픈 자리이다. 이러한 불편한 마음으로, 그러면서도 포기할 수 없는 은근한 기대의 시선으로 『문청』 6집의 '가족을 형상화한 시편'(이하 '가족시')을 읽었다.

여기에 실린 글은 15편 남짓한 적은 분량에 지나지 않지만, 우리 시대 가족이 직면한 분열의 아픔, 깨진 관계를 회복하려는 화합의 안간힘, 그리고 현재의 모순을 뚫고 새롭고 다양한 관계를 형성하려는 출구 모색에 이르기까지 폭넓은 자장을 형성하며 그에 대한 진지한 고민을 드러내고 있다. 그래서 이 글은 『문청』 6집의 가족시 유형을 '가족 분열이 드러난 시'(이하 '분열시') '가족 화합이 드러난 시'(이하 '화합시') '출구 모색의 시' 세 항목으로 분류하여 구체적인 양상을 살필 것이다. 이를 바탕으로 가족시를 유형화하고, 가족을 바라볼 관점을 확립하는 것이 이 글의 목적이다.

2. 가족의 파산

심훈(沈熏)의 「몽유병자의 일기」에는 다음과 같은 인상적인 구절이 나온다. "가정을 꾸밀 생각도 하지 말라! 조그마한 지옥 하나가 네 손으로 건설될 것이요, 자식을 낳지 말라, 그것은 확실히 죄악일 뿐 아니라, 미구에 네 자신이 저주의 과녁이 되리라. 나는 나에게 이런 훈계를 하기에 이르렀다." 심훈의 이 후회막급의 충고가 무색하지 않을 정도로 『문청』 가족시에는 가족분열의 아픔이 여실하게 그려지고 있다. 그 분열상을 어머니, 가장(아버지·남편), 자식 순으로 살펴보기로 하자.

1) '껍데기—엄마', 그 재생산 : 세기말의 여러 담론 가운데 부드러운 포용력을 지닌 모성성은 희생을 통하여 남성적 문명이 만들어낸 갈등과 대결을 가라앉히며, 이 불모의 문명에 새로운 활력을 충전해줄 강력한 출구로 제시된다. 그러나 끔찍한 폭력을 그대로 받아들이는 전인적인 희생의 모습으로 모성을 미화하는 시각은 정작 여성 당사자들에게 '첨예한 모순에도 불구하고 모든 것을 감내하는 포용의 미덕을 보여라'라는 억압적인 주문으로 쉽게 변전된다. 위성욱과 박서영 시는 강요된 희생을 감내해야 하는 끔찍스런 어머니, 혹은 그 재생산의 과정을 그리고 있다. 여기서 애늙은이 같은 유아의식으로 성(聖)어머니의 보호막 아래 안주하려는 생각은 끼여들 틈이 없다.

몸겨누운 할머니, 그 길로 다시 돌아오지 않았다. 지금은 먼지 폴폴 날리며 자동차 간다. 그 먼지처럼 흩어진 지난날의 모자를 쓰고 이 길이 품었다가 풀어놓은 낮은 지붕과 病의 모서리를 다독이며, 연신 통통한 생밤을 깎고 있는 엄마. 눈물이 마르면 단단한 껍질이 된다.

—위성욱 「생밤」 전문

직계가족의 모습이 드러난 인용시에서 "엄마"의 전통적인 삶은 재조명된다. 할머니가 죽음으로 걸어갔던 그 시간까지 엄마는 그 "낮은 지붕"의 가정에 드리웠을 "病의 모서리"(병원비와 병수발)에 가슴을 정면으로 들이받히며 희생의 길을 걸어왔다. 그런 면에서 "모자"는 그 과정에서 어머니에게 씌워졌을 '며느리의 굴레'로 보인다. "눈물" 역시 할머니의 죽음에서 유발된 슬픔의 표현보다는, 그 모자를 쓴 지난한 과정에서 생성된 고통의 산물로 보인다. 그래서 결구의 "눈물이 마르면 단단한 껍질이 된다"는 전언은, 상처도 힘이 된다는 승화의 의미보다는 오히려 알맹이 같은 젊은 시절을 눈물로 다 빼내고, 껍데기밖에 남지 않은 어머니의 쇠락한 삶으로 읽힌다.

이제 어머니는 그 길에서 풀려나 지난날을 "다독"이고 있다. 그러나 그것은 해방이 아니라, 탈수된 껍데기처럼 초췌해진 자신을 쓰라리게 인식하는 계기가 될 뿐이다. 윗대가 그 억압적인 희생을 자신의 길로 자발적으로 받아들였던 저변에는 노후에의 기대 같은 보상심리가 작용했겠지만, 윗세대의 막내세대로 보이는 어머니는 그마저도 포기한 듯 보인다. 그러면서도 할머니 젯상에 얹으려는 것인가? 엄마는 다시 "지난날의 모자를 쓰고" 생밤을 깎는다. 남은 속내를 다 빼내고, 단단한 껍질을 더욱더 자기 몸으로 삼는 '껍데기─엄마'. 이러한 비극적인 모습은 다음 시처럼 성장기의 여성 화자에게 '어머니 되기'의 끔찍함을 심어준다.

칼 끝에 청어 한 마리가 꽂혀 있다 붉은 꽃잎으로 변한 칼이 내 목을 베는 상상을, 어머니가 수면제를 사오라고 시키셨어 아버지는 아직 돌아오지 않으셨고 나는 이 약국 저 약국으로 수면제를 사러 다녔지 다음날 흑흑 우시던 어머니 수면제 한 움큼을 하수구로 흘려보냈다 봄밤이었을 것이다

(…) 왜 그렇게 손 잡기 힘들었는지 가족은 서로를 견뎌내는 것이라고 묵묵히 가르쳐 주신 아버지 오늘도 남해 바다에 청어 잡일 나가셨다 멀리 가지 말라던 어머니의 말을 어기고 나는 멀리 청어 잡으러 가요 아버지

─박서영 「청어 잡이」 부분

어느 봄밤 어머니는 수면제를 하수구로 흘려보내며 자살을 포기한다. 어린 화자의 눈은 아버지의 행위를 구체적으로 포착하지 못하지만,

그 문맥에는 아버지가 어머니에게 가했을 육체적·정신적 폭력이 괄호쳐져 있다. 그러나 성장과정에서 되풀이되는 그 폭력의 실상을 서서히 인지하게 되면서 화자는 어머니처럼 살지 않겠다는 생각 아래, 가족관계의 사슬을 "끝장"내고 그 집에서 벗어나려 한다. 이때 아버지는 "묵묵히 가르쳐"준다. "가족은 서로를 견뎌내는 것이라고". 이 말은 그간의 폭력을 정당화하고 가족구성원에게 희생을 감수하라는 가부장의 세뇌이다. 반면 어머니는 "멀리 가지 말라"고 말한다. 이 염려 어린 말은 딸을 자신처럼 기르지 않겠다는 표현으로, 가부장의 세계 편입에 대한 위험을 경고한 말로 읽힌다. 그런데 이상하게도 화자는 어머니의 말을 어기는 다른 한편에서, 아버지의 이율배반적인 말씀에 혹하여 아버지와 함께 청어를 잡게 된다. 청어의 상징성에 이미 성장제의의 의미가 들어 있듯이, 이 위반과 수락은 남성적 질서를 자기화하며, 어른 세계로 편입하는 상징적 제의로 보인다.

그렇다면 청어의 의미가 궁금해진다. 그 푸른 물고기는 서두에서부터 칼에 꽂힌 모습으로 나타난다. 푸른 등에 꽂혔던 그 칼은 꽃잎으로 변해 화자의 목을 베는 상상을 낳기도 하고, 불편한 심기를 타고 "어김없이 내 목"을 향해 "들어"오곤 했다. 그런데 화자를 겨냥한 그 칼은, 이전에 이미 어머니를 향한 것이었다. 어머니는 그 칼에 찔린 채 그 집에서 비참하게 무너져 있었다. 그래서 칼에 꽂힌 청어는 가부장의 폭력에 노출된 두 모녀의 객관물로 볼 수 있다.

그런데 이 청어잡이에 아버지가 개입한다는 사실은 어머니 되기 문맥에 얹힐 때 예사롭지 않은 의미를 낳게 된다. 어머니 되기는 어머니와 나 양자의 관계를 넘어, 그 속에 틈입한 아버지라는 삼자의 감시된 욕망에 의해 매개된다. 어머니처럼 살지 않겠다는 결심에도 불구하고 결국 그렇게 살 수밖에 없는 좌절감. 그것은 아버지의 개입으로 인해 재생산된다. 이것은 어머니 되기가 타고나거나 유전되는 것이 아니라, 가정의 내적 구조와 관계 속에서 길러지는 것임을 보여준다. 화자는 일단 그렇게 성장한다.

> 무덤 둘레에 봄이면 빈혈끼나 사랑 같은 꽃이 필 게다 꽃들이 다 지고 나면 나도 수면제를 사러 떠돌아다닐지도 모른다
>
> —박서영 「청어 잡이」 부분

그러나 성장은 여기서 그치지 않는다. 어른 세계에 편입한 화자에게 찾아온 '봄'에 화자는 환상처럼 "사랑"도 느낄 것이다. 그러나 그 일시적이고 아찔한 사랑 뒤에 숨은 환멸의 정체를 깨닫게 되면, 화자는 "빈혈끼" 쏟으며 피워올렸던 한때의 감정을 접고, 지난 봄밤의 어머니처럼 수면제를 사러 가야 할지도 모른다고 예감한다. 성장이 또다시 분열의 순간으로 전락하는 이 지점에서, 그 성장은 더 큰 세계악을 인지하는 환멸의 성장으로 재전환된다. 이 시에서 유감스럽게 성장은 어머니 되기에서 멈추지만, 이 뒤에 이어질 또다른 성장은 이미 발견한 끔찍한 세계악에 맞선 '마녀 되기'임을 어렵지 않게 예상할 수 있다.

2) 아버지와 아이스크림 : 가족갈등이 전경화되는 정점에는 아버지의 존재가 도사리고 있다. "아버지가 외출하셨다, 나는 자유다"(강정 「선동하는, 선동시키지 못하는 詩」)처럼, 가정에서 그의 부재는 종종 평화와 자유의 의미까지 낳는다. 많은 시인들이 스스로 패륜아가 되어 아버지를 거부하고 단죄했다. 때로는 아버지를 "반면교사"(신경림 「아버지의 그늘」)로 삼은 그 적의가 제우스와 오이디푸스 신화의 부친 살해를 연상시키는 극적인 형태의 살부의식으로 표면화되기도 했다. 그러나 『문청』 가족시에 드러나는 불화의 정도는 미약하다. 불편한 것은 김참의 「이상한 가족」 정도인데, 그 역시 대립은 표나게 드러나지 않는다.

　　액자구성으로 짜여진 「이상한 가족」은 다층적인 독서가 가능한 시이다. 도입액자와 종결액자는 시작노트에 나올 법한 시 쓰기 이전의 고뇌와 시 쓴 뒤의 쓸쓸한 후일담이 나타난다. 즉 이 시는 글쓰기라는 자기반사의 행위가 시에 구멍을 내고 흘러들어온 비유기적 구성을 취한 시로, 시 이전과 이후를 시 속에 과감하게 끌어들여 시의 경계를 무너뜨린 메타시에 해당한다. 시의 본문인 내부액자보다 더 많은 양의 도입액자와 종결액자를 삽입한 것은 시인의 의도적인 전략이다. 본문과 각주가 뒤바뀐 이 시에서, 상대적으로 내부액자의 의미가 하락하는 반면, 도입액자와 종결액자의 의미는 부각된다.

　　도입액자를 보면 시 쓰는 그는 가족시에 대한 원고청탁서를 받고 고민하지만, 이를 소화해낼 자신이 없다. 그는 전화문의와 몇몇 시인들의 작품을 통해 도움을 얻으려 하지만, 약간의 현실적인 벽에 부딪치면서 그 의도를 쉽게 포기하고 만다. 이 도입액자에서 주목할 점은 다음과 같다. 그가 자신을 '이상한 시'를 쓰는 시인이라고 고집스럽게 밝힌 점, 가족이 이상한 시를 쓰는 자신의 관점에 맞지 않는다고 생각한 점, 가족을 시화할 접점을 제대로 찾지 않은 상태에서 "하는 수 없이" 자신의 스타일 속에 너무 쉽게 가족을 구겨넣어, 「이상한 가족」을 급조해버린 점이다.

　　도입액자의 주인물인 그는 내부액자에서 "이상한 집"의 관찰자로 등장한다. 구성원간의 폭력이 전경화된 그 집은 '나간 놈의 집구석'처럼 어수선하고, 위계질서가 무너져 있다. 그 집에는 언니와 여동생의 대립, 부부의 대립, 부모와 자녀의 대립이 있다. 이 충격적인 분열상은 심하게 일그러진 현실가족의 일면을 우연하게 반영하고 있지만, 그것은 현실세계의 문맥에 제대로 매개되지 않는다. 왜냐하면 이것은 가족현실을 문맥화할 접점을 생략하고, 자신의 시문법 속에 내장된 '습관화된 공식'에 의해 쥐어짜낸 것이기 때문이다. 그래서 시인은 종결액자에서 밝히듯이, "그의 주특기만큼 이상한 시 같지" 않고 마음에 들지 않아 "한숨"만 내쉴 뿐이다. 이 실패는 너무 조급하게 '이상한' 쪽으로 경사된 그 습관화된 시쓰기 방식에 이미 내재되어 있었던 것이다. 이렇게 내부액자는 실패 이상의 의미를 지니지 못한다.

> 그는 「이상한 가족」을 읽어본다. 마무리 부분이 좀 이상하지만 그의 주특기만큼 이상한 시 같지는 않다. 그는 한숨을 쉰다. 그는 이런 시는 보내지 않기로 하고 아파트를 소재로 두 편의 시를 쓰기로 결심한다. 그는 갈증을 느끼고 냉장고 문을 연다. 하지만 냉동실은 텅 비어 있다. 그의 아버지가 아이스크림을 다 드신 모양이다.
>
> ─김참 「이상한 가족」 종결액자

더 구체화되지 않았지만, 이 종결액자가 바로 그가 의도한 부분으로 보인다. 불만족스럽게 시를 쓴 뒤, 그는 뒤늦게 시의 출발점이 될 만한 균열된 가족의 실체를 발견한다. 아버지는 얼굴을 가리고 있지만, 그 권위는 일상 속에 깊숙이 침투하여 사소한 부분에서마저 그와 대립한다. 그는 아이스크림을 먹은 이가 아버지이기 때문에 "드신"이라는 다소 주눅든 경어체로 그 공허감을 자위할 수밖에 없다. 여기서 두 가지 의미를 읽을 수 있다.

먼저 습관적인 시쓰기가 현실의 시쓰기로 전화된 이 부분에서 시가 새롭게 시작된다는 점이다. 마지막 구절의 종결부호 뒤에는, 미처 발화되지 않은 수많은 시행이 괄호쳐져 있다. 입다물고 있지만, 그 뒷부분에서 아버지에 대한 암묵적인 인정과 전운(戰雲) 사이를 오가는 무수한 복화술을 접할 수 있다. 그래서 이 시는 종결의 지점에서 다시 시작된다. 가족갈등은 예술에서의 결말(ending)처럼 그렇게 종결되지 않는다.

다음으로 '이상한'을 회의하는 그 지점에서 일상의 가족을 만난다는 점이다. 이 발견은 습관화된 자신의 시작법에 대한 회의와 반성으로 볼 수 있다. 그 회의는 시 쓴 뒤 "한숨"과 "갈증" 같은 육체적 반응과 이 시를 공개한다고 했다가, 보내지 않기로 하는 심리의 착종으로 나타난다. 그리고 여기서 아버지와의 만남이 필연적일 수밖에 없는데도, 그 습관에 휘말려 현실을 외면한 시문법의 자장을 넓혀야겠다는 반성까지 읽을 수 있다. 정체된 틀로 굳어져가는 자신의 시 스타일을 메타시의 형식으로 성찰한 이 시도는 폐쇄회로를 빠져나와 낯선 존재로 거듭나려는 생존전략이라는 측면에서 의미 있는 시도로 보인다.

3) 사막을 건너가는 낙타, 등이 휠 것 같은 이 시대의 가장 : 우리는 아래 시편에서 가족부양의 책임감과 직장퇴출의 위기의식에 짓눌린 이 시대의 무력한 가장들을 만나게 된다.

> 존재의 힘은 어딘지 모를 곳에서
> 바라보고 있는 눈에 있다
> (…)
> 발바닥과 손톱 밑에 붙어서 떨어지지 않고 바라보는 까만 눈
> 걸음에 실린 존재의 무게를
> 벽에 걸린 백일 사진과 돌 사진 속의 눈과 같이
> 넘어질 수 없는 손짓으로 붙들고
> 누구나 혼자일 수 없는 눈을
> 아내는 노란 감꽃과 맑은 해바라기 꽃잎 속에
> 촘촘히 심어 놓았다
>
> —최석균 「사진첩과 종이 접기」 부분

인용시의 가장인 화자는 자신을 바라보는 강한 시선을 느낀다. 보이

지 않지만 "떨어지지 않고" 자신에게 속속 박히는 그 은밀하면서도 강한 시선에 의해 가장의 자리는 형성된다. 가장으로 추켜세워진 시선 속에서 화자는 "혼자일 수 없는" 연대감과 "넘어질 수 없는" 책임감을 느낀다. 그 시선은 "존재의 힘"을 주기도 하지만, "존재의 무게"와 같은 중압감을 주기도 한다. 이 시대 가장들은 등이 휠 것 같은 그 "무게"에 짓눌린 채, 고봉의 사막을 횡단하는 낙타처럼 가족을 등에 태우고 터벅터벅 걸어간다. 공적 영역에서의 긴장으로 인해 몸이 무거운 그 모습에서 "늙은 거북이처럼 / 주름살 깊"(송창우 「아버지-바다 얼굴」)은 초췌한 모습과 "온 몸에서 쇳소리가"(최영철 「계단」) 날 정도로 부서지고 병든 몸을 발견하기란 어렵지 않다. 다음 시에 나타난 실직가장의 깨달음 역시 이 책임감과 관련된 생각거리를 던져준다.

어느날 아침 내가 아내보다 먼저 일어나 '굿모닝'하고 인사를 한다면 어떤 표정일까 아내는 심드렁한 이런 일로 한 순간은 웃을 수 있을까 소금처럼 빛나는 실직의 나날 꿈은 시들고 삶이란 늘 실패한 사람의 모난 구석을 따라가듯 밥 먹고 잠 자고 절망은 순전히 나의 몫인데 가슴을 밀치고 새벽을 빠져나가는 여자의 그림자를 베고 누워, 습관처럼 할 수 있는 일에 이처럼 인색할까 절망적으로 잘 해주고 싶었던 옛날 시간 가면 깊어지리라던 사랑은 허상이다 엉터리 같은 아침 인사를 생각하며 내 마음이 쓸쓸하게 넘어지는 이유 아침을 향해 걸어간 여자의 손목은 너무 가늘고 장난을 빌어 준비한 나의 아침 인사는 오늘도 헛탕이다.

—강위성 「어떤 아침 인사」 전문

인용시에는 '남편이 공적 영역을 담당하고, 아내가 사적 영역을 담당'한다는 가정 내의 역할분담이 뒤바뀌어 나타난다. 아내가 출근하고,

남편은 실직가장이 되어 집안에 칩거하고 있다. 경제력을 상실한 이 가장에게 삶은 실패에 이르는 도정으로 인식되고, 그는 거기서 유발된 절망을 순전히 자기 것으로 체화해야 한다. 이 비정상적인 가정은 IMF 경제체제 이후 구조조정으로 가장들이 명퇴하면서, 이제 낯설지 않은 우리 가정의 풍속도가 되고 있다. 그런데 그 양상을 자세히 살펴보면, 화자는 출근하는 아내의 그림자를 베고 누워 있기에, 그는 사적 영역에서의 역할 분담마저도 제대로 수행 못한다는 점을 확인하게 된다. 그 책임은 아내에게 그대로 전가되어, 아내는 공사 양 영역을 수행하는 이중고에 시달린다. 그 과부하된 하중을 성공적으로 수행하는 예외적 여성이 되기 위해, 일터로 불러낸 여성마저 가정으로 복귀시키는 이 불황기의 직장을 안간힘으로 붙들기 위해, 아내는 가는 "손목"으로 화자의 "가슴을 밀치고 새벽을 빠져나"간다.

그 맥없는 그림자를 반복하여 베고 누운 남편의 머릿속에서 서서히 익었을 생각이 있다. "아내보다 먼저 일어나 '굿모닝' 하고 인사를" 하는 것, 그 "심드렁한" 일이 이 어두운 현실을 한순간 반짝 빛나게 할 웃음을 주지 않을까 하고 화자는 생각한다. 그러나 그 사소한 일마저도 실천이 뒤따르지 않는다. 생각과 행동의 이 탈골현상은, IMF 체제하에 경제력을 잃었지만 가부장다워야 한다는 권위의식을 버리지 못한 데서 유발된다. 결국 연민어린 아내의 어느 부분도 어루만져주지 못한 채, 화자의 "마음"은 "쓸쓸하게 넘어"진다. 그럼에도 끈끈하게 묻어나는 이 따뜻함의 정체는 무엇인가? 그 말을 덥석 던지지 못한 것 때문에 화자는 자신의 "사랑"마저도 "허상"임을 의심하고 아파한다. 그것은 그 한마디를 불쑥 내뱉는 것보다 더한 내면의 섬세한 파동을 보여준다. 그래서 화자의 행위는 자신의 지배적 위치를 잃고 쓸데없는 부분에서 남성다움을 과시하는 마치스모(machismo) 현상과 격을 달리한다. 경제적 책임을 수행할 수 없는 의외의 상황에서 가장은 이 진지한 고민을 성찰하게 되었다. 확실히 경제력이 문제였던가?

 4) 닭장 속에 갇힌 자식들 : 최갑수의 「양계장」에는 윗대의 몰락을 더욱 비참하게 대물림한 자식들의 모습이 나타난다. 이 시는 붉은 벼슬을 세우고 서서히 목 졸라오던 '닭장화된 가정'(닭장―가정)에서, 아무것도 잉태할 수 없었던 "無精卵"의 아픔과 그 속에서 "敵意"만 키웠던 쓰린 경험을 시화했다. 여기서 눈여겨볼 것은 배경처리 방법과 자식들의 이상행동이다.

 이 시는 한 가정의 어두운 풍경을 닭장의 공간으로 치환하고 있다. 밥 먹는 행동을 "밥상을 / 모이쪼듯 콕콕 쪼아먹고"로, 창밖에 뜬 달을 "노른자같은 달"로, 몸에 돋는 털을 "더러운 닭털"로, 꿈을 "부화"로, 꿈의 좌절을 "無精卵"으로, 그 밤의 숨막힘을 "붉은 벼슬을 세우고 / 서서히 우리를 목졸라 왔다"로 표현한 것처럼, 이 시는 닭장 관련 이미지 일색으로 처리되고 있다. 달걀을 유도분만하기 위해 밤늦도록 닭장에 켜졌을 "가물거리는 백열구", 그 아래 생계수단인 닭들은 알을 낳지 않고 이 가정의 몰락을 예고하듯 밤늦게 울어댄다. 그 닭처럼 가족들 역시 비정상이다. 일등기관사 이력을 가진 아버지는 "커다란 배가 뒤집히듯" 돌아눕는다. 바다에서 배의 전복이 죽음으로 이어지듯, 가장의 뒤집힘은 그 가정의 몰락을 암시한다. 어머니는 돌아가신 뒤 괴기스럽게 초상화에 걸려 웃고만 계신다. 아랫대는 아래와 같이 더욱 심하게 일그러져 있다.

 아우는 사납게 빗질을 하고 온몸에
 덕지덕지 화장품을 발라댔다 아아,
 닭똥 냄새는 아무리 씻어내도 가시지가 않아,
 敵意, 번들거리는 아우의 몸에서 풍기는

코를 찌르는 敵意의 냄새 창밖에 뜬
노른자같은 달을 보며 밤마다 나는
내 몸 가득 돋아나는 더러운 닭털들을
한 움큼씩 뽑아내야만 했다

—최갑수 「양계장」 부분

　동생은 "달에 가서 잘테니까"라는 엉뚱한 말을 던지는가 하면, 자신의 몸에 배인 닭똥냄새를 지우기 위해 "시퍼런 부엌칼로/닭똥이 묻은 장화를 북북 그어"대고, "온몸에/덕지덕지 화장품을 발라"댄다. 이 이상행동은 닭장―가정이라는 이상환경에서 배태된 충격적인 결과물이다. 달에서 자겠다는 정신착란에 가까운 말은 죽은 어머니의 품안에서 잠들고 싶다는 욕구이자, 닭장―가정에서 벗어나려는 가출심리의 표현이다. 그러나 벗어날 수 없고 지워지지 않는 데서 억압은 더욱 가중된다. 그에 대한 반응이 바로 적의다. "아우의 몸에서 풍기는/코를 찌르는 敵意의 냄새"로 그 적대감이 후각화되는 것을 보면, 그것이 얼마나 오랜 시간 그 가정을 짓누르고 있었는지를 알 수 있다. 그것은 이제 연쇄적으로 자신의 몸에 난 닭털을 "한 움큼씩 뽑아내"는 화자의 이상행동으로 이어진다. 그렇게 점점 커가는 자해의 욕망 아래, 그 몸들은 갈수록 비정상이 될 수밖에 없다.

　그러나 이 시는 닭장―가정과 그 결과물인 이상행동의 연관성은 잘 형상화했지만, 그 가정을 현실에 재문맥화하는 데에는 이르지 못하고 있다. 가정에 드리운 그늘이 현실의 어두움에서 기인한다고 할 때, 이 시는 그 아픔의 모태를 성찰하지 못하고 있는 것이다. 그래서 그 이미지들은 마치 관객들의 시선을 일시적으로 자극했다가 곧 망각되고 마는 공포영화의 끔찍한 폭력처럼 뿌리 없는 이미지로 부유하고 있을 뿐이다. 적의 역시 그 뿌리를 간과한 것이기에 대상을 찾지 못한 적대감은 신경과민에 가까운 자해의 양상으로 되풀이된다. 닭장—가정을 벗어날 수 있는 단단한 사유가 되기 위해서는, 비정상의 결과 못지않게 비정상의 뿌리를 캐는 작업을 고민해야 할 것이다.

3. 화합의 안간힘

1) 소외 치유와 가족주의 위험의 팽팽한 갈등 : 가족화합은 현 시기 그 필요성이 절실함에도 불구하고 종종 위험한 영역으로 경사되곤 한다. 그 화합은 비정한 자본주의 현실의 안식처를 형성할 수 있지만, 억압과 종속의 관계가 점철된 이데올로기의 각축장으로 전락할 수도 있다.

> 병원 가는 길인지 지하철을 내려선 일가
> 16절지만한 하늘이 보이는 계단을 오른다
> 한 걸음씩 옮길 때마다 온 몸에서 쇳소리가 나는 가장 옆에
> 어쩔 줄 몰라 안절부절인 늙은 마나님
> 낯빛이 황달이다
> 또 한 쪽 젊은 여인 딸인지 며느린지 자꾸 얼굴을 가린다
> 한 덩어리로 올라선 계단, 푸른 하늘이 열리고
> 갑자기 눈 부신지 갈길 너무 넓은지
> 전지(全紙)만한 구름 한 점 엉거주춤 떠 있다.
>
> —최영철 「계단」 전문

「계단」에서 가장의 몸은 "온 몸에서 쇳소리가" 날 정도로 부서져 있다. 그는 가족들과 함께 병원에 가는 길이다. 그들 앞에 삶의 막막함을

상징하는 "계단"이 놓여 있다. 그 계단 끝으로 조그맣게 펼쳐진 "16절지 만한 하늘"은 힘겹게 계단을 오르는 그 가족들이 예견하는 어둡고 막막한 미래를 보여준다. 계단을 겨우 빠져나올 때쯤 해서 만난 "푸른 하늘"의 눈부심은 역설적이게도 가장의 비정상적인 몸을 부각시키며 계단에서보다 더한 막막함으로 다가온다. 그렇지만 그는 외롭지 않다. 이 시대의 노인소외 문제를 비웃기라도 하듯, 그 병든 몸에 "한 덩어리"로 동화되어 동행하는 '집안식구〔眷屬〕'가 있기 때문이다. 가장의 아픔을 자기의 아픔으로 여기는 가족들의 '한몸되기' 아래, 그가 점한 절대가장의 위치는 깨지지 않는다. 그러나 인용시의 하나 된 모습은 가장의 병이라는 예외적인 상황으로 만들어진 것이기에 언제 어느 순간 불화가 전경화될지 미지수이다. 그 불화는 가부장의 통치 속에 종종 구성원을 억압하는 불순한 의도가 틈입할 수 있다는 데에서 비롯된다. 성선경의 시는 그 위험을 적실하게 지적하고 있다.

바람을 타고 가는 바람

왜 민들레는 민들레꽃만 피우는가
다른 것들은 어림없다고
한 무더기로 웅성웅성 솟아나
온천지 노랗게

물을 휩쓸고 가는 물결
함께 휩쓸려가서 부서지자고
잔잔히 떠있는 거품까지도 함께 부서지자고
아니면 고요히 뭉쳐서
함께 썩어가자고 보채는

지겨운 흐름

콩꽃에 한 꼬투리의 콩이 열리듯
팥죽에는 팥들이 함께 뭉쳐서
죽기 아니면 살기로
열심히 꼬투리를 다는
우리 뭉쳐서 지겨운 흐름

저기 가족사진.

—성선경 「지겨운 흐름」 전문

　인용시의 "바람" "민들레" "물" "콩꽃" "팥죽" 등은 하나로 뭉치려고
한다. 이들은 가족 화합의 객관물로 결구의 "가족사진"에 수렴된다. 자
기들만의 색깔로 뭉친 이 가족은, 가족이라는 이유만으로 '살아도 같이
살고(2연)' '죽어도 같이 죽는(3연)' 운명공동체이다. 여기서 "이 家族의
調和와 統一을 / 나는 무엇이라고 불러야 할 것이냐"(김수영 「나의 家族」)
라는 질문을 한번쯤 던져볼 필요가 있다. 이에 대한 시인의 입장은 "지
겨운"에 집약되어 있다. 이 수식어는 경우에 따라 '끈끈함, 정다움'의 의
미로, 때로는 '답답함 / 벗어나고픔'의 의미로 읽힌다.
　여기서 우선 가족 특유의 힘으로 화합하려는 안간힘을 읽을 수 있다.
그것은 공허한 세계화처럼 텅 빈 외연만을 넓히고 친밀영역과 사적영역
이 파괴되어 내부가 제가끔 떨어져나가는 지금의 세태에 반하는 의미를
지닌다. 그 동일성의 테두리에 몸담는 것은 행복한 일이다. 여기서 소외
는 무화되며, 가정은 외부의 결핍을 감싸안는 따뜻한 곳이 된다. 이때
"지겨운"은 끈끈함, 정겨움의 의미를 지닌다.

그러나 저 가족사진은 왠지 낡은 흑백사진 같고, 거기서 향수보다는 어떤 위압감과 어색함이 느껴진다. 화합 속에 강요된 화해의 목소리가 숨어 있기 때문이다. 가령 "물을 휩쓸고 가는 물결"과 "바람을 타고 가는 바람"에서 암시되듯이, 그 하나 된 흐름은 자발적인 것이 아니라, 한쪽의 강압과 그에 이끌리는 피동적인 모습이 짝하여 완성된다. 그래서 "다른 것들은 어림없다고" "함께 휩쓸려가서 부서지자고" "함께 썩어가자고 보채는" "죽기 아니면 살기로"와 같은 목소리는 구성원 전체의 자발적인 목소리가 아니라, 누군가의 독백으로 들린다.

이 독백은 가족 안팎으로 다음의 폭력을 가족애의 이름으로 합리화한다. 갱스터 영화에서 흔히 폭력은 가족(family)을 위한다는 명분에서 합리화되듯이, 애정을 미끼로 삼은 가족주의가 우리 사회에서 권력과 자본의 논리에 봉사하는 지배와 착취의 수단이 되었음은 상식이다. 경쟁상대를 빌미삼아 가족처럼 '뭉쳐야 산다'며 맹목적인 유대를 돋우는 목소리 뒤에서 정치권력과 경제적 강자의 얼굴을 만나는 것은 낯설지 않다. 그 광기어린 목소리가 강하게 구호화되는 지점에 혈연의 순수성을 강조하며 끔찍한 학살을 감행한 파시즘이 있음을 어렵지 않게 연상할 수 있다. 그리고 저 독백은 가족 내에 벙어리처럼 자신의 언어표현수단이 억압된 타자를 양산해낼 위험도 있다. 그 목소리에 눌려 「생밤」의 "엄마"처럼 가족에게 전생을 내맡기고 고스란히 희생을 치러야 하는 껍데기뿐인 가족성원이 있을 수도 있다. 그 강도 높은 화합의 목소리에 포섭되어 자아실현도 남을 통해 대리로 이루어야 하는. 이때 구성원은 자신에게 닥친 모든 부당함을 애정의 이름으로 용서하지만, 그 애정은 사실 구성원을 도구화하는 착취와 다를 바 없다. 이렇게 구성원의 자발적이고 다성적인 목소리 대신, 누군가의 독백이 전면화된 저 살풍경은 가족 안팎으로 위험을 가진다. 여기서 동일성을 획득하려 했던 화합은 더 큰 차별과 불평등을 낳게 된다. 그래서 이 조화는 구성원들이 제각각의 소리를 내는 불협화음보다 더 역한 소음을 발생시킬 수도 있다. 이때 "지겨운"은 그 지배에 대한 환멸적인 반응으로, '답답함' '벗어나고픔'의 의미로 읽힌다. 다음 시는 그 공허한 애정이 주체를 구성하는 양상을 다 중적인 화법으로 보여준다.

아버지는 죽어서
숟가락이 되었어요

넓고 넓은 바닷가에

숟가락이 되어
내 숟가락 뒤에 포개졌어요

오막살이 집 한 채

수저통 속은
비좁구나, 딸아

고기 잡는 아버지와

내 젓가락 사이로 아버지
젓가락이 파고 들어요

철 모르는 딸 있네

아버지가 된 숟가락이

아버지가 된 젓가락이

내 사랑아 내 사랑아

아버지 숟가락으로 밥을
먹어요 아버지를

나의 사랑 클레멘타인

쪽쪽 빨아요 넓고 넓은
바닷가에

—김언희 「가족 극장, 클레멘타인」 전문

인용시에는 끊임없이 사랑 이데올로기의 공세를 퍼붓는 아버지 목소리와, 그것을 서서히 수용하고 있는 딸의 목소리가 병치되고 있다. 수저통에 비유된 비좁은 집에서 아버지는 생물학적인 죽음에도 불구하고 "수저통 속은/비좁구나"라는 말과 되풀이되는 '사랑노래'로 딸을 옥죄어온다. 이때 사랑은 가부장적 통치수단으로 고안된 미끼이자 안전판으로 작용한다. 결구에 다시 시작되는 노래는 그 사랑공세가 딸에게 끊임없이 행해져왔고, 앞으로도 종결될 수 없는 것임을 암시한다. 화자는 아버지가 자신에게 포개지는 사태를 염려어린 목소리로 두려워하다가, "내 사랑아 내 사랑아"라는 반복된 사랑공세 속에서, 그만 모든 것을 무장해제하고 만다. 결국 화자는 아버지로 상징화된 숟가락과 젓가락으로 밥을 먹고, 그것을 "쪽쪽 빨"면서 아버지를 받아들인다. 딸을 불러내는 아버지의 호출 메커니즘에 철모르는 딸은 그만 동일시(identification)의 착한 주체 형태로 응답하고 만다. 이처럼 시인은 가족 구성원이 사랑이데올로기를 내면화하는 과정을 근친상간의 교접 이미지로 보여준다. 인용시는 표면적으로 아버지와 딸이 대화하는 다성적 목소리를 들려주지만, 결국 딸의 목소리가 사라진다는 점에서 이 시를 주도하는 목소리는 아버지의 독백이다. 이렇게 아버지는 그 죽음에도 불구하고, '수저통—집'을 관장하는 얼굴을 가린 무의식이다. 딸이 직면한 이 자리는 「청어 잡이」의 화자가 선 곳과 같은 위치이다.

　2) 화해에서 미화로, 그 급변의 여울목 : 이미 아버지와의 불화가 전방위적으로 진행된 이 시점에서, 아버지와의 화해는 아버지 복권의 의미를 지닌다. 과연 화해는 어느 선에서 이루어져야 하고, 또 그것은 어느 지점에서 위험해지는 것인가?

> 물일을 나간 아버지는
> 바지를 벗고
> 우리 집 빨랫줄에 예수님처럼
> 두 팔을 벌리고 널려있었다.
>
> —송창우 「아버지—성탄절 아침」

「아버지」라는 큰제목 아래 여러 편의 시가 연작형식으로 묶인 송창우의 시에는 전통적 부자상(父子像)이 나타난다. 어부·산불지기 등 다방면에 능통한 모습으로 등장한 아버지는 아들에게 돌멩이로 숭어 잡는 법을 가르쳐주고(「봄소풍」), "가지는 흔들려도 뿌리는 흔들리지 말아라"라는 말로 삶의 지혜를 차근차근 가르쳐주는(「아버지—소사나무」) 스승의 모습을 하고 있다. 여기서 화자는 "아버지 말씀"을 충실하게 내면화하면서 자란다. 이렇게 아버지가 비법을 전수하고 아들이 그것을 전수받는 관계는 생산현장과 생활현장이 일치하는 전통 농경시대의 부자상에 가깝다.

그런데 이 시에서 아버지는 화자에게 권위적인 모습과는 달리 사랑과 희생의 모습으로 각인된다. "부산, 마산, 흩어져 사는 우리 사남매 / 감씨 하나에 숟가락 하나씩 / 감춰 보내신 아버지."(「아버지―감씨」)처럼, 아버지는 인자한 사랑의 소유자인 동시에 인용시처럼 겨울날에도 가족을 위해 "물일을 나"(「아버지―성탄절 아침」)가는 희생의 소유자이다. 그 앞에 아버지에 대한 적대감은 불경스런 것이 된다. 여기서 특이한 것은 그 사랑과 희생이 "감춰"(「아버지―감씨」)져 있어 곧바로 드러나지 않는다는 점이다. 감씨가 자라는 데 많은 시간이 필요하듯이, 그것은 시간이 지난 뒤에 서서히 인지된다. 그래서 종종 뒤늦게 아버지의 복권이 이루어지는가?

검은 자전거에 삽과 괭이를 싣고
노을 불붙는 하늘을 이끌고
아버지는 저녁을 건너오신다
탱자나무 울타리 지나
허물어진 돌담길 모퉁이를 돌아

(무겁고 무거운 아버지, 낡은 모자 같은 아버지, 나는 너무 일찍 집을 버렸고, 오래토록 길 위를 떠돌았고, 세상의 길들이 오직 한 곳으로 향한다는 걸 늦게 알아버릴 때 쯤에야 길가에 허술한 집 한 채 세워 다시 쓸쓸한 문패를 달았다

그러고도 언제나 나는 고아였고, 거친 바람이었고, 들판을 헤매는 메마른 시내여서 한 줌 별빛, 날아가는 새의 그림자도 담지 못한 채 오늘은 그저 꽃을 본다 꽃잎과 가지, 흔들리는 땅을 껴안은 부드럽고

거대한 뿌리…… 를, 문득)

자전거에 아이를 태우고
집과 산, 들판을 싣고
아버지 한낮을 이끌고 오신다

꽃 다 지고
세상이 꽃의 흔적을 지울 때
저기 저 푸르른 신록의 그늘 아래
온몸으로 꽃이 되어
꽃보다 화안하게 도착하는

쉽사리 꽃이 되지 않는 아버지

함부로 꽃피지 않는 아버지

—김형술 「꽃피는 아버지」 전문

　인용시는 아버지와의 화해에 초점이 맞춰져 있다. 해석의 편의상 기억에 해당하는 괄호(2·3연)부터 먼저 읽어보자. 처음에 화자는 "낡은 모자 같은" 아버지의 법과 권위로부터 탈출하듯, 길로 뛰쳐나온다. 탕자가 된 그는 자신의 발끝에 모든 것을 맡기고, "오래토록 길 위를 떠"돈다. 그뒤 "세상의 길들이 오직 한 곳으로 향한다는"(아마도 집으로 향한다는) 깨달음과 함께 화자는 아버지로 정착하게 된다. 그러나 탕자가 꾸민 그 요람은 "한 줌 별빛, 날아가는 새의 그림자도 담지 못"하는 "허술한 집"이다. 이렇게 "쓸쓸한 문패"의 주인밖에 되지 못함을 고통스러워하던 그는 자신의 메마른 뿌리와 대비되는 만개한 꽃의 뿌리를 본다.

그런데 땅을 껴안은 그 부드럽고 거대한 뿌리에서 문득, 아버지의 모습을 발견한다.

이제 괄호 밖을 보자. 1연에서 "노을"진 "저녁", "허물어진 돌담길" 같은 소멸의 배경은 4연에서 역동적인 활기가 느껴지는 "한낮"으로 역행한다. "한낮을 이끌고 오"시는 아버지 모습은 그동안 묻혀 있던 소멸의 영역을 벗어나와 화자 앞에 환하게 드러난다. 이는 아버지가 끌고 온 세계를 화자의 의식 심부에 접목하는 '아버지 복권'의 의미를 지닌다. 여기서 지난날 아버지의 권위는 헌신의 모습으로 재평가된다. 그래서 자신이 느꼈던 열패감과 하중을 군소리없이 견뎠을 그 아버지에게 "쉽사리 꽃이 되지 않는 아버지 // 함부로 꽃피지 않는 아버지"라는 헌사(獻詞)가 덧보태진다. 한번도 그 자신을 꽃피운 적 없이 땅 밑에 감금된 '뿌리—아버지'는 현상적인 꽃이 다 질 때, 화자의 의식 속에서 진정하게 꽃 피어진다. 이렇게 어머니와는 달리 아버지는 종종 뒤늦게 평가받는다. 이는 송창우 시에서 감씨에 감춰진 사랑과 희생을 뒤늦게 발견한 것과 일맥상통한다. 이렇게 그 책임과 헌신을 이해하는 데서 아버지와의 화해는 시작된다.

이제부터 이 시를 '화해의 위험성'의 문맥에 얹어서 읽도록 하겠다. 먼저, 이 시는 아버지와의 불화에서 화해로 전환되는 지점이 쉽게 수긍되지 않는다. '권위의 모자를 쓴 아버지'에서 '꽃 피는 아버지'로 가는 과정에는 '뿌리 아버지'의 희생이 나름대로 매개 역할을 하고 있지만, 그 과정이 너무 성급한 느낌이 든다. 이 지점은 위악보다는 위선을 더욱 못 견뎌 하는 우리 사회의 곱지 않은 시선과 숱한 오해가 틈입하는 지점인만큼 읽는 이를 불편하게 만들 소지가 있다. 이것은 이 시의 초점이 화해의 시점에 맞춰져 있고, 그 과정을 괄호 속에서 요약적으로 제시할 수밖에 없었던 데서 비롯된 것 같다. 그러나 오해를 불식시키기 위해 집을 박차고 나간 발걸음을 돌리는 그 과정은, 좀더 설득력 있게 구체화되어야 할 것이다.

다음으로, 아버지 이해에서 끝나지 않고 아버지 미화로 나아간 점이
다. 자신의 부족함과 지난날 아버지가 받았을 하중에 대한 이해에서 촉
발된 화해는 지난날의 불화를 뜬금없는 것으로 돌려버리는 지나친 헌사
의 대목에서 권위의 인정으로 조급하게 재전환된다. 자신이 부정하고
떨어뜨리는 권위를 화자 스스로 높여주는 모습은, 심하게 말한다면 그
권위를 안정적으로 세습하려는 욕망으로까지 읽힌다. 불만스럽던 과거
에서 강제력에 의존한 부당한 권위에 눈감고 가장의 무게만을 부각시킨
것은 현재 직면한 가장 역할 수행의 피곤함에 대한 자기변호 내지는 상
황 모면책으로도 읽힌다.[1]

---

1) 이 지점에서 잠시 아버지의 의미를 짚어보자. 전술했듯이 아버지는 억압적인 권위로 가
족을 엄격하게 통제했다. 그런데 아버지의 이 모습이 더욱 불편해지는 지점이 있다. 중세
의 유교이념인 '군사부일체(君師父一體)'와 '수신제가치국평천하(修身齊家治國平天下)' 등
에서 암시되듯이, 아버지에 대한 효는 충의 의미로 확대되고, 가장의 통치는 치국의 원리
로 확대된다. 그리고 일단 "한국사회의 구조적 특성"이 "급격한 근대화에도 불구하고, 가
족의 구성원리에 의해 통제되는"(김홍주 「가족사 연구의 동향과 이론적 쟁점」, 『가족의
법제와 사회사』) 실정을 감안한다면, 가족은 가부장이 통치하는 공간이 아니라, 그곳을
통해서 권력의 통치가 은밀하게 이루어지는 통로가 된다. 아버지에 대한 불편한 의식이
심화되는 부분은 이렇게 아버지의 권위가 가장의 의미를 뛰어넘어 타락한 정치권력의 모
습으로 확대되는 데서 비롯된다. 이때 아버지는 자식들에게 타락한 정치권력의 폭력을
인지하는 통로가 된다. 그런 측면에서 그 도전은 힘을 얻곤 했다.
  그런데 아버지와 불화하던 이 움직임은, 요즘 들어 아버지와의 화해로 대체되고 있다.
여기에는 아버지가 타락한 중심이라기보다는 오히려 정치권력이나 자본에 의해 희생당
한 피해자라는 재인식이 전제된다. "테제도 그렇다고 안티테제도 아니었"(김소진 「개흘
레꾼」)고, "병든 역사에마저 둥지 틀지 못한"(장철문 「고해」) 그 아버지는 중심에서 권력
을 휘두른 가해자라기보다 오히려 후술할 엄원태 시에서처럼 전쟁과 같은 폭력에 상처입
은 피해자였다. 그래서 그것은 억압받았으면서도, 가부장신화의 숱한 오해 속에서 쉽사
리 복권되지 않던 한 타자의 귀환이자, 체제에 대해 가장을 무매개적이고 성급하게 일반
화한 시각에 제동을 거는 반성이 된다. 아버지를 그 오해 속에서 해방시켜, 감싸안고 연대
해야 할 존재로 이끈 이 작업은 분명 의의가 있다.

쉽게 일반화할 수 없지만, 박서영·김언희와 같은 여성시인들이 아버지와의 불화를 이야기하는 반면, 송창우·김형술 등의 남성시인들 위주로 화해가 이루어지는 것은 아무래도 그 권위의 세습과 그에 짝한 책임감이 아직까지는 남성들과 깊이 연관된 때문일 것이다.

4. 거리두기, 열린 관계로 전환

혈연으로 묶인 가장 가까운 가족이라는 집단의 문제를 해결하는 데에는 자기 살을 잘라내는 아픔이 동반된다. 그 때문인지 『문청』 가족시에는 그 고민에 비해 해결책을 애써 외면하고 있다는 인상이 강했다. 그러나 다음 두 편에서는 오랜 고민 끝에 어렵게 발효된 출구 모색을 위한 '쓰린 결단'을 접할 수 있다. 그 진술은 짤막하고, 좀 어눌한 면도 있지

그러나 아버지는 상처입은 타자로 이해하는 데서 끝나지 않고, 종종 위험스럽게도 너무 조급하게 미화의 대상이 되고 있다. 미화된 아버지는 타자로서 힘겹게 귀환한 아버지의 의미를 봉쇄하고, 억압을 부르는 또다른 가부장적 권력신화, 혹은 중심의 재귀환으로 성급히 전락한다. 그렇다면 최근 아버지와의 화해가 미화의 영역으로 빠지는 이유는 어디에 있는가? 그 한 가지는 불황기 자본이라는 시대상황에서 연유한다. IMF로 인해 가정의 밑뿌리가 잘리는 아픔을 주는 이 피곤한 시대가 아버지의 권위마저도 구성원에 대한 책임과 배려로 조급하게 미화하고 있다. 즉 미화는 막강한 권력을 가진 가부장의 보호 아래 이 시대의 무게와 피로를 달래기를 갈망하는 나약한 심리에서 발원한다. 그러나 시대의 하중과 자신의 한계를 핑계삼아 가장에 의해 확고하게 지배되는 숨막히는 평화를 그리워하는 것은, 「지겨운 흐름」의 '독백적인 목소리'에 대한 향수와 다를 바 없다. 과도한 의지처에 대한 그 향수는 종국에 독재권력을 현대사의 질곡에서 어쩔 수 없이 받아들여야 했던 필요악으로 정당화할 위험이 있다. 그래서 상처 어루만지기와 연대가 아니라, 현재의 피로감과 무능함을 상쇄해줄 욕망 때문에 아버지를 미화하는 것은 위험하다. 만약에 그렇다면 아들의 불편한 자의식은 더욱 강화되어야 한다. 화해보다는 불화의 시간이 더 긴 아버지와의 동거에서 화해란 왜, 어떻게 화해하느냐에 대한 신중한 고민의 산물로 남아야 한다.

만, 거기서 기존 가족관계와는 거리를 두면서 열린 관계를 모색하려는
진지한 고민을 접할 수 있다.

  1) 집 나간 아내와 "집 앞"에서의 합의: 지금은 전반적으로 부권 약
화의 시기다. 그러나 전술했듯이 아버지의 권위〔父權〕는 복권되지만,
남편의 권위〔夫權〕은 쉬 복권되지 않는다. 이는 자식보다는 아내에게
드리운 모순의 그늘이 더 짙었음을 말해준다. 성윤석 시의 아내는 집을
떠나 있다. 아내와의 정신적 합일을 위해 남편은 쓰라린 결정을 내려야
한다.

    —우리 이혼하고 함께 살까,

    나는 당신없는 어느 가을과
    어떤 구름과 당신없이
    빠르게 내리던 빗방울들을
    생각하다 집앞 은행나무에게
    묻는다
    세월이 만들었고
    만들고 있는
    은행나무에게

    당신의 얼굴에게
                                    —성윤석 「아내 2」 전문

  갈등이 전경화되지 않았지만, 인용시에는 화자의 불편한 자의식과
가정해체의 위기감이 깊이 박혀 있다. 그것이 표나게 드러나지 않는 이

유는 「아내는 더 무서운 적이다」라는 이만식 유의 불편한 의식을 화자
가 어느정도 이겨내고 있기 때문이다. 여기서 그 고민 속을 뚫고 나온,
모험적이지만 신선하고 매력적인 진술을 접할 수 있다. "우리 이혼하고
함께 살까"가 바로 그것이다. 일견 언어도단처럼 보이는 이 진술의 의
미는 무엇일까? 「아내 2」는 세컨드를 의미하고, 이 구절은 혹시 세컨드
와 함께 살기 위해서 아내에게 이혼을 요구하는 제안이 아닐까? 이 역
설을 풀어내는 해법은 '집의 의미'와 '서술어'에 있다.

　먼저, 집이다. 다음과 같은 일반적인 사실부터 생각해보자. 화자에게
그 집은 길에서 쌓인 여독을 풀어주는 아늑하고 평온한 공간이었을 것
이다. 물론 집을 친밀영역으로 삼은 화자의 욕구는 필요할 때면 언제든
지 "집앞 은행나무"까지 자유롭게 뻗쳤을 것이다. 반면 아내와 같은 기
혼여성들에게 그 집은 그들의 자유를 안채와 같은 공간에 국한시키며
욕망을 분재시키는 감옥으로 작용했을 것이다. 거기서 무수한 불평등과
억압관계가 재생산되었을 법하다. 그곳은 남편에게는 집이었겠지만, 아
내에게는 집이 아니었다. 이렇게 2연에 잠시 등장한 "집앞"은 화자의
금기와 아내의 탈주욕망이 동시에 투사되며 치열한 영토싸움을 벌였을
법한 지점이다. 화자는 이 질문을 던지기 전까지 이에 대한 갈등을 겪었
을 것으로 보인다.

　다음으로, 서술어이다. "생각하다"와 "묻는다"라는 서술어로 조직된
이 시는 '내면적 사유'에서 '외부 대상에 대한 질문' 순으로 전개된다.
화자는 당신이 배제된 "가을" "구름" "빗방울"을 생각한다. 그것은 '당
신 없는 이 세상을 생각한다'는 말로 요약된다. 그 대상물은 화자가 좋
아하는 사물 같지만, 이것들은 결과적으로 당신의 의미를 더욱 부각시
키는 매개물이 된다. '앙꼬 없는 찐빵'과 같은 세상을 살아야 할 생각 끝
에 아마도 화자는 '그럴 수는 없다'는 결론을 내렸을 법하다. 다음으로
"묻는다"라는 서술어를 보자. 그것은 거리를 둔 타자의 의사를 타진하

는 동사이다. 여기서 성윤석의 거리의 미학이 나온다. 그 질문이 "은행나무"와 "당신의 얼굴"에 동등하게 던져지는 것을 보면, 이미 아내는 집과 거리를 두고 은행나무의 위치로 이동한 듯하다. 그동안 여성의 운명으로 위치지어진 그 폐쇄영역을 뛰쳐나와, 아내는 은행나무의 위치를 점유하고 있다. 그렇게 동등해진 아내의 위치와 넓어진 반경에 화자는 낯선 거리감을 느낀다. 묻는 대상이 "당신"이 아니라, "당신의 얼굴"이라는 점에도 그 거리감은 내재되어 있다. 그 질문은 이전처럼 당신의 내면에 직접적으로 닿지 못하고, 낯설게 변한 "당신의 얼굴"에 조심스럽게 가닿을 뿐이다. 그 거리는 아내의 존재의미를 참답게 부각시킨다. 덧붙인다면 그가 거리를 두고 물음을 던진 "집앞 은행나무"는 아내를 통해 객관적으로 성찰한 자신의 자리로 볼 수도 있겠다. 즉 화자는 동일자로 생각해온 아내에게서 타자의 낯선 얼굴을 찾아내고, 타자로 생각하던 은행나무에서 동일자의 얼굴을 발견한다. 집 나가려는 아내와 이미집 나가 있었던 자신, 그렇게 재인식된 대상에게 각각 묻는다, "우리 이혼하고 함께 살까" 하고.

그 질문에는 아내를 집안에 가둔 결혼제도의 불합리성에 대한 회의와, 가부장적 이데올로기와 기성 편견에 대한 심각한 저항이 내포되어 있다. 더불어 그 질문은 아내에게 올가미였던 집의 영역을 새롭게 배치하려는 탈영토화의 발언으로 읽힌다. 이 질문 후 "집앞"은 "이혼하고 함께 살" 수 있는 반경으로 재문맥화된다. 이때 "이혼"은 영원한 결별이아니라("집앞" 역시 집으로부터 완전히 벗어난 거리가 아니듯이), 집으로부터 해방된 아내와 '진정한 함께 살기'의 방법이 된다. 부부관계의 적체된 문제를 해결하기 위해서는 이와같은 거리두기가 필요하다. 이자세는 차이를 훼손하지 않고 새로운 합의점을 모색하고 있으므로, 가족의 변화에 대응하는 주목할 만한 사유라고 할 수 있다.

2) 횡적 연대 모색 : 엄원태의 「아버지 생각」에는 세 부자상이 나타난다. 그것은 TV 속의 아버지와 아들, 화자의 아버지와 화자, 화자와 아들 관계로 각각 한 연씩 순차적으로 나타난다. 1연에서 AFKN 프로그램의 어떤 앵커는 고향을 지키며 건강하게 살아가는 자신의 부모를 소개한다. 거기서 진행되는 부자의 자잘하고 일상적인 "대담"을 지켜보던 화자는 "2차대전"의 광기 속에 희생된 앵커 아버지의 오른팔을 주목한다. 억압적인 권위로 상징되던 우리 시대의 아버지들 역시 체제에 희생당한 피해자였다. 이는 가부장질서의 종적 관계 아래서는 권위 유지를 위해서 숨겨야 할 이면인지도 모른다. 그러나 TV 프로그램이라는 제3의 자리에서, 아버지는 자신의 상처를 이야기하고 아들은 이를 진심으로 이해하고 있다(친구처럼 편한 대상으로 아버지를 새롭게 성찰한 이 자세는 만연한 노인 소외문제를 해결하려는 이 시대의 요구에 부응한 매스컴의 전략으로 의심할 수도 있지만).

이 횡적 연대는 화자의 가슴에 "아련한 무늬"를 남긴다. 그 인상적인 장면을 지켜본 화자는 아버지와 부자관계에 대한 새로운 정의를 모색하기에 이른다. 이때 아버지는 "이런저런 얘기를 나누기에 가장 좋은" 편한 친구로 재정의되고, 부자관계는 권위와 복종 대신 TV에서처럼 편안한 관계로 전환된다.

나도 그렇게 늙은 아버지와 삶의 상처들을 함께 추억하는 아들이 되고 싶었다. 내 아버지는 내가 한창 사춘기의 반항과 뜻모를 번민들에 갇혀 있을 중 삼 때, 여행을 떠나셨다가 객지에서 돌아가셨다. (…)

아버지로서 내 아들과, 늙어가는 아들과 지나온 삶의 상처와 의미에 대해 자잘한 얘기를 나눌 수 있는 때가 언젠가, 있으면 좋겠다. 그러자면 물론 오오래 살아야 하겠지.

―엄원태 「아버지 생각」 부분

　그 부자상 성찰은 2연에서 자신과 아버지의 관계를 들추어보는 계기가 된다. 화자도 "삶의 상처들을 함께 추억하는 아들이 되고 싶"다. 하지만 그에게는 교감어린 대화를 나눌 아버지가 없다. 그런 부재에서 촉발된 욕구는 아들과 늘그막에 "자잘한 얘기를 나눌 수 있는 때가 언젠가, 있으면 좋겠다"는 구절처럼 아들과 편안한 관계를 맺고 싶다는 욕구로 자리바꿈한다. 화자가 아들에서 아버지의 자리로 올라서는 이 위치바꿈은, 아들을 통해 그 살가운 관계를 간접적으로 맺으려는 욕구이자, 자신만은 그 역할을 다하고 싶다는 소망의 표현이다. 그래서 "그러자면 오오래 살아야 하겠지"라는 대목은 쓰리면서도 희망차다. 그 관계맺기의 전제에 불과한 '오래 사는 것'을 선결조건으로 꼽는 데서 사춘기의 화자가 입었을 상처를 확인할 수 있기에 쓰라리고, 그 관계가 아들을 통해서 회복 가능하다는 점 때문에 희망 역시 발견할 수 있다.

　살붙이를 잃어버렸고 어쩌면 자신도 그렇게 될지 모른다는 생각 끝에 화자는 아버지의 자리에 놓인 권위 훼손을 불편해하지 않고 아들의 친구가 되려 한다. 그렇게 살갑게 지내기에도 '시간이 부족한지 모른다'는 순수한 마음에 촉발되어 횡적 연대는 길트기를 하고 있다. 이 어렵고 진지한 진술을 위해, 화자는 그 관계들의 긴 우회로를 어눌하게 에둘러 온 것이다.

5. 가족 사유, 어떻게 밀고 나갈 것인가?

1) 세 가지 모델: 이제까지 『문청』 가족시를 살펴봤다. 이는 다음 세

가지 모델로 요약 가능하다. 가족 구성원들은 가족 붕괴의 현실에서 내면화할 진정한 가치를 잃고, 상처입고 있었다(분열시). 그럼에도 불구하고 포기하지 않는 가족 화합의 안간힘을 접할 수 있었다(화합시). 그리고 화합의 위험을 비껴나오는 자리에서 나름의 출구를 모색하는 움직임도 있었다(출구 모색의 시). 이렇게 『문청』 가족시에는 가족에 대한 폭넓은 사유와 구성원간의 다양한 관계가 공존하고 있었다. 그 간격 중에서 현 시기 요청되는 가족시 모델은 어떤 것인가?

화합은 일단 목표이다. 공적 영역에 만연한 소외의 치유나 타락한 교환가치에 물들지 않는 따뜻한 인간관계는 화합의 안간힘에서 나온다. 여기서 사회문제에 맞서는 가족의 능동적인 움직임을 기대할 수도 있다. 그러나 이 지점에 종종 맹목적인 화합으로 타자를 억압하는 독백적 목소리가 발현될 위험이 있다. 그리고 그 화합은 너무 조급하게 미화의 영역으로 환원되어, 권위를 안정적으로 세습하려는 구성원의 욕망에 노출되기도 했다.

만약 이런 위험에 침윤되어 있다면 화합시는 분열시로 얼굴을 바꾸어야 한다. 하여 현실의 숱한 분열을 탐색함으로써 화합으로 차이를 훼손하지 않는 지점, 권위 유지와 같은 불순한 욕망에 물들지 않는 지점을 찾아야 한다. 이 시대 많은 시들이 합일 대신 분열의 영역에 머무르는 이유는 여기에 있다. 그러나 분열시 역시 드러난 모순을 일반화하여 화합의 안간힘을 선병질적으로 부정하거나, 역동적으로 변화하며 그 모습을 꾸려온 가족의 존재의미와 형태를 전면적으로 부정하여 '가족의 종언' '가족 해체'라는 극단적인 주장으로 치닫는 것은 옳지 않다. 이후 가족이 어떻게 재편되건간에 화합에 이르려는 안간힘은 놓칠 수 없다. 그래서 분열시의 자리 역시 무한정 머물 곳은 아니다.

'우선은 뭉쳐야 한다'는 인식론의 화합시. 그러나 '아직은 아니다'라는 인식론의 분열시. 그 차이는 가족 화합의 '안간힘'과 '위험성' 사이의 틈이다. 이 둘은 전술한 자기의 어둠 속에 고립되지 않고 각각의 몫에 충실할 때 참된 의미를 지닌다고 생각한다. 이때 우리는 가족의 장(場)에 걸린 위험을 피하면서, 뭉치고자 하는 자발적인 힘을 살릴 방법과 맞닥뜨리게 된다. 여기에 '결국엔 도달할 수 있다'는 인식론에 바탕한 출구 모색의 시가 자리한다. 아직 옅은 사유로 존재했지만, 다행스럽게도 「아내 2」와 「아버지 생각」에서 출구 모색에 상응하는 고민들을 발견할 수 있었다.

물론 그 사유를 여기서 끝낼 수는 없다. 이 어려운 합의의 영역까지 틈입하여 그 화합을 실패로 재전환하는 현실의 강력한 흡인력에서 완전히 빠져나올 순도 100%의 합일점은 기대할 수 없기 때문이다. 그러나 그 시도를 포기할 수는 없다. 두 시에 나타난 사유방식, 쓰린 것을 내면화하면서 기존 관계와 거리를 두고 낯선 관계로 거듭나려는 타자화의 시도는 지속적으로 강화되어야 할 것이다. 거기서 완전하지는 않지만, 동의할 수 없는 현실을 효과적으로 배반할 좀더 강화된 새로운 합의점을 찾게 될 것이다.

2) 평화로 위장된 우리 현실, 갈등을 드러내길 불편해하는 우리의 자의식: 누군가 앞집 문을 두드린다. 이제 할 만큼 한 것 아니냐며, 염치와 출근을 핑계삼는 그는 누구인가? 그러자 가족에 대한 고민으로 전전긍긍하던 나에게 일견 반갑기도 했던 그 소란은 이해 못할 소강상태로 급전한다. 거대하게 부상하는 적막 속에 냉장고 돌아가는 소리가 또렷해진다. 이상한 광채를 뿌리며 불붙어올랐던 앞집. 이제 스위치 내려진 채 똑같은 어둠 아래 묻혀 있다. 하지만 그 고압적인 갈등과 균열은 아직도 야광처럼 눈에 선연하다. 남들보다 한발 앞선 그의 방문 뒤, 터졌던 폭탄을 다시 천장에 매달아두는 앞집. 그 폭탄의 위력 아래 유지되는 저 불안한 평화의 정체가 궁금해진다. 우리는 집 천장에 폭탄 하나씩을 매달고 살아간다. 터뜨렸다가는 엄청난 출혈을 감수해야 한다는 공포

아래 짐짓 모르는 체 비껴가려고 했다. 그럴지도 모른다. 몸을 짓누르는 그 무겁고 위장된 평화에 갑갑해하면서도 적당주의와 회피로 무장하여 '그 폭탄을 터뜨리지도, 천장을 쳐다보지도 말라'는 스스로의 금기에 충실했다. 행복하다고 자위해왔다. 속이 갈가리 찢겨진 그 공허한 평화가 우리의 시선을 바깥으로 돌리게 한다. 어디에도 소속감을 느끼지 못한 허기 속에 오늘 또 한 군데 입회원서를 냈고, 세계화 같은 공허한 수사에 마음 들떠했다. 하지만 설핏 든 잠, 꿈속까지 평화의 연막탄을 피우며 따라오는 그 전쟁터. 실체를 가리고 올라오는 불안한 이미지에, 꿈속에서 얼굴을 찡그리다가 어느덧 우리의 손은 천장을 향할 것이다. 그 평화로운 전쟁터의 정점에서 우리의 반란은 또다시 그렇게 축적되고 있다.

—동인지 『문청』 6집, 1999년

시 속에 드러난 지역의 풍경

1. 제주바다 엿보기

누이야 원래 싸움터였다
바다가 어둠을 여는 줄로 너는 알았지?
바다가 빛을 켜는 줄로 알고 있었지?
아니다 처음 어둠이 바다를 열었다 빛이
바다를 열었지 싸움이었다
어둠이 자그만 빛들을 몰아내면 저 하늘 끝에서 힘찬 빛들이 휘몰
아와 어둠을 밀어내는
괴로워 울었다 바다는
괴로움을 삭이면서 끝남이 없는 싸움을 울부짖어왔다

누이야 어머니가 한 방울 눈물 속에 바다를 키우는 뜻을 아느냐 바
늘귀에 실을 꿰시는
한반도의 슬픔을 바늘 구멍으로

내다보면 땀 냄새로 열리는 세상
어머니 눈동자를 찬찬히 올려다보라
그곳에도 바다가 있어 바다를 키우는 뜻이 있어
어둠과 빛이 있어 바닷속
그 뜻의 언저리에 다가갔을 때 밀려갔다
밀려오는 일상의 모습이며 어머니가 짜고 있는 하늘을

제주 사람이 아니고는 진짜 제주바다를 알 수 없다
누이야 바람 부는 날 바다로 나가서 5월 보리 이랑
일렁이는 바다를 보라 텀벙텀벙
너와 나의 알몸뚱이 유년이 헤엄치는
바다를 보라 겨울날
초가 지붕을 넘어 하늬바람 속 까옥까옥
까마귀 등을 타고 제주의
겨울을 빚는 파도 소리를 보라
파도 소리가 열어놓는 하늘 밖의 하늘을 보라 누이야

—문충성 「제주바다 1」 전문

　한반도에서 제주도만큼 바다와의 친연성이 높은 도(道)는 없다. 사면
이 바다로 둘러싸인 그곳에서 우리는 온몸으로 바다를 만날 수 있다. 그
바다는 제주민의 정체성을 형성한 삶터로서, 제주문학의 큰 모티브가
되어왔다. 이때 제주바다는 단순한 배경의 의미를 뛰어넘어 그 자체가
종종 주제공간으로 부각된다. 여기서 분석할 문충선(文忠誠)의 「제주바
다 1」이 바로 그러한 예에 속한다. 이 글에서는 '타지역민의 시선'으로
그 바다를 만나보도록 한다.
　"누이야"라는 부드러운 대화로 시작된 이 시는, 제주바다에 대한 체

험과 깨달음을 전달하는 화자의 목소리로 조직되어 있다. 국어문법에서 간혹 주어가 생략되는 관례를 따라, 이 시에서도 화자는 생략되어 있다. 그러나 끝까지 일관된 숨은 화자의 '청자지향적 어투'는 이 시에 통일성을 부여하며, 시를 긴장감 있게 끌고 간다. 그는 제주바다의 아픔과 지역적 정체성을 서서히 깨달으며, 제주 삶의 본질에 접근중인 '성장기 화자'이다. 반면 "누이"로 지칭된 청자는 미처 제주의 비의를 알지 못하고 있다. 여기서 화자는 누이에게 그 깨우침을 요구한다. 우리는 이 "누이"의 입장에 동참하여, 화자가 전달하는 비밀에 귀기울이게 된다.

1연에서는 그 지형의 생성내력이 소개된다. 여기서 우리는 빛과 어둠이 고압적 갈등을 일으키는 낯선 제주바다를 만난다. 그런데 그 바다는 왜 싸움터인가? 바다가 어둠과 빛을 열었다는 것도 금시초문인데, 그게 아니라 어둠과 빛이 바다를 열었다며, 우리의 생각을 재차 뒤집는 의도는 어디에 있는가? 그 바다의 정체와 생성과정을 소개한 이 진술은 당혹스럽다. 이 당혹스러움은 제주바다에 대한 화자와 우리의 생각이 다른 층위에 위치한 데에서 연유한다. 1960년대 이후 관광산업화의 구호 아래 심각하게 재장소화된 제주도를, 우리는 신혼여행지나 관광지 쯤으로 생각하고 있다. 삶터와 관광지를 구분 못하는 우리의 피상적인 시선이 가닿지 않는 음지로부터 이 시는 시작한다. 그 바다는 자연물로서의 바다가 아니라, 제주 공동체 삶 속에 기반한, 화자의 생활 속에 녹아 있는 바다이다. 이 시가 낯설고 어려운 이유는 여기에 있다. 순진하게 제주의 풍물이나 기대하며 그 바다에 접근했던 우리의 시선은 출발부터 '관광공해나 일으키는 멋쩍은 것'이 되고 만다. 이 난감함을 풀기 위해서는 제주에 대한 약간의 배경지식이 필요하다.

인용시에는 그 아픔의 정체가 구체적으로 드러나지 않았지만, 탐라국에서 출발한 제주도는 백제·신라의 속국, 삼별초 항쟁, 왜구의 침입,

유배지, 탐관오리의 학정, 여러 차례의 민란, 4·3항쟁 등 숱한 비운의 역사를 걸어왔다. 바다는 그 감금된 아픔에 무방비로 노출된 전장이었고, 관광지의 축복받은 땅으로 알려진 그곳은 실상 위락의 장소가 아니라 이러한 아픔으로 쪼개지고 상처입은 땅이다. 이런 문맥 속에서 그곳 역사지리에 대해 조금이나마 눈을 뜬다면, "싸움터"로서의 그 바다의 정체에 대해 약간이나마 수긍할 수 있게 된다.

2연에서는 어머니가 등장한다. 제주 전설 속의 거녀(巨女) 설문대할망처럼, 그 어머니도 거대한 몸을 가졌는가? 어머니는 "한 방울 눈물 속에 바다를 키"운다. 어머니의 "눈물 속에" 있는 그 바다는, 제주 "어머니"들의 아픈 삶에서 생성된 숱한 눈물을 비유적으로 표현한 것으로 보인다. 여기서 빛과 어둠의 대립으로 "괴로워" 우는 바다는 어머니의 몸으로 올곧게 치환된다.

그런데 그 어머니는 "한반도의 슬픔을 바늘 구멍으로/내다"본다. 좁은 바늘구멍을 들여다보기 위해 동공을 움츠렸을, 그 미시적인 시각 속에 "한반도의 슬픔"이 묻어나고 있다. 이렇게 "어머니"는 화자의 가족이지만, 그 몸에 제주바다의 아픔뿐만 아니라 한반도의 아픔까지 품고 있다. 어머니에 대한 재인식이 또 한번 발생한 이 부분에서, 아픔은 제주바다를 넘어 한반도 전체의 것으로 확대된다. 제주의 아픔과 한반도의 아픔이 무관하지 않고, 그것이 우리 지역의 아픔과도 공유된다는 사실에 정초하여 우리는 일단의 공감과 해석의 실마리를 얻게 된다.

우리나라 최대 다우지(多雨地)인 제주도의 특성을 잘 반영하듯, 바다·울음·눈물 등 물과 관련된 시어들로 인해 이 시는 축축하게 젖어 있다. 이 시어들은 그 바다가 직면한 싸움터에서 비롯한 비극의 산물이다. 그러나 이것은 싸움과 그에 짓눌린 절망을 드러내는 데 머물지 않는다. 이미 물의 한 상징에 재생의 의미가 포함되어 있듯이, 이 시어들이 지닌 동적 지향성은 강력한 통합의 움직임으로 뻗어간다. 그것은 울음의 주체였던 바다와 어머니가 보인 고통에 대한 반응에서 잘 드러난다. 그들은 고통에 진저리치는 다른 한켠에서, 그 현실을 전환하려는 안간힘을 발휘한다. 바다가 "끝남이 없는 싸움"으로 인한 "괴로움을 삭이"고, 어머니 역시 그 환경 속에 그대로 결핍의 몸이 되어 "일상"이 되어 버린 고통을 감내한다. 더불어 "제주의/겨울을 빚고 있는 파도"와 "어머니가 짜고 있는 하늘" 같은 공간을 예비한다. 그 봄과 하늘은 제주민이 만경창파(萬頃蒼波)의 바다에서 키웠을 이어도와 같은 이상향이 아닐까? 이렇게 바다, 하늘, 바람 등 천체에 관련된 상징적인 시어가 많이 사용되어 스케일이 장대한 이 시에는, 결핍의 장소인 겨울바다 반대편에 봄과 하늘이 대칭적인 구도를 이루고 있다. 시간적으로는 겨울에서 봄, 공간적으로는 바다에서 하늘로 이어진 그 간극 속에, 고통과 정면대결한 희생의지가 강하게 뒷받침된다. 이 전환이 맨숭맨숭하지 않도록 빛과 어둠의 고압적인 갈등이 끊임없이 뒷받침된다. 결국 어머니가 "바다를 키우는 뜻"은, 결핍 너머를 조망하며 비극적 현실을 재구성하려는 데에 있다.

그런데 이 전환의 동력 발견에서 읽기를 끝맺기는 왠지 껄끄럽다. 3연 첫머리에 돌출한 "제주 사람이 아니고는 진짜 제주바다를 알 수 없다"는 색깔 있는 어투가 눈에 걸리기 때문이다. 어쩌면 이 시의 핵심은 삶터에 대한 뚜렷한 자존심이 깃든, 타지역민의 가슴에 쐐기를 박는 듯한 이 단정적인 어투에 있다. 아무리 보편화되어도 제주 특유의 아픔은 고유하다는 것일까? 아니면 한반도의 변방으로 소외된 그 눈물의 섬에서 체득한 아픔이 타지역민에게는 완전히 용해될 수 없다는 것일까? 앞서 한반도로 일반화한 슬픔이, 여기서 제주만의 것으로 다시 축소된다. 제주민 특유의 기질로 손쉬운 공감을 거부한 이 대목은, 제주민이 아닌 독자에게 계면쩍은 느낌과 모멸감마저 들게 할 법하다. 한편으로 그것은 "한반도의 슬픔"이라는 구절에, 제주의 독자성을 간과하고 턱없이 우리 삶터와 겹쳐 읽으려 했던 성급한 읽기를 부끄럽게 만들기도 한다. 예단된 선입견으로 접근하려 하면 할수록, 그 삶터는 토착적 정서와 실감의 무게로 무장하며 더욱 멀어진다. 우리에게 좀처럼 좁혀지지 않는 거리. 생각보다 제주는 멀리 있다. 여기서 읽기의 두번째 좌절이 발생한다. 이제 별 무게가 실려 있지 않은 "바람"과 "까마귀"마저 예사롭지 않은 질감으로 다가온다.

근년에 섬 전체가 쇼윈도화되어, 제주의 정체성이 자본에 철저히 복속된 관광상품으로 왜곡되어 부각되고 있다. 이것은 변방의 상처를 어루만져주는 것이 아니라, 그 골을 더욱 깊게 만드는 "싸움"에 해당할 것이다. 그곳을 아끼는 지역민의 의사를 배반하고 아직도 생성중인 이 시련 때문에 "하늘을 찌르는" 그 행위는 진행형이 될 수밖에 없다. 그래서 "하늘 밖의 하늘"로 연기되는 것인가? 그 앞에 우리의 독법은 또 얼마나 좌절당할 것인가?

읽기를 끝낸 지금, 화자와 누이는 어머니와 동일시된 제주바다와의 거리를 무화한 채, 그 바다에 "알몸뚱이"로 헤엄치고 있다. 누이까지 성장기의 모습을 조금씩 지우며, 그 출렁이는 아픔을 자신의 것으로 내면화하고 있다. 그러나 누이의 입장에서 화자의 말을 경청해온 우리는 그 유기체의 삶으로부터 배제된다. "누이야"라는 화자의 자상하고도 단호한 목소리가 미치지 않는 변죽에서 이제 "누이"마저 관찰하는 이방인으로 남는다. 이렇게 이 시는 확대의 길을 열어두면서도, 그에 제동걸고 성급한 일반화를 차단하는 양 방향의 힘이 발휘되고 있다. 이 시는 우리의 틀에 박힌 독법을 몇번이나 좌절시키면서, 제주바다를 재인식시키고 타인의 상처에 다가가는 법을 곰곰이 가르쳐준다. 타지역의 삶은 종국에는 엿볼 수밖에 없는 것일까? 이런 쓰라린 질문과 함께 아직 다 캐묻지 못한 그 아픔의 정체가, 우리를 제주 쪽으로 좀더 가깝게 이끌며, 미답지역으로 남아 있을 그 삶의 영역을 겸허하게 들여다보게끔 유혹한

다. 그와 동시에 지금까지 밍밍했던 우리 지역의 정체성과 그에 대한 사
랑을 되묻게 만든다.

—『대표 시 대표 평론 2』, 실천문학사 2000

2. 을숙도

그렇다면 우리 지역의 모습은 어떠한가? 얼마 전 필자는 을숙도 일대
를 시화한 작품들을 정리할 기회가 있었다. 그때 을숙도를 인상적으로
형상화한 어떤 작품에 시선이 끌렸다. 바로 손경하(孫景河)의 「乙淑島」
이다. 이 작품은 을숙도가 가질 법한 특질과 내포적 의미를 잘 포착하여
구체적이고 신선한 이미지로 변주해낸 작품이다. 이 시는 다음과 같이
세 가지 층위의 읽기가 가능한, 진폭이 큰 작품이다.

> 한때
> 네 언저리는
> 투명한 물굽이가
> 자맥질하는 여인의 알몸 같이
> 일렁이는 하상을
> 얼비치며 흘러가고—
> 있었다
> 그 눈부신 강 가랑이 사이
> 윤나는 거웃처럼 흔들리던
> 숱 짙은
> 갈숲,
> 끼 있는 구름과 바람이

진일 어리어 서성이다 가는
살찐 둔덕
삼각주—
그 하늘과 바다
빛나는 모래톱 가득히
철새 떼 어지러이 흩어져
네 아름다운 소문을
자자하게 퍼뜨리고—
있었다.

—손경하 「乙淑島」 전문

먼저, 을숙도의 아름다움을 식별해낸 시인의 감식력이 눈에 띈다. 시인은 을숙도에서 성숙한 여인의 아름다운 몸을 발견한다. 을숙도(乙淑島)! 여인의 이름에 '숙(淑)'자가 많이 사용되듯이, 그 이름부터 얼마나 여성스러운가? 시인은 좁아졌다가 갑자기 넓어지는 "투명한 물굽이"를 허리와 엉덩이가 미끈한 "여인의 알몸"에 빗댄다. 그리고 강물이 을숙도를 경계로 서낙동강과 동낙동강으로 갈라지는 지점을 "눈부신 강 가랑이"로, 을숙도의 "숱 짙은/갈숲"을 그 여인의 "윤나는 거웃"으로, 강물에 의해 지금도 계속 모래톱이 신설되면서 지형변화를 거듭하고 있는 동적 지형을 "살찐 둔덕"에 빗댄다. 여기서 구름과 바람은 잔뜩 '끼'를 발휘하여 그 주위를 서성이고, 철새는 '을숙도 여인'의 아름다움을 퍼뜨리는 전령으로 등장한다. 이렇게 이 작품은 한때 동양 최대 규모의 철새 도래지이자 갈대의 밀생지였던 이 삼각주 특유의 장소감을 여인의 몸과 그 주위를 점점이 수놓은 철새의 모습으로 빼어나게 의인화하여 을숙도의 의미망과 이해의 지평을 넓힌 작품이다. 이 시를 보고 있으면 시인들이 어떤 장소에서 영감과 정서를 부여받기만 하는 것이 아니라, 그 장소의 아름다움을 시를 통하여 더욱더 아름답게 완성한다는 사실을 확인하게 된다. 하이네(H. Heine)의 시가 로렐라이 언덕을 더욱 아름답게 했듯이 말이다.

이렇게 그 모습은 현기증이 날 정도로 아름답다. 그러나 이러한 포만감에 사로잡혀 읽기를 끝내기에는 뒤가 허전하다. 시의 첫머리에 제시된 "한때"라는 단어와 강조표시처럼 그어진 줄표, 그 뒤의 과거형 시제(―었―)가 눈에 걸리기 때문이다. 그것들은 짧은 표식에 불과하지만, 나는 여기에 시인의 의도가 집약되어 있다고 생각한다. 이를 통해 앞서의 의미를 뒤집는 데서 읽기의 두번째 측면이 열린다. 좀더 자명한 독해를 위해 잠시 시 외적인 문맥을 읽어보자. 만신창이가 될 때까지 환경을 이용하는 개발의 논리에 따라, 건강하던 을숙도의 형상은 지금 우리 삶의 절망을 상징적으로 보여주는 모습으로 심하게 일그러져버렸다. 사람들에게 끈끈한 유대감과 참된 정체성을 부여해주던 이 친밀공간은, 이제 잊어야 할 추억의 장소가 되고 말았다. 비록 구체화되지 않았지만 이 간단한 표식들은 이러한 현실을 효과적으로 반영한 장치로 보인다. 이 표식들은 그 아름다움이 과거의 모습임을, 지금은 그와 합일할 수 없는 거리가 엄존하고 있음을 돌연히 드러낸다. 동시에 그 거리를 무시하고 포만감에 휩싸이는 것은 개발의 논리에 사고능력이 저하된 행복한 망각이라는 사실을 깨우친다. 현재의 상실을 부각시킨 그 흔적에, 나는 현실을 도외시하지 않으려는 시인의 정직함이 있다고 생각한다. 과거의 아름다운 모습과 무매개적으로 하나 되려는 성급함을 스스로 차단한 거리두기의 정신, 그것이 이 작품에 숨어 있는 아이러니의 객관정신이다. 이렇게 읽을 때 이 작품은 파괴된 현재의 질서를 각인시키며, 현실을 강력하게 고발하는 문제성 있는 작품이 된다.

그러나 이러한 비판에서 읽기를 끝낼 수는 없다. 고발만을 초점화하여 읽기에는, 그 장소의 형상이 너무 빼어나게 형상화되었다. 여기에 읽기의 세번째 통로가 있다. 이런 미적 완결성은 간과할 수 없는 두 가지 의미를 내포하고 있다. 먼저 이 작품은 생태시에서 고질적으로 지적되는 미적 형상화의 부재를 극복하고 있다. 그래서 이 작품은 행복한 망각에 사로잡힌 작품군과 차별되는 동시에, 강을 두고 벌어지는 급박한 현실 전개를 모방하며 그것을 고발하기에 급급한 많은 작품과도 차별된다.

다음으로, 이 시가 제시한 그 아름다운 세계는 궁극적으로 도달해야 할 우리의 미래가 어떤 모습이어야 하고, 그것을 위해 시가 나아가야 할 단계가 무엇인지를 보여준다. 이때 을숙도의 아름다움은 과거의 모습에 머물지 않는다. 이런 측면에서 나는 이 시가 훼손된 현재에 대한 단순한 고발이나 비판의 차원을 넘어서, 도저한 죽음의 징후들을 건강하게 재배치하려는 역동적인 의지를 표출한다고 생각한다. 즉 이 작품에는 정체성 훼손 이전의 건강함을 미래의 모습으로 바꾸어 재획득하겠다는 시간 역전의 의지가 충만해 있다. 여기서 아이러니의 부정정신은 어그러진 질서를 교정하여 그 행복한 본질적 세계를 회복하겠다는 의지로 전화한다. 여기에 이 작품의 진정한 핵심이 있다고 생각한다.

이렇게 이 시는 전술한 세 가지 측면을 한꺼번에 읽을 수 있는 울림이 큰 작품이다. 즉 합일의 열망에서 출발한 읽기는 현존재의 파편화된 모습을 우회하는 역돌진의 단계를 거쳐, 마침내 건강한 생태계라는 당위의 재구성에까지 폭넓게 펼쳐진다. 새로운 합일을 재구성하려는 의지와 그에 못지않게 합일 속에 안주하려는 유아적 포만감에 구멍을 내는 이질적인 시각이 이 시에 불균질적인 틈을 내고 있기 때문에, 이 작품의 독해는 어느 한쪽으로 쉽게 종결되지 않고 역동적으로 읽힌다. 마지막 남은 희망마저 부정할 수 없기에 고발의 정신은 건강한 생태계와의 합일 열망으로 전이된다. 그와 동시에 그 도약을 허용하는 듯하면서도 여전히 승리를 거듭하는 이 현실에 빗장 걸려, 합일의 포만감은 그 속을

찢고 들어오는 결핍된 현실에 또다시 진저리치게 된다. 희망과 분노는
이런 양상으로 파장을 이룬다.

—『예술부산』 2000년 여름호

저항시 담론과 정치적 무의식
윤동주 저항시 담론을 중심으로

1. 윤동주 저항시 담론의 범위

우리는 '윤동주의 시는 저항시'라는 담론에 친숙해져 있다. 물론 김열규·오세영 등의 반론[1]도 있었지만, 그 담론은 윤동주(尹東柱) 연구에서 아직까지 강력하게 영향력을 행사하고 있다. 그의 시를 저항시로 보는 논의는 다음과 같이 다양하게 분류 가능하다.

먼저, 윤동주의 시는 주로 민족적 저항시로 논의된다.[2] 여기서 그의

---

1) 김열규「윤동주론」,『국어국문학』27(1962); 오세영「윤동주 시는 저항시인가」,『윤동주 연구』(권영민 엮음), 문학사상사 1995.

2) 여기에는 다음의 논의들이 대표적이다. 정병욱「後記」,『하늘과 바람과 별과 詩』, 정음사 1955; 이상비「시대와 시의 자세」,『자유문학』1960년 11-12월호; 최홍규「존재와 생성의 역」,『세대』1965년 9월호; 백철『신문학사조사』, 신구문화사 1968; 김현·김윤식『한국문학사』, 민음사 1973; 홍기삼「고독과 저항의 세계」,『월간문학』1974년 7월호; 김용직「시적 저항과 그 비극성」,『일제시대의 항일문학』, 신구문화사 1974; 김우종「암흑기 최후의 별」,『문학사상』1976년 4월호; 전규태「저항시인으로서의 윤동주」,『나라사랑』1976년 여름호; 박두진「윤동주의 시」,『하늘과 바람과 별과 시』정음사 1978 중판; 김학

시는 민족의식과의 연장선상에서 논의되는데, 그 견해는 독립운동에 관
련된 생애사적인 전기[3]와 이를 뒷받침하는 문건[4], 민족문화 수호에 관
련된 발언[5] 등과 같은 전기적 사실에 주로 기대고 있다. 다음으로 행동
성은 결여되었지만, 불의에 타협하지 않는 내면의 치열한 고투에 주목
하여 그의 시를 내면적 저항[6]으로 보거나, 시 속에 나타난 순수하게 살
겠다는 의지를 저항으로 보는 견해[7]가 있다. 또한 그가 한글로 시를 창

동 「자기 내면의 성찰과 역사적 소명의식」, 『별하나에 사랑과 별하나에 시』, 새문사 1998;
  김용직 「윤동주의 시문학사적 의의」, 『나라사랑』 1976 여름호; 홍정선 「윤동주 시 연구의
  현황과 문제점」, 『현대시』 1984 여름호.

3) 가령 민족주의적 풍토가 짙은 간도에서 출생·성장한 점, 민족주의 성향이 짙은 학교를
  다닌 점, 숭실중학이 신사참배 거부로 폐교당했다는 점, 그의 체포 죄명이 사상 불온·독
  립운동인 점, 일제 말기에 적국 일본의 감옥에서 아까운 나이로 요절했다는 점 등이 주로
  여기에 포함된다.

4) 여기에는 일제 수사기관에 의해 작성된 「재교토 조선인 학생 민족주의 그룹 사건 책동
  개요」(『고등월보』, 내무성 경보국 보안과 1943. 12)의 '교토로 온 이후의 책동' (가)·(라)
  항을 주된 근거로 참조할 수 있다.

5) 그는 토오꾜오 릿꾜오대에서 첫학기를 마치고 고향에 다니러 갔을 때 동생들에게, "우리
  말 인쇄물이 앞으로 사라질 것이니 무엇이나 심지어 악보까지도 사서 모으라"고 당부했
  을 정도로, 우리 민족 고유 문화의 압살과 소멸 현상에 대해 생생한 절박감을 지니고 있었
  다(송우혜 『윤동주 평전』, 세계사 1998 개정판, 286면). 또 그는 장덕순에게 연희전문을
  두고 "민족적인 정서를 살리기에 가장 알맞은 배움터"라며 "무궁화가 캠퍼스에 만발했고,
  도처에 우리 국기의 상징인 태극마크가 새겨져 있고, 일본말을 쓰지 않고, 강의도 우리말
  로 하는 '조선문학' 도 있(장덕순 「윤동주와 나」, 『나라사랑』 1976년 여름호, 143~44면)
  다고 했을 정도로 민족문화에 대한 애착이 강했다.

6) 이선영 「암흑기 시인, 윤동주 재론」, 『윤동주시론집』, 바른글방 1989, 283~84면; 김태식
  「윤동주론」, 『교육논문집』 6, 서울대 사범대학 부속학교 1985, 176~80면; 김재홍 「운명
  애와 부활정신」, 『윤동주 연구』(권영민 엮음), 문학사상사 1995, 222면.

7) "동주는 송민호 씨의 말처럼 독립운동가나 민족지사라기보다는 순수시인에 가깝다. 단
  순한 향수가 범죄 취급을 받으며 행진곡 대신 소야곡을 듣고 싶다는 것이 반체제로 낙인
  찍히고, 카키색 군복이 아닌 파란 하늘을 그리워하는 일 자체가 불령선인(不逞鮮人)으로
  다루어지던 시대에서 그는 어쩔 수 없이 타의에 의해 저항시인이 되고 만 슬픈 순수시인
  이었다"(임헌영 「순수한 고뇌의 절규」, 『윤동주 연구』, 문학사상사 1976. 470면)라고 임

작한 행위를 저항으로 보거나[8], 일제하에서의 동시 창작이 민족문화운
동에 수렴되므로 동시 창작 그 자체를 저항으로 환원시키는 견해[9]가 있
다. 그리고 문학이 인간존재를 위한 것이라는 문학의 일반적 성격에서
저항의 근거를 찾기도 하고,[10] 심지어 일제 식민지 상황에서 생존의 의
미 자체를 저항으로 연결시키는 견해[11]까지 있다. 이러한 논의 외에도
하마터면 문학사에서 사장될 뻔한 원고를 잘 보관한 유족과 친우의 정
성어린 회고와 찬양담, 영향력 있는 문인들의 경외감과 찬사[12] 등이 간
접요인으로 자리한 채 그 저항논의를 더욱 돋우보이게 하고 있다.

　이렇게 그의 시에 부여된 저항의 내포는 다양하다. 마치 저인망(底引

───────────────

헌영은 그 순수의 의미를 부각하고 있다. 순수하게 살겠다는 소박한 마음마저 저항으로
탄압하는 악랄한 시대상황하에 윤동주는 어쩔 수 없이 저항시인이 되고 말았다. 즉 그 순
수마저도 버려야 할 것으로 탄압받는 왜곡된 현실에서 순수는 타락한 현실에 대한 단호
한 거리두기로 이해될 수 있다.

8) 여기에는 "우리말로 시를 쓴다는 행위가 단순히 시를 쓴다는 것 이상을 의미했던 그 시
대에 있어서 그것은 반역을 의미했던 것이다"(『문학사상』 자료연구실 「일제 암흑기의 찬
란한 빛」, 『하늘과 바람과 별과 시』(권영민 편), 문학사상사 1995, 222면)라는 견해가 대
표적이다.

9) 신현봉은 작가가 의도했든 안 했든 한국 아동문학사의 한 자리를 차지하고 있는 아동잡
지 『카톨릭소년』에 동시를 발표함으로써 윤동주는 어린이에게 민족의식을 각성시키고 반
일사상을 고취하려는 1930년대 후기의 아동문화운동에 참여했다고 보고 있다(신현봉
「윤동주 시의 동심지향성 연구」, 한양대 석사학위논문 1986, 46면).

10) 같은 글 47~48면.

11) 지현배 「윤동주 시 연구1」, 『문학과 언어』 17, 문학과언어연구회 1996, 249면.

12) 그 경외감은 당대 가장 영향력 있는 시인의 한 사람이던 정지용(鄭芝溶)의 "무시무시
한 고독 속에서 죽었고나! 29歲가 되도록 詩도 발표하여 본 적이 없이!"(『하늘과 바람과
별과 詩』, 정음사 1948)와 같은 찬탄 속에서 이루어졌다. 백철은 같은 책에서 한국신문학
사 서술에서 윤동주가 있기 때문에 일제 말기를 암흑기라고 부를 수 없다며, 그를 암흑기
하늘의 별로 칭송했다. 또한 이철범은 『한국신문학대계』(경학사 1972, 659면)에서 그를
우리가 따라야 할 겨레의 스승으로 찬양했는가 하면, 김우종은 윤동주를 암흑기 최후의
별이자 그의 시를 사명시(使命詩)(「암흑기 최후의 별」, 『문학사상』 1976년 4월호)라며 극
진한 찬사를 보냈다.

網)으로 저항의 근거를 모조리 끌어모으고 있다는 인상이 강하다. 저항
의 개념을 하향평준화해가며까지 저항의 근거를 들려고 하는 점을 보면
'그의 시가 저항시인가 아닌가' 하는 찬반논쟁13)이 분분한 것이 아니
라, 오히려 찬성의 근거가 분분한 것으로 보인다.

이러한 논의 속에서 이 글은 먼저 그의 시가 어떤 측면에서 저항에
해당하는가 하는 점을 좀더 설득력 있게 살피고자 한다. 그뒤 이 저항
논의의 이면에 어떠한 논리가 깔려 있는지를 그의 시가 저항시로 부각
된 당시 시대상황과의 연관하에 살핀 다음, 그런 상황에서 윤동주의 시
가 어떻게 저항시로 이해될 수 있었는지와, 이를 바탕으로 그 담론을 어
떻게 바라볼 것인지에 대해서 살피기로 한다.

2. 윤동주 시의 저항성

이상의 여러 근거 중에서 필자는 '민족적 저항'의 맥락에서 그의 시를
이해하고 있다. 그러나 여기서 그 전제가 좀더 엄밀해져야 한다고 생각
한다. 그 저항은 윤동주 개인의 삶에서 직접적으로 발원하는 것이 아니
다. 윤동주를 규정했던 당시 한국 기독교 민족주의의 성격에 매개될 때
그의 시에 나타난 희생의지는 저항으로 연결된다. 그래서 기독교적 소
명의식에 근거한 강한 자기억압과 준열한 희생의지가, 내선일체라는 이
민족 통합의 정치학까지 동원하여 조선민중을 흡수하려 했던 일제 파시
즘의 논리와 상충하는 지점에서 저항의 논거를 찾아야 한다고 생각한

---

13) 김옥순은 그의 시가 저항시인가 아닌가 하는 문제를 윤동주 연구의 세번째 난점으로 지
    적하고 있다. 김옥순 「윤동주 시의 이해와 감상의 출발점」, 『윤동주 연구』(권영민 엮음,
    문학사상사 1995, 87~88면).

다.[14] 이런 경향은 「서시」와 「십자가」 등의 시에 잘 나타난다. 이렇게 앞서의 '민족적 저항'이라는 분류가 좀더 엄밀하게 민족주의적 기독교에 매개된다는 전제하에, 필자는 그의 시가 저항시라는 점에 수긍한다.

그러나 그의 모든 시를 희생의지로 일반화할 것이 아니라, 그와는 반대방향으로 작용한 '희생의지에 대한 회의'나 '안식욕망'은 저항성의 논의에서 빠져야 한다고 생각한다. 당대의 역사적 상황과 단절된 자족적인 환상에 탐닉하려 했던 안식욕망은 희생의지에 역행하여 신앙생활까지 파탄시키는 것이었다.[15] 안식욕망마저 저항으로 환원하는 시각 뒤에

---

14) 한국에서의 기독교는 제국주의 세력에 저항하는 동력으로서 그 기능을 발휘하였다. 당시 기독교 민족주의의 입장에서 볼 때 일제는 종말이 임박한 타락한 역사에 속했고, 살아 있는 신을 자처하며 성전으로 미화된 숱한 침략전쟁을 감행한 천황은 적그리스도의 유형에 속하게 된다. 민족주의정신이 미만한 간도의 정신적 풍토 속에서 그 계통의 교회와 학교를 다닌 윤동주는, 기독교의 교리와 민족적 사명 수행임무가 결합된 당대 기독교의 호출에 자발적으로 복종하며 그 이데올로기의 내적 주체로 구성된다. 이러한 점은 그의 시 속에서 하루의 시간과 계절의 순행에 따라 도래할 새벽(아침)과 봄 등의 종말에 대한 믿음으로 드러나는가 하면, 하느님·십자가·예수·양·노아의 홍수·나팔소리 등과 같은 성서적 소재와 신앙생활의 핵심이 되는 속죄·구원·복음·부활·소명의식 등으로 육화되어 드러난다(졸고 「윤동주 시의 희생의지와 그 좌절에 대한 연구」, 부산대 석사학위논문 2001. 8, 14~19면).

15) 일제의 집요한 탄압과 분열·회유 공작에 못 이겨 교회마저 변질되어가는 역사적 시련에 부딪치는 과정에서 윤동주는 희생의지를 회의하게 된다. 그 회의는 전기와 후기 거의 전 시기에 걸쳐 지속적으로 드러난다. 그뒤 그는 당대 비극적 역사를 등지고 자신의 욕망 속에 존재하는 환상에 탐닉하려는 반란을 일으킨다. 이 안식욕망은 억압이 약했던 전기의 동시(童詩)에서 원형질의 모습으로, 강하게 억압이 행사된 후기시에서는 주로 압축과 전위작업을 통해 징후(symptom)의 이미지로 드러난다. 특히, 후기의 안식욕망은 어머니의 품과 바다·고향·봄 같은 원초적 합일공간에 대한 탐닉을 그대로 드러내기도 하지만, 순이·여자·소녀와 같이 어머니와 부분적으로 관계 있는 여성성으로, 혹은 아예 남성으로 더욱 교묘하게 위장된 모습('사랑하는 친구')으로, 혹은 당대 현실과 이질적인 순수의 공간 속에 안주하려는 사나이 등으로 자아의 강한 검열을 피해 변형되어 나타나기도 한다(졸고 참조). 그의 시가 유아기로 퇴행하여 유년기의 유희공간을 재현해낸 점을 부각한 김열규의 「윤동주론」은 이러한 안식욕망의 밑그림을 그려낸 의미 있는 글이라고 생각한다.

는 영웅의 모든 행위는 영웅적으로 해석된다는 미리 짜여진 순환논증의 틀이 행사되고 있지만, 안식욕망은 그 극복의 전제하에서만 저항으로 이어지는 것이다.

그리고 내면적 저항이라는 견해 역시 저항과 닿는 맥락은 있지만, 이를 곧바로 저항으로 등치시킬 수 없다는 데에 문제가 있다. 이는 그의 시가 카프(KAPF)의 시처럼 투쟁적이고 행동적인 저항의지를 불태운 것이 아니라는[16] 딜레마를 빠져나오려는 데서 비롯한 해석으로 보인다. 그러나 내면적인 갈등이나 양심은 저항 표출의 준비단계 혹은 전제조건 정도의 의미를 넘어서지 않는다.

앞서 얘기한 임헌영의 글에서 암시되듯이, 순수저항은 극단적으로 비순수했던 체제를 힘주어 강조해야만 그 의미가 부각된다는 문제점이 있다. 또한 한글 창작, 동시 창작, 일제하의 생존에서 저항의 근거를 찾는 견해는 작가의식과 작품을 전혀 고려하지 못한 것이다. 그것은 가능한 하나의 해석일 뿐, 어떻게든 윤동주 시에서 저항성을 찾아야 한다는 강박증으로 인해 짜맞추어졌다는 인상이 강하다.

이 모든 견해를 다 수용한다면 저항의 내포는 고무줄처럼 늘어나 버린다. 그렇게 될 경우 비단 윤동주의 시에만 그 저항이 국한되는 것이 아니라는 문제점이 생긴다. 그래서 필자는 그의 시가 저항시인가 아닌가 하는 점이나, 어떤 측면에서 저항시인가 하는 점은 변죽만 울리는 견

---

16) 체포 사유가 된 윤동주의 독립운동 역시 적극적인 행동이 아니라, 독립운동의 전력이 있던 송몽규와의 대화가 빌미가 되어 일제 파시즘의 막바지에 자행된 극렬한 폭압에 희생된 한 사례에 불과하다. 『특고월보』를 볼 것 같으면 "중심인물은 송몽규이고, 윤동주는 그에 동조"한 것으로 되어 있다(송우혜, 앞의 책 290면). 이 점은 "2차대전 말" "최후의 발악적인 마수에 걸려들었던 것"(윤일주 「가슴에는 고초의 흔적」, 『윤동주 연구』, 권영민 엮음, 문학사상사 1995, 568면)이라는 윤동주의 동생 윤일주의 발언에서도 간접적으로 확인할 수 있다.

해라고 생각한다. 여기에는 뭔가 저항성 논의의 근본 알맹이가 빠진 듯
한 느낌이 강하다. 이런 이유 때문에 저항시 여부나 그 근거에 대한 질
문보다는, 윤동주의 시가 '왜' 저항시가 되었는가(왜 윤동주인가) 하는
점으로 질문을 바꾸어야 한다고 생각한다. 그간의 논의가 과연 일제에
반하는 약간의 의미부여만 되어도 저항으로 환원하며 그 근거 찾기에
혈안이 되었던 이유는 어디에 있을까?

3. 저항시 담론과 사회적 억압

투쟁적이지도 않았고 안식욕망에 계속적으로 교란당해온 윤동주에
게 어떻게 저항시인이라는 칭호가 확정적으로 붙여졌는가? 이 담론에
는 "모든 서술은 실은 아무리 '충분'하게 내용이 들어 있다 해도 **응당 기
록에 포함될 법도 한데 빠뜨린** 일련의 사건을 토대로 구성되고 있다"[17]
는 일반적인 서술의 배제 수준을 넘어서는 억압적인 힘이 작용하고 있
다. 그 친숙한 담론 뒤에는 당대 정치하에서 내밀하게 감추어야 하는 부
분을 은폐하기 위해 저항시 영역에 가해진 사회적 억압이 작용하고 있
다. 저항시 담론의 총체적인 이해를 위해서는 이런 억압에 대한 해석행
위가 불가피하다.

1) 반공이데올로기의 봉쇄전략

오세영은 「윤동주 시는 저항시인가?」에서 윤동주 시가 저항시의 반
열에서 지위를 굳히게 된 이유를 세 가지로 들고 있다. 그중 두번째 이

---

17) 화이트(H. White) 「리얼리티 제시에서의 서술성의 가치」, 『현대 서술이론의 흐름』, 주
  네트 외 지음, 석경징 외 옮김, 솔 1997, 192면.

유로 "36년간이라는 긴 세월 동안 세계사상 유례없는 혹독한 식민지배를 받아왔으면서도 이에 항거한 자랑스러운 저항시인을 갖지 못했다는 점" 즉 "한국 문학사에 있어서 저항의 전통은 거의 공백상태였다"는 점을 들고 있다. 오세영의 말처럼 과연 우리 문학사에는 저항의 전범으로 삼을 만한 저항문학이 없었을까? 1976년에 씌어진 오세영의 글은 그 세 번째 이유를 "한국의 특수상황"[18] 때문이라고 얼버무리고 말았지만, 필자의 눈에 그 상황이란 남한체제에 위해가 되는 것을 금기시해버린 당시의 분위기에 대한 우의적 표현으로 읽힌다. 그 상황을 찬찬히 되짚어보면 일제 식민치하에서 '카프'와 해방공간에서의 '조선문학가동맹'으로 대표된 괄목할 만한 투쟁적 저항이 자리하고 있었지만, 그 논의를 금기시[19]한 남한의 지배이데올로기와 만날 수 있다. 우리는 배제를 위해서 고안된 엄청난 장치를 인식 못하고 있지만, 여기에는 담론 생산의 중요한 방식의 하나인 배제의 힘[20]이 강하게 작용하고 있다.

반공이데올로기가 대다수 민중의 마음속에 뿌리내리게 된 것은 한국전쟁을 경과한 이후였지만, 그 연원은 일제시기로 거슬러올라가야 한

---

18) 오세영, 앞의 글 388면. 이런 측면에서 제목을 저항 여부로 달고 있는 오세영의 글 역시도 정작 저항의 전형으로 거론해야 할 작가들이 부재한 상태에서 변죽이나 울릴 수밖에 없었던 갑갑한 분위기에 대한 문제제기로 보인다.

19) 납북되거나 월북한 문인들에 대한 연구나 독서는 법으로 금지되다가 최근 들어 네 차례의 정부조치로 복권이 이루어진다. 제1차 복권조치(1976. 3. 13.)는 월북·재북 작가를 문학사적 차원에서 논의할 수 있다는 것으로 순문학적이며 해방 전의 것이며 북쪽에서 이미 사망한 작가에 국한되는 것이었다. 제2차 복권조치(1987. 10. 19.)는 월북·재북 작가에 대한 논의가 거의 제한없이 가능하다는 것으로 상업출판도 허용되었다. 제3차 복권조치(1988. 3. 31.)는 정지용·김기림 두 문인에 국한되었지만, 작가의 논의를 넘어서 작품 자체의 전면 해금조치라는 데 큰 의의가 있었다. 제4차 복권조치(1988. 7. 19.)는 한설야·이기영·조영출·백인준·홍명희 등 5명을 뺀 나머지 전원의 해금이어서 네번의 조치 중 가장 규모가 큰 것이었다. 그러나 그 이후 완전한 해금은 아직 이뤄지지 않고 있다.

20) 사라 밀즈(S. Mills), 김부용 역 『담론』, 인간사랑 2001, 105면.

다. 일제는 3·1운동과 러시아혁명을 계기로 점차 고양되는 민족해방운동이 공산주의운동과 결합되는 것을 차단하고 궁극적으로는 민족해방운동 자체를 무산시키기 위해, (조선인) 계급간의 대립을 부각시키는 민족분열정책의 일환으로 반공이데올로기를 확산하기 시작했다.[21] 그 뒤 한국전쟁과 이승만 정권을 거치면서 강화된 반공이데올로기는 박정희 정권의 유지방책으로 더욱 확대재생산된다.[22] 반공을 국시로 삼은 남한에서 반공이데올로기는 분단시대 한국체제의 정당성과 필요성을 대내외적으로 확고히해준 "판도라의 상자"[23]였고, 마녀 사냥적인 당대 상황에서 반공이데올로기에 승복하는 것이 마녀가 아님을 증명하는 유일한 징표이자 남한에서의 실존을 가능하게 했을 정도로[24] 그 위력은 막강했다.

봉쇄전략이 사회 표면 아래에 숨겨진 저 참을 수 없는 모순들을 즉시 부정하는[25] 이데올로기의 전략이라 할 때, 반공이데올로기는 이러한 봉쇄전략으로 공산주의를 사회 표면 아래로 억압해버린다. 카프와 조선문학가동맹의 계급적 저항은 반공이데올로기의 경계 안에 들어오지 않는 것이었고, 거기서 제시되는 대안적 사상은 남한 체제의 작동구조에 대립한 채 그에 위해를 가하는 것이었기에, 이들의 저항은 전범으로 삼을 수 있음에도 불구하고 사고 가능성의 경계 너머로 밀려나게 된다. 이렇게 계급적 저항은 그 구조적 한계[26]를 넘어서는 것을 억압해버리는

---

21) 정영태 「일제말 미군정기 반공이데올로기의 형성」, 『역사비평』 1992년 봄호, 126면.

22) 김혜진 「박정희정권기 반공이데올로기의 정치경제적 기능」, 『역사비평』 1992년 봄호, 152면.

23) 고성국 「1970년대의 정치변동에 관한 연구」, 『한국자본주의와 국가』(최장집 편, 한울 1985), 155면.

24) 유재일 「한국전쟁과 반공이데올로기의 정착」, 『역사비평』 1992년 봄호, 144면.

25) 다울링(W. C. Dowling) 『「정치적 무의식」을 위한 서설』, 월인 2000, 68면.

26) 이런 측면에서 "이데올로기는 바깥을 가지고 있지 않"다는 알튀쎄르(L. Althusser)의 말

반공이데올로기의 봉쇄전략에 의해 억압된다. 말하자면 그것은 프로이트(S. Freud)의 심리학을 사회적으로 해석한 제임슨(F. Jameson)이 문화와 이데올로기에 의해 억압된 채 그와 대립·갈등하는 것으로 본 정치적 무의식[27]의 형태로 억압되고 있었다.[28]

반공이데올로기는 타협을 통해 대립의 해소를 이끌어낼 수 있는 물적 토대를 결여했기 때문에,[29] 많은 부분 폭력과 같은 강제력에 의존할 수밖에 없었다. 당시 군사정권이 공공연하게 '승공통일'을 주장했고, 억압적 국가기구의 대표격인 군대에 '멸공'과 같은 구호가 많았다는 사실에서 암시되듯이, 계급과 관련된 것은 북괴의 지령을 받은 간첩들의 공작이나 불순분자의 책동으로 조작되며 강제력에 의해 단죄된다. 앞서 임헌영의 글에서 지적한, 순수를 저항의 입지로 무리하게 개념확장을

(이진수 역 『레닌과 철학』, 백의 1997, 169면)이나 "이데올로기는 (…) 자신의 한계들에 갇혀 있다. 그것은 갇혀 있고 유한하며, 그것의 실수는 자신의 한계들 내에서 (모든 것에 답변을 함으로써) 무한하다고 자처하는 것이다. (…) 이데올로기는 하나의 허위적 총체성"이라는 마슈레(P. Macherey)의 발언을 생각해볼 만하다(배영달 역 『문학생산이론을 위하여』, 백의 1994, 155면).

27) 다울링, 앞의 책 48면.

28) 이 억압은 프로이트가 제시한 '운하임리히'(unheimlich)로 상술 가능하다. 운하임리히는 '친밀한·친숙한'의 뜻을 지닌 하임리히(heimlich)의 반의어로, '고통스럽고 불안스런 무서움을 자아내는'의 뜻을 지닌다. 그러나 그것은 새롭거나 낯선 것이 아니라 오히려 정신생활에서 오래 전부터 친숙한 것으로, 단지 억압과정으로 말미암아 다른 것이 되었을 뿐이다(밀네르M. Milner, 이규현 역 『프로이트와 문학의 이해』, 문학과지성사 1997, 219~24면). 운하임리히가 접두사 운(un)에 표시된 억압적 요소 때문에 다른 것이 되었듯이(밀네르, 같은 책 258면) 계급적 저항은 자본주의를 전복하려는 사상 때문에 평화로운 남한사회에 이질적인 간첩단·양민학살범 등의 이름으로 억압이 가해진다. 하지만 계급적 저항은 여타 저항시처럼 우리에게 친숙한 것이었다.

29) 임현진·송호근「박정희체제의 지배이데올로기」, 『한국정치의 지배이데올로기와 대항이데올로기』(역사문제연구소 엮음, 역사비평사 1994, 182면.) 즉 반공이데올로기는 법적·물리적 강제력 없이는 체제의 안보가 위협당하는 허약한 지반 위에 서 있었다.

한 속악한 시대는 일제시기에 국한되지 않는다. "카키색 군복"은 군사독재정권의 비유로 읽히고, 일제시대에 대한 향수와 소야곡 청취가 반체제행위로 낙인찍힌 것은, 반공이데올로기하에서 『오적』 필화사건을 계기로 『사상계』가 등록 취소된 것이나 예술에 가해진 각종 판금조치들을 연상시킨다. 반공의 이름으로 자행된 그런 억압하에 다른 사회내적 저항마저 공산주의의 이름으로 환원되어 탄압받게 된다.[30] 그래서 사회참여적인 의식을 가진 이들은 대부분 침묵의 방법으로 몸을 사리거나, 일단 그러한 의도를 내비치게 될 경우 자신들이 공산주의와 연관이 없음을 증명하기 위해 오랜 시간 동안 혼쭐이 나야 했다.[31]

봉쇄전략이 역사에 관한 진실을 차단함으로써 일관성을 얻는 하나의 방법[32]이라고 할 때, 반공이데올로기 역시 봉쇄전략을 이용하여 역사에 대한 진실을 차단함으로써 그 이데올로기의 내적 일관성을 얻게 된다. 그것은 이상의 사회적 억압과 더불어 다음과 같은 반일주의를 유포시킴으로써 그 일관성을 더욱 강화한다.

2) 반일주의 부각

남한정부는 공산주의를 왜곡·은폐해버린 모순을 가리기 위해 반일주의를 적극적으로 이용하게 된다. 장기간에 걸친 일제 식민지배의 결

---

30) 정부시책에 대한 도전을 분단과 남북대립구조에 대한 도전으로 환원시킨 이러한 경향은 군부의 경직된 성향으로 더욱 가속화되어 사회내적 저항을 이데올로기적 대상으로 환원해 탄압할 수 있게 된다. 즉 반공을 매개로 지배권력은 제반 물리력에 대한 활용의 범위를 확장하여 사회세력들의 도전을 사회혼란을 조장하는 불순한 행위로 간주하여 억압하게 된다(김혜진, 앞의 글 152~54면).

31) 1960년대 순수·참여 논쟁 중 김우종이 「저 땅위에 도표를 세우라」(『현대문학』 1964년 5월호)에서 자신의 참여문학이 당(黨)의 문학이 아니라는 사실을 시종일관 강조했던 것을 그 예로 들 수 있겠다.

32) 다울링, 앞의 책 98면.

과, 당시 우리 민족의 대중적 정서는 반외세의 민족감정으로 기울어져 있었다. 반일주의가 제1공화국 당시에 분단체제에 대한 거부를 민족주의로 흡수하여 억압적 지배상황을 유보하도록 하는 명분으로 기능하였다[33]는 지적처럼, 남한 체제는 일본과 굴욕적인 수교를 하면서도[34] 한편 반일주의를 동원하는 모순된 행위를 통해 그 억압적 지배의 허약한 기반을 보완하려 했다. 물론 미해결된 친일잔재 청산과 굴욕적인 한일협정 등으로 인해 쌓인 국민들의 악감정 역시 반일주의 부각에 한몫 작용했던 것 같다. 그 결과 저항의 촉수는 계급모순과 분단모순이 전면화된 남한 체제에서 일본과 같은 체제 바깥으로 돌려지고[35], 일본은 저항의 칼날을 겨누어 타도해야 할 명백한 적으로 부각된다. 그렇게 부각된 이민족에 대한 저항 속에 계급적 저항이 뚜렷하게 포함되어 있었음에도

---

33) 유재일, 앞의 글 148면.

34) 실제로 체제는 36년간에 걸친 치욕을 안겨준 일본보다 당시 체제 유지에 당장 적대시되는 계급투쟁을 더욱 근본적인 적으로 규정했던 것 같다. 미군정 하에서 "극렬한 친일분자라도 좌익세력 타도에 공을 세운다면 속죄할 수 있다고 선언"(정영태, 앞의 글 133면)한 것이나, 이승만정권 당시 친일민족반역자 처벌에 대해서 우익계 『민중신문』이 반민법을 "공산당의 간계에 넘어가서 민족진영에까지 동족상잔의 큰 화근이 될 친일파 숙청 운운하는 정당·정객"들에 의한 '망민법'(같은 글 135면)이라고 비난한 대목, 그리고 과거 식민지의 아픔을 잊고 굴욕적인 외교를 서둘러 감행한 1965년의 한일협정 등에서 남한체제의 이러한 판단을 읽을 수 있다. 특히 한일국교 정상화를 두고 "일본이라도 국교가 정상화된 뒤라면 사양할 필요는 없을 것이니 자유우방들이 북괴보다 우월할 수 있는 경제번영을 건설하는 데 협력"(『동아일보』 1961년 6월 22일)해야 한다는 체제의 논리에는 북한을 능가하는 경제건설을 위해서는(자본주의체제이면서도 북한보다 경제가 낙후된 모순을 해소할 수 있다면) 일본과도 화해할 수 있다는 판단이 극명하게 드러난다.

35) 일제가 반공이데올로기를 통해 식민지 지배에 대한 조선인의 투쟁을 부차화하고 계급간의 대립을 전면에 부각해 민족분열(정영태, 앞의 글 127면)을 획책(민족간의 첨예한 갈등을 민족 내부의 모순으로 묶어두려 한 것)한 것과 같이, 반공체제하에서 반일주의를 확산한 데에도, 그 주체와 대상이 다를 뿐, 시선을 다른 곳으로 돌려 정치적 모순을 은폐하려 했던 일제의 의도와 비슷한 논리가 깔린 것으로 보인다.

불구하고 체제는 이마저도 은폐하거나 민족의 이름으로 환원하기에 이른다.[36]

3) 저항시 논의의 협소화와 재생산

윤동주가 학계에 조명된 1960년대 후반[37]은 반공이데올로기가 여전히 극성을 부리던 시기로, 그의 시는 이러한 남한의 정치적 상황과 무시할 수 없는 역학관계를 맺고 있다. 반공이데올로기의 봉쇄전략과 반일주의의 부각은 윤동주 외에도 우리가 교과서를 통해 흔히 저항시인으로 알고 있는 한용운(韓龍雲)·심훈(沈熏)·이육사(李陸史) 같은 다른 항일시인들에게도 적용된다.[38] 그러나 윤동주의 시에는 이런 배제와 선택을 넘어 투쟁적인 항일경력을 지닌 다른 시인들과 구별되는 특수한 힘이

---

36) 1920년대 이후 풍미한 계급문학이 한국 내의 부르주아를 넘어 이 땅의 모든 것을 강점한 일제에 대한 반항으로 이해된다는 이재선의 지적(「한국현대소설약사」, 『한국현대소설작품론』, 문장 1981, 23면)은 부르주아 계급에 대한 저항이 어떻게 일제에 대한 저항으로 이어지는지에 대한 문맥연관성을 잘 지적해준다. 사실상 1920년대 이후로는 공산주의사상을 가진 이들이 민족해방운동을 주도(정영태, 앞의 글 129~30면)해왔을 정도로, 식민치하에서 민족이라는 용어 속에는 계급의 입장이 뚜렷한 입지를 차지하고 있었다. 그럼에도 불구하고, 미군정 당시 민족이라는 용어는 남한에서 소련의 사주로 반민족적인 행위를 일삼는 공산주의자들을 배제하는 개념이 되어버렸다(정해구 「미군정기 이데올로기 갈등과 반공주의」, 『한국정치의 지배이데올로기와 대항이데올로기』(역사문제연구소 엮음, 역사비평사 1994, 41면). 이런 분위기 속에서 그동안 문학교과서에서는 계급적 저항시를 일제에 대한 민족적 저항시로 끌어당겨 해석하는 일이 종종 있었다. 예컨대 이상화가 카프에 참여한 뒤에 발표한 「빼앗긴 들에도 봄은 오는가」는 계급적 저항시로 보지 않고, 민족의식을 근간으로 한 민족적 저항시로 이해되어왔다(김유중 「저항시와 친일시 지도의 쟁점」, 『현대시교육론』, 시와시학사 1996, 413면).

37) 오세영, 앞의 글 388면.

38) 체제 내부의 모순을 시화한 김수영(金洙暎)의 시가 고등학교 국어교과서에 수록된 것은 5차교육과정에 와서야 가능해진 일이었다(정재찬 「현대시 교육의 지배적 담론에 관한 연구」, 서울대 박사학위논문 1996, 93면).

강하게 작용하고 있다. 저항의 내포 확대가 바로 그것이다.

반일주의로도 채울 수 없는 계급적 저항의 공백을, 체제는 저항개념을 주변부로 다양하게 전이시키는 과정을 통하여 메우려 했던 것 같다. 즉 저항개념은 현실도피로까지 오인될 법한 순수서정적인 것이나 내면의 치열한 갈등과 양심적 고뇌, 저항과 이질적이면서 그와 역방향으로 작용한 안식욕망, 심지어는 그 체제하에서의 견딤이나 시 쓰기 행위 자체까지 포함하는 것으로 무리하게 확대된다. 이렇게 체제 외부나 주변부로 확대된 저항논의는 일견 유연성을 띠거나 다원화된 외양을 취하는 듯 보인다. 그러나 그것은 정작 논의해야 할 중심영역을 다른 것으로 대체해버린 것이기에, 저항 논의의 범위를 협소화하고 역사의 실체를 상당부분 외면한 은폐에 불과하다.[39]

이상의 힘들이 어우러진 자리에서 윤동주의 시에는 특혜가 가해져 저항시의 표본으로 과대포장된다. 윤동주의 생애와 시는 『나라사랑』이라는 다소 원색적인 제목의 잡지 특집[40]으로 거부감 없이 수용되었고, '암흑기 하늘의 최후의 별' '겨레의 스승'이라는 현란한 수사와 더불어 확고한 저항의 반열에 오른다. 그 과정에서 형성된 담론들에 의해 윤동주는 이제 저항을 넘어 영웅의 지위[41]로까지 미화되는 듯하다.

'윤동주 시는 저항시'라는 담론 이면에는 계급적 저항을 있는 그대로

---

39) 이런 협소화와 은폐는 1950년대 후반 반공이데올로기의 배타적 역기능 아래 맑스주의와 실존주의를 통합해보려 했던 싸르트르를 철저히 거부하고 까뮈 일변도로 실존주의를 받아들이는 편향적 태도를 낳는가 하면, 이는 1950년대 후반 이후 앙가쥬망 기획에서 강도높게 외쳐진 참여문학론의 근저에 역사적이고 구체적인 현실의 토대를 외면해버린 추상적이고 관념적인 세계관이 깔려 있었던 점(한수영 『한국현대 비평의 이념과 성격』, 국학자료원 2000, 168~76면)에서 확인 가능하다.

40) 외솔회 편 『나라사랑』, 1976년 여름호.

41) 윤동주가 영웅으로 미화되는 현상은 주로 아동들을 대상으로 한 위인 전기문에서 나타난다(목옥균 『윤동주―처음 만나는 그림동화 한국위인47』, 삼성출판사 2000; 제해만 『윤동주―위인전기 48』, 대일출판사 1998).

수용하지 못하고 억압할 수밖에 없었던 이 체제의 허약한 물적 기반과 위기의식이 반영되어 있다. 또한 그 이면에는 체제유지를 위해 현 체제에 첨예하게 맞선 저항마저도 이민족에 대한 것으로 돌리거나 행동 이전의 것으로 무화하려는 지배이데올로기의 힘이 작용하고 있다. 그렇게 규정된 저항은 체제에 대한 위해요소가 제거된 순응으로 전락하고 만다.

이렇게 무력화된 저항담론은 오늘날의 지배적인 ISA인 학교[42] 교육을 통해 확대·재생산된다. 일관성을 자처하던 그 이데올로기가 강제력에 의존할 수밖에 없는 한계를, 체제는 윤동주의 시를 저항시로 규정한 교육에서의 지식 형태로 재생산하며 부분적으로 보강하게 된다. 시란 상대적인 자율성에 의거해 규정되는 이데올로기 실천의 특수한 사례라는 말[43]처럼, 저항시로 규정된 윤동주의 시는 그 호출에 스스로를 상상적으로 동일시하는 주체를 형성하게 된다.[44] 특히 이 담론은 문학교육 분야에서 상식처럼 자명하게 받아들여지며,[45] 이데올로기의 호출행위를 강화하고 있다. 반공이데올로기가 영향력을 강하게 행사하던 학교[46]

---

42) 알튀쎄르, 앞의 책 148~51면.

43) 이스톱(A. Easthope), 박인기 역『시와 담론』, 지식산업사 1994, 43면.

44) 이데올로기가 구체적인 개인을 주체로 호출(interpellation)하는 양상은 알튀쎄르, 앞의 책 164~77면 참조.

45) 제5차 교육과정에 이르기까지 윤동주는 교과서에 3회가 선택되어 8번째로 빈도수가 높았고, 5차교육과정 8종 교과서에서 7회로 5번째로 빈도수가 높았다(정재찬「현대시 교육의 지배적 담론에 관한 연구」, 서울대 박사학위논문 18~19면). 5차교육과정의 거의 대부분의 문학교과서가 그의 시를 저항시로 분류하고 있고(최지현『한국 현대시교육의 담론 분석』, 서울대 석사학위논문 1994, 25면, 44~52면 참조) 6·7차교육과정 국정교과서『국어(상)』에도「잊지 못할 윤동주」와 같은 찬송 류의 평전이 올라와 있다.

46) 이승만정권은 성립 당초부터 문교정책의 방향을 반공교육에 두었고, 이는 한국전쟁 발발 이후에 한층 강화된다. 박정희정권 역시 안보교육체제를 강조하여 학교에서 군사교육을 실시했다(강만길『고쳐쓴 한국현대사』, 창작과비평사 1994, 335~60면).

에서, 학생들은 저항시의 정전으로 추대되어 획일적으로 전달되는 윤동
주 시의 권위에 맞서지 못하고 그 담론을 내면화하게 된다. 원래 한 편
의 시는 단 하나의 고정된 의미에 환원되지 않고 읽힐 때마다 의미가 변
하는 법이다.[47] 그러나 윤동주 저항시 담론에서 이는 무시된다. 독자들
은 윤동주의 시를 저항시의 이상으로 설정한 담론에 맞추어 읽을 뿐, 자
신들의 삶의 조건에서 기인한 다양한 반응[48]은 강요된 저항의 개념 아
래 억압된다.

4) 윤동주 저항시 담론의 자의성

이렇게 강제력과 지식을 동원한 반공이데올로기의 영향력 아래 윤동
주의 시는 저항시라는 절대적인 구심점에 고정되어 읽히게 된다. 이는
그의 시가 '사회적 측면에서 결정되어지는 읽기의 실천태'[49]와 공공연
히 결합되어 있음을 나타낸다. 이는 남한·조선족·북한·일본에서 윤동
주 시를 바라보는 관점이 다르다는 측면에서도 잘 드러난다. 조선족 문
학사는 윤동주가 그 고장 출신이라는 지연(地緣)을 중시하여 그의 시를
극찬하고 있지만[50], 북한에서는 그의 존재인식이 미미한 편이고,[51] 일

---

47) 이스톱, 앞의 책 23면.

48) 가령 흔히 저항으로 생각되는 투쟁적이고 행동적인 저항과 윤동주 시 사이에 난 공백
    때문에 생긴 '이게 무슨 저항인가?'라는 의심이라든지, 그를 유달리 결벽증과 부끄러움이
    많은 소심한 인물로 보는 견해 등.

49) 독자의 읽기는 임의적이거나 자유로운 방식으로는 결코 이루어지지 않는다. 독자가 발
    언하는 것이 언제나 역사적 텍스트이고, 또 개인적인 독서란 언제나 사회적 측면에서 결
    정지어지는 읽기의 실천태로 이루어지기 때문이다(이스톱, 앞의 책 48~49면).

50) 조선족들은 1985년까지는 윤동주의 존재를 전혀 모르다가 1985년 '윤동주 시 10수'(十
    首)가 소개되면서 연변의 문학자들이 그 존재를 인식하게 되었다(오오무라 마쓰오 大村益
    夫 「윤동주의 사적 보고」, 『윤동주 연구』, 권영민 엮음, 문학사상사 1995, 513~14면).
    『중국 조선족 문학통사』에서는 윤동주가 일본 제국주의의 민족적 기시와 탄압이 혹심한
    처경 하에서도 시종 민족의 독립과 자유를 위하여 자기의 시와 삶을 바친 재능 있는 저항

본에서는 지성인들을 중심으로 지난날에 대한 속죄의 관점에서 그의 시를 읽고 있다.[52] 이렇게 그의 시는 사회적 조건에 따라 특수하게 결정된다. 남한이 반공이데올로기의 요구에 의해 그의 시를 읽었듯이, 각 사회마다 그 요구에 맞는 읽기 방법을 채택하고 있는 것이다. 이는 남한 사회에서 규정된 그 담론이 얼마나 자의적인가 하는 점을 짐작케 한다.

시인이며 인도주의 시인으로, 그의 시학은 해방 전 조선족 시문학의 최후를 아름답게 장식한 시문학이며 시대의 문학적 사명감과 독자적인 예술적 추구로 조선족 시문학을 한결 높은 단계로 끌어올린 시문학으로서 조선족 문학사에 빛나는 한 페이지로 남아 있을 것이라고 극찬하고 있다(조성일·권철 외 『중국 조선족 문학통사』, 이회문화사 1997). 윤동주에 대한 이러한 관심은 동생 윤광주(尹光柱)에 대한 관심으로도 이어진다. 윤동주와 마찬가지로 200편 가량 될 미발표 습작시가 모두 유실되고 없다는 점, 일본에서 만28세로 옥사한 윤동주처럼 폐결핵 때문에 만29세로 요절했다는 점, 둘 모두 동시를 쓴 이력이 있다는 점, 윤광주의 유고 19편이 윤동주가 시집으로 묶으려 했던 『하늘과 바람과 별과 시』의 19편과 같다는 점 등 윤광주의 생애는 윤동주와 유사한 점이 많다(허의도 「민족시인 윤동주 사후 50주기 특종발굴」, 『월간중앙』 1995년 2월호 477~83면). 이렇게 윤광주에 대한 정보가 윤동주와의 비교하에 부각되듯이, 조선족문학사에서 윤광주가 부각되는 것은 아무래도 윤동주가 남한에서 최고 시인 중 하나가 된 점에서 연유한 바가 크다.

51) 남한과는 대조적으로, 북한에서는 윤동주를 배제하고 있다. 북한문학사(『문학통사』『문학사』『문학개관』)를 소개한 책에 따르면, "이육사, 윤동주의 시에 대한 적극적인 평가가 전혀 이루어지지 않은 점은 아쉽다"(김윤태 「1926~45년의 시」, 『북한의 우리문학사 인식』, 민족문학사연구소 편, 창작과비평사 1991, 327면)고 되어 있다. 그러다가 류만의 『조선문학사 9』에 오면 윤동주의 시에 "자유와 미래에 대한 지향의 숭고함과 아름다움"(과학백과사전종합출판사 1995, 190면)이 나타난다는 소략한 언급이 보일 뿐이다.

52) 일본에서는 1992년 '윤동주를 생각하는 모임'이 생기고 일본 고등학교 현대문 교과서에도 그의 시와 생애가 11페이지에 달하는 분량으로 자세하게 소개되고 있다. 또 1994년에는 '윤동주의 시를 읽는 모임'이 생겼고, 일본 NHK에서는 윤동주 50주기 추모행사로 '윤동주 특집'을 방영했다. 한편 그가 다니던 도오시샤(同志社)대학 캠퍼스에는 윤동주의 시비가 건립되었다(김우규 「윤동주를 보는 일본인의 시각」, 『일본 지성인들이 사랑하는 윤동주』, 민예당 1998, 55면). 이렇게 윤동주에 대한 열기는 일본에서도 높은데, 그의 시는 일본 지성인들을 중심으로 윤동주의 삶에 대한 애도와 지난날에 대한 속죄의 관점에서 읽히고 있다.

4. 저항시의 총체적 이해를 위하여

그의 시에 가해진 넓은 저항의 내포 중에서 윤동주의 시는 한국 기독교 민족주의에 근거한 희생의지로 일제 파시즘에 맞선 민족적 저항시로 볼 수 있다. 그러나 투쟁적이지도 않은 그의 시를 저항시의 표본으로 제시한 이 담론 뒤에는 정치적인 차원에서의 힘이 작용하고 있다. 그래서 그의 시는 당대 사회적 분위기와 연관하여 이해할 필요가 있다.

그 담론은 반공주의와 반일주의를 효과적으로 결합시킨 반공이데올로기의 요구에 닿아 있다. 여기에는 억압적 국가기구의 강제력으로 계급적 저항을 봉쇄하려 했던 지배이데올로기의 배제전략과, 체제내 모순을 바깥으로 돌리려는 의도로 반일주의를 부각시켰던 선택전략이 작용하고 있다. 물론 교육제도 등을 통해 우리에게 알려진 대부분의 저항시인이 항일시인이라는 측면에서, 이런 점은 다른 항일시인에게도 일반화하여 적용할 수 있다. 그러나 윤동주 저항시 담론은 그 정도를 넘어 저항의 수준을 주변부의 수준, 심지어는 안식욕망에까지 묶어두려 했던 지배이데올로기의 특수한 힘이 부가되어 작용하고 있다. 그런 과정을 거치면서 저항은 체제 위협요소가 제거된 것으로 무력화되고, 이런 전략은 학교 교육 등을 통해 확대·재생산된다. 이렇게 윤동주의 시는 물리력과 지식을 동원한 양공작전을 통해 저항을 협소화·무력화하려 했던 당시의 정치적 요구에 부합하는 것이기에 확고한 저항시로 통용될 수 있었다. 이런 사정을 고려할 때 반공이데올로기의 위력 앞에 굴복당하여 당대 정치적 무의식으로 억압될 수밖에 없었던 다른 저항시의 침묵은 웅변적으로 들려온다. 계급적 저항의 침묵을 통해서만 윤동주를 위시한 민족적 저항시가 재대로 기능한다는 측면에서, 계급적 저항은 저항시 담론을 조건짓고 있는 선결조건이다. 정신분석학에서 억압

되었던 트라우마(trauma)가 끊임없이 회귀하듯이, 계급적 저항은 반
복강박증의 형태로 회귀하여 저항시 담론에 계속적으로 균열을 내게
될 것이다.

—미발표원고(2002)

찾아보기

허정 평론집
먼곳의 불빛

초판 발행/2002년 12월 13일

지은이/허정
펴낸이/고세현
편집/강일우 김정혜 문경미 최은숙
펴낸곳/(주)창작과비평사
등록/1986년 8월 5일 제10-145호
주소/서울 마포구 용강동 50-1 우편번호 121-875
전화/영업 718-0541,0542 · 701-7876
　　　편집 718-0543, 0544 · 기획 703-3843
　　　독자사업 716-7876, 7877
팩시밀리/영업 713-2403 · 편집 703-9806
홈페이지/www.changbi.com
전자우편/literat@changbi.com
지로번호/3002568

ⓒ 허정 2002
ISBN 89-364-6311-X 03810